KB092532

天才小毒妃

천재소독비 12

초판1쇄 인쇄 2019년 8월 8일
초판1쇄 발행 2019년 8월 20일

지은이 지에모 芥沫
옮긴이 전정은 · 홍지연

펴낸이 박대일
편집 이문영 · 임유리 · 신지연 · 전보라 · 곽현주
마케팅 임유미 · 손태석
디자인 박현주
일러스트레이션 우나영

펴낸곳 파란미디어
출판등록 2004년 9월 14일 제313-2004-00214호

주소 03992 서울시 마포구 동교로23길 14 국제빌딩 6층
전화 02.3141.5589 영업부 070.4616.2012 편집부
팩스 02.3141.5590
전자우편 paranbook@gmail.com
카페 http://cafe.naver.com/paranmedia
페이스북 http://www.facebook.com/paranbook

ISBN 978-89-6371-686-2(04820)
978-89-6371-656-5(전26권)

천재소독비

12

天才小毒妃

지에모 芥沫 지음 | 전정은 · 홍지연 옮김

파란

차례

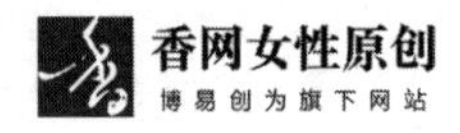
香网女性原创
博易创为旗下网站

심문, 그리고 못된 장난

일곱 귀족의 행방?

용비야가 대진제국의 일곱 귀족에 대해 이렇게 관심이 있을 줄이야, 초천은도 처음 아는 사실이었다.

"내가 유족 사람임을 아는 걸 보니, 일곱 귀족에 대해서도 꽤 알고 있겠군?"

초천은이 시험하듯 물었다.

똑똑한 사람은 상대방의 말 한마디에서도 작은 단서를 찾아내어 그 의중을 떠보면서 정보를 추측할 수 있다.

초천은이 의중을 떠보고 있음을 용비야는 이미 간파했다.

허나 동진 황족의 후예라는 자신의 신분을 그리 쉽게 노출할 리 없었다.

"만약 서주국 강성황제康成皇帝가 너희 초씨 집안의 내력을 알게 된다면……."

용비야의 말이 끝나기도 전에 다급해진 초천은이 중간에 말을 잘랐다.

"용비야, 협상을 하려거든 빙빙 돌리지 말고 간단하게 말해라!"

그 말이 한운석은 아주 거슬렸다. 세상에 용비야만큼 말 돌리지 않고 단도직입적인 사람이 어디 있다고. 그렇게 참을성이 강한 사람이 아니다.

내내 문제를 피하고, 빙빙 돌려 말하고 있는 건 바로 초천은이면서!

한운석이 끼어들려는데 당리가 그녀보다 더 기분 나쁜 표정으로 냉소를 지으며 말했다.

"초천은, 정신 차려. 진왕은 너하고 잡담하는 게 아니야, 심문하는 거라고! 말 몇 마디 섞었다고 네가 뭐라도 되는 줄 알아?"

정말 침착한 건지, 아니면 낯짝이 두꺼운 건지, 초천은은 전혀 난처한 기색 없이 당당하게 말했다.

"용비야, 어떻게 해야 나를 풀어 줄 테냐. 조건을 말해라."

그는 몇 마디 말로 일곱 귀족과 관련된 화제를 피했다. 하지만 용비야는 전혀 휘둘리지 않았다.

용비야는 초천은을 자세히 바라보았다. 그가 만나 본 포로 중 가장 냉정을 잃지 않는 포로임을 인정하지 않을 수 없었다. 하지만 포로는 어차피 포로일 뿐이다.

"본 왕은 너를 풀어 줄 생각이 없다. 일곱 귀족에 관해 아는 대로 말해라. 그렇지 않으면……."

초천은은 다시 한 번 용비야의 경고를 무시하기로 하고 차갑게 말했다.

"날 풀어 주지 않는 이상, 내 입을 열 수는 없을 것이다!"

방금 무 이모의 일로 한 번 놀아났으면 그뿐이다. 계속 당할 순 없다!

게다가 무 이모가 이미 달아난 이상, 용비야에게 그 어떤 정보도 내줄 수 없다.

입을 다문 초천은은 전혀 두려움이 없는 얼굴이었다.

남을 경고하려다 도리어 경고를 듣다니. 용비야에게 남아 있던 눈곱만큼의 인내심이 결국 바닥을 치고 말았다. 그는 당리와 한운석을 바라보며 차갑게 물었다.

"누가 나설 테냐?"

누가?

심문하러 온 이상 당리의 암기든 한운석의 독술이든, 둘 중 누가 나서도 이곳 밀실의 그 어떤 고문도구보다 훨씬 재미있을 것이다.

그는 한운석의 곁으로 가서 다리를 꼬고 앉았다. 긴 팔을 한운석의 의자 뒤로 뻗은 그의 모습은 패기 넘쳤고, 싸늘한 눈으로 상황을 구경하고 있었다.

"내가 하지!"

당리는 일찌감치 나서고 싶어 단단히 벼르고 있던 참이었다. 혼사 때문에 내내 가슴이 갑갑했는데, 울분을 풀어낼 상대를 만났으니 이 기회를 놓칠 수 없었다.

초천은은 당리와 용비야의 관계는 모르지만, 당리의 내력과 그가 가진 암기의 위력은 잘 알고 있었다.

불안했지만 그나마 다행이었다. 다행히 한운석이 아니었다. 그는 한운석이 가지고 있는 독약들이 가장 두려웠다.

그런데 당리가 나서기 전에 한운석이 입을 뗐다.

"당 공자, 당신이 심문해도 입을 열긴 어려울 거예요. 이 녀석 고집이 보통이 아니라고요!"

"내기할까?"

당리가 망설이지 않고 말했다.

만약 초서풍이 자리에 있었다면 분명 말렸을 것이다. 한운석과 내기를 해서 좋은 꼴이 나는 상대를 본 적이 없다!

"좋아요!"

한운석이 유쾌하게 대답하자, 안 그래도 창백한 초천은의 얼굴은 순식간에 새하얗게 질렸다. 젠장, 이 두 사람은 날 뭐로 생각하는 거야?

"내기 내용은? 뭘 걸 거야?"

당리가 흥분하며 말했다.

"우리 둘 중 저 사람의 입을 먼저 열게 하는 사람이 이기는 거죠."

한운석도 재미있어하며 말했다.

"조건은?"

당리가 다시 물었다.

"반 시진 안에. 목숨만 살려 두면 어떤 방법을 쓰든 상관없다."

용비야가 무심하게 끼어들었다. 그러자 초천은의 냉정한 마음도 바들바들 떨려왔다. 하지만 겉으로는 전혀 내색하지 않은 채 버텼다.

한운석은 시원스럽게 대답했다.

"좋아요!"

당리는 진지하게 말했다.

"먼저 저자의 입을 여는 사람이 이기는 거 맞지?"

"맞아요."

한운석이 고개를 끄덕였다.

"뭘 걸 건데?"

당리가 다시 진지하게 물었다.

"마음대로."

한운석의 명쾌하고 시원시원한 모습은 용비야 못지않았다.

"내가 이기면 진왕에게 빌린 은자를 완전히 청산해 주는 걸로?"

당리가 교활한 미소를 지으며 말했다.

혼인에서 도망친 후, 아버지가 모든 돈줄을 막아 버리는 바람에 당리는 어머니로부터 몰래 지원을 받고 있었다. 하지만 나중에 아버지에게 발각되어 어머니도 더 이상 그에게 은자를 보내줄 수 없게 됐다. 지금은 그저 용비야에게 손을 벌리며 지내다 보니, 어느새 꽤 많은 돈을 빚지고 있었다.

한운석은 풉 웃음을 터뜨렸다.

"내가 대신 갚아 줄게요."

"아직도 진왕과 내 것 네 것 구분하고 있어? 진왕의 것은 다 네 것이잖아? 사람조차 네 것인데……."

당리가 놀리며 말했다.

용비야는 아무 말 없이 찻잔을 들고 얼굴을 반쯤 가리며 차를 마셨다. 하지만 그의 시선은 한운석에게로 향했다. 한운석의 얼굴은 붉게 달아올랐지만, 입은 살아서 퉁명스레 물었다.

"당신이 지면요?"

"네 맘대로!"

당리도 통 크게 나섰다. 어쨌든 잃을 것도 없었다.

그런데 한운석이 웃으며 생각지 못한 의견을 냈다.

"만약에 지면 1년 동안 내 시종이 되는 거예요. 언제든지 부르면 달려오는 걸로!"

"좋아!"

당리는 자신만만하게 답했다.

조건을 다 이야기한 후 두 사람은 나란히 초천은을 바라보았다. 초천은은 화가 나서 견딜 수 없었다. 이 두 사람은 자신의 가치를 완전히 땅에 떨어뜨리고 있었다!

특히 당리!

당리가 용비야에게 은자를 빌려 봤자 얼마나 되겠는가? 초씨 집안의 큰 공자가 설마 그 정도 몇 푼 가치밖에 안 된단 말인가?

무슨 일이 있어도 그는 절대 대답하지 않을 것이다. 죽는 한이 있어도 그들이 묻는 질문에 답하지 않으리라!

갑자기 암기가 날아오는 게 느껴졌다. 하지만 온몸이 묶여 있어 피할 방도가 없었다. 곧 입에서 통증이 느껴졌다. 뭔가에 찔린 듯한 느낌이었다.

당리의 암기가 분명하지만, 무슨 암기인지는 알 수 없었다. 그저 자신의 입술을 찔렀다는 사실 외에는.

또 잠시 후, 찔린 곳에서 뭔가 잡아당기는 것 같은 통증이 느껴졌다. 심해지는 통증과 함께 암기에 묶여 있는 가느다란 줄도 점차 선명하게 보였다.

초천은은 그제야 어떤 암기인지 알아챘다. 중간에 줄로 연결되어 있는 암기였다. 한쪽 끝은 그의 입술에 꽂혔고 다른 하나는 당리의 손에 들려 있었다. 당리가 줄을 당기기만 하면 그는 통증을 느끼게 된다.

빌어먹을, 다른 데도 아니고 하필 입술이라니. 암기가 너무 깊이 박혀 아픈 나머지 침이 질질 흐를 정도였다.

당리가 힘껏 잡아 당겼지만, 초천은은 이를 꽉 문채 고통을 견뎠다!

당리가 뭐라고 물어보든 그는 아무 대답도 하지 않을 것이다. 당기려면 당겨 보라지.

다만 초천은이 한참을 기다려 보아도, 당리는 심문 한마디 하지 않았다. 점점 더 힘을 들여 그 가느다란 줄을 당길 뿐이었다.

초천은은 뭔가 이상하다는 걸 느꼈지만, 말로 설명하기 어려웠다.

수상하다고 생각하는데 갑자기 코가 막혔다. 감기로 코 막힘이 온 것 같은 느낌이었다. 초천은은 점점 더 이상하다는 생각이 들었다. 코 막힘은 한운석이 독을 써서 생긴 게 분명했다.

한운석이 코 막힘 정도로 끝낼 리 없다. 분명 다른 수가 기다리고 있겠지. 입을 벌리게 만들려고 코를 막은 게 틀림없다. 설마 한운석이 독약을 먹이려고 이러는 건가?

초천은은 귀식공龜息功(도가의 호흡법으로, 거북이처럼 호흡을 길고 가늘게 함으로써 기운을 오래 유지하는 방법)이 생각났지만 어쩔 수 없었다. 한운석의 독약 앞에서 귀식공은 아무 소용이 없다. 숨은 참는다고 참아지는 게 아니었기 때문에 곧 초천은은 입을 벌리고 말았다.

그는 생각했다. 한운석이 독을 먹인다 한들 어쩌겠는가? 그들이 묻는 어떤 질문에도 답하지 않으리라 굳게 다짐했다.

그런데 그가 입을 벌리자마자 당리가 바로 손을 놓고 말도 안 된다는 표정으로 한운석을 바라보았다.

고개를 돌려 웃는 한운석의 모습은 유난히 아름다웠다.

"이겼어요!"

"어……, 어떻게 이겼다는 거야?"

당리가 승복할 수 없다는 듯 물었다.

"입을 벌려서 숨을 쉬게 했으니, 입을 열게 만든 거지 뭐겠어요?"

한운석이 정색을 하고 물었다.

그 말에 초천은은 거의 뒤로 넘어갈 뻔했다. 누가 먼저 입을 열게 하느냐는 내기가 바로 이런 거였어? 그런데 자신은 바보같이 그들이 심문하기를 기다리고 있었다니!

"너……."

당리는 거의 울먹거리고 있었다.

누가 초천은의 입을 열게 하느냐는 내기는 이중적인 의미로 해석될 수 있었다. 하나는 말 그대로 순수하게 초천은의 입을 열게 하는 것이요, 다른 하나는 심문하여 초천은이 대답하게 만드는 것이다.

사실 당리는 꾀를 내어 한운석을 골탕 먹이고자 했다. 암기로 초천은의 입술을 잡아 당겨서 입을 연 후에 이긴 것으로 치고, 그 다음에는 한운석에게 천천히 심문을 시킬 생각이었다. 그런데 한운석은 함정에 빠지기는커녕, 아주 태연하게 초천은의 입을 열어 버린 것이다.

"자, 내기를 했으면 결과를 따라야죠. 용비야가 증인이니, 당신은 1년 동안 내 시종이에요!"

한운석의 '시종'이라는 말을 들은 당리는 정말 기가 막혔다. 그리고 속으로 다짐했다. 다시는 한운석과 내기를 하지 않으리라! 하지만 이번에는 끝까지 가야겠다!

"1년은 1년이고, 한 번 더 하자!"

당리가 패기 있게 말했다.

"내기 내용은요?"

한운석은 걸어오는 도전을 막지 않았다.

"누가 먼저 저자의 머리를 숙이게 하는지!"

당리가 말했다.

초천은은 격노했다. 이 두 인간은 그를 심문하는 게 아니라 그를 가지고 놀고 있었다!

그는 분노에 타는 눈빛으로 말했다.

"그만해!"

하지만 당리와 한운석은 그를 거들떠보지도 않았다. 한운석은 시원스럽게 대답했다.

"뭘 걸 건데요?"

"본 공자가 지면 1년 받고 1년 더. 하지만 네가 지면, 방금 1년은 무효인 걸로."

당리가 정말 모든 것을 다 걸었다.

"좋아요, 시작!"

한운석은 말이 떨어지자마자 곧바로 행동에 나섰다. 초천은의 목에 독침을 날린 것이다. 당리도 가만히 있을 수 없어 얼른 달려들었다.

초천은의 고개를 숙이게 하는 데 무슨 암기가 필요해. 손으로 잡아끌면 그만이지!

어쨌든 지금 초천은은 전혀 반항할 수 없다. 도마 위의 생선처럼 배가 갈라지길 기다리고 있을 뿐이다.

한운석이 쓴 독 때문에 초천은의 목은 곧 힘이 없어졌다. 하지만 그는 끝까지 버티려고 안간힘을 썼다. 저들에게 놀아나서 이대로 고개를 숙인다면, 그의 존엄은 정말 개밥 신세가 되고 만다.

그러나 당리가 바로 뒤쪽으로 달려가 그의 머리를 앞으로 확 눌러 버렸다.

초천은의 목은 완전히 힘없는 상태였기 때문에, 이렇게 누르자마자 버티지 못하고 고개를 툭 떨구고 말았다.

"이겼다!"

당리가 희희낙락하며 외쳤다.

"무효예요! 내가 독을 써서 이긴 거라고요!"

한운석은 인정할 수 없었다.

"네가 독을 쓴 걸 누가 알아?"

당리는 큰 손으로 초천은의 머리를 꾹 누른 채 화난 목소리로 반문했다.

한운석은 퍽 하는 소리와 함께 손으로 초천은의 머리를 내려치며 힘을 주어 아래쪽으로 눌렀다.

"본인이 잘 알 텐데!"

이렇게 두 사람의 말다툼이 시작됐다.

용비야는 흥미롭다는 듯이 바라보고 있었다. 초천은은 고개를 숙인 채 수치심과 분노로 얼굴이 벌겋게 달아올랐다. 두 눈동자는 억제할 수 없는 분노로 핏발이 가득 섰고 눈동자는 튀어나올 것만 같았다.

이성적이고 냉정을 유지해야 한다는 사실도 깡그리 잊은 채 그는 분노의 고함소리를 내질렀다.

"그만! 한운석, 당장 본 공자를 해독해라! 당리, 당장 손을 치워라! 당장 손을 치우라 경고했다, 들리지 않느냐!"

하지만 한운석과 당리는 한창 말다툼을 하느라 정신이 없어 그 고함소리를 하나도 듣지 못했다.

"그럼 이번은 무효로 하고, 한 번 더 하자."

결국 당리가 한발 물러섰다.

"어떤 내기요?"

한운석이 물었다.

당리가 대답하기 전에 초천은은 더 이상 견디지 못하고 포효를 내질렀다.

"말하겠다! 뭐든지 다 말해 주면 되지 않느냐!"

진정한 승자는 누구

당리와 한운석은 심문 한마디 하지 않았지만, 초천은은 두 손 두 발을 다 들고 말았다.

하지만 두 사람은 여전히 그를 신경 쓰지 않고 계속 내기 조건에 대해 이리저리 따지고 있었다.

내가 패배를 인정했는데, 두 사람은 대체 왜 저러는 거지? 초천은도 살아오면서 남들에게 공격을 받아 봤지만, 이런 공격은 정말 처음이었다!

당리와 한운석이 번갈아 가면서 머리를 눌러 대니 시큰시큰 쑤시는 근육통에 무력감은 더욱 심해져 초천은의 머리는 어지러워지고 눈앞은 캄캄해졌다.

이대로 가다간 머리를 숙이는 게 문제가 아니라, 아예 불구가 되게 생겼다. 목을 영원히 곧게 펴지 못하게 될지도 모른다. 목숨을 잃거나 아니면 영원히 이렇게 고개 숙인 채 살아갈지도 모른다.

사지를 끊어 내는 것은 참을 수 있다. 하지만 목은…….

한운석, 당리, 독한 것들!

결국 초천은은 그들에게 굴복했다…….

"적狄족이 천녕국과 서주국 변경에 은거하는 상인 집안이라는 것만 알고 있다. 어느 집안인지는 아직 조사 중이다!"

초천은이 큰 소리로 말했다.

그제야 당리와 한운석은 이야기를 멈추었다.

사실 초천은이 가장 잘 아는 것은 영족이다. 하지만 무슨 일이 있어도 절대 영족은 배반하지 않을 것이다.

첫째, 영족에 대해 밝히면, 초씨 집안의 적출 장자라 해도 유족이 절대 자신을 가만두지 않을 것이다. 집안의 사명과 대의를 위해서라면 이런 모욕을 참아 내는 것은 물론, 목숨도 내놓을 수 있다.

둘째, 그도 영족 그 녀석이 구하러 와 주길 기대하고 있었다! 그 녀석은 최근 용비야 무리와 매우 가까이 지내고 있다. 하지만 유족과 영족 사이에 대대로 이어진 친분을 생각한다면, 절대 자신을 모른 체 내버려 두지 않을 것이다.

그 녀석 능력이면 용비야의 손에서 자신을 구해 내는 것도 불가능하지 않다.

물론 할 수 있다면 아무것도 말하지 않는 것이 가장 좋겠지만, 쓸모 있는 정보를 내주지 않으면 용비야가 절대 그를 믿어주지 않을 것이다.

그러니 초씨 집안이 어렵게 얻어낸 적족 이야기를 꺼낼 수밖에 없었다.

적족 영寧씨는 일곱 귀족 중 유일한 상인 집안으로 남녀를 불문하고 가족 모두가 상업에 종사했다. 사업 규모가 운공대륙 전체에 퍼져 있어, 일곱 귀족 중 가장 부유하다고 할 수 있었다. 적족은 서진 황족에게 충성을 바쳤기 때문에 서진 황족의 돈주머니나 다름없었고, 대진제국의 조야朝野는 적족에게 잘 보이고 싶어 하는 자들로 가득했다. 적족은 상인 집안의 간사한 기질을 발휘하여 각 세력과 모두 친분을 갖고 줄타기도 잘했다. 그러나 서진 황족의 이익과 관련해서는 한 치의 양보도 하지 않았기 때문에 드러나지 않게 많은 이들의 미움을 샀다.

대진제국 내란이 일어났을 때, 가장 먼저 탄압을 받은 귀족이 바로 적족이었다. 재산을 날리고 집안 사람들은 도처에 흩어져 2년도 안 되어서 완전히 종적을 감추고 말았다.

누군가는 적족이 미움을 산 자가 많아 각 세력이 힘을 합쳐 그들을 탄압하고, 재산을 약탈했다고 했다. 누군가는 적족이 연극을 한 것일 뿐, 엄청난 재산을 가지고 민간에 숨어 후손들에게 살길을 마련한 것이라 했다. 또 누군가는 적족이 동진에게 무너지면서 동진 황실이 모든 재산을 약탈했고, 동진 황족이 멸망한 후 그 재산은 동진 황릉에 묻혔다고도 했다.

어쨌든 항간에 떠도는 소문이 너무 많아 진위를 판별하긴 어려웠다.

최소한 재산이 동진 황실 손에 들어갔다는 말은 분명 거짓이었다. 용비야의 부유한 재산은 절대 약탈해서 얻어낸 것이 아니기 때문이다.

"그리고?"

한운석이 물었다.

"내가 아는 것은 이게 전부다. 하하, 아버지와 가문 장로들이 얼마나 아는지는 나도 모른다. 뭐, 날 인질 삼아 아버지와 협상을 해 볼 수도 있겠지!"

초천은의 목은 이제 흐물흐물해졌지만, 그의 태도는 여전히 강경했다.

내내 갇혀 있다 보면 그의 의지력도 점점 약해질 것이다. 용비야가 그를 데리고 아버지에게 가서 협상을 한다면 최소한 기회가 생긴다. 아버지는 분명 그를 구하기 위해 계책을 강구할 것이다.

용비야는 멀찍이 앉아서 어둠 속에서 고개 숙인 남자를 바라보고 있었다. 속으로 꽤 감탄 중이었다. 최소한 그는 아직까지도 포기하지 않았다.

적만 아니었다면, 이자와 친구가 되었을지도 모른다.

그러나 적이 된 이상, 용비야는 그를 처리해야 한다. 그렇지 않으면 앞으로 큰 후환이 될 것이다.

한운석도 그렇게 쉽게 속일 수 있는 상대는 아니었다. 그녀는 일부러 웅크리고 앉아서 초천은을 올려다보았다.

"초 공자, 네 목에 쓴 독을 반 시진 안에 해독하지 않으면……, 신선이 와도 고개를 들게 할 수 없다, 믿겠느냐?"

"믿는다."

초천은은 조금도 망설이지 않고 대답했다.

"앞으로 향 하나 탈 시간이 지나면 반 시진이다. 말할지 말지 잘 생각해 봐."

한운석은 특별히 당리를 시켜 향에 불을 피운 후 초천은의 발아래 가져다 놨다. 고개를 숙인 그의 눈에 아주 선명하게 보였다.

"향 한 대가 타는 시간은 짧지 않으니, 일곱 귀족에 대해서 천천히 생각해 봐."

한운석은 그제야 몸을 일으킨 후, 그와 마찬가지로 향을 주시했다. 어두컴컴한 방 안에는 정적이 맴돌았다. 천천히 피어오르는 향불 연기는 마치 시간이 흘러가 버리는 것처럼, 어둠 속에서 사라졌다.

"진왕비, 왜 시간을 낭비하느냐?"

초천은이 담담하게 말했다.

당리는 차갑게 웃을 뿐이었고, 한운석과 용비야는 아무 말이 없었다. 초천은은 그저 가볍게 웃더니 곧 침묵했다.

향 하나가 타는 시간은 짧지 않지만, 길지도 않다.

곧 끄트머리까지 다 탄 향불은 깜박거리며 곧 꺼질 듯했다. 초천은은 아무 말하지 않았지만, 목의 통증을 선명하게 느낄 수 있었다. 마치 개미들이 가득 기어 올라와 물어뜯고 있는 것 같았다.

한운석은 거의 다 꺼져가는 향불 끝을 바라보며 무심하게 웃었다.

"아프냐?"

대답하지 않을 줄 알았던 초천은이 예상을 깨고 웃기 시작했다.

"당연히 아프지."

한운석은 호기심이 이는 눈길로 웃으며 말했다.

"괜찮아. 좀 있으면 더 이상 아프지 않을 테니까. 영원히."

초천은은 물론 한운석 말의 의미를 알고 있었다. 그녀의 말은 거짓이 아닐 것이다. 하지만 목을 완전히 못 쓰게 되는 한이 있어도, 온몸이 불구가 되어도, 절대 영족 그 녀석을 팔아먹을 수는 없다.

그 녀석은 영족의 유일한 핏줄이다. 그 녀석에게 일이 생기면 영족은 정말 끝이다.

향은 거의 다 타서 불이 꺼지기 일보 직전이었다. 한운석은 결국 초천은이 죽어도 말하지 않을 것임을 알았다.

그가 대체 얼마나 알고 있는지는 그녀 자신도 알 수 없었다.

사실 그녀는 방금 초천은을 속였다. 향 하나가 다 탄 이후에 해독을 하지 않아도 초천은의 목은 불구가 되지 않는다.

초천은은 초씨 집안의 적출 장자다. 쓸모가 많은 포로가 완전히 망가져 버리면 용비야가 뭘 가지고 서주국 초씨 집안과 싸운단 말인가?

이제 시간이 다 되었고, 거짓말이 곧 드러날 것이다. 일단 자신들이 초천은을 진짜로 건드리지는 못한다는 사실을 알게 되면, 초천은의 입에서 더 많은 정보를 얻어내기란 쉽지 않다.

한운석은 다시 웅크리고 앉아 말없이 곧 꺼질 듯한 향불을 바라보았다. 그녀의 눈빛도 그 불빛처럼 어둑어둑해지고 있었다. 그런데 그녀가 걱정하는 이때, 초천은이 갑자기 입을 열었다.

"진왕비, 아직 곁에 소소옥을 두고 있겠지. 일곱 귀족 일은 잘 몰라도, 소소옥에 대한 일은 아주 잘 알고 있다."

한운석은 속으로 깜짝 놀랐다. 더는 방법이 없다고 고심하는 찰나, 생각지 못하게 초천은이 그녀에게 빠져나갈 길을 열어 준 것이다.

이번 대결에서도 초천은은 역시 패자였다.

"소소옥을 진왕부에 왜 매복시켰지? 시간이 얼마 없어. 쓸데없는 소리만 지껄이다가 나중에 날 원망 마라!"

한운석이 냉랭하게 말했다.

"미접몽을 찾기 위해서였다. 전에 지하미궁에서 만났을 때, 너희가 미접몽을 갖고 있을 것이라 의심했다. 그 계집이 초청가의 명령을 받고 너를 해하려 들지만 않았다면 들키지 않았을 것이다. 할 말은 다 했으니, 이제 해독해 다오!"

초천은은 다급하게 말했지만, 사실 그 말은 거짓이었다.

그는 지금 자신의 목을 걸고 도박을 했다. 이렇게 긴급한 순간이라야 한운석이 자신의 말을 믿어 줄 것이다!

서진 황족 직계 혈통의 딸 등 뒤에 모반母斑이 있다는 사실은 유족과 영족만 알뿐, 다른 사람은 알지 못한다.

한운석은 그 말을 믿었다. 소소옥이 진왕부에 들어온 지 오랜 시간이 흘렀지만, 고의로 그녀와 백리명향에게 화상을 입히려 한 것 외에 살의는 없었다. 초천은의 설명도 일리가 있었다.

게다가 이렇게 해독이 급한 상황에서 초천은이 거짓을 말할 리 없지 않은가.

한운석은 해약 한 알을 꺼내 초천은의 입에 넣어주며 해독시켜 주었다.

초천은은 겨우 한숨을 돌렸다. 이번 대결에서 그는 속임수에 넘어갔지만 그래도 아직은 한 수 위에 있었다. 영족, 그리고 서진 황족 직계 혈통 딸의 몸에 있는 모반, 이 두 가지 비밀을 지켰으니까.

그러나 한운석과 당리는 다 그를 믿어도, 용비야는 믿지 않았다.

만약 진짜 승자를 가려야 한다면, 용비야야말로 진정한 승자였다.

용비야는 벙어리 노파를 통해 영족과 유족의 관계를 알고 있었다. 그러니 어찌 초천은의 말을 믿겠는가?

차가운 표정으로 초천은을 바라보는 용비야의 입가에 경멸하는 듯한 냉소가 지어졌다. 초천은을 더 파헤칠 생각은 없었다. 초천은이 영족에 대해 말하지 않아도, 그에게는 영족을 끌어낼 방법이 있었다. 끌어내지 못한다 해도, 이번 기회에 영족과 유족 둘 사이를 제대로 이간질할 생각이다!

해독이 끝나자 초천은은 천천히 고개를 들었다. 고개를 들자마자 용비야의 경멸하는 눈빛을 마주한 그는 얼른 눈을 피했다. 더는 용비야의 심기를 건드리고 싶지 않았다.

이 남자의 화를 돋우는 것은 사서 고생길을 여는 것이다. 참자, 기다리자, 영족 그자가 올 때까지!

한편 이때, 그 백의 공자는 서주국 초씨 집안의 밀실에 있었다.

밀실에는 두 사람뿐이었다. 한 사람은 백의 공자였고, 다른 한 사람은 초씨 집안의 가장인 초 장군이 아닌 다른 사람이었다. 바로 한 번도 얼굴을 드러낸 적 없던 유족의 족장, 초천은의 백부, 초운예楚雲翳였다.

역시 일족의 수장답게, 초씨 집안에 이런 엄청난 일이 생겼음에도 초운예는 침착한 태도를 유지하며 천천히 차를 음미하고 있었다. 그가 웃으며 말했다.

"이 늙은이와 있을 때도 얼굴을 가리고 있을 셈인가?"

"습관입니다."

백의 공자는 아무 일도 없다는 듯 태연자약하고 한가한 모습이었다.

"무 이모와 천은이 만독지토를 찾으러 갔다가, 어제 무 이모 혼자 돌아왔네. 천은은…… 천녕국 진왕 손에 넘어갔어."

초운예가 말했다.

"멀쩡히 있다가 어찌 진왕 손에 넘어갔습니까?"

지하미궁에서 불을 끈 것은 백의 공자 자신이면서, 그는 아무것도 모르는 척 말했다.

초운예는 그제야 어찌 된 일인지 자초지종을 설명했다.

"진왕 세력과 가까이 지내고 있으니, 천은을 구해 내는 건…… 어렵지 않겠지?"

"진왕을 건드리지 말라고 말씀 드렸는데, 왜 듣지 않으셨습니까?"

백의 공자가 보기 드물게 화를 내며 말했다.

"진왕이 우리 유족의 어전술을 아는 걸 보니, 일곱 귀족에 대해 뭔가 의도를 품고 있는 게 틀림없네. 언젠가는 터져도 터질 일이었어. 마침 이때 이런 일이 터진 게 꼭 나쁘다고는 할 수 없네. 어쨌든 진왕은 자네와 나, 우리의 적이 아닌가!"

초운예가 진지하게 말했다.

"우리요? 진왕이 천하를 얻고 싶어 하는 게, 우리와 무슨 상관입니까?"

백의 공자가 물었다.

초운예의 눈가에 냉소의 눈빛이 스치고 지나갔지만, 그는 참을성을 갖고 말했다.

"영족에 자네 하나 남았으나, 서진을 되찾아야 한다는 사명을 잊어서는 안 되네! 오랫동안 편안하게 지내다가 가문의 사명을 잊은 건 아니겠지?"

"초 족장님, 서진을 되찾는 것은 황족의 일입니다. 유족과 영족은 모두 그럴 자격이 없습니다!"

백의 공자가 차갑게 말했다.

"물론 자격은 없지. 하지만 보좌할 책임은 있네. 요 몇 년 사이 우리 유족은 서주국에서 힘을 기르면서 황족의 행방을 찾고 있었네. 자네는? 약귀당에 몰래 숨어 있으면서 평생 의원으로 지낼 셈인가?"

초천은은 말을 하다가 문득 뭔가 생각이 난 듯 놀란 목소리로 물었다.

"설마, 약귀당에 자네가 지켜야 하는 사람이 있는 건가?"

승낙할 텐가

초운예의 갑작스러운 질문에 백의 공자는 전혀 놀라는 기색 없이 답했다.

"소생은 미접몽 때문에 갔을 뿐입니다. 용비야와 한운석이 독종 지하미궁을 찾아낸 이상, 미접몽을 갖고 있지 않아도 분명 미접몽에 대해 꽤 많이 알고 있을 테니까요."

초운예는 그를 주의 깊게 바라보기만 할 뿐 말이 없었다.

백의 공자는 태연한 자태로 천천히 찻잔을 비운 후 다시 말했다.

"초 족장, 소생은 지금껏 한 번도 편안히 지내 본 적이 없는데, 어찌 편안한 삶에 익숙해지겠습니까? 미접몽을 얻는 자 천하를 얻는다고 했습니다. 소생 역시 서진 제국의 대업을 위해 전력을 다하고 있습니다. 그런데 족장께서 이렇게 의심하시다니, 설마 영족의 충심을 의심하시는 겁니까?"

영족은 일곱 귀족 중에서도 가장 충성심이 깊어 목숨을 바쳐 황족을 지킨다. 나머지 여섯 귀족과 비교할 수 없는 수준이니, 이런 영족의 충심은 의심할 여지가 없다.

초운예는 즉각 부인했다.

"아니, 아닐세! 이 늙은이가 그냥 해 본 말이네."

그 역시 갑자기 그런 생각이 떠올라 물어보았을 뿐, 이 녀석이 사람을 찾고도 남을 속일 만큼 간이 크지는 않을 거라 믿었다. 게다가 초천은이 보고하기를 한운석의 몸에 모반이 없다고 했다.

초운예가 그를 직접 부른 것도 질문하기 위해서가 아니라 다 초천은의 일 때문이었다.

“천은의 일 말이네. 아무리 생각해도 역시 자네에게 부탁해야겠네.”

그가 진지하게 말했다.

백의 공자가 황급히 읍을 하며 답했다.

“무슨 말씀이십니까. 소생은 무능하여 이런 중책을 감당할 수 없습니다.”

그가 정말 구할 생각이었다면 지금까지 기다렸겠는가?

초운예는 그가 겸양을 부린다고 생각하고 웃었다.

“지금은 겸손할 때가 아니야. 천은이 갇혀 있는 날 수만큼 유족이 위험해진다네. 진왕이 서주국을 방문하겠다고만 하고 직접 유족을 폭로하지 않은 것은 분명 꾸미는 바가 있기 때문이야. 천은이를 구해 와야 우리에게…… 그와 대적할 만한 능력이 생기는 걸세!”

“말씀은 알겠습니다.”

백의 공자가 진지하게 답했다.

초운예는 기뻐하며 말했다.

“그럼 이 일을 잘 부탁하네.”

“초 족장, 말씀드린 대로 소생이 감당할 수 없습니다. 다른 적당한 사람을 찾으시지요."

백의 공자는 아주 진지하게 말했으나 초운예의 표정은 어두워졌다. 대진제국 멸망 후 지금까지 유족과 영족은 함께 서진의 후예를 지켜 왔고, 한 가족처럼 네 것 내 것을 구분하지 않았다. 그런데 오늘, 이 무슨 태도란 말인가?

초운예는 다시 백의 공자를 찬찬히 바라보았다. 그의 예리하고 매서운 눈빛에도 백의 공자는 여전히 침착함을 잃지 않고 손을 내밀며 담담하게 말했다.

"초 족장, 솔직히 소생에게는 남은 시간이 별로 없습니다. 마음은 있어도 몸이 따라가지 못하니, 용서하시지요."

초운예는 황급히 손을 뻗어 그의 맥을 짚었다. 전문 의원은 아니지만, 무예를 익힌 자로서 간단한 맥 정도는 짚을 수 있었다. 맥을 짚어 보니 백의 공자의 맥상이 과연 너무도 약했다. 몸은 둘째 치고, 내공조차 얼마 남지 않아 예전 같지 않았다.

초운예도 백의 공자가 어려서부터 몸이 약한 것은 알고 있었다. 중이 제 머리를 못 깎는다지만, 그의 몸이 이렇게 빨리 쇠약해질 줄은 몰랐다.

그의 아버지는 서른을 겨우 넘겼는데, 지금 그의 상태로는 그조차 힘들 수도 있겠다.

"초 족장께서 고집하신다면, 소생이 시도는 해 볼 수 있습니다. 다만 자칫 잘못해서 제가 진왕 손에 떨어진다면, 족장께서 나서서 구해 주십시오."

백의 공자의 말에 초운예는 단념했다. 만일 이 녀석도 용비야의 수중에 들어간다면, 더 골치 아파진다.

이 녀석이 몸은 허약해도, 의술은 아주 뛰어나다. 게다가 지금 약귀당에서 용비야와 한운석에게 이미 깊은 신뢰를 받고 있지 않은가. 당분간 데리고 있으면 분명 쓸모가 있을 것이다.

초운예가 한숨을 쉬며 말했다.

"이 늙은이는 자네가 그런 위험을 무릅쓰게 할 수는 없네. 사람 구하는 일은 신중하게 의논해야 하는 법이지. 그저 천은이 고생할까 걱정이네."

"소생이 알기로 지금까지 진왕의 혹독한 심문을 견뎌 낸 자가 없습니다."

초운예는 그 부분은 안심하고 있었다.

"천은 그 아이는 믿을 수 있네. 어떤 환경에도 잘 적응하고, 나설 때와 물러날 때를 잘 알아. 지킬 바를 알고, 선을 넘지 않지. 죽는 한이 있어도 털어놓지 말아야 할 것은 절대 말하지 않을 걸세."

"그렇다면 제 생각에는 족장께서도 구하려 애쓰시지 않아도 되겠습니다. 진왕이 그를 살려 준다면 분명 돌아올 것입니다. 목숨을 잃게 된다면, 서진 제국의 대업을 위한 희생이니 이 또한 영광스러운 일이지요."

백의 공자가 진지한 말투로 말했다.

이 말은 곧 '구하러 가지 않겠으니 죽게 놔두라'는 뜻이었다. 구하지 않는 것은 둘째 치고 죽게 놔두라니? 만약 초천은이 들었으면 아마 열 받아서 진짜 죽었을지도 모른다.

백의 공자의 뛰어난 언변에, 줄곧 서진의 대의니 가문의 사명이니 같은 것을 강조해 온 초운예는 반박할 말이 없어졌다. 초천은을 구하는 데 실질적인 도움을 얻지 못한 것은 아주 유감스러웠지만 그렇다고 이대로 끝낼 초운예가 아니었다. 이 녀석을 어렵사리 부른 데는 또 다른 용무도 있었다.

"이 일은 신중하게 의논하도록 하지."

초운예는 수염을 어루만지며 말을 이었다.

"또 다른 일에는 자네가 꼭 필요하네."

"말씀하시지요."

백의 공자는 예의 바르고 품위 있게 답했다.

병든 몸속에 감춰진 그의 마음은 천하에 있는 세상 만물을 다 포용할 수 있었다. 하늘이 무너지는 것 같은 엄청난 일도 그 마음에 잔물결 하나 일으킬 수 없었다.

이 세상에서 그가 목숨을 걸고 지키는 이 외에 누구도 그의 마음을 흔들 수 없을 것이다.

"청가가 임신한 지 벌써 넉 달이네. 석 달 후에는 분만을 촉진하는 약을 써서 조산을 시킬 수 있을 거야."

초운예가 말을 마치기도 전에 백의 공자가 중간에 끊고 나섰다.

"초 족장, 약으로 조산을 시키자는 말씀입니까."

"약은 이미 약성에서 구해 왔네. 일곱째 달에 조산하는 일은 자네에게 부탁할 수밖에 없어."

초운예는 어쩔 수 없다는 듯 웃었다.

백의 공자는 이마를 찌푸리며 말했다.

"만약 딸아이면 어찌시렵니까?"

"그건 안심하게. 천은이가 미리 산모들을 열 명 정도 찾아 놨다네. 청가와 임신 시기가 엇비슷하지. 그중에 아들 하나 없겠나!"

초운예의 말인 즉, 열 명의 산모에게 다 분만 촉진제를 쓰겠다는 뜻이다.

백의 공자는 고개를 저으며 말했다.

"분만 촉진제는 의학원에서 사용을 금한 약입니다. 약성에서 감히 판매해도, 저는 사용할 수 없습니다."

초운예가 가볍게 웃었다.

"자네가 언제 의학원의 규율에 신경 썼나?"

"초 족장, 분만 촉진은 백이면 백 다 성공하는 게 아닙니다. 자칫 잘못하다간 산모와 아이, 둘 다 죽을 수도 있습니다."

백의 공자가 정색하고 말했다.

"자네 실력이면 나는 안심이네."

초운예는 말을 마치고 차가운 미소를 지으며 물었다.

"내 어렵게 자네를 찾아왔는데, 설마 또 다른 사람을 구하라고 하진 않겠지?"

"소생에게 분만 촉진을 성공시킬 수 있는 능력은 있으나, 절대 하지 않을 생각입니다. 초 족장, 겨우 일곱 달 된 태아는 무슨 죄입니까? 왜 자연스럽게 성장할 권리를 억지로 뺏는 겁니까? 촉진제로 태어난 아이가 살아남아서 얼마나 많은 고생을 하고, 얼마나 많은 병에 시달리는지 아십니까?"

백의 공자가 진지하게 물었다.

또 거절을 당하자 초운예는 결국 화를 내며 차갑게 말했다.

"이 늙은이는 그 아이가 반드시 빨리 태어나야 한다는 것밖에 모르네. 그렇지 않으면 태어날 필요가 없는 아이야! 다시 한 번 더 묻겠네. 돕겠나, 돕지 않겠나?"

백의 공자는 몸을 일으켜 읍을 하고 말했다.

"명령을 따르지 못함을 용서하십시오."

"이런!"

초운예가 격분하며 일어섰다.

"자네도 서경성 황위가 얼마나 중요한지 잘 알 텐데?"

용비야는 곧 서주국에 도착한다. 안 그래도 서주국 황제가 초씨 집안을 꺼리는 상황에서 용비야가 또 분란을 일으킨다면, 서주국에서 초씨 집안의 상황은 더욱 나빠질 것이다. 그러니 초씨 집안은 반드시 서둘러 천녕국 황위를 손에 넣어야 한다.

천녕국이 셋으로 나뉘고 천휘황제는 서경성으로 물러났다지만, 썩어도 준치라고 했다. 천휘황제가 가지고 있는 병력, 재력, 영토는 모두 초씨 집안에게 필요한 것들이다.

지금은 초씨 집안과 서주국은 모두 초청가의 배경이요, 천휘황제가 천안국, 중남도독부에 대항하는 뒷받침이다. 하지만 얼마 후면 초씨 집안이 서주국과 맞설 때, 천녕국이 뒷배가 되어 줄 것이다.

조정에는 영원한 친구도, 영원한 적도 없을뿐더러 영원한 뒷배도 없다. 오직 뒤를 봐줄 힘을 자신의 것으로 삼아야만 영원할 수 있다!

초운예의 거대한 야망과 초씨 집안의 장기적인 전략에 백의 공자는 전혀 관심이 없었다. 이렇게 분노하는 유족 족장을 본 것은 처음이지만, 그래도 그는 전혀 놀라지 않았다. 그저 많은 말은 하지 않고 담담히 말했다.

"다른 일이 없으시면 소생은 물러가겠습니다."

그는 말을 마치자마자 몸을 돌려 떠났다. 하지만 쉽게 그를 보내 줄 초운예가 아니었다.

"고북월, 내 부탁을 두 번이나 거절하다니, 대체 무슨 속셈이냐?"

고북월…….

그렇다. 백의 공자의 진짜 정체는 바로, 천녕국 태의원의 수석 의원이자 지금은 약귀당의 의원인 고북월이었다.

오랫동안 천녕국에 잠복해 있어, 그의 진짜 내력과 신분을 아는 자는 유족뿐이었다. 게다가 유족 사람이라 해도 결코 그 이름을 쉽게 부르지 않았다. 그런데 오늘, 처음으로 그런 일이 일어났다.

유족 족장의 분노가 가히 어느 정도인지 알 수 있었다. 하지만 고북월은 전처럼 평온하게 문을 열고 떠나려 했다.

"여봐라! 저자를 막아라!"

유족 족장의 명령이 떨어지자, 궁수들이 우르르 몰려와 작은 원락 주변을 빠져나갈 틈도 없이 둘러쌌다. 이 궁수들의 손에는 화살만 있을 뿐, 활은 없었다. 정확하게 말하자면 이들은 어전술을 쓰는 궁수들이었다.

이런 상황 앞에서 누구라도 걸음을 멈출 텐데, 고북월은 전혀 당황하거나 두려워하는 기색 없이 계속 앞으로 나아갔다.

당황한 건 궁수들이었다. 어떻게 막아야 할지 모르는 상황에서, 유족 족장이 직접 화살을 뽑아 맨손으로 쏘아 올렸다!

날카로운 화살이 고북월의 몸을 스치고 지나갔다. 경고의 의미를 가득 담고 있었지만, 고북월은 조금도 동요하지 않았다.

"너희 영족이 지금 우리 유족과의 관계를 완전히 끊겠다는 뜻이냐? 하늘에 계신 네 할아버지가 편히 눈을 감으시겠느냐!"

초운예가 노한 목소리로 외쳤다.

"초 족장, 말씀이 지나치십니다. 할아버지께서 살아계셨다면, 이런 잔인한 일은 반드시 거절하셨을 겁니다."

고북월은 떠나기 전, 한마디를 덧붙였다.

"초 족장, 미접몽에 대한 정보를 얻게 되면, 반드시 가장 먼저 알려드리겠습니다."

그는 궁수들 앞까지 걸어왔다. 명령을 받지 않고는 어전술을 쓸 수 없었던 이들은 그저 길을 내줄 수밖에 없었다. 유족 족장은 분노를 억제하며 차가운 눈길로 바라볼 뿐이었다. 체면이 바닥까지 깎였지만 고북월을 죽일 수는 없는 노릇, 그저 그가 떠나는 대로 놔둘 수밖에 없다.

초 장군이 왔을 때는 고북월이 이미 떠난 뒤였다.

"왜 그를 가두지 않으셨습니까?"

"가둬서 무엇 하겠느냐? 최소한 약귀당에 감시자로라도 둬야지."

초운예가 낮게 말했다.

"저 녀석은 한운석과 사이가 좋습니다. 천휘황제의 노여움을 사는 것도 무릅쓰고 한운석을 도운 게 한두 번이 아닙니다. 제가 보기에 한운석을 다시 한 번 조사해 봐야 할 것 같습니다!"

초 장군이 조심스럽게 말했지만 초운예의 생각은 달랐다.

"이미 다 알아보았다. 녀석은 미접몽 때문에 그곳에 있는 거야. 한운석의 독술 실력이 대단하니, 만에 하나 정말 미접몽을 얻게 된다면 그에 대해 알아내는 게 어렵지 않을 것이다."

초 장군은 고개를 끄덕인 후 자조하듯 말했다.

"제가 의심이 많았군요. 그런 마음이라면 놔둬도 괜찮겠습니다."

"청가 쪽은 어떠냐?"

초운예가 다시 물었다.

초천은이 잡힌 상황에 초청가 쪽은 아마 오합지졸 상태일 것이다.

"무 이모가 갔습니다. 촉진제 일은……, 의성 사람을 찾는 건 어떨지요?"

초 장군이 진지하게 물었다.

"의성이라……."

초운예는 순간 복잡한 눈빛을 번뜩이더니 곧 물었다.

"반드시 의품이 의성醫聖은 되는 자라야 실수가 없겠지?"

"의성 등급이라면……, 대장로 능고역淩古易, 이장로 이수원李修遠, 삼장로 심결명沈決明 이렇게 셋뿐입니다."

초 장군이 사실대로 말했다.

재앙의 근원은 미인

현재 의성 등급은 세 명뿐인데, 바로 의학원 장로회에서 세 손가락 안에 드는 자들이다.

대장로는 말할 것도 없고, 이장로와 삼장로 모두 모시기 어렵다. 특히나 의성에서 사용을 금한 분만을 촉진하는 일로 부르는 건 더 어렵다.

하지만 초 장군이 이야기를 꺼냈다는 건 가능성이 있다는 소리다.

"삼장로는 얼마 전 약귀당과 약성의 분쟁 때문에 나선 적이 있습니다. 차라리……."

초 장군이 물어보는데, 초운예의 대답은 부정적이었다.

"매우 중대한 일이니, 반드시 확실한 상태에서 진행해야 해. 그렇지 않으면 모두 어그러지는 수가 있어."

이번 일은 분만 촉진의 성공 여부도 중요하지만, 보안 유지도 아주 중요했다. 만약 누군가에 의해 비밀이 새어나가기라도 하면, 초씨 집안은 세상 사람들에게 멸시를 받게 될 것이다.

분만 촉진을 결정한 것은 시국 변화를 염려했기 때문이다. 하지만 충분한 준비 없이는 차라리 석 달을 더 버티는 게 낫다.

"믿을 만한 자가 한 명 있긴 합니다."

초 장군이 목소리를 낮추고 이름을 말했다.

"연심부인입니다."

약성 사태는 운공대륙 전체를 떠들썩하게 만들었다. 연심부인과 한운석은 이미 공존할 수 없는 관계고, 목씨 집안은 약성에서 완전히 세력이 꺾여 재기하기 쉽지 않다. 연심부인과 손을 잡을 수 있다면, 복수는 물론 의학원이 아닌 다른 곳에도 의지할 만한 세력을 심어 두는 셈이다.

그렇게 영민한 여인이니 절대 거절치 않으리라.

연심부인의 의품은 신의에 불과하지만, 그녀의 능력이라면 의성급 장로를 청하는 것도 가능한 일이다. 게다가 그녀는 어떤 장로를 청해야 가장 안전한지 누구보다 잘 알 것이다.

초운예가 기뻐하며 말했다.

"지체해서는 안 되니 직접 다녀오너라. 청가에게는 무 이모가 있으니 안심해도 된다."

용비야는 서주국에 도착하기도 전에 초씨 집안을 이렇게 다급하게 만들었다. 심지어 이들은 초청가의 분만일까지 앞당기려 하고 있었다. 용비야가 진짜 들이닥치면 대체 어떤 일이 벌어질까?

이때 초청가는 분만 촉진에 대해서는 전혀 모른 채, 천휘황제의 아이를 배에 품고도 여전히 진왕 전하를 그리워하고 있었다.

밤은 깊고 주변은 고요한 이 시간, 초청가는 창가에 기대 달을 바라보며 깊은 생각에 잠겨 있었다. 무 이모는 그녀의 뒤에 앉아 약을 배합하고 있었다.

"다음 달 보름까지 아직도 스무날이나 남았네."

초청가가 혼잣말로 중얼거렸다.

"잡혀 있는 오라버니 걱정은 하지도 않는구나. 난 네가 그놈을 미워할 줄 알았건만."

무 이모는 아주 불만스러운 어조로 말했다.

초청가는 몸을 돌려 무 이모를 슬쩍 보고는 냉소적으로 물었다.

"기뻐해야 하는 거 아닌가요?"

만약 미워해야 한다면, 가장 미운 상대는 바로 아버지와 오라버니였다!

무 이모는 야단을 치려다가 초청가의 눈물을 보고는 마음이 약해졌다. 어쨌든 그녀는 초청가의 친 이모였다. 초청가를 키우고 가르친 것도 그녀였다.

한참 침묵한 후, 무 이모가 담담하게 말했다.

"미워하려거든 잘못된 상대를 사랑한 네 자신을 미워해야겠구나."

"아니요!"

초청가가 갑자기 흥분하며 큰 소리로 말했다.

"잘못되지 않았어요! 설사 시간을 되돌린다고 해도 전 그 사람을 사랑할 거예요! 미운 건 한운석이에요. 한운석만 없었다면 지금 이 꼴이 되진 않았을 텐데, 한운석만 없었다면 날 한 번쯤 봐 줬을지도 모르는데!"

한운석만 아니었다면 태후의 생신 연회에서 금을 타지도 않았을 것이고, 천휘 저 늙은이의 눈에 들지도 않았을 것이다. 한운석만 아니었다면 출신, 미모, 무공, 재능과 학식 무엇 하나 빠지지 않는 자신을 생각했을 때, 일단 마음을 표현했다면 적어도 용비야가 단칼에 거절하지 않았을 것이다!

만약 천휘 저 늙은이 눈에 들지만 않았어도, 아버지와 오라버니는 분명 그녀와 용비야를 맺어 주었을 것이다.

그러니, 이 모든 것은 한운석 때문이다.

무 이모는 거의 미치기 일보 직전인 외조카를 보면서, 독초창고에서 만났던 한운석을 떠올리고는 고개를 저을 수밖에 없었다.

"청아, 한운석을 미워하는 건…… 네 자신을 미워하는 것만 못하다."

초청가는 자신의 비분한 감정에 빠져 있어 무 이모가 하는 말은 하나도 귀에 들어오지 않았다. 무 이모는 갖고 있던 약 가루를 달여서 그녀에게 건넸다.

"어서 마셔라. 몸에 좋은 약이다. 네 몸이 망가지면 한운석과 싸울 수도 없지 않니."

초청가는 약을 마시기는커녕 눈길 한 번 주지 않았다.

"한운석과 싸우고 싶으면 몸을 잘 간수하거라! 앞으로 갈 길이 많이 남았잖니!"

무 이모가 충고했다.

이 약은 무 이모가 직접 준비한 보약으로, 분만을 촉진하기 전 초청가의 몸보신을 위해 만든 것이다. 초청가는 아직 모르지만 무 이모는 알고 있었다. 일단 초청가가 쓸모없어지면, 그녀는 초씨 집안에서 버림받게 될 것이다.

무 이모의 자극에 초청가는 억지로 약을 마셨다. 그런 모습을 보고 있자니 무 이모는 어쩔 수 없다 싶으면서도 마음이 아팠다.

"진왕의 서주국 방문을 천휘황제도 아느냐?"

무 이모가 물었다.

"황자들이 여러 차례 알현을 청했지만 다 거절당했어요. 들어간다 해도 천휘황제는 그들이 뭐라고 하는지 듣지 못해요."

초천은은 다른 건 몰라도 천휘황제는 아주 철저하게 처리해 놓았다.

홍안화수紅顔禍水(뛰어난 미모를 갖춘 여인은 재앙의 근원이라는 뜻) 역사에 초청가는 큰 획을 그었다.

"다행이구나."

무 이모도 청가를 별로 꾸짖고 싶지는 않았다. 그녀가 직접 서경성을 지키고 있는 한 큰 문제는 없을 것이다. 초청가가 마음으로라도 그리워하게 놔두자 싶었다. 그녀도 직접 진왕의 풍모를 보았고, 그 수완을 직접 겪었으니, 진왕 같은 남자를 잊기는 어려움을 잘 알고 있었다.

용비야의 서주국 방문은 서경성만 주시하는 게 아니었다. 천안성도 마찬가지였다.

용천묵은 가만히 앉아 있을 수 없어 직접 목 장군부로 향했다.

"진왕이 왜 이러는 것일까? 짐이 일찌감치 천안성으로 청하자고 하지 않았는가. 그리도 말리더니, 지금 이 꼴을 보게. 그가 서주국에 가면 초씨 집안이 아주 의기양양할 걸세!"

목청무는 한쪽에 서서 아무 말이 없었다. 목 장군은 공손히 직접 차를 올리며 말했다.

"폐하, 진왕은 서주국에 갑니다. 천녕국이 아니니 조급해 마시고 기다려 보시지요."

"서주국이나 천녕국이나 무슨 차이가 있소?"

용천묵이 물었다.

"아버지, 이번…… 진왕의 행보가 확실히 뜻밖이긴 합니다."

목청무는 용천묵과 같은 입장이었다.

"강성황제가 당초 초씨 집안과의 화친을 허락한 건, 초씨 집안이 황위를 얻는 것이 두렵지 않았기 때문이오. 일단 천녕국이 서주국 손에 넘어가고, 진왕과도 좋은 관계를 유지하면 우리가 공공의 적이 된단 말이오!"

용천묵이 분노하며 말했다.

전혀 틀린 생각은 아니었다. 초씨 집안은 서주국 병권의 절반을 갖고 있는데도, 강성황제는 초씨 집안 딸과 천녕국의 혼인화친을 허락했다. 이는 강성황제가 초씨 집안을 제압할 만한 충분한 능력을 갖고 있다는 소리다.

그러니 초씨 집안이 천녕국에서 빼앗아가는 것은 서주국 손에 들어갈 것이다. 일단 서주국이 서북쪽 열 개 군郡을 장악한 후 진왕과도 우호 관계를 맺으면, 천안국은 삼면에 적을 둔 형세가 된다.

용천묵이 새롭게 세운 이 나라는 아직 기반이 덜 다져진 상태다. 그런데 이런 공격을 어찌 견디겠는가?

당연히 초조할 수밖에 없다.

그런데 목 대장군은 전혀 초조해하지 않았다.

"폐하, 조급해하지 마십시오. 진왕이 그곳에 간 후에 이 일을 논해도 늦지 않습니다. 신이 보기에 진왕의 갑작스러운 방문에는 분명 이유가 있습니다. 폐하, 한 번만 더 소신의 말을 들어주십시오."

용천묵은 이해가 되지 않았다. 목 대장군은 늘 경솔하고 충동적이었다. 한운석에게 채찍을 휘둘렀던 것만 봐도 그렇다. 그런데 이런 국정 대사에 관해서는 그는 누구보다 냉정하게 대처하고 있다. 지금까지 보여 준 모습은 모두 위장이었나?

물론 그런 의심을 입 밖에 낼 용천묵은 아니다. 지금은 목 대장군의 말을 믿어야 한다. 어쨌든 목씨 집안은 그가 유일하게 기댈 기둥이다. 게다가 몇 차례 큰일을 겪을 때마다 목 대장군의 냉정함은 늘 옳은 선택이었다.

다만 이번에 용천묵은 냉정을 유지하기 힘들었다. 그가 입을 열려는 순간, 목청무가 먼저 말을 꺼냈다.

"소신이 생각난 게 있습니다. 예전에 진왕이 서주국과의 화친을 거절했을 때, 천휘황제가 적잖은 대가를 치른 후에야 일을 크게 만들지 않을 수 있었습니다. 그런 강성황제의 성미를 생각하면, 먼저 나서서 진왕을 청했을 리 없습니다. 그리고 진왕 성격을 생각하면……. 방문이라고는 하지만 반드시 우호 관계를 위한 건 아닐지도 모르겠습니다."

사실 이 말을 할 때 목청무가 떠올린 것은 한운석, 그 여자였다. 용천묵도 마찬가지로 그녀를 떠올렸다.

그 여자를 못 본 지도 오래되었구나.

목청무의 말은 용천묵의 미칠 듯한 불안함을 가라앉혀 주었다. 곁에서 지켜보던 목 대장군은 이 모습이 아주 불만스러웠지만 속으로만 삼킬 뿐이었다.

몇 마디 이야기를 나눈 후 그는 화제를 돌렸다.

"폐하……. 이제 연세도 있으신데 후사를 생각하셔야지요."

용천묵이 나라를 세워 황위에 오른 후 지금까지 그는 목유월 외에는 어떤 후궁도 들이지 않았다.

목유월이 황후가 되자 미쳐 정신줄을 놓은 예전의 이 황후는 자연스레 태후가 되었고, 태후는 태황태후가 되었다. 효자로 이름난 용천묵은 정신이 나간 태후라도 그 말에 순종했고, 미친 태후는 유달리 목유월을 마음에 들어 하여 그녀를 콕 집어 시중을 들게 했다. 하지만 미친 사람 시중들기가 어디 수월하겠는가? 목유월은 온종일 억울한 일만 당하며 지내야 했다!

아버지와 오라버니는 몇 번이고 그녀에게 후사를 대비하라고 재촉했다. 하지만 안타깝게도 그녀는 그들에게 사실을 말해줄 수 없었다. 용천묵은 지금까지 한 번도 그녀를 품은 적이 없었다.

"음, 생각해 보겠소!"

용천묵은 차갑게 답한 후 더는 있을 기분이 아니었기에 잠시 후에 자리를 떴다.

운공대륙은 대체적으로 안정적인 형세를 보였으나, 진왕의 행보 하나하나는 많은 세력의 두려움을 일으켰다. 북려국의 예무睿武황제도 이 일에 깊은 관심을 보였다.

다만 예무황제는 병부를 찾아가 상의하지 않고, 도리어 군역사의 사부인 백언청을 찾았다.

운공대륙에서 군사력 최강국의 주인인 예무황제는 전쟁에 나가지 않아도 1년 내내 갑옷을 입고 다녔다. 나이는 쉰이 다 되어 갔지만 노쇠한 기운 하나 없이 영웅의 패기와 용맹스러움이 흘러넘쳤고, 사람을 죽일 듯한 날카로운 눈빛은 그야말로 하늘에서 내린 장수 같았다!

그 앞에 있는 평범한 회색 장포의 백언청은 한가로운 구름 아래 노니는 들의 학 같았다. 하지만 이 한가로움은 도리어 예무황제의 분위기를 압도했다. 그의 한가로움 뒤에는……, 보는 사람을 두렵게 만드는 힘이 숨겨져 있었다.

"천녕국 진왕이 재앙이로다!"

예무황제가 이렇게 용비야를 평가하는 것은 처음이 아니었다.

서주국과 천녕국은 오랫동안 협력하여 북려국의 철기병 남하를 막아왔다. 이제 천녕국 북부 지역이 천녕과 천안으로 갈라져 복잡한 내분이 일어났고, 서주국과의 관계도 복잡해졌다. 예무황제는 지금 군사를 이끌고 남하할 기회를 노리는 중이었다.

이렇게 딱 좋은 시국에 용비야가 사고치는 것을 허락할 수 없었다.

“내버려 두십시오. 남자가 일으키는 재앙은 미인이 일으키는 재앙을 이길 수 없습니다. 폐하는 기다리시다가 재미있는 볼거리만 구경하시면 됩니다.”

백언청이 웃으며 말했다.

예무황제는 용천묵 같은 애송이가 아니었다. 그는 크게 웃으며 말했다.

“미인이 일으키는 재앙이라? 재미있군, 재미있어! 짐이 기다리지!”

백언청이 말한 미인의 재앙이 무엇인지는 이 두 사람만 알고 있었다.

군역사가 안으로 들어오자 두 사람은 약속이라도 한 듯 더 이상 이야기를 하지 않았다.

각계각층에서 용비야와 한운석의 서주국행을 주시했다.

이때, 한운석 일행은 확실히 서주국을 향해 가는 중이었다. 바로 큰길로 갈 수도 있었지만, 당리 때문에 작은 길로 돌아가야 했다.

여 이모와 당자진은 당리의 거짓 행적에 몇 번 속아 넘어간 후, 결국 용비야 쪽을 의심하게 되었다.

용비야 쪽은 가장 위험했기 때문에 당리가 감히 용비야를 따라갔을 거라고는 생각지 못했었다.

허나 이들은 용비야와 한운석이 서주국으로 가고 있음을 알면서도 사람 찾기에 실패했다. 그런데, 도리어 당리의 약혼자 세력이 이들을 찾아낸 것이다.

이번 서주국행에 큰 사건 사고를 내고 싶지 않았기에, 우선 피하는 수밖에 없었다.

"이봐요, 약혼자는 대체 어떤 사람이에요?"

한운석이 호기심이 동해 물었다.

비밀, 천하에 알려지다

당리 약혼자의 내력이라?

당리는 큭큭 웃으며 말했다.

"나……. 모르는데."

한운석은 농담인 줄 알고 다시 물었다.

"나한테만 살짝 말해 봐요. 팔아넘기지 않을 테니."

당리는 계속 킥킥거리며 웃었다.

"정말 몰라. 혹시 알게 되더라도 나한테 말하지 마. 알고 싶지 않으니까."

아버지 마음에 든 여인이지, 자신의 마음에 든 여인은 아니었다. 평생 도망 다닌다 해도 아내로 맞지 않을 것이다.

마침 한운석은 용비야와 한 말을 타고 가는 중이었다. 그녀는 용비야의 품에 안긴 채 궁금한 표정으로 용비야를 올려다보며 물었다.

"알고 있죠?"

용비야의 대답은 한운석의 할 말을 잃게 했다.

"본 왕은 관심 없다."

당리가 1년 넘게 혼인을 피해 도망 다니고 있고, 용비야는 1년을 넘어 지금까지 도와주고 있으면서 상대방이 어떤 사람인지 모른다고?

결국 한운석도 웃고 말았다.

“좀 전에 쫓아오던 자들 모두 무공이 아주 뛰어났어요. 보통 내력이 아닐 텐데.”

이 말에 당리는 아주 흥분해서 말했다.

“그때는 쉰 명이 넘는 고수들을 데리고 와서 이 도련님을 포위했어. 내가 재빠르게 폭우이화침을 쓰지 않았다면, 하하, 그 뒤는 상상도 못 하겠군!”

“설마 살수성 쪽일까요? 여아성?”

한운석이 궁금해하며 질문을 던졌다.

“아주 갑부일지도 모르지. 돈만 있으면 살수성 전체도 고용할 수 있으니까.”

당리는 약혼자에게 아무 감정도 없었지만, 그렇다고 이런 화제를 피하지도 않았다.

“천하의 갑부라면 몇 안 되는데…….”

한운석은 말을 하다가 갑자기 깜짝 놀랐다.

“설마 운공상인협회 사람은 아니겠죠!”

당리도 약혼자 신분에 대해 이렇게 진지하게 생각한 건 처음이었다. 그는 잠깐 생각했다가 곧 대답했다.

“그럴 수도 있겠다!”

“만약 정말 운공상인협회 사람이면, 어서 가서 혼인해요. 그리고 운공상인협회 내부 상황이 어떤지 자세히 조사하는 거죠. 거기 집행회장인 구양영정이 아직까지도 약성에서 장로회와 시간을 끌고 있다던데.”

한운석이 놀리는 말투로 말했다.

"만약 구양영정이라면 이 도련님도 고려할 만하지."

당리도 농담처럼 말했다. 초서풍이 말해 준 덕분에 그도 약성 상황을 알고 있었다. 구양영정은 구양영락보다 더 다루기 힘들고, 나이도 어린 여장부라고 했다.

한운석은 무시하는 눈빛을 보내며 말했다.

"그쪽은 시집갈 생각이 없을지도 모르잖아요!"

한운석과 당리는 오는 내내 쓸데없는 잡담과 입씨름을 하며 시간을 보냈다. 용비야는 두 사람이 떠드는 화제에 전혀 관심이 없었지만 따로 간섭하지는 않았다.

물론 간섭하지 않은 것은 한운석이 다른 남자가 아닌 당리와 있었기 때문이었다.

서쪽으로 향하면서 바라본 엄동설한의 서부 지역은 유달리 스산했다. 며칠 후, 드디어 서주국 국경을 넘었다.

서주국의 강성황제는 진왕이 영락공주와 혼인 동맹을 거절하여 서주국에 치욕을 안긴 일을 잊지 않았다. 하지만 일국의 군주로서, 한 번 어그러진 일 때문에 멋대로 진왕을 적으로 돌리고 모든 협력 기회를 거절할 순 없었다. 어쨌든 천휘 부자의 내분 때문에 진왕은 큰 이득을 보았고, 진왕의 일거수일투족은 지금의 각국 정세에 직접적인 영향을 미치고 있었다.

강성황제는 갑작스러운 진왕의 방문 목적을 전혀 짐작할 수 없었다. 하지만 특별히 마음을 열고 중요한 사안으로 생각해, 일찌감치 사람을 보내어 초서풍과 연락한 후 접대할 준비를 해 두려 했다.

원래는 진왕이 서주국 국경에 들어서면 바로 사람을 보내 맞으려고 했지만, 거절당했다. 심지어 진왕의 소재도 알 수 없었다. 그저 가만히 앉아 진왕의 도착 소식만 기다릴 수밖에 없었다.

그런데 생각지 못한 소식이 먼저 도착했다. 바로 대진제국의 유족에 관한 소식이었다.

출처를 알 수 없는 이 소식은 며칠 만에 운공대륙 전체를 들썩이게 했다. 그 소식이란, 대진 제국 유족의 어전술이 다시 운공대륙에 나타났다는 것이었다.

조례를 마친 후 강성황제는 어서방에서 몇몇 대신들과 이 일로 이야기를 나누었다.

"유족의 어전술? 이 이야기가 갑자기 왜 나온 것이냐?"

"폐하, 아니 땐 굴뚝에 연기가 나겠습니까. 누군가 실제로 어전술을 본 듯합니다."

"맨손으로 화살을 쏜다고 하는데, 대체 어떤 수법일까요?"

"폐하, 대진제국의 일곱 귀족이 오랜 세월 자취를 감추고 있다가 갑자기 이런 이야기가 나온 것을 보니, 이건 시작에 불과하다고 봅니다!"

"두 황족은 이미 멸망했소. 일곱 귀족이 아무리 능력이 대단해도 뭘 어찌하겠소? 운공대륙 왕조가 바뀐 지가 언젠데, 이 대인의 지나친 걱정이요."

"일곱 귀족은 그 뿌리가 깊고, 가문에 인재가 많습니다. 만약 강성해지게 내버려 두다가 옛 세력을 회복이라도 하면, 그 뒤는 상상하기도 어렵습니다! 소신 생각에는 현재 운공대륙에 있는 네 국가와 네 성, 그리고 검종, 당문이 모두 힘을 합하여 일곱 귀족이라는 화근을 없애야 합니다. 불길이 맹렬한 기세로 타오르기 전에 말입니다!"

"동의할 수 없습니다. 소관 생각에 대진 제국은 이미 멸망했으니, 성심성의를 다하면 일곱 귀족이 새로운 주군을 선택하게 할 수 있을 것입니다. 일곱 귀족이 보좌한다면, 지난날 천하통일의 찬란한 영광을 재현할 수 있습니다! 폐하, 현명한 판단을 내리소서. 선수를 쳐야 합니다. 일곱 귀족이 다른 세력과 손잡게 두셔서는 안 됩니다!"

대신들이 저마다 자기 의견을 떠들며 격렬하게 논쟁하는 동안, 맨 앞에 서 있는 초 장군 홀로 아무 말이 없었다.

그 모습을 주의 깊게 지켜보던 강성황제가 질문을 던졌다.

"초 장군, 이 일을 어찌 생각하느냐?"

초 장군의 마음은 켕기고, 괴롭고, 답답했다! 아주 폭주해 버릴 것만 같았다.

그는 줄곧 용비야가 초천은을 갖고 위협하며 초씨 집안과 협상하러 오기만을 기다리고 있었다. 그런데 용비야 쪽에서는 아무런 소식도 없었고, 어느새 날짜는 보름이 다 되어 갔다. 게다가 갑자기 이런 일까지 터지다니, 정말 초씨 집안은 이리저리 치여 정신을 차릴 수 없었다.

용비야는 어전술에 대한 이야기를 천하에 다 퍼뜨려 무엇을 하려는 것인가?

강성황제의 질문에 초 장군은 신중해질 수밖에 없었다. 용비야가 따로 강성황제에게 뭔가 알려 준 것은 아닐까?

"폐하께 아룁니다. 이 일은 아직은 풍문에 불과하여, 소장이 논하기 어렵습니다."

"만약 이게 사실이라면, 어떻게 생각하느냐?"

강성황제가 캐물었다.

"사실이라면 소장은 진 대인의 말에 동의합니다. 대진 제국은 이미 완전히 멸망했으니, 일곱 귀족이 다시 세상에 나온다면, 필시 새로 섬길 주인을 선택할 것입니다."

초 장군의 대답에 이어 이 대인이 말했다.

"다른 여섯 귀족은 몰라도 유족은 주인을 배신한 부족이 아닙니까? 당시 유족이 서진 황족의 마지막 황자를 쏘아 죽였지요! 이런 음흉한 야심을 가진 자들과는 함께 일을 도모해서는 안 됩니다!"

유족이 서진 황족을 쏘아 죽인 일은 대진 제국의 멸망 역사상 가장 널리 알려진 사건이었다. 초 장군의 눈동자에 분개심이 스쳤지만, 그저 속으로만 성낼 수밖에 없었다.

그는 골이 나서 많은 말을 하지 않았다. 옆에 있던 진 대인이 곧 이 대인과 논쟁하기 시작했다.

초 장군은 강성황제의 말을 기다렸다. 하지만 강성황제는 시종일관 입장을 밝히지 않았고, 이 때문에 초 장군은 더 불안했다.

초 장군은 돌아가자마자 바로 족장 초운예를 찾아갔다. 어서방에서 울화가 치미는 것을 꾹꾹 참았던 초 장군은 초천은과 무 이모를 한 대 치고 싶은 마음이 굴뚝같았다.

그 두 사람이 독종 지하미궁에서 용비야들을 죽여 버렸으면 다 해결되는 것을, 어찌하여 어전술을 드러냈을까? 이제 이 사태를 어찌 수습할 것인가?

"진왕은 대체 왜 이렇게 행동하는 걸까요?"

초운예는 어제 이 소식을 듣고 지금까지도 골머리를 앓고 있었다. 그는 불같이 화내는 초 장군을 보자 더 짜증이 났다. 그는 초 장군에게 앉으라는 뜻으로 손을 내저었다.

"무슨 의도든 간에 우리 쪽에서 만반의 준비를 해야 한다. 서경성은 우리의 유일한 퇴로야. 의성 쪽에서는 소식이 있느냐?"

그가 진지하게 물었다.

그 말이 나오자 초 장군은 한숨을 돌리며 말했다.

"방금 오자마자 소식을 받았습니다. 연심부인이 닷새 후 서신을 보내 상세히 알려 주겠다고 했습니다."

초 장군이 답했다.

"어느 장로를 청할 건지도 언급하더냐?"

초운예가 초조해하며 물었다.

초 장군은 고개만 저을 뿐이었다.

"어찌 됐든 그 셋뿐입니다. 능 대장로면 가장 좋겠지만, 아쉽게도…… 어렵겠지요."

"무슨 일이 있어도 이 일은 꼭 성사되어야 한다. 진왕 쪽은…….”

“우리에게 협상하러 오지 않는다면, 우리 쪽에서 먼저 찾아가면 어떨지요? 그자의 사정도 살펴볼 겸 말입니다.”

초 장군이 서둘러 말했다.

초운예는 한참을 생각하다가 결정을 내렸다.

“곧 보름이다. 가서 협상하려 해도 그가 오기를 기다려야 해. 그자가 감히 진상을 훤히 밝히려 들면, 다 같이 망하는 한이 있어도, 우리 유족 역시 가만있지 않는다!”

며칠 후, 용비야 무리가 드디어 서주국 도성인 백성白城에 도착했다.

강성황제는 태자 단목백엽을 보내 맞이하게 했다. 태자의 출영出迎은 황제가 직접 맞는 것 다음가는 격식이었다. 진왕의 지위가 얼마나 높은지, 강성황제가 이번 방문을 얼마나 중요하게 생각하는지 충분히 알 수 있는 부분이었다.

적어도 그는 성의 표시를 했다. 용비야가 먼저 나서서 방문했으니, 혼인동맹에 대한 은원은 문제 삼지 않기로 했다.

하지만 단목백엽은 강성황제만큼 넓은 도량과 탁월한 식견을 가지지 못했다. 여동생을 매우 아끼는 그는 아주 불만스러웠지만, 황명을 거스를 수 없어 억지로 맞으러 나왔다.

초천은과 함께 나오려 했지만, 초천은이 백성에 없다는 말을 듣고 홀로 나왔다. 사실 대신들을 데리고 올 수도 있었지만, 그렇게 되면 용비야의 체면을 너무 살려 주는 것 같아 그러고 싶지 않았다!

당리는 모습을 드러내지 않아서 단목백엽은 용비야와 한운석만 볼 수 있었다.

이들은 사람들 앞에서 나누는 의례적인 인사말 몇 마디를 나누고 마차로 갈아탄 후, 가는 길 내내 서로 말 한마디 하지 않았다. 단목백엽은 이들을 홍려시鸿胪寺(외빈 접대를 담당하는 기관)에 데려다주고 홍려시경 임 대인에게 접대를 맡긴 후 떠날 생각이었다.

그런데 차를 마실 때조차 용비야가 한운석을 배려하며, 그녀에게 먼저 잔을 건네는 것을 본 그는 도저히 참지 못하고 되돌아와 물었다.

"진왕, 얼마 전 요요가 말하기를 사부님이 너를 아주 보고 싶어 하신다더군. 너도 천산에 안 간 지 오래 되었겠지."

한운석은 그 말을 듣고 단목백엽이 단목요 때문에 불만을 품고 있음을 알아차렸지만, 못 들은 척하고 조용히 차를 마셨다.

용비야는 대체 들었는지 못 들었는지 알 수 없지만, 어쨌든 단목백엽을 상대하지 않았다.

단목백엽도 전혀 기죽지 않고 일부러 그들 앞에 앉고는 물었다.

"진왕, 나중에 천산에 가게 되면, 본 태자에게도 알려 주게. 본 태자도 요요를 못 본 지 오래되었거든."

그 말은 마치 용비야가 단목요를 만나러 산에 간다는 말 같았다. 한운석 마음에 동요가 없었다면 거짓말이다. 단목요와 제대로 겨뤄 본 것도 지난번 화친 때문이었다. 그녀 역시 언젠가 천산에 가서 단목요를 제대로 혼내 주길 기대하고 있었다. 지난번 용비야를 속이는 바람에 용비야가 중상을 입은 빚을 반드시 갚아 주리라!

진왕은 여전히 상대하지 않았고, 한운석도 꿈쩍 않는 것을 본 단목백엽은 더 맞서기 시작했다.

"진왕, 시간 참 빠르지. 요요가 널 처음 만났을 때만 해도 어린 소녀였는데 말이야! 그때는 온종일 귀엽게 네 뒤를 졸졸 따라다녔었지. 하, 그때만 해도 진왕비 자리를 요요를 위해 남겨 둔 줄 알았는데 말이야? 하긴 청매죽마라도 혼사 어명은 이길 수 없으니까."

단목백엽이 탄식하며 말했다.

한운석은 더는 가만히 앉아 있을 수 없었다. 도발을 견디지 못해서가 아니라, 단목백엽의 방금 그 말은 사람을 너무 업신여기는 발언이었기 때문이다. 그가 질투심 때문에 단목요가 어떻다 저떻다 떠들어 대는 것쯤은 그냥 우스개로 넘어가 줄 수 있다.

하지만 그녀 앞에서 '진왕비'라는 지위를 논하다니, 이는 명백히 그녀의 체면을 깎아내리는 짓이다.

그녀를 업신여기는 게 아니면 뭐란 말인가?

서주국 방문에 많은 이들이 자신들의 일거수일투족을 주시하고 있다. 그런데 단목백엽의 이런 모욕적인 언사가 밖으로 퍼져 나가면 진왕비 체통이 뭐가 되겠는가?

한운석이 입을 떼려는 순간, 갑자기 용비야가 그녀의 손을 잡으며 막아섰다.

이거……. 무슨 뜻이야?

1차전, 입을 함부로 놀린 결말

열이 뻗친 한운석이 단목백엽을 손봐 줄 요량으로 입을 열려는데, 갑자기 용비야가 그녀를 막아섰다.

용비야가 직접 나서서 단목백엽을 손보려나 보다 생각했는데, 용비야는 여전히 아무 말이 없다.

방금까지 잠자코 있던 것은 상대를 거들떠보지 않았기 때문임을 누구나 알 수 있었다. 그런데 지금 단목백엽이 이렇게 한운석을 괴롭히는데도 계속 잠자코 있는 것은 무슨 뜻이지?

참을 수 있단 말이야?

외빈 자격으로 방문했기 때문에 말과 행동을 함부로 해서는 안 된다지만, 이렇게 참는 것은 용비야 방식이 아니다.

설마 단목요 때문에? 앞서 여러 번 그런 전적이 있었으니, 한운석이 이렇게 생각하는 것을 탓할 수는 없다. 게다가 이번에는 어떤 이유에서건 용비야가 단목백엽을 참아 줄 필요는 없는데!

단목백엽도 용비야의 반격을 기다리고 있었다. 그가 아무 말이 없자 그는 한술 더 떠서 말했다.

"진왕, 지난번 백성에 왔을 때가 7, 8년 전이었지? 요요를 배웅하러 왔던 그때 말이야, 사실 부황께서는 자네를 마음에 들어 하셨지……. 고작 한씨 집안의 딸이 정비가 될 줄 전혀 예상하지 못했다네.”

단목백엽은 혼잣말을 이어갔다.

“안타까운 일이야. 요요가 군역사 그놈에게 속아 넘어가는 바람에, 집이 있어도 돌아올 수 없는 처지가 되다니. 그렇지만 않았어도 오늘 너를 맞으러 온 것은 분명 그 아이였을 텐데. 아니, 어쩌면 이번이 다시 사돈을 맺는 자리였을지도 모르지.”

당당한 사내대장부인 단목백엽이 이렇게 입을 함부로 놀릴 줄이야. 그의 여동생보다 더했다!

한운석의 어두워진 표정과 꽉 쥐는 손을 보며 용비야는 그녀의 분노를 충분히 느낄 수 있었다. 하지만 그저 그녀의 손을 꽉 쥐고만 있을 뿐 여전히 아무 말이 없었다.

한운석은 이제 반박할 생각도 없었다. 용비야도 잠자코 있는 마당에 그녀가 아무리 단목백엽에게 반박해도 아무런 의미가 없다.

그녀는 고개를 숙인 채 괴로워했다.

이를 본 단목백엽은 신이 나서 쉬지 않고 더 입심을 부렸다. 잠깐 사이에 ‘진왕’이라는 말이 열 번은 넘게 나왔다.

조용한 방 안에서, 홍려시경마저 잠자코 있는데, 오직 그 혼자만 북치고 장구 치고 난리였다.

한운석은 찬찬히 고개를 들기 시작했다. 처음에는 괴롭고 답답했다. 그런데 단목백엽이 한참을 ‘진왕, 진왕’이라고 불러 대도 용비야가 일언반구 반응이 없자 뭔가 우스갯소리를 듣고 있는 느낌이었다.

다리를 꼬고 앉아 있는 용비야는 주인처럼 의젓했고 패기가 흘러넘쳤다. 그는 한 손으로는 한운석의 손을 누르면서, 다른 한 손에는 잔을 든 채 느긋하게 차를 음미했다. 그 앞에 서 있는 단목백엽은 우람한 체격에도 불구하고 위에서 제압하는 느낌을 주지 못했다. 도리어 아무리 목소리를 높여도 무시당하는 것 같았고, 혼자 애태우는 듯했다.

스스로도 거북해지기 시작한 단목백엽은 자신도 모르게 손을 비비며 두 손을 어디 둬야 할지 몰라 했다. 민망함과 긴장을 감추려고 결국 주먹을 쥔 채 양팔을 옆에 늘어뜨렸다.

그는 가볍게 몇 번 기침을 한 후 방금 하던 말을 계속 이어갔다.

"진왕, 본 태자의 말이 맞지?"

하지만 용비야는 여전히 상대하지 않았다. 방 안은 바늘이 떨어지는 소리가 들릴 만큼 고요했다. 단목백엽은 난처해진 나머지 어쩔 줄 몰라 하며 무의식적으로 홍려시경 임 대인 쪽을 바라보았다. 그런데 임 대인도 그를 망연하게 바라보고 있었다.

하필 단목백엽이 그를 보는 순간, 임 대인은 황급히 시선을 거두었다.

이 때문에 단목백엽은 더 어색해졌다. 임 대인은 그를 웃음거리로 보고 있었음이 틀림없었다.

번듯한 태자가 이렇게 무시당해 본 적이 있었던가. 특히 신하 앞에서 무시당하는 일은 처음이었다. 결국 그는 부끄러운 나머지 화를 내며 말했다.

"용비야, 뭐 하는 거지? 우리 서주국에 왔으면서 무슨 거드름을 피우는 거야?"

그 말이 나오는 순간, 용비야는 천천히 한운석의 손을 풀어주더니, 갑자기 쾅 하고 큰 소리를 내며 탁자를 내리쳤다. 탁자 가득 놓인 다기들이 덜컥 소리를 내며 흔들렸다.

그가 차가운 목소리로 말했다.

"임 대인, 강성황제에게 전하시오. 본 왕이 거드름을 피우며 돌아갔다고!"

그는 말을 마치자마자 한운석의 손을 잡고 일어났다. 한운석은 그제야 용비야가 일부러 단목백엽을 자극했음을 깨달았다. 이 바보, 이렇게 멍청하니 초천은의 속임수에 잘도 넘어간 게지. 초씨 집안이 10년 넘게 서주국에서 탄탄대로를 걸어온 것도 대부분 이 태자 전하와 가까이 지낸 덕분이리라.

용비야와 한운석의 뒷모습이 문 앞에서 사라지자 홍려시경은 번득 정신을 차렸다. 그는 깜짝 놀라 서둘러 그 뒤를 쫓았다.

"진왕 전하, 오해, 오해십니다! 진왕 전하, 잠시만 멈추십시오! 태자의 해명을 들어 보셔야지요. 태자 전하는 그런 뜻이 아니십니다, 다만……."

멀어져 가는 외침소리에 단목백엽은 순간 몸을 떨며 정신이 번쩍 났다.

맙소사, 내가 방금 뭐라고 한 거지?

예전 용비야와 척을 졌을 때는 뭐라고 떠들어도 상관없었다. 하지만 이번에는 용비야가 먼저 방문하러 왔기 때문에 부황의 기대가 아주 컸다. 용비야와의 만남을 위해 부황은 요 며칠 대신들과 여러 차례 비공개 회의를 거듭했다.

아무리 달갑지 않았어도, 아무리 요요를 아껴도 참았어야 했다! 게다가 이곳은 자신의 세력권, 몰래 괴롭힐 수 있는 방법도 많다. 어찌 되었든 공개적으로 언쟁을 벌여서는 안 되었다!

단목백엽은 자신의 낯짝을 후려치고 싶은 심정이었다. 이제……, 이제 부황에게 뭐라고 설명한단 말인가!

끝장이다!

임 대인은 금방 자리로 돌아왔다. 그는 너무 놀라 새하얗게 질린 얼굴로 다급하게 말했다.

"태자 전하, 소관의 충고를 들으십시오. 어서 가서 사과하셔야 합니다, 어서! 만일 진왕이 정말 가 버리면, 폐하께 어찌 말씀을 드리겠습니까."

단목백엽은 뜨거운 솥에 든 개미처럼 마음이 조급했지만, 자신의 체면 때문에 차마 그렇게 할 수 없었다!

"태자 전하, 어서요. 진왕이 가 버리면 진짜 늦습니다!"

단목백엽은 한참 말이 없다가 겨우 낮은 목소리로 말했다.

"임 대인, 본 태자가 데리고 올 수 있다고 생각하느냐?"

용비야 성격상 지금껏 한 번도 문제를 쉽게 해결하려 한 적은 없었다.

임 대인은 이제 단목백엽 말에 신경을 쓸 겨를이 없었다. 그는 즉각 결단을 내리고 궁으로 들어갔다. 마침 강성황제가 어서방에서 대신들과 회의하는 중이었다.

용비야와 한운석이 도착했을 때는 이미 오후였다. 예법에 따라 오늘 밤은 홍려시에서 쉬고, 내일 오전에 강성황제를 만나러 올 예정이었다.

강성황제도 내일 저녁 진왕을 환대하는 연회를 마련하라고 미리 잘 분부해 둔 터였다.

하지만 임 대인의 보고에 어서방 전체는 순식간에 적막에 휩싸였다. 침묵은 잠시뿐, 걷잡을 수 없는 분노에 휩싸인 강성황제는 책상 위의 모든 물건을 쓸어 버렸다. 화가 치솟아 올라 말도 나오지 않고 그저 욕만 나왔다.

"이 몹쓸 놈! 이 몹쓸 놈!"

서주국이 충분한 실력을 갖추고 있고, 서주국 태자 능력이 출중하다면, 용비야가 먼저 나서서 방문했을 때 제멋대로 굴며 예의를 지키지 않아도 괜찮다.

하지만 서주국은 아직 그런 힘이 없다. 게다가 상대는 운공대륙의 모든 사람이 두려워하는 진왕, 용비야다.

그들이 감당해야 하는 손해나 치러야 할 대가 같은 것은 차치하고, 만약 이 일이 밖으로 퍼져나가면 단목백엽의 우매함은 곧 서주국 황족의 우매함이 된다!

"태자를 폐위, 폐위시키겠다!"

강성황제는 노여움을 억제할 수가 없었다.

대신들도 초조함과 긴장에 휩싸였고, 고개 숙인 초 장군의 눈빛은 아주 복잡했다. 하지만 누군가가 곧 간언하고 나섰다.

"폐하, 진왕이 성을 떠나기 전에 어서 방법을 생각하시지요.

소신 감히 폐하께서 직접 만류하시기를 간언 드립니다."

그 말에 당장 누군가가 반박하고 나섰다.

"안 됩니다! 절대 안 될 말입니다! 폐하께서 직접 만류하신 일이 알려지면, 우리 서주국의 체면은 더 땅에 떨어집니다! 그래도 태자가 직접 가셔야 합니다."

용비야는 중남부에서 보위에 오른 것도 아니요, 천녕국에서 갈라진 천녕, 천안 양국을 인정하지 않고 줄곧 천녕국 친왕의 신분을 유지하고 있었다.

강성황제는 서주국의 군주인데, 그가 직접 출궁하여 동맹국의 친왕을 만류한다는 것은 과연 예법에 맞지 않아 적절치 않았다.

"태자가 나서면 진왕이 더욱 노할 수도 있습니다. 폐하, 숙고하여 주시옵소서!"

"폐하께서 직접 나서시면, 체면이 깎이는 것이 아니라 폐하께서 이치에 밝으시고 도량이 넓으심이 밝히 드러날 것입니다. 소신의 얕은 생각으로는 우선 태자를 폐하신 후에 진왕을 붙들어 성의를 보이심이 어떠신지요! 이번 태자의 행동은 첫째, 군주의 위엄을 업신여겼고, 둘째, 황제 폐하의 뜻을 거슬렀으며, 셋째, 체통을 잃은 처사이고, 넷째, 국풍을 흔들었으며, 다섯째, 큰 화를 불러왔으니 폐위하심이 마땅합니다!"

반태자당 일원이 나서서 말했다.

"무엄하다! 어디 감히 태자의 폐위를 쉽게 논하는가? 폐하, 진 대인의 식객이 얼마 전 민가 여인을 겁탈하려다가 태자 전하에게 발각되어 그 자리에서 처형당했습니다. 이 때문에 이번 일을 침소봉대하여 개인 원한을 갚으려는 것이니, 중벌을 내려 주시옵소서!"

태자당이 즉각 반격에 나섰다.

당파 싸움이란 이렇듯 좋은 기회가 보이면 절대 그냥 놓치지 않는다. 곧이어 두 당파 간의 언쟁이 시작되었고, 강성황제는 정색을 한 채 아무 말이 없었다. 안색은 점점 더 나빠졌다.

태자당에 속한 초 장군은 기회를 놓치지 않고 끼어들었다.

"폐하, 태자 전하가 아무리 경솔하시다 해도 불손한 언행을 하실 분은 아닙니다. 소장 생각에 진왕이 태자 전하를 자극한 것은 아닐까요?"

평상시였다면 강성황제도 그 말을 들었을 것이다. 태자는 진왕과 나이는 같으나 그 지혜와 처세술이 진왕에 훨씬 미치지 못해 속아 넘어갔다고 생각하면 용서해 줄 만도 했다.

하지만 지금 강성황제는 머리끝까지 화가 난 상태였다. 안 그래도 당파 싸움에 진절머리가 나는 마당에, 그 한마디가 보태지자 분노는 더해졌다.

"자극? 가만히 있던 진왕이 그놈을 왜 자극하겠느냐? 지금 진왕이 그 불효막심한 놈 하나 자극하려고 백성에 왔다고 말하려는 게냐?"

초 장군은 대답할 말을 찾지 못해 골이 난 채로 입을 다물었다.

강성황제는 화가 났지만 완전히 이성을 잃지는 않았다. 더는 지체하지 않고 몸을 일으켰다.

“여봐라, 마차를 준비해라! 짐이 미복을 하고 출궁하겠다!”

미복 출궁하여 몰래 진왕을 데려오겠다는 것은 그가 생각한 최적의 절충안이었다. 우선 체면도 완전히 깎아내리지 않고, 성의도 보일 수 있기 때문이다.

자리에 있는 대신 중 감히 이의를 제기하는 자는 없었다. 강성황제가 떠나자 초 대장군은 서둘러 임 대인에게 분부했다.

“어서 도연거陶然居에 자리를 마련하게. 그리고 태자를 폐하께 보내서, 진왕을 도연거에 초대해 차를 대접하며 사과하겠다고 말씀드리라 하게.”

단목백엽은 초씨 집안이 의지하는 거목이다. 절대 쓰러져서는 안 된다!

용비야는 서주국에 도착하자마자 한마디로 서주국 조정을 뒤흔들어 놓았다. 이 일의 결말이 어찌 나든지, 그저 이 사건 하나만 퍼져 나가면 앞으로 어떤 나라도 감히 진왕 부부 대접에 소홀히 할 수 없을 것이다.

이때 용비야와 한운석은 마차를 타고 성 밖으로 나가는 중이었다.

용비야는 아무 말이 없었지만, 한운석은 왜 방금 그녀에게 단목백엽과 논쟁하지 못하게 했는지 이유를 알고 있었다. 이 인간은 일부러 단목백엽을 건드린 것이다.

“단목백엽이라는 나무가 쓰러지면, 초씨 집안은 당신을 더 미워하겠네요.”

한운석이 웃으며 말했다.

용비야의 이번 행차는 초씨 집안을 상대하기 위해서였다. 오늘 초씨 집안에게 제대로 본때를 보여 준 셈이다.

용비야는 진지하게 바라보며 물었다.

"기쁘냐?"

한운석은 순간 멍해져서 그의 말뜻을 이해하지 못했다. 곧이어 용비야가 덧붙였다.

"강성황제가 오면 사과하게 해 주겠다."

"그게……."

한운석은 놀라면서도 그 뜻을 이해했다. 용비야가 단목백엽을 건드린 것은 강성황제가 사과하게 만들기 위해서였구나!

이 인간…….

질문에서 희롱까지

한운석은 용비야를 바라보면서도 뭐라 해야 할지 몰랐다.

한 나라의 군주가 일개 여인에게 사과한다니, 거의 불가능한 일이 아닌가! 그런데 그 일이 다른 누구도 아닌 바로 그녀 자신에게 일어나고 있다.

강성황제는 분명 자신들이 이대로 떠나게 놔두지 않을 것이다. 그렇다고 단목백엽이 와서 사과하게 할 정도로 어리석은 자도 아니다. 그렇다면 강성황제는 그들을 만류하기 위해 직접 올 수밖에 없고, 만류하는 방법은 오직 사과하는 것뿐이다. 그 외에 이들을 붙들어 놓을 다른 방법이 있겠는가?

기쁘냐고?

사실 한운석은 아까부터 기뻤다. 용비야가 참은 것이 단목요가 특별해서가 아니라, 단목백엽을 함정에 빠뜨리기 위해서였다는 것을 안 순간, 더는 괴롭지 않았다.

그녀는 그렇게 마음 약한 사람이 아니다. 단목백엽에게 크게 한 방 먹이고, 초씨 집안이 의지하는 큰 나무를 베어 버릴 수 있다면, 단목백엽이 뭐라고 지껄이든 간에 한 번쯤 참아 줄 수 있었다.

물론 강성황제가 찾아오기 전에 단목요에 대해서 제대로 물어봐야 했다. 전에는 몰랐다지만 이제는 알게 되었으니, 제대로 답을 듣지 못한 채 마음에만 묻어두기에는 내내 불편할 것이다.

이런 쪽으로는 그녀도 자신이 시시콜콜 따지는 좀생이라는 것을 인정했다!

"용비야, 7, 8년 전에 이곳 백성에 온 적이 있어요?"

한운석은 아주 직접적으로 묻지는 않았다. 하지만 지난번 강력한 식초 간식을 맛본 후, 이런 쪽에 둔하던 용비야도 배운 게 있다. 그는 듣자마자 한운석이 무엇을 알고 싶어 하는지 단번에 알아챘다.

"천산에서 내려와 천녕국으로 돌아가려면 서주국을 반드시 거쳐야 한다. 당시 단목요와 함께 하산했기 때문에 가는 길에 강성황제를 만났지. 절대 데려다주려고 온 게 아니다."

용비야는 아주 분명하게 설명했다.

하지만 이런 일은 아무리 분명하게 설명해도 여인은 절대 만족하지 못한다. 아예 안 물어보면 모를까, 일단 묻기 시작하면 반드시 더 많은 질문이 이어진다.

"그러니까, 그때 강성황제가 당신을 마음에 들어 했다는 거죠? 사위로 삼고 싶어서?"

한운석이 놀리는 말투로 말했다.

만년이 지나도 변할 것 같지 않던 얼음장 같은 용비야의 얼굴에 난처한 기색이 일었다. 지금까지 살아오면서 이런 이야기를 노골적으로 물어보는 사람은 처음이었다. 그는 창밖을 바라보며 낮은 목소리로 '음' 하고 대답했다.

"그때 왜 승낙하지 않았어요? 우리 한씨 집안 자손만대가 모여도 단목요 배후 세력에 못 미칠 텐데."

한운석은 일부러 질투를 가득 담아 말했다.

그런데 용비야가 그녀를 흘끗 보며 반문하는 게 아닌가.

"본 왕이 그때 승낙하지 않았으리라 생각하느냐?"

한운석은 순간 멍해졌다.

용비야는 그녀를 곁눈질하며 훑어보더니 한참 후 다시 말했다.

"너는 독종의 직계 자손이니, 본 왕이 너를 부인으로 맞아도 손해는 아니다."

한운석은 골이 나서 외쳤다.

"당신!"

용비야는 변명하지 않고 그녀를 물끄러미 바라보았다. 용비야를 놀리려던 한운석이 도리어 놀림당하고 말았다.

이 화제를 이어갈 수 없어 한운석은 말을 돌렸다.

"단목요와 당신은 천산에서 얼마나 오래 함께 지냈어요? 왜 청매죽마가 됐죠?"

이번에 용비야의 대답은 사뭇 진지했다.

"그해에 사부님께서 공개적으로 제자를 모집하셨다. 각국 황실은 천산 세력과 관계를 맺기 위해 황자와 공주들을 다 천산에 보내서 시합에 참여하게 했지. 백 명 정도 되는 어린아이 중에서 사부님은 나와 단목요를 뽑으셨다. 제자로 입문한 후 천산에서 반년 정도 있다가 고국으로 돌아갔고, 이후에 각자 정한 기간에 천산에 올라 검술을 배웠다. 그저 우연히 한두 번 마주쳤을 뿐, 만날 기회는 많지 않았다."

사실 실상은 이러했다. 단목요는 용비야를 보자마자 첫눈에 반했고, 귀국 후 갖은 방법을 써서 용비야가 다시 천산에 가는 시기를 알아냈다. 그 후에 우연을 가장하여 용비야와 함께 산에 올라 수행했다.

한두 번의 우연 이후 용비야는 일부러 그녀를 피했다. 어쩔 수 없이 시간을 맞출 수 없을 때를 제외하고는, 매년 단목요가 수행을 마치고 돌아간 후에 천산에 올랐다.

"그러니까 그 한두 번 우연히 마주쳤을 때 함께 수행했군요? 그녀가…… 온종일 당신 뒤를 쫓아다녔고요?"

한운석은 또 슬슬 질투가 났다.

여자의 마음은 이토록 옹졸했다!

한 남자를 사랑하게 되면, 그의 생에 오직 그녀 한 사람만 존재하기를, 자라난 모든 기억 속에 여인은 오직 그녀 하나뿐이기를 갈망하기 마련이다.

용비야가 대답도 하기 전에 한운석이 말했다.

"용비야, 어째서…… 좀 더 일찍 당신을 만나지 못한 거죠?"

용비야는 그녀를 바라보며 자신도 모르게 그녀의 앞머리를 어루만졌다.

"나도…… 그렇게 생각한다!"

만약 좀 더 일찍 이 여자를 만났다면, 지난 20년을 그토록 고독하게 보내진 않았겠지?

서로 마주 보는 두 사람의 눈길 속에는 어떤 설명도 필요치 않은 듯했다.

용비야가 그녀에게로 천천히 다가와 입 맞추려는 순간, 한운석은 번뜩 정신을 차리고 그를 밀쳐냈다.

"아직 안 끝났어요!"

용비야는 쓴웃음을 지었다. 이렇게 여자가 제멋대로 구는 것을 받아 주는 날이 올 줄은 자신도 몰랐다.

"당신 사부님은 단목요를 좋아하죠?"

한운석은 아주 핵심적인 질문을 했다.

용비야는 고개를 끄덕이며 한마디 덧붙였다.

"아주."

"그럼 왜 열여덟 살 때까지만 지키라고 했어요? 아예 평생 지켜 주라고 하지."

한운석이 울적해하며 물었다.

순간 용비야의 얼굴에 복잡한 눈빛이 스쳤지만 곧 사라졌다.

"내년에 함께 천산에 올라가면, 한 번 물어보거라."

그 말에 한운석이 눈을 흘겼다. 그건 대답을 안 한 거나 마찬가지잖아!

"당신 사부님은 단목요가 당신을 좋아하는 걸 알아요?"

한운석이 다시 물었다.

용비야는 다시 거북해져서 한운석을 자신의 품 안으로 끌어당기며 패기 있게 말했다.

"너는 본 왕이 그녀를 좋아하지 않는다는 것만 기억하면 된다. 다른 이가 무슨 상관이냐?"

"그러니까 당신 사부님은 안다는 거죠?"

한운석이 고개를 들자 용비야는 다시 그녀의 머리를 품속으로 안으며 말했다.

"본 왕은 너만 좋아한다."

한운석은 그의 손을 뿌리치며 다시 물었다.

"당신 사부님은 그녀가 당신을 좋아한다는 걸 알잖아요, 그럼……."

하지만 그 말이 끝나기도 전에 용비야의 입술이 강압적으로 덮쳐와 뒤에 할 말을 모조리 먹어 치웠다.

"우, 읍……."

한운석이 몇 번 그를 밀쳐 보았지만 끄떡도 하지 않았다. 하지만 용비야에게 당하면서 이렇게 정신이 멀쩡하기는 처음이었다.

밀어내는 게 안 되자, 그녀는 이를 깨물어서라도 거부하려 했다. 하지만 나쁜 남자 용비야의 큰 손이 그녀의 몸을 덮쳐왔다.

처음이 아니었음에도, 한운석은 깜짝 놀랐다.

뜻밖의 상황에 한운석이 놀라는 사이, 용비야의 손이 그녀의 몸을 가볍게 파고들어 점령해 나갔다. 곧 용비야의 입술과 손의 무차별적인 공격은 그녀의 사고를 마비시켰고, 온몸에 힘이 빠져 그의 품속에 자신을 맡겼다.

만약 강성황제의 마차가 제때 도착하지 않았다면, 용비야의 사고도 마비되었을 것이다.

사복 차림의 호위가 말을 타고 그들의 마차를 막아섰다. 그 뒤로 강성황제의 마차가 다가왔다.

호위가 창가로 다가가 낮은 목소리로 말했다.

"진왕 전하, 주인께서 도연거로 모셔서 차를 대접하고자 하십니다. 초청에 응해 주시겠습니까?"

용비야는 상황을 파악하고 한운석을 놓아준 후, 입가에 남은 흔적을 지웠다.

한운석은 그의 다리 위에 누운 채 그를 올려다보며 문득 그가 입을 닦는 모습이 너무 못됐다는 생각이 들었다. 그런데 그게 또 미치도록 좋았다.

그녀는 눈동자를 굴리며 못된 미소를 지었다. 용비야가 가리개 한쪽을 걷는 순간, 갑자기 한운석이 그의 허리끈을 풀어 버렸다.

한 번도 여색에 흔들려 본 적 없는 용비야의 온몸이 순간 굳어졌다. 한운석도 느낄 수 있을 정도였다.

이때, 그들 옆에 있던 마차에서도 창문 가리개 한쪽이 들어 올려지면서 위엄 어린 얼굴이 드러났다. 바로 미복 출궁을 감행한 강성황제였다.

그는 용비야를 바라보며 고개를 끄덕였다.

아직 자제할 여력이 있었던 용비야는 한운석을 상관하지 않은 채, 무표정한 얼굴로 강성황제에게 고개를 끄덕였다.

그런데 이때, 한운석이 그의 옷 속으로 손을 집어넣었다. 그녀의 섬섬옥수가 그의 속옷을 지나 단단한 근육을 어루만지기 시작했다.

용비야는 온몸이 떨려 왔지만 그래도 힘겹게 버텼다. 이런 모습을 본 한운석은 더더욱 장난기가 발동해 조그만 손으로 그의 몸을 부드럽게 어루만졌고, 자신도 모르게 그의 민감한 부분을 스치기까지 했다.

용비야는 결국 버티지 못하고 바로 창 가리개를 내려 버렸다. 밖에 있던 호위와 강성황제는 순간 멍해졌다.

이건 무슨 뜻이지? 도연거에 간다는 건가, 안 가겠다는 건가?

만약 가지 않는다면 왜 얼굴을 보이며 인사를 했지? 만약 간다면, 왜 한마디도 하지 않고 창 가리개를 내렸을까?

대체 그 속을 알 수가 없었다! 만약 이들이 지금 진왕이 한 여자에게 희롱당하고 있다는 걸 알았다면, 그것도 상당히 대범한 희롱인 것을 알았다면, 그들은 아마 3일 밤낮동안 놀랐을 것이다!

마차 안의 용비야는 이미 한운석을 눕혀 당장 그 자리에서 그녀를 가져 버릴 기세였다.

그는 그녀의 귓가에 얼굴을 바짝 대고 낮은 목소리로 경고했다.

“한 번 더 못되게 굴면, 본 왕도 가만있지 않겠다!”

가까이 달라붙은 그의 몸에서 한운석은 타는 듯한 뜨거운 열기를 생생하게 느낄 수 있었다. 긴장하지 않을 줄 알았는데, 지금도 여전히 두려움에 떨려왔다.

그녀의 몸은 꽉 붙들려 움직일 수 없었다. 저기요, 지금 마차 안이라고!

“바……, 밖에 사람들이 기다리잖아요.”

그녀가 조심스럽게 일깨워 주었다.

“너도 알고 있느냐?”

용비야가 차갑게 말했다.

“안 그럴게요…….”

한운석은 눈을 감아 버렸다. 사람을 잡아먹을 것 같은 그 눈빛이 너무 무서웠기 때문이다.

용비야는 깊이 한숨을 내쉰 후 다시 자리에 앉아 창 가리개를 걷었다. 밖에 있던 자들은 그의 마차가 떠나지 않는 것을 보고 여전히 기다리고 있었다.

“진왕 전하, 가시겠습니까?”

호위가 다급하게 말했다.

“안내하라.”

용비야는 냉랭한 어조와 표정으로 답한 뒤 곧 창 가리개를 내렸다.

호위는 더욱 영문을 알 수 없었다. 그는 오늘 처음 천녕국 진왕을 보았다. 소문에 천녕국 진왕은 염라대왕처럼 냉담하다고 했는데, 오늘 보니 과연 소문대로 아주 차갑기 짝이 없었다.

하지만 냉담한 것 말고도 뭔가……. 호위는 말로 표현할 수는 없었지만, 뭔가 자신이 진왕의 좋은 일을 방해하여 진왕을 불쾌하게 만든 것 같은 느낌이었다.

물론 감히 강성황제에게 그런 말을 할 수는 없었다. 강성황제도 별생각이 없었다. 진왕이 도연거로 함께 갈 거라 예상했기 때문이다. 다만 도연거에 가서 무슨 일이 일어날지는, 자신도 가늠할 수 없었다.

단목백엽도 강성황제의 마차에 함께 타고 있었다. 그는 고개를 숙인 채 말 한마디 하지 못했다. 다행히 초 장군이 제때 알려 준 덕에 도연거를 빌리고 서둘러 부황에게로 달려와 용서를 빌 수 있었다. 그렇지 않았다면 그 뒤는 상상조차 할 수 없다.

비록 부황은 아무 말도 없었지만, 부황이 진왕을 도연거로 청했다는 것은 자신에게 아직 희망이 있다는 뜻이었다.

도연거에 가서 용비야와 한운석이 지나친 행동만 하지 않기를 바랄 뿐이었다.

이때 한운석은 이미 일어나 자리에 앉은 뒤였다. 그녀는 잘못을 저지른 아이처럼 고개를 푹 숙이고 용비야로부터 멀찍이 앉아 있었다.

용비야는 다시 심호흡을 내쉬었다. 욕망은 타오르기는 쉬우나 다스리기는 어려웠다. 애석하게도 그의 몸의 금기 때문에 아쉬움을 느껴도 어쩔 수 없었다.

처음으로 한 여자에 대한 사랑과 미움이 동시에 느껴졌다.

그는 그녀를 차갑게 바라보다가 결국…….

너무 애쓰다 스쳐 지나간

결국 용비야는 한운석을 품으로 끌어당겨 꽉 안고 있는 것으로 평생 처음 느낀 강렬한 욕구를 다스렸다.

한운석은 용기가 나지 않아 움직일 생각도 못했다. 그저 그가 힘주어 끌어안는 대로 자신의 몸을 맡겼다.

무섭게 다가오는 긴장 너머로 기쁨과 얼마간의 기대가 밀려드는 것을 부인할 수 없었다. 하지만 그녀도 자신들이 지금 마차 안에 있다는 사실을 잊을 만큼 정신을 놓고 있지는 않았다.

한참 후, 용비야가 진정된 것 같아 그녀는 조심스레 고개를 들고 그를 바라보았다. 그제야 용비야가 한참 동안 그녀를 바라보고 있었음을 깨달았다.

천산 문제는 이미 새카맣게 잊어버렸다. 말없이 깊고 차가운 눈빛으로 바라보는 용비야를 대하자, 그녀는 다시금 그 품속으로 얼굴을 파묻게 되었다.

한운석은 생각했다. 이제 백 걸음을 다 온 거겠지? 더 많이 다가온 사람은 누구일까. 그인지, 그녀인지 알 수 없었다.

'되돌아갈 수 없는 길'이 있다고 한다. 한 걸음 내디딜 때마다 지금까지 걸어온 길이 사라지기 때문에 뒤로 물러설 수도 없고, 되돌아가서 다시 걸어올 수도 없는 길이다.

한운석은 두 사람 사이의 백 걸음도 분명 그 되돌아갈 수 없는 길이라 생각했다. 다 왔으면 그만이다. 되돌아가지도, 다시 걷지도 않으리라.

적어도 그녀에게는 그러했다.

한운석은 한참 말이 없다가 조그만 목소리로 말했다.

"용비야."

"음."

얼굴은 얼음장이라도 그는 그녀의 말에 즉각 대답했다.

"백 걸음 이야기에 대해 들어본 적 있어요?"

한운석이 물었다.

"백 걸음이라니?"

한운석을 만나기 전 용비야가 그런 말을 들어봤을 리가? 들은 적이 있어도, 아예 못 들은 척했을 것이다.

"세상 모든 남녀는 백 걸음 정도 떨어져 있다고 해요. 한 명이 먼저 한 걸음 다가서면, 감정이 시작되는 거죠. 어떤 이들은 백 걸음을 금방 좁혀가지만, 어떤 이들은 평생을 가도 다 가지 못한대요. 심지어 어떤 이들은 뒷걸음질 쳐서 더 멀어지기도 하고요."

한운석은 담담하게 말했다.

용비야는 듣기만 할 뿐 별다른 말이 없었다.

한운석은 눈살을 찌푸리며 말했다.

"어떻게 생각해요?"

용비야는 잠시 생각한 후 말했다.

"또 다른 이들도 있겠지."

한운석은 이해가 안 됐다. 그저 이런 이야기에 대해 어떻게 생각 하냐고 물어본 것뿐인데, 용비야의 대답이 이어졌다.

"너무 다가간 나머지 스쳐 지나는 자들도 있겠지?"

한운석은 살짝 놀랐다. 조 할멈에게서 '백 걸음' 이야기를 듣고 오랫동안 그 말을 곱씹어 보았지만, 그런 가능성은 생각지 못했다.

가장 비극적인 결말이 아닐 수 없다. 한운석은 혼잣말처럼 중얼거렸다.

"너무 애쓰다 보니 그런 거겠죠?"

영민한 용비야였지만, 이런 낯선 화제에 대해서는 어디서부터 어떻게 생각해야 할지 몰랐다. 물론, 이런 이야기를 좋아하지도 않았다.

그는 마음에 들면, 백 걸음이 아니라 천 걸음이라도 끝까지 걸어갈 것이다.

"무슨 쓸데없는 생각이냐?"

용비야가 눈살을 찌푸리며 물었다.

한운석은 씁쓸해하며 더는 말하지 않았다. 하지만 자신도 모르게 용비야가 말한 그 말을 자꾸만 곱씹게 되었다.

'너무 다가간 나머지 스쳐 지나는 자들도 있겠지.'

생각하면 할수록 가슴이 아파 왔다. 결국 머리를 흔들며 생각을 떨쳐 버렸다.

곧 도연거에 도착했다.

마차에서 내리자 한운석의 눈에 단목백엽이 들어왔다. 그녀는 아주 실망해서 말했다.

"저 녀석을 아예 없애지는 못한 것 같네요!"

"한 나라의 태자다. 말 몇 마디로 폐위가 될 성 싶으냐?"

용비야가 낮게 말했다.

"당신……."

한운석은 놀라웠다. 용비야가 단목백엽을 해치우려고 그를 일부러 도발한 게 아니었나?

"강성황제는 천휘보다 똑똑하다. 게다가 단목백엽의 어머니 집안은 서주국에서 강한 세력을 갖고 있지. 그를 흔드는 것은 하루아침에 할 수 있는 일이 아니다. 단목요도 군역사와 손을 잡았지만 강성황제는 그녀를 황실에서 추방시켰을 뿐, 천산까지 쫓아가 잡아 오지는 않았지. 그게 다 이유가 있어서다. 내 곧 천천히 알려 주마."

용비야가 낮게 말했다.

그러자 한운석은 이번에 용비야가 단목백엽을 자극한 게 다 그녀의 화풀이를 위해서임을 더욱 확신했다.

한운석은 마음에 따스함이 번져 가는 것을 느끼며 결심했다. 용비야의 이 노고를 위해서라도, 좀 전에 꾹 참았던 자기 자신을 위해서라도, 반드시 단목백엽이 대가를 치르게 만들겠어!

마차에서 내린 후, 용비야와 강성황제는 여전히 고개를 끄덕이며 인사만 했다. 용비야는 물론 단목백엽 쪽은 거들떠보지도 않았고, 한운석은 더했다. 그녀는 본디 강성황제에게는 고개를 끄덕여 인사를 하려 했으나, 강성황제는 그녀 쪽은 쳐다보지도 않고 기회도 주지 않았다.

고개를 반 정도 내렸던 한운석은 이런 상황에도 전혀 어색해하지 않고 아무 일도 없는 척했다. 하지만 이 모든 광경을 다 본 단목백엽의 입가에는 무시하는 표정이 어렸다.

한운석은 그런 모습을 보고도 더 따지지 않고, 고개를 들고 당당한 모습으로 용비야와 함께 나란히 걸었다.

그녀가 강성황제에게 예를 갖춘 것은 자신이 비천해서도, 환심을 사기 위해서도 아니라 마땅한 교양을 갖추었기 때문이었다. 강성황제의 이런 반응은 오히려 그가 실제로는 얼마나 옹색하고 마음이 좁은지, 그의 진면목을 보여 준 것뿐이다. 그녀가 곤란할 게 무엇이란 말인가?

강성황제는 한운석을 흘긋 쳐다보았다. 서주국 부마 후보를 앗아간 이 여자가 미웠지만, 그녀의 도량과 기개에 탄복할 수밖에 없었다. 만약 다른 여자였다면, 황족이나 귀족 출신이었다고 해도 오늘 같은 상황에서는 절대 지금 그녀처럼 침착하고 대범한 모습을 보이지 못했을 것이다.

그리고 용비야는 이 모든 것을 눈에 담아 두었다.

찻집 전체를 빌렸기 때문에 안에 사람은 없었다. 종복이 앞에서 길을 안내하자 강성황제가 용비야에게 청하는 손짓을 했다. 용비야는 말없이 예의 바르게 손을 내밀어 강성황제에게 먼저 나서라고 권했다.

두 사람은 누가 먼저 나서지 않고 나란히 걸었다.

한 사람은 황제, 다른 한 사람은 진왕. 서로 대등한 위치이

나, 사실 제대로 따지면 용비야가 더 우세했다.

한운석은 대범하게 용비야 옆에서 걸었고, 단목백엽은 공손하게 강성황제의 뒤를 따랐다. 이 상황에서 가장 비천한 자는 다름 아닌 이 태자 전하였다. 하지만 그는 자신의 잘못은 전혀 깨닫지 못한 채, 내내 용비야와 한운석을 원망의 눈길로 바라보았다.

이들은 호수 한가운데 있는 찻집 안으로 들어가 자리를 잡았다.

서주국 사람들은 북려국과 마찬가지로 술을 좋아했고 차는 별로 좋아하지 않았기 때문에 찻집이 드물었다. 도연거는 그중에서도 최고급 찻집이었다. 이곳에는 서주국에서도 귀한 특산차인 형극차荊棘茶가 있었다.

모두 자리에 앉자 차가 나왔다. 강성황제는 조급하게 본론에 들어가려 하지 않고, 도리어 용비야에게 형극차를 소개했다.

"진왕, 이 찻잎은 사막의 가시나무에서 자란다네. 한 가시나무 밭에서 1년에 얻을 수 있는 찻잎은 고작 백여 개 정도지. 등격騰格 사막 전체에서 1년에 생산하는 형극차는 겨우 두 단지인데, 그중 한 단지가 도연거에, 나머지 하나는 짐에게 있다네."

강성황제는 설명하면서 용비야에게 차를 권했다.

"맛보게. 7, 8년 전에 왔을 때 맛보지 못했으니, 오늘은 꼭 그 맛을 음미해 보게."

용비야는 고개를 끄덕이고는 강성황제가 내민 찻잔을 받아 한운석에게 건네주었다.

"7, 8년 전에 데리고 와서 형극차를 맛보게 해 주고 싶었는데, 오지 않아서 아쉬웠다."

엥…….

한운석은 어리둥절해졌다. 용비야가 뭐라고 하는 거지?

7, 8년 전 그와 그녀의 사이는 백 걸음이 아니라 몇 천 년은 떨어진 사이였다.

강성황제와 단목백엽도 순간 멍해졌다. 두 사람은 모두 놀라 서로 얼굴을 마주 보았다. 용비야와 한운석이 7, 8년 전에 이미 사이가 좋았다고? 그러니까 지금껏 요요를 마음에 두지 않았다고?

조금 의외이기는 하나 곰곰이 생각해 보면 그리 뜻밖의 일도 아니다. 한운석은 태어나기도 전에 용비야와 혼사가 결정되었으니, 요요보다 용비야를 먼저 안 셈이다. 이제 보니 이 여자, 한씨 집안에서 정말 폐물인 척하고 살았구나!

한운석은 얼른 찻잔을 받아 몇 모금 맛본 후 대답했다.

"달아요. 당신이 제일 싫어하는 맛이네요."

그 말을 듣는 순간, 강성황제와 단목백엽은 완전히 난처해졌다.

용비야는 잔을 들어 향을 맡고는 강성황제에게 물었다.

"단맛이 나는 차입니까?"

"그러하네."

강성황제가 사실대로 말했다.

용비야는 좋다 싫다 말은 하지 않고 그저 고개만 끄덕인 후 찻잔을 내려놓았다.

강성황제는 머쓱했지만 곧 아무렇지 않은 듯 사람을 불러 천녕국에서 온 홍차를 내오라고 시켰다. 단목백엽은 더는 부황을 볼 면목이 없었다. 용비야가 단맛을 싫어하는지 자신이 어찌 알겠는가!

대놓고 칼부림하는 분위기는 아니었지만, 이 부부는 서로 찰떡궁합으로 맞장구치며 기선을 잡고 강성황제를 제압했다.

홍차를 몇 잔 마신 후, 단목백엽이 찻잔을 들고 일어섰다.

오만해도 아예 자각이 없는 자는 아니었다. 그는 용비야에게 술 대신 차를 올리며 말했다.

"진왕 전하, 방금 이 몸이 경솔하게 잠시 실언을 하였습니다. 결코 진심이 아니었으니, 넓은 마음으로 소인의 허물을 용서해 주십시오."

당당한 태자가 이 정도까지 했으면 충분히 노력한 셈이다.

그는 말을 하면서 찻잔을 들어 단번에 들이켰다. 하지만 용비야는 여전히 한운석에게 차를 따라주는데 바빠, 홍려시 때와 마찬가지로 그를 공기처럼 취급했다.

단목백엽은 연이어 찻잔을 비우며 사죄를 표했다.

하지만 용비야는 여전히 무시로 일관했다.

단목백엽은 어쩔 수 없이 강성황제에게 억울하다는 눈빛을 보냈다. 강성황제는 표정이 굳어졌다. 단목백엽에게 화가 난 것인지, 아니면 용비야가 못마땅한 것인지 모르겠지만, 어쨌든 그 역시 말이 없었다.

앞뒤로 꽉 막혀 진퇴양난에 빠진 것은 단목백엽이었다. 나아가자니 용비야에게 무릎이라도 꿇어야 할 판인데, 그게 어디 가당키나 한가? 물러서자니 어찌 이 일을 허사로 만들겠는가?

부황의 눈빛이 소름 끼칠 정도로 어둡기는 하지만, 그에게 부탁하는 것 외에는 방법이 없었다.

고요하기 그지없는 정자 속에서 한운석은 그저 느긋하게 차를 마시며 호수의 경치를 감상하고 있었다. 용비야는 그녀에게 차를 몇 잔 따라준 후, 강성황제에게도 차를 따랐다.

강성황제도 예의를 차리면서 진왕과 이야기를 나누기 시작했다. 마치 단목백엽은 버려진 듯했다.

사실 단목백엽은 참으로 어리석었다. 강성황제와 한운석 모두 단목백엽이 한운석에게 사과만 하면 진왕이 노를 풀고 모든 일이 해결될 것임을 알고 있었다.

하지만 단목백엽은 고개를 숙이지 못했고, 분을 삭이지 못했다.

그는 그 자리에 묵묵히 서 있을 수밖에 없었다.

그가 버티는 시간이 길어질수록, 강성황제의 마음속 분노는 더욱 활활 타올랐다. 단목백엽이 용비야의 도발에 휘말린 것을 알고 있었기에 진짜 벌을 내릴 생각은 없었다.

그런데 지금 이렇게 미련한 모습을 보고 있자니, 강성황제는 그를 제대로 혼쭐 내줘야겠다고 굳게 마음먹었다.

차를 마시는 일은 술을 마시는 것과 달라서, 충분한 이야깃거리가 없으면 오래 마시고 있을 수 없다.

곧 용비야는 작별을 고하려 했다.

이때 다급해진 단목백엽이 나섰다.

"진왕 전하, 이 몸이 잘못했습니다! 대체 어찌해야 용서해 주시겠습니까?"

그 말은 하지 말았어야 했다. 그 말이 나온 순간, 강성황제는 하마터면 손에 든 찻잔을 깨뜨릴 뻔했다!

용비야가 뭘 어찌하겠는가? 당연히 계속 그의 존재를 무시했다.

그는 무시했을 뿐만 아니라 의미심장한 눈빛으로 강성황제를 바라봤다. 마치 자신이 단목백엽을 얼마나 하찮게 여기는지 강성황제에게 말해 주는 듯했다.

강성황제는 미복으로 출궁하여 떠나는 진왕을 붙잡은 후, 태자에게 사과할 기회를 줄 생각이었다. 하지만 이제는 직접 사과를 하지 않으면 진왕이 정말 떠나게 생겼다.

그는 결국 한운석을 바라보며…….

크나큰 대가

강성황제는 결국 한운석을 바라보았다. 좀 전에 그녀가 예를 갖출 때는 무안을 주었던 그가, 이제는 그녀에게 부탁할 처지가 되었다. 제대로 거드름을 피우지 않는다면 한운석이 아닐 것이다.

당시 용비야의 총애를 받기 전, 자신만 의지해야 했을 때도 천휘황제에게 맞섰던 그녀다. 하물며 지금은 어떠할까?

강성황제가 보고 있다는 사실을 뻔히 알면서도 한운석은 못 본 척, 눈을 내리깔고 찻잔만 바라보며 태연하게 앉아 있었다.

강성황제는 진왕을 붙잡으려면 먼저 이 여자의 화를 풀어 주어야 한다는 걸 알고 있었다.

단목백엽이 이렇게 멍청한 걸 알았다면 한운석을 그렇게 냉대하지 않았을 텐데. 이제 와서 후회해도 늦었다.

강성황제는 곧 시선을 거두고 말했다.

"두 분에게 태자가 불손한 언행을 하다니, 서주국이 실례를 범하였네. 짐의 얼굴을 봐서 노여운 마음 쌓아두지 말고, 이번 방문에 기분 상하지 마시게."

'서주국이 실례를 범하였다'는 한마디만 해도 대단한 것이었다. 명백한 사과의 말은 아니지만, 일국의 군주가 이런 말을 하는 것은 과연 쉽지 않았다.

용비야가 결국 입을 뗐다.

"강성황제, 과분하신 말씀입니다. 본 왕은 지금껏 경솔한 소인배와 시시콜콜 따진 적이 없습니다."

강성황제의 체면을 살려 주면서 동시에 단목백엽을 대놓고 욕하고 있음이 분명했다. 하지만 단목백엽이 뭘 어쩔 수 있단 말인가?

단목백엽은 용비야가 이 정도로만 그쳐 준다면, '경솔한 소인배'라는 말을 들어도 받아 줄 수 있다고 생각했다. 그러나 용비야는 그를 용서했을지 몰라도, 한운석은 어두운 표정을 한 채 언짢게 말했다.

"원래 며칠 더 머물면서 이참에 서주국의 사막 경치를 구경할 생각이었는데, 이제 완전 그럴 기분은 사라졌어요!"

그제야 단목백엽은 제대로 정신을 차렸다. 전혀 달갑지 않았지만 그는 얼른 한운석에게 차를 따르며 말했다.

"진왕비, 이 몸이 평소 생각 없이 말할 때가 많습니다. 혹 언짢게 해드린 일이 있다면 용서해 주시지요."

당사자가 드디어 사과했다! 하지만 소용 없었다!

한운석은 속으로 냉소를 지었다. 용비야가 단목백엽을 무시하는 작전을 끝까지 끌고 갈 생각이었다.

한운석이라는 관문을 반드시 넘어야 함을 알고 있었던 강성황제가 나섰다.

"진왕비, 홍려시 일은 짐도 다 들었다네. 태자가 참으로 실례를 범했네. 사죄의 뜻으로 내일 태자가 진왕 부부 두 분을 모시고 관광을 시켜드리는 것은 어떠한가?"

방금 전 강성황제가 사과할 때 '두 분'이라고 표현한 것은 한운석을 사과 대상에 포함했기 때문이다. 이 정도까지 양보해 주었고, 진왕도 물러선 이상, 한운석도 멈출 때가 되었다.

그런데 한운석은 아무것도 모르는 척 화를 냈다.

"강성황제, 너무 아들 편만 드시는군요! 우리에게 경치 구경시켜 주는 것이 상이면 상이지, 어떻게 벌이 될 수 있겠어요? 이런 경우는 없어요! 이렇게 사람을 업신여기다니!"

"운석, 무례하구나!"

용비야가 바로 엄하게 꾸짖었다.

한운석은 씩씩거리며 말했다.

"전하, 신첩이 틀린 말을 했나요? 강성황제께서 분명 잘못을 감싸며 역성을 들고 계시잖아요! 구경을 시켜 주다니, 그게 무슨 벌인가요? 이 일이 밖에 전해지면 사람들이 뭐라고 하겠어요? 엽 태자가 우리를 괴롭히지 않았으면, 우리에게 서주국 구경시켜 줄 사람이 없나 봐요?"

용비야는 아무 대답도 못한 채 가볍게 탄식만 했다.

"어쨌든 신첩은 오늘 가야겠어요. 다시는 서주국에 오지 않을 거예요!"

한운석은 앞으로 팔짱을 끼고 입을 삐죽 내밀었다. 생트집을 잡으려는 모습 같았다. 사실이었다. 그녀는 일부러 생트집을 잡고 있었다.

만약 공식적인 장소에서 진왕비 신분으로 한운석이 이런 말을 하고, 생트집을 잡는 행동을 보였다면, 체통 없는 모습이라 할 것이다. 하지만 지금은 개인적인 만남 중이었다. 한 여인으로서의 한운석이 이렇게 소란을 피우는 것은 품위를 떨어뜨리는 일은 아니었다.

강성황제는 당연히 한운석이 일부러 그러는 것임을 알아챘다. 하지만 진왕이 그녀에게 두 손 두 발 다 들고 있는 상황에서 그가 뭘 어쩔 수 있단 말인가?

"여봐라, 어명이다! 앞으로 석 달 동안 태자에게 금족령을 내리고, 1년간 감봉 처분한다. 짐의 허락 없이는 누구도 동궁에 함부로 들어갈 수 없다!"

강성황제는 고통을 참고 행동에 옮길 수밖에 없었다.

"부황!"

단목백엽이 다급하게 외쳤다.

강성황제는 분노한 눈빛으로 바라보며 말했다.

"여봐라, 어서 태자를 데려가라!"

"부황, 소자가 잘못했습니다! 정말 잘못했습니다! 부황, 한 번만 용서해 주십시오! 부황……, 부황!"

단목백엽은 문까지 질질 끌려가면서도 계속해서 큰 소리로 용서를 구했다. 석 달이라니, 그에게는 무시무시한 시간이었다.

단목백엽은 황위 싸움에서 자신과 의견을 달리하는 자들을 온갖 악랄한 수단을 동원해 처리해 왔다. 그랬던 그가 석 달 동안 연금 상태라니, 그에게 짓밟혔던 세력들이 다시 고개를 들기 충분한 시간이다. 반격은 더욱 매서울 것이다.

당연히 두렵지 않겠는가? 석 달이라는 시간 동안 태자 자리를 잃을지도 모르는데?

한운석은 적당한 때가 되었음을 알고 멈추었다.

"강성황제, 과연 영명하십니다. 체면을 깎아내리는 아들은 중벌을 내리셔서 본보기로 삼으셔야지요!"

한운석이 웃었다.

하지만 강성황제는 웃음이 나오지 않았다. 더는 그 자리에 머물 수 없어 몇 마디를 나눈 후 급히 처리할 일이 있다며 떠났다. 그는 떠나기 전, 초 장군에게 와서 대접하라는 명을 전했다.

초 장군은 이제 막 태자의 석 달 금족령을 전해 듣고, 태자당과 만회할 방법에 대해 고민하던 참이었다. 강성황제의 명을 받았을 때, 그는 손에 든 찻잔을 떨어뜨릴 뻔했다.

이렇게 빨리 용비야와 한운석을 만날 줄이야, 그것도 그들을 대접해야 할 줄은 생각도 못했다.

엽 태자의 실패를 목도하고 유족의 비밀까지 더해진 상황이니, 아무리 세상 물정에 밝고 온갖 고초를 다 겪어 온 초 장군이라고 해도 긴장할 수밖에 없었다!

그가 도착했을 때, 마침 용비야와 한운석은 배를 타고 호수 구경을 하고 있었다. 주변에 시중드는 자 하나 없이 용비야가 직접 배를 젓고 있었다. 다시 말해 이 부부가 어떤 대화를 나누는지 아무도 엿들을 수 없었다.

초 장군은 단목백엽을 도와 도연거를 빌리면서 이곳에 염탐꾼을 배치해 두었다. 그러나 애석하게도 지금은 어떤 것도 알아내지 못한 채, 그저 호숫가에서 가만히 기다릴 수밖에 없었다.

그는 용비야의 목표가 엽 태자가 아닌 초씨 집안임을 알고 있었다. 다만 용비야가 어떻게 초씨 집안과 맞설지 전혀 종잡을 수 없었다.

이때, 용비야와 한운석의 배가 호수 중앙에 멈춰 섰다.

"전하, 신첩이 생트집을 잡아서 창피하셨죠?"

한운석이 놀리듯 말했다.

용비야는 눈썹을 치키며 그녀를 보고는 모처럼 칭찬을 해 주었다.

"갈수록 총명해지는구나."

"다 전하에게서 배웠지요."

한운석 역시 모처럼 비위를 맞추었다.

용비야는 그런 그녀를 보며 말 대신 웃음으로 답했다. 이 인간은 말 한마디를 천금처럼 아끼지만, 웃음은 그보다 더 인색했다. 그러나 언제부터인가 한운석은 그의 웃음에 익숙해졌다.

"당리와 초서풍은요?"

한운석이 물었다.

"천불굴 쪽을 알아보러 갔다."

용비야가 대답했다.

"뭔가를 알아냈나요?"

한운석이 다급하게 물었다.

"초서풍은 며칠 동안 알아보고 있지만 아직까지 소식이 없고 당리는 어제 막 출발해서 들어갈 수 있는지 아직 모르는 상황이다."

용비야가 담담하게 말했다.

이들에게 천불굴은 유족을 처리하는 것보다 훨씬 중요했다. 초씨 집안이 만독지목의 소재를 알면서도 오랫동안 손에 넣지 못한 것을 보면, 천불굴이 얼마나 들어가기 어려운 곳인지 알 수 있었다.

한운석은 이번에 서주국 백성에서 꽤 오래 머물 거라는 예감이 들었다.

해가 질 무렵이 되자 용비야와 한운석의 배가 기슭에 닿았다.

초 장군은 바로 웃는 얼굴로 이들을 맞았다. 갖춰야 할 예를 하나도 빠짐없이 갖추면서, 유족과 초씨 집안에 대해서는 한마디도 하지 않았다. 용비야와 한운석 역시 아무 일도 없는 것처럼 초 장군과 함께 홍려시 숙소로 돌아갔다.

떠나기 전 초 장군이 말했다.

"진왕 전하, 내일 조례 후 폐하와 만날 예정이니 그때 소인이 와서 궁까지 모셔드리겠습니다."

용비야는 고개를 끄덕였다. 지금까지 그는 한마디도 하지 않았다.

초 장군은 읍을 하고 떠났다. 하지만 홍려시 대문 밖까지 나왔을 때, 결국 참지 못하고 되돌아가고 말았다.

전에 유족 족장과 이야기할 때, 용비야가 그들을 찾아와 협상하지 않으면 자신들이 먼저 용비야에게 찾아갈 수밖에 없다고 했었다. 그렇지 않으면 내내 수동적인 입장에 처할 수밖에 없기 때문이다.

아무도 확실하게 짚고 넘어가지 않는 지금 이때가 아니면, 용비야가 내일 입궁하여 강성황제에게 뭐라고 할지 어찌 알 수 있겠는가?

초 장군이 되돌아올 것을 예상한 듯, 용비야와 한운석은 전혀 움직이지 않고 자리를 지키고 있었다.

초 장군은 들어오자마자 모든 시종을 밖으로 물렸다. 홀로 용비야와 한운석을 마주했을 때의 그 얼굴은 아주 어두웠다.

그러나 용비야와 한운석은 전혀 동요하지 않았다. 그게 초 장군을 더 불편하게 만들었다.

"진왕, 이 늙은이가 왜 온 건지 알 것이오."

초 장군이 단도직입적으로 말했다.

용비야는 차갑게 세 글자로 답했다.

"모른다!"

"그렇다면 왜 무 이모를 돌려보냈소?"

초 장군이 물었다.

용비야가 답했다.

"본 왕에게는 초천은 하나면 족하니까."

"이……!"

초 장군은 머리끝까지 화가 났다.

"천은이를 어떻게 했소?"

용비야는 대답은 하지 않고 냉소를 지으며 말했다.

"전에 누가 본 왕에게 유족의 비술인 어전술에 대해 말해 주었지. 활 없는 화살의 위력이 엄청나다고. 당시 본 왕은 믿지 않았는데, 이렇게 빨리 보게 될 줄이야.”

그 말에 초 장군은 놀라고 말았다!

그와 유족 족장, 그리고 무 이모는 용비야가 유족의 비술인 어전술을 어떻게 알았는지, 어전술 하나로 초씨 집안이 유족 후손임을 어떻게 확신했는지 영문을 알 수 없었다. 어전술은 아무나 알 수 없는, 유족의 기밀이었기 때문이다.

믿을 만한 자, 중임을 맡길 수 있는 자가 아니면 절대 어전술을 익힐 자격이 없다. 초청가만 해도 아직까지 가문의 비밀을 모르고, 어전술도 할 줄 모른다!

오늘 용비야의 말을 들어보면, 이 비밀을 알려 준 누군가가 있다는 소리다. 하지만 누가 그에게 알려 줄 수 있단 말인가?

초 장군은 유족 중에는 감히 이 일을 폭로할 자가 없다고 확신했다. 만약 유족이 아니라면, 한 명뿐이다.

이 세상에서 유족의 비밀을 아는 유일한 외부인, 바로 고북월이다!

그러자 얼마 전 유족 족장이 초천은을 구해 달라는 부탁을 고북월이 거절한 일, 초청가의 분만을 앞당기는 일도 거절한 게 떠올라 초 장군의 의심은 더욱더 깊어졌다.

하지만 그는 누가 이 비밀을 밝혔는지 용비야에게 직접 물어볼 만큼 어리석지 않았다. 그가 묻는다고 해도 용비야가 답해 줄 리 없었다.

“진왕, 기왕 유족의 체면을 봐주었으니, 차라리 시원하게 처리합시다. 오늘 밤 도연거에서 유족 족장을 불러 이야기를 나누는 게 어떻소?"

초 장군이 목소리를 아주 낮추고 말했다.

한운석은 지금까지 초천은의 아버지가 유족 족장인 줄 알았다. 유족 족장이 따로 있을 거라고는 예상치 못했다.

"초 장군, 날이 늦었으니 그만 돌아가지."

그가 냉정하게 거절했다.

이런 태도에 더욱 불안해진 초 장군이 말했다.

"진왕 전하, 지하미궁에서 천은이 경솔하게 나선 일에 대해서는 이 늙은이가 두 분에게 용서를 빌겠소. 싸우면서 서로 알게 된다더니, 전하 역시 미접몽 때문에 간 게 아니오? 차라리 우리 유족과 함께 대업을 도모하심이 어떻소? 우리 유족은 절대 전하를 실망시키지 않을 것이오. 한 번 생각해 보시오."

용비야는 아무런 주저함 없이 거절했다.

"초 장군, 배웅은 하지 않겠다."

이렇게 대놓고 다 밝혔건만, 용비야가 단호하게 거절할 줄이야? 이런 태도에 초 장군은 완전히 놀라고 말았다.

홍려시에서 나오자마자 그는 바로 유족 족장을 찾아갔다. 이야기를 들은 유족 족장은 더더욱 용비야의 속셈을 가늠할 수 없었다. 그리고 그럴수록 더욱 호기심이 일고, 불안하며, 더 충동심이 동했다.

용비야의 태도가 족장과 가주 모두를 거의 미치기 일보 직전으로 몰아세웠다고 할 수 있다. 이들은 더는 가만히 앉아 죽기만을 기다릴 수 없었다.

그날 밤, 두 사람은 용비야를 만나기 위해 홍려시에 몰래 잠입했다.

이번에는 용비야가 고집을 꺾을까? 그건 한운석도 모르는 일이었다.

이간질, 크게 노는 진왕

인기척도 없이 고요한 밤중, 족장과 가주 두 사람이 야밤에 담장을 넘어 용비야를 찾아왔다는 사실만 해도 어이가 없었다. 이 일이 밖에 알려지면, 유족과 초씨 집안은 천하 모두에게 업신여김을 받을 것이다.

물론 천하 모든 이가 용비야의 존귀한 황족 신분을 알게 된다면, 별로 대단한 일도 아니다. 대진제국 시절, 존귀한 일곱 귀족이라고 해도 황족을 만나면 큰절을 올려야 했으니 말이다.

한운석의 신분은 줄곧 의심받아 왔지만, 지금껏 누구도 용비야의 신분을 의심한 자는 없었다. 가장 총명한 고북월도 그쪽으로는 생각해 본 적이 없었다.

만약 고북월이 나중에 용비야가 바로 서진 황족의 원수임을 알게 된다면, 그는 어떤 반응을 보일까?

이때, 고북월은 아직 서주국에 있었다. 다만 그는 초서풍과 당리를 따라 천불굴로 갔기 때문에 성 안에 있지는 않았다.

유족 족장이 담까지 넘어온 이상 용비야도 그를 맞아 주었다.

저녁 내내 충동에 휩싸여 있던 초운예도 이 순간에는 냉정을 유지하고 침착하게 말했다.

"진왕 전하, 고명하신 분을 여기서 뵙는구려!"

용비야는 고고하게 내려다보며 눈썹을 치켜세우고 업신여기는 눈빛을 한 채, 그저 고개만 끄덕였다.

초 장군은 이런 거만한 태도가 아주 거슬렸다. 용비야가 자신을 멸시하는 거야 그렇다고 쳐도 이분은 유족의 족장이 아닌가. 이런 분 앞에서도 이토록 냉담하고 오만하다니.

예의만 없는 게 아니라 교양도 없는 놈 같으니!

그러나 초운예는 성을 내기는커녕 용비야를 진지하게 바라보았다. 용비야와의 첫 만남이었다. 이 젊은이의 존귀함과 비범함에 대해서는 익히 들어왔으나, 이 정도로 압도적인 분위기일 줄은 몰랐다. 그의 차갑고 깊은 눈동자를 바라보자니 유족 족장은 까닭 없이, 스스로도 설명하기 어려운 경외감이 우러나왔다.

물론 그도 용비야가 천녕국 황족임을 알고 있다. 하지만 이토록 존귀함과 우월감이 자연스럽게 어우러진 분위기는 강성 황제에게서도 느낄 수 없는 것이다. 고작 천녕국의 친왕, 황위조차 앉아 본 적이 없는 용비야가 어찌 이럴 수 있을까? 게다가 이상하게도 용비야가 자신을 바라보는 눈빛에 원한이 서려 있음을 어렴풋이 느낄 수 있었다.

초운예는 용비야를 살핀 후, 이번에는 한운석을 바라보았다. 그런데 한운석에게서도 같은 느낌을 받았다. 용비야의 탁월한 존귀함이야 이해가 갔지만, 한운석은 고작 한씨 집안 정실부인의 딸일 뿐이다. 대체 이 함부로 대하기 어려운 비범한 존귀함은 어디에서 왔단 말인가?

설마 용비야와 오랫동안 함께 지내면서 생겨난 기질일까?

초운예는 속으로 크게 놀랐지만, 많은 생각을 할 겨를이 없었다. 한밤중에 방문했으니 날이 밝기 전에, 용비야가 정식으로 강성황제를 만나기 전에 이야기를 잘 끝내야 한다.

"진왕 전하, 툭 터놓고 이야기하는 게 어떻소?"

초운예가 웃으며 말했다.

"어떻게 해야 우리 유족의 비밀을 지켜 줄 수 있는지, 조건을 말해 보시오."

용비야는 초 장군은 신경 쓰지 않고 유족 족장을 상대로 압박했다. 그가 원하는 조건에 대해 초 장군에게는 결정권이 없었다.

"본 왕이 원하는 물건이 있다."

용비야가 결국 입을 열었다.

"무엇이오?"

초운예가 얼른 물었다.

"만독지목."

용비야는 직접적으로 말했다.

그 말을 듣자마자 초운예와 초 장군은 초천은이 비밀을 폭로했음을 깨달았다. 너무나 뜻밖이었다! 초운예가 속에 열불이 나는 동안, 초 장군은 분노보다는 걱정이 앞섰다. 그는 누구보다도 아들을 잘 알았다. 얼마나 많은 고초를 겪었기에, 이런 것까지 다 털어놓았을까.

미접몽에 대해서는 다들 속셈이 있었기 때문에 초운예도 별다른 설명은 하지 않았다. 그는 한참 수염을 만지작거리다가 대답했다.

“진왕 전하, 아시다시피 천불굴은 쉽게 들어갈 수 있는 곳이 아니오. 천년 묵은 은행나무는 더더군다나 접근하기 어렵소. 그러지 말고 아예…….”

그 말이 끝나기도 전에 용비야가 끊고 나섰다.

“유족이 할 수 없다면, 돌아가라.”

“감히!”

초 장군이 화를 내며 말했다.

“진왕, 우리 두 사람은 진심으로 협상을 하려고 왔는데, 이 무슨 태도요?”

“본 왕은 강성황제와 직접 이야기하러 왔지, 너희 초씨 집안과 협상할 생각은 없었다! 유족 족장이 야심한 밤에 방문한 정성을 봐서 기회를 준 것일 뿐, 유족이 할 수 없는 일이라면 강요할 생각은 없다.”

용비야의 말투에는 온도조차 느껴지지 않았다.

옆에 앉아 있던 한운석은 서늘한 공기에 자신도 모르게 옷을 여미었다. 유족 사람만 만나면 용비야는 뭔가 이상해지는 것 같다. 하지만 뭐가 어떻게 이상한지는 말로 표현할 수가 없었다.

상냥한 용비야에게 너무 익숙해져서 냉정하고 몰인정한 모습이 낯선 것일까, 아니면 다른 이유가 있는 것일까? 아니면 착각일지도 모른다.

멍하니 있던 한운석은 초 장군이 벌컥 화를 내는 바람에 깜짝 놀라 정신을 차렸다.

초 장군은 용비야를 가리키며 말했다.

"진왕, 우리를 위협하는 건가!"

강성황제와 이야기라니, 초씨 집안의 비밀을 갖고 협상하는 것 외에 무슨 다른 패가 있겠는가?

초운예의 안색은 아주 나빠졌다. 이 지경까지 몰린 상황에서 뭘 어쩌겠는가? 없던 방법을 만들어서라도 만독지목을 가져와야 한다!

"진왕, 그렇게 하겠소. 다만 유족에게 시간을 좀 주시오."

초운예는 즉각 결단을 내리고 승낙했다.

"얼마나?"

용비야가 차갑게 물었다.

"석 달이면 되오. 석 달 후, 관세음보살 탄신일이 되면 후궁 마마들이 모두 천불굴에 가서 불공을 드리는데, 기회는 그때뿐이오."

초운예가 사실대로 대답했다.

용비야는 많은 생각을 하지 않고 바로 고개를 끄덕이며 말했다.

"석 달이다. 기한을 넘기면 본 왕도 가만히 있지 않겠다."

"고맙소이다."

초운예는 아주 예의를 갖춰서 대답했지만, 용비야는 여전히 얼음장 같은 얼굴로 고고하게 내려다보고 있었다.

견제당하는 마당에 부탁까지 해야 하다니, 초운예는 아주 못마땅했지만 상황을 받아들일 수밖에 없었다. 협상이 끝난 마당에 남아서 계속 수모를 당하고 있을 수는 없어 그들은 바로 자리를 뜨려 했다.

그런데 예상치 못한 상황이 벌어졌다. 용비야가 그들을 붙잡은 것이다.

"잠깐. 유족 족장, 본 왕이 알고 싶은 일이 하나 더 있어서 가르침을 받고 싶은데."

"말씀하시오."

초운예는 넓은 도량을 베풀 듯 대범하게 나섰다. 하지만 용비야가 입을 열자마자 그는 더 이상 참지 못했고, 안색은 순식간에 어두워졌다.

용비야가 말했다.

"자네들 적족의 행방을 안다고 하더군?"

초 장군은 더더욱 놀랐다. 아들이 용비야에게서 엄청난 고초를 겪은 게 분명하다. 그렇지 않다면 이런 기밀들을 절대 말할 아들이 아니었다.

초운예는 한참 침묵할 뿐 답이 없었다. 그러자 용비야가 다시 물었다.

"서주국과 천녕국 변경 지역에서, 여전히 상인 가문으로 있다던데?"

"이 늙은이가 아는 것도 그 정도요. 진왕의 능력이면 적족에 대해 밝히는 것도 어렵지 않으실 것이오."

초운예가 답했다.

"유족 족장, 적족의 행방과 초천은을 교환하는 것은 어떠냐?"

용비야가 물었다.

초 장군은 곧 정신을 차렸지만, 초운예는 아무 말도 없이 홱 돌아서 나가 버렸다.

초 장군은 황급히 그 뒤를 쫓아와 초조하게 말했다.

"무슨 뜻입니까? 천은이를 구하지 않습니까?"

그는 줄곧 초운예가 용비야에게 조건을 이야기하며 초천은을 구해 내기만을 기다리고 있었다. 용비야가 먼저 조건을 내놓을 줄도 몰랐지만, 초운예가 고려도 하지 않고 그대로 가 버릴 줄은 더욱 생각지 못했다.

초 장군은 묻지 않는 게 나을 뻔했다. 그 질문은 초운예의 분노에 불을 질렀다.

"일을 성사시키기는커녕 망치기만 하는 폐물을 구해 내 어디에 쓴단 말이냐!"

그 말에 초 장군은 화가 나서 초운예 앞을 가로막고 나섰다.

"무슨 말씀입니까!"

"독종 지하미궁 안에서 치밀하게 매복할 수 있도록 그 많은 병력을 주었건만, 그놈이 가져온 결과가 무엇이냐? 용비야 무리를 죽이지 못한 것은 둘째 치고, 우리 유족의 기밀까지 폭로했다. 이제는 만독지목의 행방과 적족의 소식까지 다 까발리지 않았느냐! 허, 그런데도 나보고 그놈을 구하라고?"

초운예가 분노하여 말했다.

"지하미궁의 일은 무 이모도 함께였고, 천은이는 최선을 다 했습니다! 요 몇 년 동안 천은이가 초씨 집안을 위해 얼마나 많은 고생을 했는지는 세상이 다 압니다! 천은이가 없었으면 우리 초씨 집안이 엽 태자와 관계를 맺을 수나 있었겠습니까? 천은이가 아니었으면 초씨 집안 세력은 서경성에 발도 들일 수 없었습니다! 사람은 누구나 실수를 합니다. 겨우 한 가지 잘못으로 천은이가 했던 모든 일을 부정할 순 없습니다!"

초 장군도 화가 나서 말했다.

"그럼 말해 봐라. 만독지목은 어찌 된 일이지? 적족은 또 어떻고? 이 두 가지 다 그 녀석이 폭로한 게 아니라고 할 테냐?"

초운예가 물었다.

"분명 극한 고문에 시달렸을 겁니다! 천은이 성품에 그렇지 않고서야 어떤 기밀도 털어놓을 녀석이 아닙니다! 게다가 적족 일은 그 녀석도 다 알지 못하는데, 뭘 얼마나 말했겠습니까?"

적족에 관해서는 초천은만이 아니라 고북월도 잘 알지 못했다. 유족 가운데서 초운예와 초 장군, 이 두 사람만 알 뿐이다.

이것은 두 사람이 가장 깊이 숨겨 둔 한 수였다.

초 장군의 확신에 찬 말에 초운예는 도리어 크게 웃으며 답했다.

"네 말대로라면, 언젠가 그 녀석이 우리 유족의 모든 것을 다 폭로하게 되더라도, 어쩔 수 없는 사정이 있어서겠구나?"

"아닙니다! 아들은 누구보다도 제가 가장 잘 압니다. 넘지 말아야 할 선은 넘지 않습니다! 목숨을 잃는 한이 있어도 절대 유족을 팔아넘길 녀석이 아닙니다!"

초 장군이 흥분해서 말했다.

"이 두 가지가 넘지 말아야 할 선이 아니라면, 대체 그 선은 뭐란 말이냐? 말해 봐라!"

초운예가 격노하며 말했다.

"최소한……, 최소한 영족 일은 말하지 않았습니다."

초 장군이 무리한 변명을 내뱉었다.

초운예는 고개를 저으며 말했다.

"진왕이 말을 꺼내지 않았을 뿐이지, 털어놓지 않았다고 어찌 장담할까? 허허, 고북월의 말이 맞았군. 차라리 버리는 게 맞았어."

그 말을 듣는 순간 초 장군은 더는 참지 않고 말했다.

"고북월이 뭐라고 유족 일에 그 녀석이 끼어듭니까? 한 가지 말씀드리지 못한 게 있습니다. 오늘 진왕이 자기 입으로 누가 어전술에 대해 알려 주었다고 말했습니다. 고북월은 벌써 몇 번이나 한운석을 도와주었고, 지금은 아예 약귀당에 머무르고 있습니다. 그게 다 미접몽만을 위해서라고요? 천은이는 안 구해준다고 해도, 청가를 돕지 않는 것은 어째섭니까? 분명 용비야 쪽으로 돌아선 겁니다!"

초운예는 초천은 때문에 분노한 상태였지만 그래도 이성을 잃지는 않았다. 그가 놀라며 물었다.

"어전술을 알려 준 자가 있다고?"

"그렇다고요! 고북월 말고 누가 우리 유족의 비술을 안단 말입니까?"

초 장군이 비웃으며 말했다.

"다행히 천은이가 갇히기 전에 용비야가 이 일을 알았으니 망정이지, 아니었으면 우리 천은이가 또 억울한 누명을 쓸 뻔했습니다."

초 장군은 그저 속으로 의심만 하고 있었을 뿐 확신은 없었다. 그런데 너무 화가 난 나머지 자신도 모르게 고북월을 완전히 부정해 버린 것이다.

게다가 두 번이나 고북월에게 거절당한 초운예도 어느 정도는 고북월을 의심하고 있던 차에, 초 장군의 말을 듣자 의심은 더욱더 깊어졌다. 그는 뭔가 생각에 잠긴 듯 낮은 목소리로 말했다.

"고북월……."

"요 몇 년 동안 그 녀석은 우리 유족이 서주국 권력 싸움에 나서는 것을 내내 경멸해 왔습니다. 그런 성격에 아마 애당초 다른 마음을 품었을지도 모릅니다."

초 장군은 더욱더 화를 돋우었다.

초운예는 짙은 어둠이 깔린 듯한 눈빛을 한 채 말이 없었다.

"제 생각에 용비야가 이미 적족에 대해 알아낸 이상, 결코 쉽게 포기하지 않을 겁니다. 적족에 대한 정보를 교환하는 것보다 영족의 비밀을 내놓는 게 낫습니다! 영족은 고북월 하나만 남은 데다가, 그 병약한 몸으로 얼마나 버티겠습니까? 적족이야 말로 우리 유족과 함께 천하를 도모할 자격이 있습니다!"

초 장군은 기회를 놓치지 않고 의견을 냈다.

초운예는 그를 바라보다가 한참 후에 낮은 목소리로 말했다.

"유족과 영족은 당시 함께 주인을 보호했고, 지금껏 한 가족처럼 지내왔다. 고북월 그 아이는……."

아직 말이 끝나지도 않았는데 초 장군이 말을 자르고 나섰다.

"형님, 큰일을 도모하는 데 마음을 약하게 먹어서는 안 됩니다! 더군다나 지금 이럴 때일수록 용비야가 적족을 조사하게 놔둘 수 없습니다. 천은이를 위해서든 우리의 대계를 위해서든, 반드시 영족으로 그의 주의를 돌려야 합니다!"

초운예는 내내 침묵했다.

"형님, 적족의 일은 우리 두 사람밖에 모릅니다. 확답을 해 주십시오!"

초 장군이 계속 그를 몰아붙이자 초운예가 결국 입을 열었다.

영원한 약속

계속된 초 장군의 부추김 끝에 초운예가 입을 뗐다.

"이 일은 신중하게 생각해 보겠다."

"형님, 지금 때가 어느 때인데 생각해 보겠다 하십니까? 감정적으로 처리할 때가 아닙니다. 영족과 적족 중 누가 더 중요한지는 형님도 아시지 않습니까!"

유족과 영족은 생사를 같이할 정도로 깊은 사이인 반면, 유족과 적족은 친분을 맺은 지 10년도 안 되었다. 하지만 적족은 유족이 따라잡기 어려울 정도로 세력이 강성했다. 겨우 고북월 하나 때문에 적족을 포기하기에는 득보다 실이 많았다.

사실 초운예의 마음은 일찌감치 움직였다. 다만 그래도 일말의 옛정을 생각지 않을 수 없었다.

"그자가 만독지목 일을 잘 처리해 준다면, 이 일은 없던 일로 하겠다. 다행히 진왕 쪽은 시간을 끌 수 있어. 오늘 밤 이 늙은 이가 석 달이라는 시간을 벌어 놓았으니 말이야."

"만약 제대로 하지 못하면요?"

초 장군은 끝까지 답을 요구했다.

초운예는 망설임 없이 냉랭하게 답했다.

"그쪽이 의롭지 못하게 나선다면, 우리 유족도 가만있을 수 없지!"

초 장군은 그제야 만족하며 말했다.

"좋습니다. 내일 사람을 보내 불러오겠습니다!"

초씨 저택에 돌아온 후, 두 사람은 의성 쪽 소식을 전해 들었다. 헌데 연심부인이 청한 사람은 전혀 예상 밖의 인물이었다. 바로 의성 대장로인 능고역을 부른 것이다.

초운예는 크게 기뻐하며 말했다.

"정말 잘 되었다! 능 대장로가 직접 나선다면 절대 실수가 없을 것이야!"

초청가가 석 달 후 순조롭게 출산만 할 수 있다면, 초씨 집안이 빠져나갈 구멍은 하나 더 늘어나고, 그도 거리낌없이 진왕과 싸울 수 있다!

오늘 한밤중에 진왕을 찾아간 것은 충동적인 행동이긴 했으나, 진왕을 붙들어 시간을 벌기 위해서이기도 했다. 유족이 순순히 만독지목을 양보할 리가 있겠는가? 또 어찌 진왕이라는 강적을 쉽게 봐주겠는가?

날이 밝아올 때까지 한운석과 용비야는 잠을 이루지 못했다.

홍려시에서 마련해 준 방에서 두 사람은 지금 나른하게 따뜻한 침상에 기댄 채 이야기를 나누고 있었다.

"누가 당신에게 어전술이 유족의 비술이라고 알려줬어요?"

한운석은 계속 이 일을 궁금해했다.

용비야는 가볍게 한숨을 내쉰 후, 늘 지니고 다니는 《칠귀족지》를 꺼냈다. 벙어리 노파 일을 완전히 해결하기 전까지 그는 늘 한운석을 피해서 이 책을 보았다. 불확실한 것들이 너무 많았기 때문이다. 하지만 이제는 더 이상 숨길 필요가 없어졌다.

한운석은 몇 장을 넘겨본 후, 놀라움을 금치 못했다.

"이 책은 어디서 났어요? 누가 쓴 거죠?"

이 책은 전문적으로 조사한 것처럼, 일곱 귀족에 대해 아주 상세하게 기록해 두었다. 분명 이 책의 집필 시기는 대진 제국 시절까지 거슬러 올라갈 것이다.

"누가 썼는지는 모른다. 나 역시 우연히 손에 넣었으니. 그저 대충 뒤적였던 책인데, 정말 어전술이 있을 줄이야."

용비야가 담담하게 말했다.

사실 이 책은 동진 황족이 비밀리에 사람을 보내 조사하여 집필한 책으로, 당시 동진 황족은 귀족들의 마음을 사로잡을 심산이었다. 허나 안타깝게도 이 책이 완성된 후 그의 손에 들어오고 나서야 진정 유용하게 쓰이게 되었다.

한운석은 별다른 생각 없이 영족에 대한 기록을 찾아냈다. 하지만 영족에 대한 기록은 가장 적었다. 겨우 한 쪽, 그것도 몇 줄 되지도 않았지만 크게 두 가지로 요약할 수 있었다.

첫째, 영족의 비기인 영술에 관한 내용이었다. 영술은 공격이 아닌 방어적 무공으로, 순식간에 이동하는 기술이 가장 뛰어났다. 둘째, 영족의 수호에 관한 내용이었다. 한운석은 지금까지 영족의 수호 대상은 서진 황족이라고 생각했다. 그런데 이 책에서는 영족의 또 다른 수호 대상을 기록하고 있었다. 이들은 사랑하는 사람을 수호할 때도 마찬가지로 목숨을 걸고 지킨다는 내용이었다.

머릿속에 날아가듯 움직였던 하얀 그림자가 떠올랐다. 지난 번 영남군에서의 이재민 구호 이후, 다시는 그 백의 공자를 보지 못했다.

자신의 친어머니가 약성의 목씨 집안 딸이고 친아버지가 독종의 적계 자손임을 알고 나서, 한운석은 더 이상 자신이 서진 황족과 관련이 있지 않을까 의심하지 않았다. 하지만 백의 공자에 대해서는 늘 호기심이 일었다.

"황족의 멸망은 곧 영족의 멸망이다. 영족의 이 가훈을 생각해 보면, 서진 황족의 후손이 정말 살아 있는 게 아닐까요?"

한운석이 의심하며 물었다.

"모두가 가문의 사명에 따라 살아가는 것은 아니지."

용비야가 담담하게 말했다.

한운석은 일리 있는 말이라고 생각했다. 하지만 백의 공자를 떠올리면, 뭔가 말로 표현할 수는 없지만, 백의 공자는 가문의 사명을 저버릴 사람이 아니라는 느낌이 들었다.

그녀는 유족과 영족 사이에 관해서 전혀 아는 바가 없었다. 용비야가 오늘 그 둘 사이를 이간질하는 씨앗을 심은 줄은 더더욱 알지 못했다. 그녀는 무심하게 말했다.

"그 사람은 친구로 삼을 만한 것 같아요."

그리고는 웃으면서 한마디 덧붙였다.

"어쨌든 꼬맹이는 주인을 알아보니까, 뺏으려고 해도 뺏을 수 없을 거예요."

순간 용비야의 눈동자에 복잡한 빛이 스쳤지만, 아무 말도 하지 않았다.

한운석은 계속 책장을 넘기다가 적족에 대한 기록에까지 이르렀다. 적족은 서진 황족의 돈줄로 서진 황족에 대한 충심이 매우 깊었다.

"유족이 서진 황족의 마지막 황자를 죽였고 적족은 서진 황족의 충복이니, 유족과 적족은 절대 같은 하늘 아래 있을 수 없는 사이군요!"

한운석은 의문스러운 눈길로 용비야를 바라보았다. 이치대로라면 유족과 적족은 절대 서로 결탁할 수 없는 관계다. 다른 관점에서 생각해 보아도, 유족이 정말 적족의 행방을 알았다면 일찌감치 용비야에게 털어놓지 구태여 용비야가 입을 열기까지 기다릴 필요가 있을까?

한운석은 초천은과 초운예가 거짓말하지 않았다고 생각했다. 그들은 겨우 그 정도만 아는 것이다.

그러나 용비야는 차갑게 말했다.

"한운석, 잊지 마라. 인간의 마음은 변한다. 이 세상에 영원한 충정은 없어. 다만 영원한 이익만 있을 뿐이지. 무엇보다 우선시 되는 것은 가문의 사명이 아닌 가문의 이익이다!"

이 한마디로 모든 가능성이 설명되었다.

적족은 서주국과 천녕국 변경에서 활동하고 있고, 변방 쪽 서주국 대군은 초씨 집안 관할 아래 있다. 두 세력이 전적으로 결탁한다는 것은 충분히 가능한 일이다.

한운석은 고개를 들고 바라보며 말했다.

“용비야, 가문의 사명 외에 또 무엇이 영원할까요?”

용비야는 대답하지 않고 손가락을 까딱이며 그녀에게 가까이 오라고 손짓했다. 한운석은 순순히 침상 위에서 그를 향해 다가가 품속을 파고들었다.

용비야가 대답을 해 주는 줄 알았는데, 용비야는 오히려 담담하게 말했다.

“좀 자거라. 조례가 끝나면 입궁해야 한다.”

초씨 집안에게 만독지목을 찾아오라 한 것은 단순히 만독지목만을 위해서는 아니었다. 그는 강성황제와도 이야기를 잘 나눠야 했다.

한운석이 어찌 잠이 오겠는가. 그녀는 살짝 그에게 귀띔했다.

“석 달은 너무 길지 않을까요.”

유족 족장은 석 달이라는 시간을 벌었다. 석 달 안에 유족이 빠져나갈 구멍을 찾는다면 사태를 수습하기 쉽지 않을 것이다.

“석 달 후에도 서경성은 초씨 집안 손에 들어가지 않을 테니, 안심해라.”

용비야가 담담하게 말했다.

초청가 쪽이 아니면, 초씨 집안은 가문을 보전하여 세력을 이룰 방법이 없다. 용비야는 지금껏 말을 꺼내지 않았을 뿐, 내내 서경성과 천안성의 동정을 주시하고 있었다. 석 달 후면 초청가는 회임한 지 겨우 일곱 달째에 불과하니 천휘황제로부터 아무것도 얻을 수 없다.

용비야는 물론 한운석도 초씨 집안이 초청가의 분만을 앞당길 것이라는 생각은 하지 못했다. 한운석은 안심이 된다는 듯 고개를 끄덕였다.

용비야는 그녀가 쉴 수 있게끔 가만히 등을 토닥여 주었다.

한운석은 그래도 잠이 오지 않아 눈을 크게 뜨고 그를 바라보았다. 용비야도 그녀를 바라보다가 그녀의 얼굴에 기댄 채 먼저 눈을 감았다.

고요한 방 안에 두 사람이 서로 끌어안고 잠든 모습은 그림처럼 아름다웠다.

한참 후, 한운석이 기척이 없자 용비야가 작은 목소리로 말했다.

"너를 향한 본 왕의 마음은……, 영원하다."

사실 한운석은 잠들지 않았다. 그녀는 그의 말을, 아주 분명하게 들었다.

그녀의 입꼬리가 올라가며 호를 그렸다. 아무것도 못 들은 척하고 싶었지만, 이 남자 앞에만 서면 그녀는 도무지 참을 수가 없다. 한운석도 작은 목소리로 답했다.

"네, 당신을 좋아하는 내 마음도 영원해요!"

그 순간, 용비야의 입에 그려진 호가 일순 굳어졌다. 자는 척을 하다니!

처음으로 서로의 마음을 표현한, 첫 약속의 순간이라고 보아도 될까? 아마, 그럴 것이다.

한운석은 드디어 만족해하며 용비야의 품속 편한 자리로 파고든 후, 안심하고 잠이 들었다.

이때, 강성황제는 이미 조례 중이었다. 태자당과 반태자당 간의 싸움을 지켜보는 그의 마음은 점점 더 짜증이 났다.

몇 년 전, 태자가 수단과 방법을 가리지 않고 거의 모든 대적을 제압할 수 있던 배후에는 사실 황제의 뜻도 있었다. 그렇지 않고서야 태자 능력만으로 어찌 조정의 그 큰 세력들을 무너뜨릴 수 있었겠는가. 후에 태자와 초씨 집안 사이가 점점 가까워지자, 경계심이 생긴 황제는 일부러 다른 세력을 지원했다. 조정 세력 간 균형을 맞추어 초씨 집안이라는 호랑이를 키워 우환을 만들지 않고자 함이었다.

엽 태자와 영락공주는 황후의 자녀이자 강성황제가 가장 아끼는 황자와 공주였다. 그런데 영락공주는 군역사와 결탁하고, 엽 태자는 누이를 지나치게 아끼는 바람에 어제 같은 그런 웃기지도 않은 일을 벌였다. 이 두 남매에 대한 강성황제의 마음은 이미 차갑게 식은 상태였다.

이날 조례는 일찌감치 끝이 났다. 강성황제는 오늘 진왕이 입궁하여 그와 무슨 의논을 할지 고민하면서 후궁을 거닐다가 자신도 모르게 동궁까지 걸음을 했다.

태자에게 금족령이 내려진 후, 동궁 분위기는 아주 쓸쓸했다. 강성황제가 시종 하나 없이 홀로 걸음하여 알아채는 이도 없었다.

황제는 문에 들어서면서 어린 태감 하나와 부딪혔다. 태감은 고개를 들자마자 깜짝 놀라 혼비백산하며 손에 들고 있던 밀서를 떨어뜨리고 말았다.

"폐하, 살려 주십시오! 죽을죄를 지었습니다! 다시는 이런 일이 없도록 하겠사오니, 살려 주십시오!"

태감은 너무 놀라 몇 번이고 머리를 바닥에 조아리면서 두서없는 말들을 내뱉었다. 강성황제는 고작 어린 태감 따위에게 신경 쓸 생각이 없어 돌아서려는데, 그때 땅에 떨어진 서신 하나가 눈에 들어왔다.

동궁에 있는 걸 보니 십중팔구 엽 태자의 물건이다. 강성황제는 곧장 서신을 주워 열어 보았다. 바로 엽 태자가 영락공주에게 보낸 서신이었다.

서신에는 어제 일을 설명하며 용비야와 한운석에 대한 미움을 토로한 후, 기회를 봐서 그녀를 위해 복수를 해 주겠다고 쓰여 있었다!

어제 일에 대해 어느 정도 평정을 되찾은 강성황제였다. 하지만 엽 태자의 서신은 원망만 가득했고 덮어놓고 영락공주를 돕겠다는 말뿐, 반성하거나 돌이킬 생각은 전혀 없었다. 게다가 행간에서 부황인 자신에 대한 불만이 드러나기까지 했다. 마음속 분노의 불길이 울컥 치솟은 나머지 황제는 빠르게 동궁 안으로 들어갔다!

궁녀와 태감들이 알리기도 전에 단목백엽은 그의 부황과 대면했다.

똑같은 스물 남짓 나이에 둘 다 황족 출신이고, 더군다나 단목백엽이 어려서부터 받은 사랑과 가르침은 질적으로나 양적으로나 용비야와 비교할 수 없을 정도다. 그런데 왜 두 사람은 이토록 차이가 난단 말인가? 강성황제는 인정하고 싶지 않았지만 진심으로 용비야 같은 아들이 있었으면 했다.

단목백엽이 반응하기도 전에 강성황제는 밀서로 그의 얼굴을 내리치며 말했다.

"내 오늘 너를 가만두지 않겠다! 여봐라, 이놈을 끌고 나가 곤장 서른 대를 매우 쳐라!"

이때, 가리개 뒤에 있던 누군가가 저지하고 나섰는데……. 이는 누구인가?

애엄마도 질투할 정도

“잠깐만요!”

날카로운 분노의 목소리가 강성황제를 막았다. 동궁에 나타나 감히 강성황제 앞에서 이토록 방자하게 굴 수 있는 사람, 서주국의 설薛 황후 외에 누가 있겠는가?

설 황후는 강성황제의 총애를 한 몸에 받아 왔고 강력한 친정 세력 덕분에 지금까지 후궁을 이끌면서 누구도 그녀에게 맞서지 못했다. 몇 년 전, 엽 태자가 자신의 반대 세력을 없애기 위해 잔인한 싸움을 벌였을 때, 그녀 역시 힘을 보탰다.

설 황후가 아직 나오지도 않았는데 강성황제가 성난 목소리로 말했다.

“황후, 태자가 이렇게 된 건 다 황후가 버릇을 잘못 들여서요!”

“호호, 요요가 추방된 것도 다 제 탓이니. 이미 많은 죄목에 하나 더 늘어난들 어떻습니까!”

설 황후가 신경질 내며 가리개 뒤에서 걸어 나왔다. 설 황후는 다른 후궁들과 달리, 온갖 보석으로 화려하게 치장하지 않았다. 나이가 들어도 여전히 몸매 관리를 잘한 그녀는 하늘거리는 긴 흰색 치마 위에 여우가죽으로 만든 검은 장포를 걸치고 있었다. 세월은 그녀의 얼굴에 나이의 흔적을 남겼을지라도, 타고난 고결한 기질은 앗아가지 못했다. 황궁이 아니라 다른 곳에서 만났다면, 필시 선녀로 오해할 정도였다.

속세의 사람 같지 않은 단목요의 기질은 그녀에게서 물려받은 것이었다. 하지만 단목요는 그녀가 젊었을 때보다 훨씬 더 선녀 같고 더 아름다웠다.

"여봐라, 어서 태자를 끌고 가지 않고 무엇 하느냐!"

강성황제가 대로하며 말했다.

"폐하, 정말 태자를 곤장으로 치시려거든, 신첩부터 때려 주십시오!"

설 황후가 엽 태자를 감싸며 앞으로 나서자, 엽 태자도 그녀 뒤에 숨어 나오지 않았다.

강성황제는 움켜쥔 밀서를 내던지며 말했다.

"저놈이 뭐라고 썼는지 직접 보시오! 저놈 때문에 서주국 체면이 바닥에 떨어졌는데도 반성하고 후회하기는커녕 감히 그 계집과 연락을 하다니? 정말 짐이 폐위시켜야겠소?"

"폐하, 이 서신은 신첩이 태자에게 쓰라고 한 겁니다. 딸을 그리워하는 신첩의 마음과 누이동생을 지키고자 하는 태자의 간절함을 헤아리시어 이번 한 번만 태자를 용서해 주세요."

설 황후는 눈물을 뚝뚝 흘리면서 말을 이었다.

"폐하, 우리 요요가 세상 물정 모르는 철부지이다 보니, 군역사 그 나쁜 놈의 꼬드김을 이겨내지 못하고 넘어간 겁니다. 순간의 실수였단 말입니다. 그런데 그 음흉하고 악독한 한운석 같은 여자에게 걸려서 온 천하에 알려지는 바람에, 아직까지도 요요와 군역사가……, 그렇고 그런 사이라는 소문이 돌고 있어요! 폐하, 태자가 한운석을 미워하는 게 어찌 잘못입니까? 폐하, 설마 딸을 아끼지 않으십니까?"

강성황제는 황후가 우는 것을 가장 못 견뎌 했다. 눈물 흘리는 그녀의 모습을 보면 목석 같던 그의 마음도 사르르 녹아내렸다.

"알겠소. 더는 이 일을 언급하지 마시오!"

황제는 말을 마친 후 돌아섰다. 엽 태자는 아주 기뻤지만 설 황후는 눈을 부라리며 낮은 목소리로 말했다.

"처신을 똑바로 하거라! 그리고 네 누이와 계속 연락하면서 검종 노인의 상황에 대해 물어보거라."

엽 태자는 풀이 죽어 고개를 끄덕였고, 설 황후는 서둘러 강성황제를 따라갔다.

강성황제는 침묵에 잠긴 채 한참을 걷다가 낮은 목소리로 말했다.

"요요는 잘 지내오?"

강성황제의 영락공주 사랑은 엽 태자를 아끼는 마음보다 더하면 더했지 못하지 않았다. 영락공주가 젊은 시절 설 황후와 많이 닮았기 때문만이 아니었다. 영락공주는 천산검종 노인이 가장 아끼는 제자로, 서주국과 검종 사이의 친분을 이어주는 중요한 다리였기 때문이다.

영락공주를 추방했지만 강성황제도 남몰래 여전히 관심을 기울이고 있었고, 진짜로 황후를 말려 태자와 영락공주의 서신왕래를 막을 생각은 없었다.

"최근 새로운 검법을 수련하고 있는데 실력이 많이 늘었다더군요."

설 황후가 작은 목소리로 말했다.

"폐하, 엽 태자의 부족함을 안타까워하심을 알고 있습니다. 사실 진왕이 끼어들지만 않았어도, 태자가 한운석을 자극해 웃음거리로 만들었을지도 모릅니다."

"진왕비를 과소평가하지 마시오. 진왕의 결정을 거의 좌지우지하는 여자요. 어찌 쉽게 웃음거리가 되겠소?"

강성황제가 반문했다.

설 황후는 말이 없었다. 딸과 마찬가지로 그녀 역시 한운석이 무슨 장점을 가졌든 영원히 인정하지 않을 것이다.

곧 태감이 와서 진왕과 진왕비의 도착을 알렸다.

"폐하, 신첩이 함께 가서 만나 봐도 되겠습니까?"

설 황후는 슬쩍 황제의 의중을 떠보았다. 강성황제가 별다른 거절 의사를 표하지 않자 설 황후는 그를 따라갔다.

강성황제는 조양대전 옆 전각에서 정식으로 진왕을 접견했다. 황후는 모습을 드러내지 않고 대화를 들을 수 있는 대전 뒤 침소에 숨어 있었다. 강성황제는 진왕 부부를 궁까지 안내한 초 장군도 자리에서 물러나게 했다.

명백한 비공개 회담이었다.

강성황제는 용비야가 어떤 화제를 꺼낼지 매우 궁금했다. 서경성에 관한 것일까, 아니면 초씨 집안에 대해서일까? 그것도 아니면 천안성인가?

어쨌든 그들 사이에 직접 관련 있는 화제는 이 정도였다. 용비야가 서주국과 중남도독부의 협력에 대해 논하러 왔을 리는 없으니 말이다.

그런데 용비야가 작년 북려국의 말 전염병에 관한 이야기를 꺼낼 줄이야!

북려국 삼대 군마 마장 중 하나인 남도 마장에서 발생한 말 전염병은 빠른 속도로 유목민의 마장에까지 퍼졌다. 지금은 전염병이 지나갔지만 그 손해는 실로 엄청나서, 남도 마장 대부분이 문을 닫았고 이로 인해 북려국의 병력이 큰 손실을 보았다고 한다.

"홍성洪城 마장과 천택天擇 마장이 이미 다 태자 손에 들어갔다고 들었는데?"

강성황제가 떠보듯이 물었다. 그가 아는 정보에 따르면 이 두 마장은 원래 군역사가 일부 지분을 가지고 있었는데, 약성 사태가 터지는 바람에 군역사가 왕위를 박탈당하면서 권리를 잃었다고 했다.

"누구 손에 들어갔든지, 역병이 한 번 돌면 어쩔 도리가 없지요."

용비야가 담담하게 말했다.

"본 왕이 얼마 전 들은 소식에 따르면, 작년에 발생한 말 전염병이 실은 천택과 홍성 두 마장까지 퍼졌다고 합니다. 다만 남도만큼 크게 피해를 당하지 않았을 뿐이지요."

그 말을 듣는 순간 강성황제는 섬뜩해졌다. 용비야가 돌려서 말하고 있긴 하나, 충분히 알아들을 수 있었다!

이제 보니 북려국의 피해는 그가 아는 것보다 심각했다. 다시 말해 지금 북려국의 병력은 그가 짐작하는 만큼 그리 강하지 못한 상태였다.

어쩐지 천녕국 내란으로 기병인 영 대장군과 보병인 목 대장군이 각각 다른 주인을 섬기고, 수군은 중남부로 물러나 천녕국의 북부 변방 병력이 둘로 나뉜 상황에서, 겨우 마장 하나 손해 본 북려국이 남하하지 않는 게 이상하다 싶었다.

막대한 손해를 입었었구나!

진왕은 어째서 이런 기밀을 알려 주는 것일까?

"천녕국에 내란만 없었어도 아주 좋은 기회였겠군."

강성황제가 개탄하며 말했다.

북려국은 늘 천녕국과 서주국 두 나라의 변방을 침범해 왔다. 만약 천녕국의 보병, 기병이 합심하여 서주국과 협력했다면, 북려국 군마가 부족한 기회를 틈타 북려국을 크게 칠 수도 있었을 것이다.

"서주국에서 뜻이 있다면, 백리 장군이 와서 자세한 이야기를 나눌 수 있게 본 왕이 다리를 놔드릴 수 있습니다."

용비야가 담담하게 말했다.

강성황제는 이제야 용비야가 온 목적을 깨달았다. 정말 서주국과 손을 잡기 위해서였구나!

백리 수군이 해로에서 출발해 동쪽에서 북려국 변경을 치고, 서주국이 연합하여 협공을 펼친다면 북려국은 동서 양쪽의 공격에 맞서야 한다.

물론 강성황제도 처음에는 가슴이 두근거렸다! 하지만 그는 곧 이성적으로 협력의 이익과 폐단에 대해 분석했다. 과연 이익보다는 손해가 더 컸다!

첫째, 일단 진왕과 손을 잡는다는 것은 서경성과 척을 진다는 뜻이다. 만일 다급해진 서경성이 전란을 틈타 변경에 주둔한 영씨 집안 기병을 동원해 서주국을 공격하면, 그 결과는 상상조차 할 수 없다.

둘째, 아무리 승산 있는 싸움도 실책이 생길 수 있다. 서주국과 북려국은 지리적으로 인접해서 북려국의 침입 위험을 무릅써야 한다. 북려국 철기병은 앙심 품기로 유명해서, 일단 그들에게 무례를 범하면 어떤 대가를 치르더라도 앙갚음을 당하고 만다. 용비야가 장악하고 있는 중남부 지역은 북려국과 인접한 곳도 아니고, 중간에 천휘황제 부자도 끼어 있으니 진왕에게는 별로 위험요소가 없다. 이기지 못해도 수군을 철수하면 그만이다.

셋째, 강성황제가 가장 두려워하는 부분으로, 진왕과의 협력은 바로 호랑이에게 가죽을 내놓으라는 격이자, 이해가 상충하는 자에게 의논하는 꼴이다. 자신이 당할지도 모른다! 진왕이 진심으로 협력하여 북려국 세력을 누르려는 것인지, 아니면 서주국을 해하려는 것인지는 하늘만 알 일 아니겠는가?

강성황제는 바로 이 협력안을 거절해야겠다고 생각했지만, 겉으로는 관심이 많은 척했다. 어쨌든 진왕의 입을 통해 북려국에 대한 더 많은 소식을 알고 싶었기 때문이다.

하지만 대화 중에 별다른 것을 알아내지는 못했다. 처음에는 진왕이 많은 말을 하는 듯했으나, 나중에는 거의 자신이 말하고 진왕은 듣고 있었다.

진왕 옆에 앉아있는 한운석은 시종일관 말이 없었다. 마치 한쪽에 버려진 듯 딱한 처지를 자처한 자처럼 보였으나, 사실 진왕이 계속 그녀에게 차를 따라 주고 있었다. 몰래 이 모습을 지켜보던 설 황후마저 질투가 날 정도였다.

황제의 총애를 한 몸에 받는 한 나라의 어엿한 황후도 자리를 피해 숨어서 몰래 보고 들어야 하는데, 고작 왕비에 불과한 한운석은 어째서 진왕과 동등한 자격으로 그 옆에 앉아 정사政事에 대해 듣는단 말인가? 게다가 진왕이 남들 앞에서 손수 그녀에게 차를 따르다니, 아무리 그래도 한운석이 공손하게 차를 따라야 하는 것 아닌가!

운공대륙 여러 나라의 풍조가 상당히 개화되었다고는 하나, 그래도 아직은 남존여비의 세상이었다. 남자, 그것도 권세를 쥐고 있는 남자라면 침상에서야 넉살 좋게 여인에게 부탁을 할지 몰라도, 공식적이고 공개적인 장소에서 이렇게 여인의 시중을 드는 자는 없었다.

한운석은 진왕의 이런 행동을 아무렇지 않게 받아들였다. 두 사람에게는 아주 익숙한 일인 듯했다.

이 광경을 보는 설 황후 자신도 화가 나 견딜 수 없는데, 자신의 딸은 어떠했을까? 황후는 이 일을 반드시 요요에게 알려서, 천산에서 지켜야 할 것은 단단히 지키고 있으라고 당부하리라 생각했다. 화친 기회를 놓치고, 공주 신분을 잃었다 해도, 이대로 한운석에게 좋은 일만 시킬 수는 없다!

용비야는 강성황제와 한 시진 정도 이야기를 나누고 강성황제에게 저녁 연회에 참석하겠다고 약속한 후, 한운석을 데리고 궁을 나섰다.

출궁하자마자 한운석은 참지 못하고 말했다.

"정말 서주국과 손을 잡으려는 건 아닐거예요! 그렇죠? 일부러 역병에 대한 이야기를 흘린 거죠!"

용비야와 함께 오랜 시간을 보냈고 거기에 본인의 영민함까지 더해져서, 한운석은 이제 용비야의 권모술수를 대략 읽어 낼 수 있게 되었다.

"계속 이야기해 보아라."

용비야가 꽤 재미있다는 듯이 말했다.

"그러니까 강성황제는 태자에게 금족령을 내린 틈을 타서, 초씨 집안에게 손을 쓰기 시작하겠죠!"

한운석이 진지하게 말했다.

주군보다 높은 공을 세우고 권력이 많아지면 화를 자초하는 법. 강성황제가 아무리 도량이 넓고 자신감이 넘쳐도, 초씨 집안 세력이 계속 강성해져 가는 것을 무한정 두고 볼 리 없다. 특히 초청가는 천휘황제에게 시집간 이후 2년도 안 되어서 황후가 되었으니 강성황제는 속으로 더더욱 이들을 꺼릴 것이다.

강성황제가 초씨 집안에게 어떤 행동도 취하지 않은 것은 상황을 지켜본 것도 있지만, 북려국의 철기병도 두려웠기 때문이다. 어쨌든 서주국 군부에서 초씨 집안의 궁수 부대는 절대 무시할 수 없는 존재로, 북려국 철기병에 맞서는 엄청난 병력이었다!

한운석은 웃으며 용비야를 바라보았다.

"용비야, 정말 나빴어요. 이간질하러 온 거였군요!"

누구 계략이 한 수 위

그랬다. 용비야가 이번에 온 것은 바로 이간질하기 위해서였다!

강성황제와 초씨 집안뿐 아니라, 초씨 집안과 고북월 사이를 이간질하는 데도 성공했다. 다만 한운석은 전자만 간파했을 뿐, 후자에 대해서는 전혀 몰랐다.

홍려시로 돌아오니 천불굴에 갔던 당리와 초서풍이 와 있었다.

"형, 누가 안내해 주지 않으면 잠입할 수가 없어. 경비가 얼마나 삼엄한지, 문 바로 근처에서 지키고 있더라니까!"

당리는 확신에 차서 말했고, 초서풍도 계속 고개를 끄덕였다.

"전하, 초씨 집안 사람이 들어가려 해도 어렵겠습니다. 경비만 삼엄한 게 아니라 곳곳에 기관이 설치되어 있습니다. 만약 당 공자가 없었다면, 소인이 잘못 건드려 소란을 일으킬 뻔했습니다."

당리는 암기에 정통할 뿐 아니라 기관 함정에 대해서도 잘 알고 있어서 이번에는 당리 덕을 톡톡히 보았다.

이때 침묵하고 있던 용비야와 한운석은 동시에 한 사람을 떠올렸다. 백의 공자였다.

용비야는 유족이 분명 영족 그 녀석에게 도움을 청하리라 생각했다. 한운석은 영족의 그 공자라면 삼엄한 경비 속에서 아무에게도 들키지 않고 들어가는 일이 그리 어렵지 않으리라 생각했다.

하지만 두 사람은 서로의 생각을 알지 못했고, 입 밖으로 꺼내지도 않았다.

용비야가 말했다.

"초씨 집안 소식을 기다려 보자."

이때, 고북월도 막 초씨 집안에 도착한 참이었다. 그는 초운예의 이야기를 들으면서 호기심이 일었다.

그는 독종에 대해 적잖이 알고 있었기에 미접몽에 관해서도 당연히 알고 있었다. 초천은이 만독지목에 대해 말했다는 것을 보니, 초씨 집안은 예전부터 만독지목이 천불굴에 있음을 알았다고 할 수 있다. 그런데 지금껏 가만있다가 왜 하필 용비야가 왔을 때 훔치려는 걸까?

설마 초운예가 용비야가 만독지목을 노리고 온 것을 알고 선수를 치려는 건가. 아니면 그들 사이에 거래가 있었던 것일까?

고북월은 복잡한 눈빛을 숨긴 채 물었다.

"잘 있다가 왜 하필 지금 만독지목을 찾습니까?"

"선수를 쳐야 유리하거든. 천은 그 못난 놈이 폭로해 버렸지 뭔가!"

초운예가 분개하며 말했다.

고북월은 초운예의 눈동자 너머 그 속내까지 꿰뚫어 보듯 그를 응시하다가 다시 물었다.

"그러니까 진왕이 만독지목을 노리고 왔다는 겁니까?"

"그렇다네!"

초운예는 말하지 않았다. 그는 고북월에게 부탁하면서 그를 시험하고 있었다.

그는 목소리를 낮추며 말했다.

"북월, 솔직히 말해서 어제 이 늙은이와 진왕이 개인적으로 만남을 가졌다네. 그자는 초씨 집안이 만독지목을 가져다주면, 초씨 집안과 유족의 비밀을 지켜 주겠다고 약속했어."

고북월이 바로 질문했다.

"그럼 초천은은요?"

"허허, 그 못난 놈이 만독지목까지 다 떠벌린 마당에 뭐 하러 구하겠나? 흥, 우리 유족은 배신자는 살려 두지 않아!"

초운예가 냉랭하게 답했다.

고북월은 말이 없었다. 그 맑고 깨끗한 눈동자에 머물던 따스함은 사라지고 대신 냉정한 엄숙함이 스며들었다. 온화하던 그가 완전히 다른 사람이 된 것처럼, 감히 함부로 대할 수 없는 분위기가 되었다. 그를 시험해 보려던 초운예 마저 그의 눈을 똑바로 보지 못해 그의 생각을 간파할 수도, 짐작조차 할 수 없었다.

고북월의 침묵이 길어질수록 초운예는 더욱 제 발이 저렸다. 그는 손윗사람이면서도 지금껏 한 번도 이 젊은이를 얕본 적이 없었다. 그저 속으로 몰래 안타까워했다. 이런 사람이 왜 유족인 초씨 집안에서 태어나지 않았을까?

초운예가 참을성이 없는 게 아니라 고북월의 침묵이 너무 길었다. 결국 초운예가 다시 입을 열었다.

“북월, 천불굴은 경비가 삼엄해서 천년 묵은 은행나무는 고사하고 석굴들이 있는 대문 가까이 가기도 쉽지 않네. 이 늙은이도 진퇴양난에 처해서 자네를 찾은 거야. 유족의 생사존망이 자네 한마디에 달렸네!”

초운예의 말은 과장이 아니었다. 유족이 만독지목을 가져오지 못하면 용비야는 유족을 가만 놔두지 않을 것이다. 하지만 천불굴에 억지로 들어가려고 하다가는, 초씨 집안이 서주국에서 더는 지낼 수 없게 된다. 과연 진퇴양난의 지경이었다.

“초 족장, 과분한 말씀이십니다.”

고북월이 담담하게 말했다.

“북월, 며칠 전 일은 이 늙은이 마음이 급해서 그런 것이니, 너무 연연하지 말게.”

유족 족장이 다시 말했다.

“그럴 리가요.”

고북월의 어조는 여전히 담담하여 어떤 감정 색채도 느껴지지 않았다.

유족 족장은 많은 말이 무익함을 깨닫고 역시 침묵했다.

한참이 지난 후에야 고북월이 입을 뗐다.

“초 족장, 진왕은 유족의 약점을 쥐고 있으면서 왜 바로 강성황제와 이야기하지 않고 초씨 집안을 찾았을까요?”

강성황제도 물론 미접몽에 대해 들어 보았다. 다만 미접몽을 알아내는데 만독지목이 필요하다는 사실을 몰랐고, 그 만독지목이 바로 천년 묵은 은행나무에 있는 줄은 더더욱 몰랐다. 진왕이 단순히 만독지목만 노렸다면, 바로 강성황제를 찾아가면 된다.

"아마도 초씨 집안에 대해 뭔가 노리는 게 있겠지. 자네 생각은 어떤가?"

초운예가 그를 떠보기 위해 물었다.

고북월은 고개를 끄덕이며 말했다.

"소생 한 명의 힘으로는 천불굴에 간신히 들어갈 수는 있겠습니다만, 천년 묵은 은행나무를 구하기는 아마도……."

초운예가 말을 자르고 나섰다.

"자네가 먼저 길만 찾아 주면 되네. 석 달 후, 예불 문이 열릴 때 초 장군에게 들어갈 방법이 생기니, 그때 자네는 따라 들어가면 돼."

초운예는 바짝 다가와 낮은 목소리로 고북월의 귀에 대고 속삭였다.

그는 귓속말로 석 달 후 그가 방법을 써서 용비야를 데리고 함께 천불굴에 들어갈 테니 그때 기회를 놓치지 말고 용비야를 죽이라고 했다! 만독지목을 손에 넣는 것은 그에게 따로 방법이 있다는 것이다.

고북월이 복잡한 눈빛으로 입을 열려는 순간, 초운예가 또 말했다.

"그리고 진왕을 죽이는데 실패하더라도, 한운석은 반드시 죽여야 하네! 한운석은 독을 잘 알고 있으니, 반드시 따라 들어가게 만들겠네."

그 말이 나오는 순간, 고북월의 맑은 두 눈동자는 순식간에 소름 끼칠 정도로 차갑게 변했다. 다행히 그가 눈을 내리뜨고 있었기에 망정이지, 아니었으면 초운예를 깜짝 놀라게 만들었을 것이다.

주저하던 고북월은 방금 그 말에 바로 고개를 끄덕였다.

"좋습니다. 이 일은 소생이 끝까지 도와드리겠습니다!"

초운예는 크게 기뻐하며 고북월에게 초씨 저택에서 하룻밤 묵어가라고 권했다. 하지만 고북월은 완곡하게 거절하며 며칠 후 천불굴 지도를 건네주겠다고 말했다.

고북월이 떠난 후, 초 장군이 뒷방에서 걸어 나왔다.

"이렇게 다 말씀하시다니, 저자가 밀고할까 두렵지 않으십니까?"

"뭘 두려워하느냐. 용비야는 장계취계에 능한 자다. 초씨 집안에 의도하는 바가 있다면 더욱 상대 계략을 역이용하려 들겠지. 유족을 몰아세운 건 그자야. 우리 유족이 수단과 방법을 가리지 않고 끝까지 가도 원망할 수 없어!"

초운예가 이토록 과감하게 나올 수 있는 데는 분명 뒤에 다른 계책을 숨기고 있기 때문이다.

그는 용비야에게 함정을 파는 동시에 고북월을 시험하고 있었다. 만약 고북월이 용비야와 결탁하지 않았다면 고북월을 봐줄 것이다. 하지만 고북월이 정말 용비야와 손을 잡았다면, 그때 영족은 천불굴에서 완전히 멸족하리라!

초 장군은 아직도 이해가 잘 안 되었다.

"진왕이 장계취계를 취하면 우리는 어떡합니까? 설마 유족의 정체를 밝히시려고요?"

초운예는 차갑게 웃으며 목소리를 낮추고 초 장군에게 귓속말로 속삭였다. 듣고 있던 초 장군은 계속 안색이 변하다가 한참 후에야 대답했다.

"너무 위험합니다."

"그래! 하지만 유족에게 더는 물러날 곳이 없어!"

초운예가 차갑게 말했다.

용비야는 초씨 집안, 고북월, 강성황제를 노리고, 초씨 집안은 용비야와 고북월을 노리고, 강성황제는 이제 초씨 집안을 노리는 형세가 되었다.

고요한 밤, 백성의 모든 사람이 편안히 잠든 가운데 강력한 폭풍우가 다가오고 있었다. 이 치열한 싸움에서 진정한 승리자는 누구일까? 가장 처참한 패배자는 또 누가 될까?

결과는 석 달 후에 밝혀질 것이다.

이날 저녁 연회가 끝난 후, 강성황제는 직접 용비야와 한운석을 배웅하며 아침 회담에 대한 명확한 답을 내놓았다. 겉으로는 서주국은 평화를 사랑하기 때문에 결코 먼저 다른 나라를 침범하지 않는다는 허울 좋은 변명을 늘어놓았지만, 분명하게 용비야와의 협력을 거절한다는 뜻이었다. 또 둘째 황자가 안내해 줄 테니 용비야 부부에게 백성 주변을 구경하라고 청했다.

모든 것이 용비야의 예상대로였다. 그는 황제의 제안을 완곡히 거절하며 그 자리에서 내일 아침 성을 떠나겠다고 말했다.

허나 만독지목을 노리고 온 이들이 정말로 떠날 리 있겠는가?

다음 날 새벽, 초 장군은 명을 받고 이들을 배웅하러 나왔다. 용비야와 한운석은 백성에서 나와 관도官道로 가다가, 정오가 지나자 따라오던 미행을 떨쳐내고 길을 바꿔 서쪽, 천불굴 쪽으로 방향을 틀었다.

서주국 수도인 백성의 서쪽에는 천불千佛산맥이 있다. 이 산맥 서편에는 서주국에서 가장 큰 사막인 찰이嚓尔 사막이, 동편에는 서주국 최대 녹지가 있다. 백성은 바로 녹지 위에 지어진 곳이다.

천불굴은 바로 천불산 기슭에 있는 거대한 동굴인데, 그 안에 수천 개의 불상이 있어 천불이라고 이름 지어졌다.

서주국 황실은 천불굴 주변에 많은 사원을 세웠고, 이 동굴과 한데 묶어 천불굴이라고 통칭했다. 동굴 앞에 있는 천년 묵은 은행나무는 사실 서주국 소유는 아니었다. 사원에 둘러싸여 있기도 하고 고승들이 불가의 상서로운 나무로 여겼기 때문에, 서주국 황족은 이 나무를 나라를 지켜 주는 수호목으로 생각했고, 주변 경계가 가장 삼엄했다.

천불굴에는 승려 아니면 황족 사람만 거주했고, 성대한 의식 행사가 없으면 사원의 문을 열지 않았다.

용비야 일행은 이틀 후 천불굴에서 가장 가까운 작은 마을 동래진東來鎮에 도착했다.

이들이 객잔에 들어온 지 얼마 안 되어 곧 누군가가 도착했다. 오랫동안 자취를 감추었던 고칠소였다!

"어디 갔었어? 인사도 안 하고 가니까 재미있어?"

한운석이 따가운 눈초리로 말했다.

용비야는 그날 밤 지붕 위에서 이 녀석이 한 말을 잠꼬대 정도로 치부하고 조용히 차만 마시며 고칠소에게 눈길도 주지 않았다.

고칠소는 한낮의 태양보다 더 찬란하게 웃으며, 용비야가 자리에 있든 말든 한운석에게 집적대기 시작했다.

"왜, 이 칠 오라버니가 보고 싶었구나?"

한운석이 입을 실룩거리며 뭐라 답할 말을 찾지 못하고 있는데 용비야의 손에 든 찻잔이 날아왔다.

"꺼져라!"

공격에 미리 대비하고 있던 고칠소는 얼른 몸을 피했다.

그리고 소매에서 엄청난 양의 독약을 꺼내 한운석에게 안겨주었다.

"자, 꼬맹이에게 한 번 먹일 양이야."

한운석은 금방 이 독약들을 알아보았다. 모두 극독이었고, 대부분 필요한 독초가 너무 희귀해 그녀도 배합할 수 없던 것들이다. 그런데 이 녀석이 이렇게 많이 구해 오다니!

"이것들을 찾으러 간 거야?"

한운석이 의심의 눈초리로 물었다.

고칠소는 또 단약 몇 알을 꺼내 들었다.

"이건 널 위한 것. 역시 한 번 먹을 양이야."

한운석은 무슨 약인지 알아볼 수 없어 해독시스템을 켰으나 그래도 약성이 검출되지 않았다. 그녀는 의심하며 말했다.

"이게 뭐야?"

이때 용비야가 드디어 고개를 들고 바라보았다.

"머리에 좋은 약! 자꾸만 쓰러지잖아?"

고칠소가 진지하게 말했다.

한운석은 울어야 할지 웃어야 할지 모른 채, 고생한 기색이 역력한 그의 모습을 바라보았다. 문득 마음이 따뜻해졌다.

이때, 용비야가 갑자기 그녀의 손에 든 약을 채가면서…….

인정사정 봐주지 않아

용비야가 한운석 손에 든 약을 뺏어 들고 살펴보자, 고칠소가 비웃었다.

"보긴 뭘 봐? 봐도 알지도 못하면서."

슉!

날카로운 소리와 함께 용비야 손에 있던 약이 곧장 고칠소의 벌린 입속으로 날아갔다. 제대로 반응할 틈도 없이 약은 고칠소의 목으로 쑥 들어갔다.

탁자 위에 놓인 물을 연거푸 마신 뒤에야 고칠소는 상당한 크기의 알약을 넘길 수 있었다.

"용비야, 너 이 자식!"

고칠소는 세상이 홀딱 반할 것 같은 미모를 자랑하지만, 욕을 할 때는 사내처럼 아주 걸걸했다. 하지만 조금도 반감이 들지 않았다.

용비야가 말없이 또 찻잔을 들자, 고칠소는 곧바로 경계태세에 들어갔다.

한운석은 눈을 흘기며 조용히 뒤로 물러섰다. 그녀는 지금까지도 이 두 인간의 결탁을……, 아니, 이 두 인간이 협력한다는 사실을 믿을 수 없었다!

한운석이 문밖에 나오자마자 방 안에서 쿠당탕 요란한 소리가 들려왔다. 이 귀한 시간을 저 인간들하고 낭비하지 말고, 좀 조용한 곳에 가서 수련이나 해야겠다는 생각이 들었다.

독 저장 공간의 수련 비급을 손에 넣은 후, 한운석은 조용히 수행에 애써 왔다. 밤에 잠도 자지 않고 날이 밝아올 때까지 수행한 적도 많았다. 다행히 정신력 수행이라 별다른 체력은 필요치 않았고 정신만 집중하면 되어서 지나치게 피로하지는 않았다.

이제 그녀는 꽤 많이 자유로워져서, 일반 독성을 가진 독약은 전혀 힘들이지 않고 쉽사리 넣고 뺄 수 있게 되었다. 아직 독 연못, 미접몽, 꼬맹이 같은 종류는 집어넣거나 꺼낼 때 좀 힘이 들긴 했다. 특히 꼬맹이가 유독 힘들었다.

그래서 남몰래 꼬맹이를 불러냈다가 다시 집어넣는 훈련을 했다. 게으름뱅이 꼬맹이는 처음에는 그저 한운석이 들볶는 대로 놔두었다. 하지만 점차 횟수가 늘어나자 화가 나서 입을 벌리고 이빨을 드러내며 불만을 표시했다.

이번에도 마찬가지였다. 한운석이 불러내자 입을 벌려 낑낑 소리를 냈고, 그 작은 눈동자가 사팔뜨기가 될 정도로 노려보았다.

하지만 한운석은 눈을 감은 채 수련에 온 정신을 집중하고 있어 꼬맹이를 전혀 신경 쓰지 않았다.

꼬맹이는 운석 엄마 앞에서는 그저 종이호랑이에 불과했다. 운석 엄마가 상대해 주지 않자 바로 풀이 죽었다.

운석 엄마 몸에 숨어서 계속 잠이나 자야겠다는 생각에 뛰어

들려는 순간, 독약 냄새가 꼬맹이의 코를 찔렀다. 극독, 그것도 한 번도 먹어 본 적 없는 새로운 향이었다.

꼬맹이는 곧바로 정신을 차리고 정확하게 운석 엄마 소매 속으로 파고들어 독약을 찾아냈다. 요 몇 년 동안 독 저장 공간에서 만독지수만 마시다가 이제 싫증나려던 참이었다. 드디어 입맛을 바꿀 수 있게 됐구나.

독약은 총 세 개였다. 꼬맹이는 두 개를 통째로 홀라당 입에 털어 넣었다. 마지막 한 개가 남자 이제 먹기 아까워진 꼬맹이는 한 입 한 입 깨물며 자세히 맛을 음미했다.

그런데 이렇게 자세히 맛보다 보니, 뭔가 이상한 점이 느껴졌다.

이 독약에는 뭔가 익숙한 좋은 것이 섞여 있는데, 그게 뭔지 순간 생각이 나지 않았다. 꼬맹이는 다시 진지하게 맛을 보고 또 보다가 결국 마지막 남은 독약을 다 먹어 치운 후에야 그게 무엇인지 생각났다!

이 독약에는 고칠소의 피가 섞여 있다!

얼마 전 운석 엄마가 궁수에게 납치당했을 때, 고칠소의 피가 뭔가 이상하다는 걸 꼬맹이도, 백의 공자도 알아챘다.

백의 공자가 이 피를 뭐라고 판정 내렸는지는 꼬맹이도 모른다. 꼬맹이 자신도 확신할 수는 없지만, 이 독혈과 자기 이빨 속 독혈의 속성이 매우 유사하다는 느낌이 들었다. 만독지혈 중 독고毒蠱의 피일 가능성이 아주 높은데, 또 좀 다른 것 같기도 하다.

꼬맹이도 진짜 독고의 피를 본 적 없기 때문에 단정 내릴 수는 없지만, 이 피가 어떤 피이든 간에 좋은 것임은 확실했다. 특히 꼬맹이 체력 회복에 아주 좋아서, 다른 독약의 백 배에 달하는 효과를 냈다.

잠깐!

운석 엄마는 이 독약들이 어디서 났지? 설마 고칠소가 줬나? 고칠소가 나를 빨리 회복시키고 싶었던 거야?

이런 생각이 들자 꼬맹이는 황급히 소매 밖으로 빠져나와 찍찍거리며 운석 엄마를 불렀다. 하지만 꼬맹이의 운석 엄마는 현재 의식 수련에 깊이 빠져 있어 들을 수 없었다.

꼬맹이는 고칠소 그놈이 분명 용 아빠에게 엄청 두드려 맞은 게 틀림없다고 생각했다. 자신이었다면 절대 독혈을 쉽사리 내주지 않을 텐데. 몸도 상하고 원기도 소모되기 때문이다.

이때 멀지 않은 다른 방에서 용비야와 고칠소는 이미 무의미한 싸움을 멈춘 상태였다.

두 사람이 진짜 싸우기 시작하면 겨우 이 정도 소란으로 끝나겠는가?

한운석이 떠난 것을 확인하자 용비야는 잠시 침묵했다가 냉랭하게 물었다.

"불사의 몸은 해결 방법이 없는 것이냐?"

그날 밤, 고칠소가 떠난 이후 내내 묻고 싶었던 질문이었다.

"없어."

고칠소가 대답했다. 전에 한운석과 농담한 것은 정말 농담에 불과했다.

그는 영원히 회복될 수 없다!

"그럼 왜 계속 한운석의 내력을 조사했지?"

용비야는 늘 이렇듯 차가운 이성을 유지했다. 고칠소와 동맹을 맺었어도 그 문제를 잊지 않았다.

"독녀인지 확인한 후에 그녀를 이용해서 독종과 손잡고 의학원과 맞서고 싶어서!"

고칠소의 처음 생각은 과연 그러했다.

용비야가 차갑게 웃으며 입을 떼려는데, 고칠소가 먼저 치고 들어왔다.

"후후, 하지만 마음이 약해져서 그럴 수가 있어야지."

일단 그가 한운석의 독녀 신분을 밝히면, 한운석은 천하 모든 사람이 노리는 공공의 적이 된다.

용비야는 그것도 싫지만, 여자에 대해 다른 남자와 왈가왈부하는 것도 싫었다. 특히 한운석이라면 더더욱.

그는 냉랭하게 답했다.

"평생 그럴 기회는 없을 것이다!"

말을 마치고 떠나려는데 고칠소가 그를 붙잡고 단약 한 병을 건네주었다.

"이 약은 정말 머리와 정신에 좋은 약이야."

용비야가 거절하려는 것을 보고 고칠소가 양보하며 말했다.

"거절할 수도 있으니, 네가 찾은 거라고 해!"

용비야가 받아들일까? 그럴 리가!

"그녀의 몸은 본 왕이 알아서 잘 보살펴 줄 것이니, 네 걱정은 필요 없다!"

용비야는 냉랭하게 말했다.

"용비야, 너 참 잘났다, 그래! 평생 잘 지켜야 할 거야! 이 몸에게 어떤 기회도 주지 마라, 그때는 인정사정 봐주지 않을 거다!"

고칠소가 차갑게 말했다.

용비야는 대답은 하지 않고 발 근처 돌멩이를 걷어찼다. 돌멩이는 정수리 너머 뒤쪽에 있는 고칠소에게 날아갔다. 고칠소가 옆으로 피하자 돌멩이는 문을 뚫으면서 커다란 구멍을 만들어 놓았다.

고칠소는 코웃음을 치며 용비야의 뒷모습이 원락 끝에서 사라지는 것을 보다가, 갑자기 중요한 일이 떠올랐다.

의학원에 갔다가 무심코 알게 된 일이었다.

고칠소는 얼른 용비야를 따라갔고, 용비야는 한운석을 찾으러 갔다.

앞뒤로 쫓아오는 두 사람 모습에 한운석은 더는 수행을 계속할 수 없었다. 정말 짜증이 났다! 잠깐 구석에 따로 있겠다는데, 그것도 안 돼?

그런데 고칠소가 예상치 못한 이야기를 꺼냈다.

"의성 장로회 우두머리인 능고역과 연심부인이 서경성으로 갔어."

용비야가 놀라 말했다.

"천휘를 구하려고 그들을 부른 것이냐?"

용비야가 추측할 수 있는 것은 그뿐이었다. 천휘의 병세가 호전된다면, 초씨 집안의 퇴로는 완전히 끊어진다.

그런데 고칠소는 더더욱 생각도 못한 답을 내놓았다.

"초씨 집안에서 부른 자가 천휘를 살리겠어?"

고칠소는 의성을 떠난 지 오래되었지만, 의성에서 비밀 정보를 적잖이 들을 수 있었다.

"초청가의 배 속 아기냐?"

용비야는 곧바로 알아들었다.

"초청가가 회임한 지 겨우 넉 달인데, 뭘 할 수 있겠어요?"

한운석은 영문을 알 수 없었다. 만약 초청가가 사내아이를 낳게 하고 싶다면, 해산할 때쯤 다른 아이로 바꿔치기하면 된다. 왜 굳이 많은 사람을 동원해 능 대장로까지 부른단 말인가?

초씨 집안이 능 대장로를 청할 수 있었던 것은 분명 연심부인이 줄을 대주었기 때문일 것이다. 다른 건 차치하고 이 하나만 보아도, 한운석은 자신들을 노리고 이 일을 벌이는 게 분명하다고 생각했다. 연심부인은 보복할 기회만 노리고 있으니까.

고칠소도 알 수 없었다. 이미 배가 부른 지 넉 달이나 되었다면 과거의 그 실험을 하기에는 이미 늦었다. 그렇다면 능고역은 무엇 때문에 직접 나섰을까? 연심 그 몹쓸 계집이 여색만 부려서 능고역을 나서게 하는 것은 거의 불가능하다.

"고북월에게 물어보자!"

그가 불쑥 말했다.

"그래요, 긴급 서신을 보내서 물어봐요!"

한운석도 얼른 맞장구를 쳤다.

용비야의 눈동자에 복잡한 빛이 스쳐 지나갔지만, 곧 승낙했다. 하지만 그는 약귀당에 어떤 서신도 보내지 않았다. 다만 의성에 사람을 보내 삼장로 심결명에게 문의하는 한편, 초서풍에게 계속해서 고북월의 행방을 추적하게 했다.

그들이 떠난 후 얼마 되지 않아 고북월도 다른 분점으로 간다며 약귀당을 떠났다. 하지만 초서풍이 모든 분점을 다 뒤져도 그의 모습은 보이지 않았다.

용비야는 지금 그가 어디 있는지 아주 궁금했다.

사실 고칠소는 원래 의성에서 며칠 머무르려고 했으나, 용비야 일행이 천불굴에 왔다는 소식을 듣고 온 것이었다. 의성은 이곳에서 그리 멀지 않은 거리에 있었다.

한운석이 만독지목에 대해 설명해 주자 그는 즐거워하면서도 뭔가 수상쩍어 했다.

"천년 묵은 은행나무에? 그 물건은 극독인데 어떻게 나무와 함께 자랄 수 있지?"

한운석도 그 문제에 대해서는 답이 나오지 않았다. 그 은행나무가 어떻게 생겼는지 본 적이 없어서 원인을 알아낼 수 없었다. 게다가 천년 묵은 은행나무를 본 후에 독 저장 공간을 가동시켜 만독지목을 집어넣을 수 있을지도 확신할 수 없었다.

모두 다 직접 봐야 답이 나온다. 하지만 보는 건 어디 쉬운가?

고칠소가 용비야를 보고 말했다.

"밤에 먼저 가서 길을 찾아볼까?"

용비야는 승낙했다. 그가 한운석과 함께 이 마을에 머무르는 것은 우선 서주국과 초씨 집안의 동정을 주시하는 목적도 있지만, 천불굴에 대해 알아보기 위해서이기도 했다.

그는 석 달 동안 강성황제가 초씨 집안을 어떻게 손볼지, 또 석 달 후 단목백엽의 금족령이 풀리고 관세음보살 탄신일에 천불굴의 문이 열렸을 때 초씨 집안이 어떻게 움직일지 아주 기대하고 있었다!

물론 삼장로의 대답도 기다리는 중이었다. 초씨 집안이 그렇게 쉽게 굴복해서 자신의 위협을 순순히 받아들일 거라고는 믿지 않았다.

어쨌든 서주국은 그가 오래 머물던 곳이 아니기에, 이 연못을 한껏 휘젓기 위해서는 더 많은 시간과 인내가 필요하다.

본론이 끝나자 한운석은 이런저런 이유로 자리를 뜬 후, 비밀 시위 서동림을 통해 약귀당에 서신을 보냈다. 당연히 목령아에게 보내는 서신이었다. 고칠소가 마침내 돌아왔으니 목령아에게 할 말이 생긴 셈이다. 목령아가 이 소식을 듣고 너무 기뻐 눈물을 흘릴지도 모르겠다.

그날 밤, 용비야와 고칠소, 당리는 함께 천불굴을 향해 떠났다. 대문에는 진입했으나 얼마 가지 않아 안팎으로 가득한 경비들을 발견했다. 괜히 잘못 건드렸다가 일을 크게 벌이지 않기 위해 물러설 수밖에 없었다.

며칠 후, 백성에서 소식이 전해졌다. 누군가 초씨 집안이 군비를 횡령했다고 고발했다는 것이다. 강성황제는 엄중히 조사하라 명하면서, 진상이 밝혀지기 전까지 초 장군이 백성을 떠나는 것을 금지시켰다.

의심할 나위 없이 강성황제가 행동에 나선 것이다. 용비야는 초씨 집안이 눈코 뜰 새 없이 바쁠 거라 생각했다. 그런데, 두 달 후 초씨 집안의 반응은 용비야도 예상치 못한 것이었다. 심지어 서주국 전체가 놀라 자빠질 지경이었다!

초씨 집안은 대체 무슨 일을 벌인 것일까?

초씨 집안의 음모

초씨 집안이 무슨 짓을 벌였을까?

모두들 군비 횡령 사안은 조사하는 데 1년 정도 걸릴 테니, 강성황제가 천천히 초씨 집안을 처리하겠구나 생각했다. 그런데 초씨 집안이 엽 태자를 내세울 줄이야. 군비는 초씨 집안이 아니라 엽 태자가 초씨 집안의 이름을 빌려 횡령했다는 것이다! 초씨 집안은 태자의 이름만 자백한 게 아니라 도저히 반박할 수 없는 증인과 물증을 내놓았다!

이 일로 조정 안팎이 한바탕 뒤집어졌다. 설 황후는 매일 강성황제를 찾아가 문 앞에서 눈물을 쏟았다. 강성황제는 태자를 폐위시키고 싶지 않았지만, 폐하지 않으면 백성들의 분노는 물론 군대의 노기를 잠재울 수 없었다!

"초씨 집안이 정말 뛰어난 수를 뒀군요!"

한운석은 진심으로 감탄했다.

"과연 뛰어나군!"

용비야도 칭찬을 아끼지 않았다.

강성황제가 군비 사건을 심문하기로 한 이상 초씨 집안을 쉽게 놔줄 리 없었다. 그런데 초씨 집안은 엽 태자에게 도움을 청하기는커녕, 오히려 바로 태자를 희생양으로 삼아 강성황제가 공정하게 처리할 수밖에 없도록 만들었다.

초씨 집안은 기껏해야 공범죄 정도로 판결받겠지만, 태자는 주모자이니 태자 지위를 보전할 수 없다! 군비 횡령 사안은 다른 사건과 달리, 엄격하고 공정하게 처리하지 않으면 군대의 사기를 크게 떨어뜨린다.

역사적으로 민심 잃기를 두려워하지 않는 왕은 있어도, 군대 사기 하락을 두려워하지 않는 왕은 없었다!

강성황제는 초씨 집안의 병권을 몰수하려다 태자부터 잃게 생겼다. 이 일은 올해 운공대륙에서 가장 큰 웃음거리임이 틀림없다.

물론 초씨 집안의 결말도 그리 좋지 못할 것이다. 강성황제가 이번 사건에서 초씨 집안을 손보지 못했다고 해서, 다른 일로 초씨 집안을 건드리지 못한다는 뜻은 아니다.

초씨 집안은 제 불에 자기가 타 죽게 생겼다! 강성황제의 코털을 제대로 건드린 것이다!

대체 무슨 속셈인 걸까?

"설마 우리를 속이려는 건 아니겠죠? 만독지목을 가져올 자신이 없어서, 우리가 유족의 비밀을 폭로하기 전에 먼저 강성황제와 관계를 끊어 내는 걸까요?"

한운석이 의심스러워하며 물었다.

"그럴 리가. 초청가는 넉 달 후에나 아기를 낳을 텐데, 강성황제의 그 성미로는 적어도 두 달 안에 초씨 집안을 쓸어버릴걸!"

당리가 진지하게 말했다.

초씨 집안이 승부수를 던질 요량이었다면, 서경성에 만반의 준비를 해 놓아야 물러설 길이 있다.

"고북월은 아직 소식이 없어?"

고칠소가 끼어들었다.

지금 상황으로 봐서는 초씨 집안이 정말 초청가의 배에 무슨 일을 저지를지도 모르겠는데!

"고 의원은 약귀당 본부에 없었습니다. 분점으로 갔다는데, 아직까지 찾지 못했습니다."

초서풍이 감히 이렇게 말할 수 있는 건 당연히 용비야의 허락을 받았기 때문이었다.

어쩌면 고북월이 너무 위장을 잘했기 때문이겠지. 한운석과 고칠소는 그를 의심한 적이 없었기 때문에, 초서풍의 말에서 이상한 점을 느끼지 못했다.

삼장로의 회신에 대해서는 용비야도 아직 기다리는 중이었다.

"초씨 집안이 서경성으로 물러날 수 있다고 해도, 유족 일이 밝혀지는 게 두렵지 않은 걸까요?"

한운석은 도무지 그 속을 간파할 수 없었다. 아무래도 뭔가 수상했다. 초씨 집안의 약점을 이쪽에서 쥐고 있는 한, 아무리 그래도 감히 속이려 들지 못할 텐데!

일단 유족 신분이 발각되면 첫째, 서진을 옹호하던 귀족들이 복수하러 달려들 가능성이 크고, 둘째, 운공대륙의 각종 세력도 이렇게 존귀한 가문의 존재가 점점 강대해지는 것을 두고 보지 않을 것이다.

다들 연합하여 제압하려 든다면, 유족이 어찌 버티겠는가?

"분명 우리를 속인 건 아닌데."

당리가 중얼거렸다.

이때 비밀 시위가 긴급 서신을 가져왔다. 다름 아닌 유족 족장 초운예가 보낸 것이었다!

용비야는 서신을 한 번 쭉 훑어본 후 한운석에게 건넸다. 한운석도 다 읽은 후 아무 말 없이 고칠소에게 주었다.

고칠소는 절반 정도 읽고는 소리를 냈다.

"이상한데!"

정말 이상했다!

초씨 집안은 강성황제의 신경을 제대로 건드려 놓고는, 서신을 보내 11월 19일 관세음보살 탄신일에 순조롭게 천불굴에 들어갈 수 있다고 설명하며, 다만 용비야와 한운석이 함께 들어가야만 만독지목을 얻을 수 있다고 했다.

"뭐라고 답할 거예요?"

한운석이 물었다.

"답하지 않는다."

용비야가 담담하게 말했다.

이들은 진짜 초운예의 서신에 답을 보내지 않았다. 며칠이 안 되어 다시 새로운 소식이 들려왔다. 설 황후가 개인 재물을 군대 장병들에게 다 나눠 주고, 천불굴에 들어가 3년 동안 정진결재精進潔齋하고 염불하며 강성황제와 서주국 백성을 위해 복을 빌 터이니, 강성황제에게 한 번만 엽 태자가 개과천선할 기회를 달라고 구했다는 것이다.

국구부 설씨 집안에서도 설 황후의 개인 재물과 함께 거액의 은자를 내놓으며 태자의 용서를 구했다.

태자를 지켜 주고 싶었던 강성황제는 이 기회에 설 황후의 간청을 허락했고, 1년의 유예기간 동안 태자 폐위를 다시 생각해 보겠다고 약속했다. 동시에 강성황제는 내막을 알고서도 고발하지 않고 함께 악행을 도모했다는 이유로, 초씨 집안 궁수부대의 내년 군비의 절반을 삭감했다. 초씨 집안을 견제하는 첫걸음이라 하겠다! 올해가 가고 내년 봄이 되면 강성황제는 제대로 행동에 나설 것이다!

마침 이때, 초운예가 다시 서신을 보냈다. 다음 달 19일까지 기다릴 필요도 없다며, 이달 말일 황후가 천불굴에 예불하러 들어갈 때가 바로 천재일우의 기회라는 것이다! 게다가 서신과 함께 온 것은 다름 아닌 천불굴의 배치도였다.

"후후, 초씨 집안도 보통내기가 아닌데!"

고칠소가 웃으며 말했다.

"앞으로 닷새……."

한운석은 잠깐 생각에 잠긴 듯하더니 물었다.

"고북월은 아직인가요?"

대답은 여전히 초서풍의 몫이었다. 그는 고개를 가로 저었다.

한운석도 지금 고북월이 대체 어디로 간 건지 따질 겨를은 없었다. 남은 시간은 닷새, 빨리 결정을 내려야 한다. 초씨 집안과 함께 천불굴에 들어갈 것인지, 아니면 거절할 것인지.

그녀는 용비야를 바라보며 그의 결정을 기다렸다.

용비야는 잠깐 침묵하더니 대답했다.

"역시 답하지 않는다."

그리고 한마디 덧붙였다.

"본 왕은 서주국에서 오래 머물 줄 알았는데, 보아하니…… 그럴 필요가 없겠군!"

한운석과 고칠소는 서로 어리둥절한 눈빛으로 마주보며, 용비야가 무슨 말을 하는 건지 알아듣지 못했다.

한운석은 눈살을 찌푸려가며 고민했지만, 고칠소는 별로 머리 쓸 생각이 없었다. 어차피 초씨 집안과 맞서는 건 다 만독지목을 위해서니 반드시 끼어들 생각이다. 머리는 용비야보고 열심히 굴리라고 하면 되지. 그는 부르는 대로 가고, 하라는 대로 싸울 생각이다!

그날 밤, 용비야는 다시 초서풍에게 물었다.

"삼장로 쪽에서도 아직 답이 없느냐?"

"서신이 왔습니다만, 이 일이 너무 기이하여 함부로 결론을 내릴 수 없으니 좀 더 고민해 보겠다는 내용이었습니다."

초서풍이 사실대로 답했다.

초씨 집안이 최근 이렇게 괴이한 행동을 보이는 것을 보면, 속임수를 부리는 게 틀림없다. 하지만 주인은 시종일관 태도를 밝히지 않으니, 주인이 정말 갈 것인지 아닌지를 초서풍은 도무지 알 수 없었다.

간다면 함정에 빠질지도 모른다.

가지 않으면 좋은 기회를 놓치는 셈이다. 앞으로 천불굴에 들어가기는 더 어려울 것이다.

용비야는 별말이 없었다. 그는 잠도 자지 않고 한운석을 지키면서, 동시에 천불굴 지도를 멍하니 바라보기만 했다. 대체 무슨 생각을 하는 건지 알 수 없었다.

사흘 후, 황후의 예불까지 겨우 이틀 남았지만, 초씨 집안에서는 아직도 진왕의 답신을 받지 못했다.

이번에는 초운예도 감정을 잘 억제하며 다시 서신을 보내 물어보지 않았다.

"무 이모 쪽은 어떠냐?"

그가 물었다.

"다음 달에 아이가 무사히 나올 겁니다. 모든 준비를 잘 마쳤습니다."

초 장군이 사실대로 답했다.

"허허, 진왕, 다 네가 너무 몰아붙인 탓이다. 우리 유족의 술수가 지나치다 원망하지 마라!"

초운예가 냉소를 지으며 말했다.

황후의 예불 하루 전에도 초운예는 용비야의 회신을 받지 못했다. 하지만 그날 밤, 용비야와 한운석이 초씨 집안 마당에 모습을 드러냈다.

초 장군은 깜짝 놀랐다가 기뻐하며 말했다.

"허허, 진왕 전하, 족장께서 오래 기다리셨소이다."

초운예는 용비야와 한운석이 온 것을 보자마자 질문부터

했다.

“진왕 전하, 왕비마마, 내일 동행하시겠소?”

“본 왕이 왜 동행해야 하는가? 본 왕은 유족의 비밀을 지켜 주었는데, 유족 족장은 본 왕과 왕비에게 만독지목을 훔쳐 오는 것을 도와 달라고 하다니. 적족도 아닌 유족이, 너무 장사꾼처럼 구는 게 아닌가?”

용비야가 비꼬며 말했다.

초운예는 어쩔 수 없다는 듯 탄식하며 말했다.

“진왕 전하, 천불굴이 얼마나 들어가기 어려운지 아시잖소! 미리 천불산에 들어가기 위해서 우리 초씨 집안은 강성황제로부터 크게 노여움을 사는 것도 마다치 않았소!”

“그게 무슨 뜻이지?”

용비야가 물었다. 말없이 옆에 앉아만 있던 한운석도 너무 궁금했다.

“진왕 전하, 이 늙은이가 보내 드린 지도를 받지 않았소?”

초운예가 물었다.

용비야가 꺼내 들고 말했다.

“보았다.”

“진왕 전하, 관음굴의 위치를 보신 후에 천년 묵은 은행나무의 위치도 보시오.”

초운예가 말했다.

용비야가 보니 이 두 곳은 아주 멀리 떨어져 있었다. 은행나무는 산기슭에 있었고, 관음굴은 산허리쯤 있었다.

"전하, 이 늙은이도 지도를 얻고 나서야 관세음보살 탄신일을 포기했소! 관세음보살 탄신일 제사는 관음굴 쪽에서 지내는데, 그때는 천불굴의 서문이 열리오. 서문은 천년 묵은 은행나무에서 가장 멀리 떨어진 곳이오. 이번에 황후마마께서 예불드리는 곳이 천불굴인데, 그곳이 바로 천년 묵은 은행나무 바로 뒤편이오. 천불굴에 들어가려면 반드시 은행나무 제단을 지나가야 하오!"

초운예의 말이 끝나자 초 장군이 바로 이어 말했다.

"진왕 전하, 황후마마의 예불을 위해 초씨 집안은 엽 태자라는 거목도 베어 버렸소. 이런 초씨 집안의 정성을 보셔서라도, 한 번만 도와주시오! 게다가 이번에 초씨 집안이 실패하면 전하도 좋을 게 없지 않소?"

그러니까 초씨 집안이 군비 횡령 사건에서 예상치 못하게 엽 태자를 희생양으로 바친 것이 다 황후가 예불을 드리러 가게 만들기 위해서다?

한운석은 서주국 황족이 정진결재하여 예불하고 복을 비는 방식으로 사죄하는 관례가 있다는 이야기를 들은 적이 있다. 초씨 집안이 이를 이용해 황후를 몰아세웠다면, 어느 정도 말이 된다.

다만 한운석은 직감적으로 여전히 뭔가 이상하다고 느꼈다. 하지만 그게 뭔지 알 수가 없었다.

그녀가 용비야를 바라보니, 용비야는 고개를 끄덕이고 있었다.

"내년에 강성황제가 어찌 나올 줄 알고 초씨 집안에서 태자라는 거목을 벤 것인지 본 왕이 수상하다 생각했는데, 알고 보니 그랬던 것인가……."

용비야가 차갑게 웃으며 말했다.

"유족의 비밀을 지키기 위해 초씨 집안의 병권을 희생할 수밖에 없소."

탄식하며 말하는 초운예의 눈동자에 음험한 빛이 스치고 지나갔다. 진왕의 저 말인즉슨, 마음속 의심이 사라졌다는 뜻이리라.

과연 용비야가 차가운 목소리로 물었다.

"내일 계획은 어찌 되는가?"

"황후마마가 천불굴로 예불하러 가실 때 함께 가는 늙은 상궁이 바로 우리 초씨 집안에서 심은 염탐꾼이오. 모든 수행 시종을 이자가 꾸려서 들어가니, 억울하시겠지만 진왕비께서는 수행 시녀로 위장해 주시오. 진왕 전하도 송구스럽지만 시위들 속에 함께 있어 주시오. 이 늙은이와 초 장군, 초씨 집안의 여러 궁술 고수들도 다 수행인원으로 위장해서 천불산에 들어간 후에……."

초운예가 지도를 가리키며 천불굴에서의 계획을 상세하게 설명했다. 사고를 일으켜서 사람들의 주의를 끄는 동안, 진왕비와 함께 만독지목을 찾은 후 훔쳐 내자는 것이 계획의 골자였다.

한운석은 들으면서 초씨 집안이 설 황후 곁에도 염탐꾼을 심어 놓을 수 있다는 사실에 놀라는 중이었다. 다시 생각해 봐도 아주 주도면밀한 계획이었다. 다만, 직감적으로 뭔가 신뢰가

가지 않았다.

시간이 촉박하긴 하지만, 그래도 용비야가 그리 쉽게 승낙하지 않을 거라 생각했다. 그런데 용비야는 더 물어보지도 않고 바로 승낙을 해 버리는 게 아닌가. 게다가 다음 날 함께 행동하기 편하도록 그날 밤 초씨 집안에서 하루 묵는 것까지 허락했다.

한운석은 내내 아무 말도 않다가 방에 들어오자마자 작은 목소리로 말했다.

"용비야, 정말 가요?"

용비야가 말했다.

"간다!"

내일, 대체 무슨 일이 벌어질까?

충격, 납치된 사람은 누구

다음날 아침, 고칠소와 당리는 용비야에게서 기별을 받았다. 그와 한운석이 초씨 집안 사람들과 함께 천불굴에 들어갈 테니, 이들은 밖에서 명령이 있을 때까지 수시로 대기하라는 내용이었다.

"뭐, 수시 대기? 후훗."

고칠소가 냉소를 금치 못했다.

"안 가도 돼."

당리가 경멸하는 표정으로 말했다. 형이 싫어하는 사람은 그도 무조건 싫었다.

그러자 고칠소가 바로 손을 휘둘러 벙어리 독을 썼다. 당리는 처음에는 알아차리지도 못했다. 고칠소가 자신을 상대해 주지 않자 고칠소가 대답할 말을 못 찾아서 그런 줄 알고 비웃어 줄 참이었다. 그런데 한마디도 내뱉을 수 없는 게 아닌가.

지난번 한운석의 벙어리 독에 당했을 때와 똑같은 느낌이었다!

당리는 바로 고칠소에게 암기를 쏘았지만, 안타깝게도 암기는 고칠소의 몸에 닿기도 전에 갑자기 솟아난 가시덩굴에 얽혀 내던져졌다.

"이 몸이 네 주인에게 위세 부리지 않는다고 해서, 너 같은 아랫것이 나를 병든 고양이 취급해?"

고칠소가 차갑게 말했다. 한운석 앞에서는 시시덕거리며 대하기 쉬운 상대처럼 보이지만, 사실 그는 아주 뒤끝 작렬에 밴댕이 소갈딱지처럼 속이 좁아 손톱만큼의 손해도 참지 못하는 인물이었다.

고칠소도 당리가 당문의 후계자인 것을 알고 있었다. 하지만 아무렇게나 내뱉다 보니 '아랫것'이라는 말이 나와 버렸다.

진지하게 따지고 들어가면 당문 전체가 용비야의 수하라고도 볼 수 있다. 하지만 후계자라는 귀한 신분으로 살아온 당리가 언제 아랫것이라는 욕을 들어 보았겠는가?

그는 양손 열 손가락에 열 가지 암기를 드러내며 고칠소와 끝장을 볼 것처럼 나섰다.

일촉즉발의 형세를 본 초서풍은 두 사람에게 두 손 두 발 다 들 지경이었다. 지금이 어느 땐데 아직도 싸우고 있어?

"두 분 그만하시죠! 천불굴에 안 갈 겁니까? 두 분이 안 가면, 저 혼자 가겠습니다!"

초서풍은 말을 마치고 바로 돌아섰다. 당리와 계속 말싸움을 하고 있을 고칠소가 아니었다.

그는 이 세상에서 남자 중에는 용비야, 여자 중에는 한운석 외에 누구도 안중에 둔 적이 없다! 그가 바로 쫓아가자, 당리는 소리쳐서 초서풍을 멈춰 세우려 했다. 하지만 목소리가 나오지 않았다. 당리는 너무 답답한 나머지 결국 허공에 대고 암기를 쏘아 댔다!

고칠소! 두고 봐라. 만독지목 일만 다 끝내고 나서, 본 공자가 너를 고슴도치로 만들어 놓지 않으면 성을 갈겠다!

고칠소 일행 세 사람은 천불굴에 도착한 후 한참 기다린 뒤에야 설 황후의 성대한 의장이 오는 것을 볼 수 있었다. 황후는 역시 황후였다. 그 규모는 엄청났고, 수많은 인마가 뒤를 따랐다.

진왕 일행이 의장대에 섞여서 천불굴에 들어간다고 했기 때문에, 세 사람은 몰래 숨어서 눈을 크게 뜨고 그들을 찾았다.

하지만 인파 속에서 아무리 찾아도 익숙한 얼굴은 보이지 않았다.

추운 날씨에 강풍이 불어서 의장대 궁녀와 시종들은 모두 두꺼운 천으로 목을 감싸고 모자를 쓴 채 고개까지 숙이고 있었기 때문에, 생김새를 알아보기가 너무 어려웠다.

의장대 규모는 컸지만 모두 다 천불굴에 들어가는 것은 아니었다. 천불굴의 석문이 열린 후 황후를 따라 들어가는 자들은 적은 무리일 뿐, 대다수는 모두 밖에 남아 기다려야 했다.

고칠소 일행은 천불굴 석문이 천천히 닫히는 것을 지켜보았다. 나서고 싶어 몸이 근질근질했지만, 진왕의 작전을 망칠까 경거망동할 수 없었다.

당리는 독 때문에 벙어리 신세요, 초서풍과 고칠소도 말이 없으니 세 사람이 함께 한 곳은 유달리 조용했다.

용비야가 대체 무슨 수를 쓰려는 건지 모르지만, 세 사람 모두 용비야를 신뢰하고 있었다.

그런데 잠시 후, 비밀 시위가 초서풍에게 밀서를 가져다주었다. 삼장로에게서 온 서신이었다.

초서풍은 밀서의 내용을 보자마자 순간 멍해졌다가 깜짝 놀라 소리쳤다.

"이런 일이!"

삼장로는 능 대장로와 연심부인이 서경성으로 간 것은 초청가의 분만을 앞당겨 황자를 일찍 낳게 만들기 위해서일 가능성이 높다고 했다. 능 대장로가 서경성으로 떠났다는 소식을 들은 후, 삼장로는 계속 이렇게 추측했지만 감히 확신할 수 없었다고 한다. 어쨌든 이 일은 의학원의 도덕윤리를 거스르는 일이기에, 단순히 추측만으로 함부로 이야기해 줄 수 없었다. 그래서 약성 장로회에 촉진제에 대해 문의해 보았는데, 얼마 전 누군가 약성에서 분만 촉진제를 사 간 정황이 발견되었다. 누가 분만 촉진제를 사 간 것만으로는 증거가 될 수 없으나, 과감하게 추측을 하게 되었다는 것이다.

서신 말미에 삼장로는 진왕에게 절대 신중해야 함을 여러 차례 강조했다. 증거가 없는 상황에서는 함부로 이 일을 언급해서는 안 되며, 그렇지 않을 경우 능 대장로에게 노여움을 사 공개적으로 의성과 적이 된다는 내용이었다.

초서풍은 읽으면서도 흠칫흠칫 놀랐다. 만약 서신을 보지 않았다면, 평생을 가도 분만을 앞당긴다는 생각은 하지도 못했을 것이다.

세상에 이런 지독한 의술도 있단 말인가? 어미 배 속에서 미리 나온 아이를 살릴 수 있단 말인가?

분만을 앞당기는 일의 성공 여부는 차치하고, 이건 그 자체로 아주 비인간적이다. 달을 다 채우지 못한 아이를 억지로 산모의 몸에서 떼어내다니, 이 얼마나 잔인한가?

초씨 집안과 초청가는 그 황위 자리를 위해 미친 게 분명하다.

고칠소와 당리가 동시에 돌아보니 초서풍이 멍하니 정신을 놓고 있었다. 고칠소는 얼른 그 서신을 뺏어 들었고, 당리도 재빨리 다가와 들여다보았다.

서신 내용을 확인한 두 사람 모두 대경실색했다. 당리는 입을 벌려 한껏 욕을 하고 싶었지만 목소리가 나오지 않자, 급한 마음에 고칠소의 발을 한껏 밟았다. 고칠소도 얼른 그의 벙어리 독을 풀어 주었다.

"이런 인간 같지도 않은 것들! 초운예는 천벌이 두렵지 않은 거야? 그리고 이 능 대장로라는 인간, 장로회의 우두머리라는 자가 이런 짓을 벌여? 초청가도 동의한 거야?"

당리는 믿을 수가 없었다.

고칠소는 별로 놀랍지도 않았다. 능 대장로가 못할 짓이 있을까? 의학원 장로인 게 뭐 어때서? 의학원 원장도 그 모양인데!

당리는 분노하면서도 곧 놀라움에 몸서리쳤다.

"그러니까 초청가가 곧 아이를 낳는다고? 초씨 집안이 정말 서주국 황족과 등을 돌릴 셈이야? 그리고 서경성을 차지하겠다는 건가?"

"바로 그거야!"

고칠소가 냉소를 지었다. 그는 어려서부터 능 대장로의 의술을 봐 왔다. 능 대장로의 능력이면 초청가는 순조롭게 조산할 것이고 충분히 그 아이를 살려 낼 것이다!

"그럼 전하께서 강성황제 쪽에 헛고생하신 거군요!"

초서풍이 분개하며 말했다.

진왕 전하가 강성황제와 초씨 집안을 이간질한 것은 강성황제의 손을 빌려 초씨 집안의 병력을 약화하기 위해서였다. 그런데 막다른 골목에 몰린 초씨 집안이 다급한 나머지 이런 잔인하고 악랄한 짓을 벌일 줄이야.

"보아하니 초씨 집안은 강성황제가 나서기 전에 기선을 제압해서, 강성황제가 손쓸 겨를이 없게 만들 속셈이군요!"

초서풍이 혼잣말처럼 중얼댔다.

그 말에 고칠소와 당리가 모두 그를 보며 아무 소리도 내지 못했다.

"두 분……, 왜 보는 겁니까?"

초서풍이 쭈뼛대며 물었다.

고칠소는 말없이 천불굴 석문을 돌아보았고, 당리는 허벅지를 치며 말했다.

"큰일 났다! 이 기회에 공격할지도 몰라! 진왕을 공범으로 삼아서!"

말할 것도 없이 당리의 말 그대로였다!

초씨 집안은 아주 주도면밀하게 계획을 세웠고, 여러 가지 준비를 해 두었다.

초운예는 고북월에게 용비야와 한운석을 죽이라고 시켰다.

일종의 시험이었다. 고북월이 정말 초씨 집안을 배신한다면, 수행으로 위장한 초씨 집안 궁수들이 고북월도 함께 처리할 것이다.

물론, 그들이 결국 실패해 용비야와 한운석을 죽이지 못해도, 용비야와 한운석의 신분을 폭로하여 두 사람을 공범으로 만들 생각이었다. 그럼 이들은 서주국 황실과 척을 지게 된다.

용비야는 서주국이라는 깊은 연못을 뒤흔들러 왔지만, 초씨 집안은 절대 그가 빠져나가게 놔두지 않을 것이다!

오늘 설 황후를 따라 천불굴에 들어온 자들 중 절반 이상은 초씨 집안에서 위장시켜 심어 놓은 궁수들이다. 최근 몇 년 동안 서주국에서 초씨 집안은 허송세월하지 않았다. 엽 태자를 꼬드겨서 그를 속인 것도 그냥 한 일이 아니다.

이들은 선제 때부터 반란할 마음을 품고 지금껏 때가 되기만을 기다려 왔다. 그런데 이번에 용비야가 너무 몰아세우는 바람에, 좀 더 일찍 행동에 옮길 수밖에 없었다!

초 장군은 이미 초씨 집안 군대를 잘 배치해 두었다. 일단 천불굴에서 일이 터지면, 각 지역의 초씨 집안 군대가 함께 반란에 나설 것이다. 초운예도 적족 영씨 집안의 사람에게 언제든지 그들을 지원할 준비를 해 달라고 연락해 두었다.

이때, 천불굴에서 설 황후 일행이 보리 숲을 지나 은행나무 제단 가까이에 다가가고 있었다.

은행나무 제단은 둥근 모양에 반경 10미터 정도 되는 크기의 돌 제단이었다. 제단에는 정중앙에 놓인 천년 묵은 은행나무

외에 아무것도 없었다.

천년 묵은 은행나무는 사람 셋 정도의 높이였다. 마침 추운 겨울이라 나뭇잎은 이미 시들었고 수관은 보이지 않았지만, 나무줄기와 가지들은 뚜렷하게 보였다.

멀리서 보면 마치 묘비 같았는데, 천지 사이에 우뚝 솟아서 신비하고 고풍스러운 분위기를 물씬 풍겼다.

은행나무 제단 주변에는 작은 관목들이 빙 둘러서 심어져 있었다. 어떤 품종인지는 모르나 만물이 다 시드는 이 계절에도 푸른 잎이 무성했다.

황후 일행이 이 짙푸른 수풀을 지나 천불굴에 들어가려면, 모두 걸어서 가야 했다. 설 황후도 예외는 아니었다.

그녀는 걸음을 걷다가 문득 멈춰 서서 저 멀리 서 있는 은행나무를 돌아보았다. 누구든지 이곳을 지날 때면 돌아보지 않을 수 없었다. 천년을 그 자리에 서 있어 온 노목은 동굴 속 불상보다 더 경외심을 불러일으켰다. 걸음을 멈추고 바라보게 만드는, 무릎을 꿇고 절하고 싶어지는 그런 마력을 가진 나무였다.

설 황후가 걸음을 멈추자, 그녀의 앞뒤에 있던 자들도 모두 따라서 멈췄다. 그녀의 앞에는 이 굴의 승려가, 뒤에는 수행하는 태감과 궁녀 열 명 정도가, 그 뒤에는 시위가 열 명 남짓 있었다.

초운예는 수행 시위 속에 숨어 있었다. 뒤쪽에 있는 시위대가 아니라 황후 가까이에서 경호하는 시위로 들어가서, 황후와 그 사이에는 두세 사람 정도만 끼어 있을 뿐이었다.

초운예 우측에 있는 키가 큰 시위는 얼굴에 구레나룻이 가득했는데, 오는 내내 고개를 숙이고 있어 용모를 알아볼 수 없었다. 좌측에 있는 궁녀는 두꺼운 목도리를 코 있는 데까지 둘둘 싸매어 얼굴을 반이나 가리고 있었고, 역시 내내 고개를 숙이고 다녔다.

그리고 초운예 뒤에 멀지 않은 곳에 또 한 명의 시위가 있었다. 조금 병약해 보이는 몸에 역시 얼굴에 구레나룻이 가득한 그는 줄곧 초운예를 지켜보고 있었다.

"바로 오른쪽에 있는 저 나무입니다. 돌 제단 전체가 텅 비어 있는 것처럼 보여도, 보이지 않는 곳에 무공이 고강한 고승 세 명이 지키고 있다고 합니다. 강성황제의 영패 없이는 설 황후라 해도 이곳에서 멀찍이 볼 수밖에 없습니다."

초운예가 작게 속삭였다.

"언제 움직일 생각인가?"

우측에 있던 키가 큰 시위가 차갑게 물었다.

초운예가 대답하기 전에 앞에 있던 설 황후가 갑자기 무릎을 꿇고, 멀리서 은행나무를 향해 절을 했다. 순간 앞에 있는 승려와 뒤에 있던 시종, 시위들 모두 무릎을 꿇고 절을 했다.

초운예의 눈동자에 교활한 빛이 스쳐 지나가더니 갑자기 벌떡 일어나서 외쳤다.

"진왕 전하, 지금 천년 묵은 은행나무를 없애지 않고 언제까지 기다리시겠습니까?"

그는 말하면서 갑자기 곁에 있던 그 키 큰 시위를 세차게 밀어냈다. 그리고 거의 동시에 대열 속에 매복하고 있던 궁수들이 모두 일어섰다. 설 황후 곁에 있던 그 늙은 상궁은 바로 설 황후를 잡아끌어서 한 손으로는 황후를 붙들고 다른 한 손으로 황후의 목을 눌렀다.

깜짝 놀란 설 황후는 머릿속이 하얗게 변해 비명을 질렀다.

"꺄아아악!"

위장, 진짜냐 가짜냐

"자객이다!"

"누구 없느냐, 자객이 나타났다!"

아직 상황파악을 못한 설 황후는 놀라서 비명만 질렀다.

승려들과 진짜 시종들도 그녀와 함께 소리를 질러, 삽시간에 온통 난장판이 되었다.

"천녕국 진왕이다! 천년 묵은 은행나무를 망치려고 하는구나!"

"맙소사, 천녕국 진왕이 잠입하다니!"

"천녕국 진왕이 자객과 결탁했다, 호위, 어서 호위병을 불러라!"

초운예는 늙은 상궁이 잡고 있던 설 황후를 끌어내 사람들을 향해 엄히 경고했다.

"누구든 함부로 날뛰면 황후를 죽여 버리겠다!"

넋이 나갈 정도로 놀란 설 황후는 감히 소리도 지를 수 없었다. 이런 일이 벌어질 줄은 생각도 못했다. 그 자리에 있던 다른 사람들도 초운예의 살기에 벌벌 떨면서 모두 조용해졌다.

지금에서야 사람들은 시위로 위장한 초운예를 자세히 들여다봤다. 곧 누군가가 그를 알아보았다.

"초씨 집안 어르신 아닌가!"

"어찌 그런……. 맙소사, 초 장군의 형님이자 초 대공자의 백부 아닌가. 궁에서 한 번 본 적이 있어! 그자가 틀림없어!"

"초 장군의 형님이잖아! 초씨 집안과 진왕이 결탁하다니! 초씨 집안이 반란을 일으켰구나!"

사람들은 충격을 받고 웅성거렸지만, 초운예가 매섭고 차가운 눈빛으로 바라보자 단번에 입을 닫고 함부로 움직이지 못했다.

아까 그 키 큰 시위는 아직도 얼굴에 구레나룻을 달고 있었다. 방금 초운예가 그를 진왕 전하라고 부르지 않았다면, 누구도 알아보지 못했을 것이다.

그는 떠밀려 나갔으나 전혀 움직이지 않았다. 초운예 옆에 있던 궁녀는 이미 그의 곁에 와서 서 있었다.

"사고를 일으킨다는 게 이거였나? 유족 족장은 정말 예상을 벗어나지 않는군."

키 큰 시위가 낮은 목소리로 냉소를 지었다.

말하는 사이에 지원하러 온 호위병들이 그들을 포위했다. 그러자 위장했던 궁수들도 모두 나와 초운예 일행을 둘러싸며 보호했다.

달려온 자들은 황후가 붙잡힌 것을 보고 모두 눈이 휘둥그레졌다. 다들 가망이 없음을 알고, 포위만 할 뿐 경거망동하지 못했다. 몇몇 호위들은 증원 요청과 강성황제에게 보고하기 위해 몰래 빠져나갔다.

초운예는 빠져나가는 자들을 흘끗 보고도 막지 않았다. 이런 일을 벌인 이상 강성황제가 아는 것도 두렵지 않았다!

"진왕 전하, 초씨 집안은 이제 서주국에 머물 수 없게 되었으니, 황후를 납치하는 게 최선의 선택이었습니다. 원하시는 만독지목을 어서 가져가십시오! 설 황후가 이 늙은이 손에 있는 한, 제단을 지키는 고승들도 감히 어쩌지 못할 겁니다! 만독지목을 가져가시면, 이 늙은이도 물러나겠습니다!"

초운예가 권했다.

"좋다!"

키 큰 시위는 곁에 있던 궁녀를 끌어안고 은행나무 제단을 향해 날아갔다.

그런데 이때, 초운예가 자기 뒤에 있는 자에게 차갑게 말했다.

"북월, 가서 저들을 죽이게."

그랬다!

고북월도 수행원으로 위장하고 있었다. 초운예 뒤에 서있던, 구레나룻을 한 수척한 남자가 바로 그였다.

천년 묵은 은행나무를 향해 날아가는 두 사람의 모습을 보며, 고북월은 움직이지 않고 낮은 목소리로 말했다.

"뭘 그리 서두르십니까. 제단을 지키는 고승도 아직 나타나지 않았습니다."

"허허, 좋다. 서두르지 않겠다!"

초운예가 교활하게 웃었다.

천불굴의 모든 호위병에게 포위당한 상황이지만, 초운예는 기다릴 수 있었다. 설 황후가 자기 손에 있는데, 무엇이 두렵겠는가?

소식이 전해져 더 많은 호위병이 온다 해도, 그는 두렵지 않았다.

천불굴에 오기 전 그는 만반의 준비를 해 두었다. 지금 초씨 저택은 이미 텅 비어 있었다. 강성황제는 곧 군사반란을 맞게 될 테니, 천불굴 쪽으로 힘을 쏟을 수 없다.

오늘 그는 반드시 용비야와 한운석을 죽이고, 만독지목을 손에 넣은 후에 떠날 것이다.

잠시 후, 은행나무 제단을 수호하는 세 명의 고승이 각기 다른 방향에서 날아와 용비야 일행을 포위하며 길을 막았다.

셋 다 눈썹이 사납게 올라가 인상이 아주 흉악했고, 승려이면서 살육의 기운을 가득 내뿜었다. 그야말로 살기등등한 이들은 곧 용비야를 공격하기 시작했다.

용비야는 한 손에는 검을 쥐고, 다른 한 손으로는 한운석을 보호하면서 세 명의 고수가 퍼붓는 공격을 차례차례 피했다.

이 모습을 지켜보는 고북월의 눈동자에 복잡한 빛이 스쳐 지나갔다. 뭔가 느낌이 이상한데, 딱 집어 설명하기 어려웠다.

그가 자세히 살펴보려고 하는데, 초운예가 설 황후를 끌고 가면서 냉소적으로 말했다.

"황후마마, 저 셋을 조용히 물러가게 하겠습니까, 아니면……."

초운예는 설 황후의 머리에 꽂은 비녀를 뽑아 그녀의 얼굴에 갖다 대며 얼굴을 그어 버릴 듯한 자세를 취했다.

"안 돼! 하지 마!"

설 황후는 혼비백산하도록 질겁하여 계속 비명을 질렀다.

"안 돼! 하지 마라……."

주변 호위의 시선이 집중되었다. 세 명의 고승마저 용비야와 싸우면서 동시에 설 황후 쪽을 바라보았다.

속세의 사람 같지 않은, 선녀처럼 아름다운 황후의 실성한 듯한 모습을 보게 되다니. 정신이 나간 것 같은 그녀의 모습은 참으로 추했다!

초운예마저 눈살이 찌푸려졌다. 비녀를 치우고 나서야 설 황후는 조용해졌다.

"어서 물러가라고 하라니까!"

초운예가 참지 못하고 말했다.

"멈춰라! 본 궁의 명이다, 어서 멈춰라! 내 말이 들리지 않느냐! 다 물러나라!"

설 황후는 울면서 소리쳤다. 울부짖느라 화장이 다 번진 모습이 귀신 같았다.

세 고승은 아주 달갑지 않았다. 이들은 이 천녕국 진왕이라는 자의 명성이 다 헛된 것임을 알 수 있었다. 천산검종의 가장 뛰어난 제자는 무슨, 무공 수준도 고작 이 정도인 것을.

조금만 더 시간을 주면, 두 사람 모두 제압할 수 있었다.

"물러가라니까! 들리지 않느냐! 본 궁의 명령이다, 모두 물러가라!"

설 황후의 고함소리에 세 고승은 어쩔 수 없이 씩씩거리며 검을 거두고 옆으로 물러섰다.

"진왕 전하, 천년 묵은 은행나무는 불가佛家의 성물聖物입니다. 무엄한 행동은 하지 마십시오!"

"진왕, 당신과 서주국 황족과의 은원에 왜 불가를 끼워 넣는 거요? 참으로 기품 없는 모습이 아니오?"

세 고승이 질문을 던지고 욕을 해도, 용비야와 한운석은 끄떡도 하지 않았다. 많은 이들이 지켜보는 가운데 계속해서 천 년 묵은 은행나무 쪽으로 가까이 다가갔다.

곧 용비야는 한운석을 안고 은행나무 아래 착지했다. 두 사람의 뒷모습을 보면서, 초운예는 냉소를 짓고 낮게 말했다.

"북월, 지금이네."

두 사람이 만독지목을 찾느라 한눈파는 사이 고북월이 재빠르게 기습하면 성공은 따 놓은 당상이다!

고북월은 두 눈을 아래로 드리우고는 한참 있다가 대답했다.

"조금만 더 기다리시지요. 한운석이 만독지목을 찾은 후에 움직여도 늦지 않습니다."

이 말을 듣고 초운예는 뭔가 짚이는 바가 있어 반문했다.

"지금 자네 힘으로 용비야에게 맞설 수 있나? 기습하지 않으면, 무슨 힘으로 그의 목숨을 빼앗는단 말인가?"

"족장의 능력으로 천년 묵은 은행나무에서 만독지목을 찾을 수 있습니까?"

고북월이 반문했다.

초운예는 물론 독술사를 데리고 왔지만, 그 부분은 말하지 않고 탐문을 이어갔다.

"이 늙은이는 만독지목을 얻지 못하는 한이 있어도, 용비야는 반드시 죽여야겠네! 북월, 갈 텐가, 안 갈 텐가?"

초운예는 말을 마친 후 고개를 돌려 고북월을 바라보았다. 고북월은 시선을 피하지 않았다. 하지만 더는 시간을 끌 핑계거리가 없었다.

그가 초운예를 붙잡으려고 하는 순간, 초운예가 갑자기 뒤로 물러서면서 난데없이 그에게 화살을 쏘았다.

초운예의 궁술은 유족 중에서도 제일이다. 만약 고북월이 빠르게 피하지 않았다면 화살은 급소에 명중했을 것이다!

고북월은 놀라고 있었다. 초운예가 정말 그를 공격하는 날이 올 것이라고는 생각지 못했다. 고북월이 잠시 한눈판 사이에 주변에 있던 궁수들이 그를 포위했다.

화살을 들고 있지 않았으나, 고북월은 이들 모두 초운예가 직접 길러 낸 궁수로, 이들의 궁술은 초천은보다 훨씬 뛰어남을 짐작할 수 있었다. 고북월의 눈동자에 복잡한 빛이 스치고 지나갔다. 그는 짐짓 시치미를 떼고 물었다.

"초 족장, 이건 무슨 뜻입니까?"

"무슨 뜻이냐고? 내가 먼저 나서지 않았다면, 그렇게 묻는 것은 나였겠지?"

초운예가 냉랭하게 반문했다.

그는 고북월을 경계하면서 곁에 있는 궁수들에게 눈짓을 보냈다.

그 뜻을 알아챈 궁수들은 바로 두 줄로 대열을 맞추어 섰다. 모두 손에 활은 없고 화살뿐이었다.

그 모습을 본 사람들은 모두 깜짝 놀랐다!

방금 초운예가 고북월에게 쏜 화살은 너무 빨라서 제대로 본 사람이 없었다. 다들 그저 쇠뇌인 줄로만 알았다. 그런데 지금은 모든 사람의 눈에 선명하게 보였다!

이 자들은 지금 맨손으로 활을 쏘려고 한다!

어전술이다. 얼마 전 운공대륙을 떠들썩하게 만들었던 유족의 어전술!

그러니까……, 초씨 집안이 바로 대진제국 일곱 귀족 중 하나인 유족의 후손!

맙소사, 그런 자들이 서주국에 그토록 오래 잠복해 있으면서 서주국의 병권까지 쥐고 있었다니!

모든 사람이 경악하는 가운데 오직 은행나무 아래 있는 남녀만 반응이 없었다. 군중을 등지고 선 채, 뒤에서 무슨 이상한 일이 벌어지는지 전혀 알아채지 못한 듯했다.

고북월은 다급해졌다. 위장하기 위해 얼굴에 붙인 구레나룻으로도 지금 그의 긴장과 당황스러움을 감출 수 없었다.

심지어 그는 모든 망설임을 내려놓고 큰 소리로 외쳤다.

“진왕, 조심하십시오!”

용비야가 뒤에서 벌어지는 위험한 상황을 알아채야만 한운석을 위험에서 건질 수 있다!

그러나 고북월이 한마디 외치자, 그를 둘러싼 궁수들이 바로 그에게 활을 쏘았다. 그리고 거의 동시에, 두 줄로 열 맞춘 궁수들도 용비야 쪽을 향해 활을 쏘았다.

슝슝슝!

유달리 매서운 파공성이 천불굴 전체에 울려 퍼졌다. 고북월은 환상적인 움직임을 현란하게 펼치며 몸을 피했다. 하지만 날카로운 화살은 피할 수 있어도, 공격에서 완전히 벗어나지는 못했다.

용비야는 한운석을 보호하면서 은행나무 뒤쪽으로 몸을 숨겨 겨우 공격을 피했다. 하지만 궁수들이 재빨리 추격해 와 원형으로 그들을 포위해 도망칠 수 없게 만들었다!

초운예도 직접 나섰다. 그의 화살은 모두 용비야를 향했다. 화살이 두 번 빗나갔으나, 세 번째 화살은 용비야의 배에 명중했다!

용비야는 한 손으로 배를 잡고, 다른 한 손으로 한운석을 은행나무 뒤로 밀어냈다. 힘겹게 버티려는 듯 보였으나 제대로 서 있지도 못했다. 나무를 붙들기도 전에 입에서 선혈을 쏟았고, 갑자기 무거운 신음소리를 낸 후 뒤로 나자빠져 쓰러지더니 움직이지 않았다!

처음에는 초운예도 뜻밖이었다. 무 이모에게서 용비야의 능력에 대해 들었기 때문에, 이렇게 쉽게 화살에 맞을 줄 몰랐다!

그러나 용비야가 쓰러지는 것을 보고는 믿게 되었다.

원래 자신의 궁술에 대한 자신감도 강했고, 이번에 용비야는 속임수에 넘어가 갑작스레 기습을 당했으니, 승산이 높았다.

그는 기뻐하면서 손을 흔들어 주변 궁수들의 공격을 멈추게 했다. 그리고 자신의 손에 든 화살을 들어 한운석의 다리를 겨냥했다. 진왕은 죽었고, 이 여자는 써먹을 데가 많았다!

죽이고 싶어도, 청가에게 넘겨야 한다.

피융……!

날카로운 소리와 함께 초운예의 화살이 날아갔다. 한운석의 다리에 명중할 게 분명해 보였다. 그런데 갑자기 하얀 그림자 하나가 스쳐 지나갔다. 눈에 보이지 않을 정도로 빠른 속도였다.

하얀 그림자가 멈추자 한운석 앞에 있는 고북월이 보였다. 오른쪽 어깨에 명중한 화살은 그의 어깨뼈를 통과해 등 뒤로 관통한 상태였다. 초운예가 쏜 화살은 그의 다리에 맞았다.

한운석을 보호하기 위해 화살을 맞아가며 달려온 것이다.

다행이다. 늦지 않았어.

구레나룻으로 얼굴을 가려도, 지금 이 순간 고북월의 웃음은 따스했다. 다만, 웃는 가운데 그의 무릎은 더는 지탱할 힘이 없어 바닥에 꿇어앉고 말았다!

신용은 개나 주라지

고북월은 한쪽 무릎을 꿇으면서도 손에는 조그만 금빛 비도를 움켜쥐고 있었다. 왼손을 쓸 수밖에 없었는데, 오른쪽은 어깨뼈에 화살이 관통하면서 팔을 들 수조차 없었기 때문이다.

그러나 그를 너무나 잘 알고 있는 초운예는 비도를 쥐고 있을 거라 예상하여, 가까이 다가가지 않고 왼쪽 어깨를 겨냥했다.

배신자 같으니, 역시 용비야와 한운석 편으로 돌아섰군.

고북월은 멀리서 초운예가 쏘려는 화살을 보고 있었다. 티끌만큼의 더러움도 허용할 수 없는 깨끗한 두 눈동자는 점차 복잡하게, 심지어 혼탁하게 변해 갔다.

유족과 영족 간의 친분 때문에, 그는 초운예가 자신을 의심하고 모해하리라고는 전혀 생각지 못했다. 용비야처럼 똑똑한 자가 초운예의 함정에 빠지리라고는 더더욱 생각지 못했다.

조금 전부터 지금까지 고작 차 한 잔 마실 짧은 시간 동안, 평온한 겉모습과 달리 그의 속내는 안절부절못하고 혼란스러워 생각도 할 수 없는 상태였다.

그는 이번에는 운석 낭자를 지켜 줄 수 없을 것을 알았다.

이제 방법은 하나뿐이다. 장구지책은 아니지만, 적어도 잠시나마 운석 낭자의 생명을 지키고, 다치지 않게 보호할 수 있다.

그 방법은 바로 그녀의 존귀한 신분을 드러내는 것이다!

야심 가득한 유족이 서진 황족의 후예를 계속 찾아다닌 것은 다 그 권세를 등에 업기 위해서였다. 하지만 최소한 지금 운석 낭자의 신분을 밝히면, 초운예도 두려움과 경외심에 사로잡혀 감히 어쩌지 못한다!

저 화살은 곧 그들을 향해 날아올 것이다. 한 번 더 그녀 대신 화살을 맞는다고 해도 세 번째, 네 번째 화살까지 막을 수는 없다.

고북월은 말하기로 했다!

그런데 바로 이때, 지금껏 그의 뒤에서 숨어 있던 한운석이 갑자기 움직이기 시작했다!

고북월은 안절부절못하고 있는 와중에도, 뒤에 있는 이 여인에게 주의를 집중하고 있었다. 혹 그녀가 놀랄까, 혹 그녀가 다칠까 두려웠다. 그런데 지금 이 순간, 그는 그녀에게서 강력한 살기가 느껴졌다!

이런 살기는 무공이 고강한 사람이 아니면 느낄 수도, 내뿜을 수도 없다!

지금 그녀는 무공도 할 줄 알고, 그를 죽이려 하고 있다!

고북월의 엄숙한 입가에 갑자기 자조적인 웃음이 지어졌다. 그는 자신을 아주 깊이 비웃었다. 그도 속임수에 넘어가는 날이 오다니! 지나친 관심은 도리어 혼란을 부른다는 게 이런 것일까?

뒤에 있는 여자는 진짜 한운석이 아니다. 땅에 쓰러진 것은 더더군다나 진짜 진왕 용비야일 리 없다!

과연 용비야였다. 그들 모두가 속아 넘어 갔다!

초운예가 화살을 쏘는 순간, 고북월이 불쑥 옆으로 피했다. 화살은 가짜 한운석의 배를 스치고 지나가, 하마터면 가짜 한운석을 맞출 뻔했다.

초운예는 냉소를 지었다. 고북월과 용비야 일당의 관계는 생사의 갈림길에서 각자 살길을 도모하는, 겨우 이 정도에 불과했다.

"여봐라, 저놈을 잡아라!"

초운예는 차가운 목소리로 명령했다. 오늘 고북월과 정면충돌한 이상, 절대 그를 보내 줄 수 없다.

고북월의 얼굴에는 자조 외에는 별다른 감정이 드러나지 않았다. 그의 어깨 상처가 아무리 심각해도, 기껏해야 어깨 하나 못 쓰는 데 그친다. 그러나 다리를 다치면 영술에 직접적인 영향을 준다. 이번 공격은 피하기 어려울 것 같다!

하지만 한운석만 무사하다면 그는 여전히 태연할 수 있다.

초운예는 대부분의 궁수를 고북월을 포위 공격하러 보내고, 홀로 가짜 한운석과 마주했다. 무공을 할 줄 모르는 이 여자를 천천히 처리할 수 있을 줄 알았다. 그런데 그가 화살을 쏘자 가짜 한운석이 몸을 피하더니, 곧이어 나무 위로 날아올라 하늘을 향해 신호탄을 쏘아 올렸다!

그때서야 초운예는 깨달았다! 당했구나!

용비야가 오지 않았어? 한운석도 오지 않았다. 분명 위장하여 자신의 양쪽에 서는 것을 직접 봤는데, 설마 오는 사이 바뀌

치기 당했단 말인가?

초운예는 곁에 있던 사람이 언제 바뀌었는지 생각할 겨를이 없었다. 이 순간, 그는 당황스러웠다!

용비야 일행이 오지 않았다는 것은 원수의 손을 빌려 원수를 제압하려던 음모에서 용비야가 참새라는 뜻이다. 매미를 잡으려고 정신이 팔린 사마귀를 노리는 그 참새!

가짜 한운석이 다시 신호탄을 쏘아 올렸다. 용비야가 장계취계로 어떻게 맞설지 하늘만이 아는 일이 아닌가? 초운예는 서주국 황실보다 용비야가 더 두려움을 인정하지 않을 수 없었다.

"여봐라, 서둘러 물건을 찾아내고 철수 준비를 해라!"

초운예는 즉각 명령을 내렸다.

물론 그는 가짜 한운석을 쏘아 죽이는 것을 잊지 않았다. 무공을 할 줄 안다는 사실을 확인한 후, 초운예는 방심하지 않고 화살 다섯 발 안에 가짜 한운석을 죽였다. 궁녀로 위장한 독술사 몇 명이 우르르 앞으로 나와 천년 묵은 은행나무를 둘러싸고 만독지목을 찾기 시작했다.

사실 초운예는 이 잔혹한 사실을 마주 하고 싶지 않았다. 그는 굳이 앞으로 나가 가짜 한운석의 목도리를 벗겼다. 역시 다른 얼굴이었다. 이번에는 가짜 용비야의 구레나룻을 떼 보았다. 용비야가 아니었다.

"용비야!"

초운예는 이를 바득바득 갈며 분노했다. 그런데 이때, 시체처럼 누워 있던 가짜 용비야가 벌떡 일어나더니 비수로 초운예의 팔뚝을 힘껏 찔렀다!

움직임을 감지한 초운예가 황급히 피했으나, 애석하게도 한 발 늦었다. 비수는 그의 오른쪽 어깨에 아주 깊이 박혔다! 오른쪽 어깨는 활시위를 당기고 화살을 쏠 때 아주 중요한 부분이다. 오른쪽 어깨가 다쳤으니, 그가 쏘는 화살 위력도 크게 줄어들 것이다!

가짜 용비야는 사전에 계획하고 이 순간만을 기다렸던 듯하다. 그의 팔을 다치게 하여 어전술을 견제하려던 것이다!

"젠장!"

초운예는 그를 한껏 발로 찼다. 죽기 일보 직전이었던 가짜 용비야는 그 발길질에 완전히 쓰러졌다. 하지만 그는 이미 사명을 완수했다.

한쪽에 있던 서주국 황족 시위들은 쓰러진 자가 진왕 전하가 아님을 확인하고 다들 답답해했다. 이 기회에 반격하여 설 황후를 구하고 싶었지만, 설 황후는 저 늙은 상궁에게 붙잡힌 상태라 움직이기 어려웠다.

가짜 용비야와 가짜 한운석을 처리한 뒤, 초운예는 바로 화살을 뽑아 들었다. 그리고 다시 한 번, 쏟아지는 화살을 피하고 있는 고북월을 조준했다.

하지만 그가 화살을 쏘기도 전에 고북월은 궁수들에게 잡히고 말았다. 보호할 대상이 없는 상황에서 고북월은 도망칠 수 있었다. 다만 치러야 할 대가가 너무 컸다. 심각한 중상을 입게 되기 때문이다.

게다가 용비야가 밖에 매복을 두었을지 확신할 수 없었다. 지금 상황에서 용비야를 만난다면, 절대 도망치지 못할 것이다. 오히려 초운예의 손에 떨어지는 편이 안전했다.

고북월이 잡힌 것을 보고 초운예는 철수하기로 마음먹었다.

"찾았느냐?"

그는 독술사들을 향해 고함쳤다. 상황이 점점 그들에게 불리하게 돌아갔다. 빠르게 움직여 서둘러 철수해야 한다.

만독지목은 평범한 물건이 아니다. 은행나무에 숨겨진 채 이 은행나무를 천년이나 살아오게 했으니, 대단한 것임이 틀림없다.

이 독술사들은 모두 무 이모가 만독지목을 찾기 위해 전문적으로 기른 인재들이다. 하지만 이들은 은행나무를 몇 바퀴나 돌고도 독성조차 찾아내지 못했다. 이렇게 짧은 시간 안에 만독지목을 찾아내기란 거의 불가능했다!

"족장님, 찾는 데 며칠은 걸릴 것 같습니다!"

독술사 우두머리가 다급하게 보고했다.

"쓸모없는 것들!"

초운예가 초조해하며 화를 냈다.

"이 나무를 뿌리째 뽑아서 가져가자!"

그 말이 떨어지자마자 비웃음 소리가 들려왔다.

"유족 족장, 참으로 패기가 넘치는구나!"

초운예가 돌아보니, 흑의를 입은 복면 고수 세 명이 갑자기 어디에선가 날아왔다. 비웃는 자가 목소리를 변조해서 초운예는 누구인지 알 수 없었다. 하지만 그는 용비야 일행이라고 확신했다!

"용비야, 이 몸을 속이다니! 네 신용은 어디로 간 것이냐?"

초운예가 큰 소리로 꾸짖었다. 일부러 주변 사람들 들으라고 한 소리였다. 어떻게 해서든 이번에 용비야를 공범으로 끌어들여야, 용비야와 서주국 황실을 불공대천의 원수지간으로 만들어야 했다.

그래야 초씨 집안이 서경성으로 물러난 후에 서주국이 중남도독부와 가까이 지내지 않을 것이다.

그런데 흑의 복면을 한 자가 미친 듯이 웃기 시작했다.

"신용? 용비야의 신용은 개한테나 줘 버렸는데, 몰랐단 말이냐?"

흑의 복면을 한 자는 아주 즐겁게 웃고 있었다. 누가 봐도 기분 좋은 모습이었고, 누가 들어도 절대 진왕 본인은 아님을 알 수 있었다!

누구지?

용비야에게 원한이 있나?

초운예는 어리둥절해져서 나머지 복면 흑의인 두 명을 바라보았다. 둘 다 아무 반응도 하지 않는 것을 본 그는 더욱더 멍해졌다. 설마 용비야가 정말 안 왔단 말인가?

어쩌면 둘 중 하나가 용비야일지도 모른다. 초운예는 방심할 수 없어 모든 궁수에게 은행나무를 포위하고 화살을 쏘라고 지시했다!

흑의인 세 명은 즉각 은행나무 아래에서 달아나더니, 화살 공격을 피하면서 초씨 집안 궁수들을 죽여 나갔다. 초운예도 곧 공격에 가담했다. 그런데 잠시 후, 은행나무 아래에서 가시덩굴들이 자라는 게 아닌가. 마치 무수한 촉수가 달린 것 같은 가시덩굴은 주변으로 미친 듯이 자라나 궁수들에게까지 뻗어 나갔다. 흑의 고수 세 명은 움직이는 가시덩굴 속에서 화살을 피함과 동시에 공격을 이어갔다. 궁수들은 순식간에 혼란에 빠져 갈팡질팡했다.

순간 모든 사람이 너무 놀라 어쩔 줄을 몰랐다. 세상에 이런 기묘한 재주가 있을 줄이야.

"한눈팔지 말고, 전력을 다해 공격하라!"

초운예가 노성을 내지르며 화살을 쏘아 올렸다. 화살은 가시덩굴의 뿌리줄기에 명중해 덩굴을 끊어 냈다.

그 모습에 사기가 크게 오른 궁수들은 정신을 집중해 화살 공격을 퍼부었다. 그런데 대체 어찌 된 영문인지 갑자기 궁수 세 명이 쓰러졌다.

"암기다! 다들 조심해라, 암기를 쓴다!"

궁수 한 명이 고함쳤다. 그가 말하자마자, 눈에 보이지 않을 정도로 가느다란 암침 하나가 그의 목을 뚫고 들어가 단번에 목숨을 잃고 말았다!

일족의 족장인 초운예도 만만한 자는 아니었다. 그는 암기가 나타났을 때 바로 이상한 낌새를 눈치챘다. 몇 명의 궁수를 희생시킨 후, 그는 암기를 쓴 자가 누구인지 파악했다.

그는 한쪽에 서서 눈을 가늘게 뜨고 그 사람의 심장을 겨누었다. 당사자는 이 상황을 전혀 모른 채, 쏟아지는 화살 비를 피하고 있었다.

"죽어라!"

초운예가 힘껏 화살을 쏘았다. 맹렬한 기운이 다가옴을 가장 먼저 눈치챈 사람은 바로 요란하게 떠들던 흑의인이었다. 그는 얼른 몸을 날렸다.

"조심해!"

그는 고함을 치며 동료를 발로 찼고, 질주하듯 날아가던 화살은 순식간에 그의 정면에 이르렀다. 동시에 다른 쪽에서도 수많은 화살이 날아들었다.

곁에 있던 두 사람은 화살에 둘러싸여 그를 도울 수 없었다.

바로 이때, 높은 하늘 위로 채찍 소리가 울려 퍼졌다. 처음에는 소리만 들리더니 곧이어 채찍이 모습을 드러냈다. 마치 황금빛용이 하늘로 날아오르듯 금빛 채찍이 나타나 화살 절반을 세차게 쳐서 떨어뜨렸다.

대체, 누가 온 것인가?

소름, 고수의 대결

누가 온 것인가?

한 사람이 아니었다. 남자와 여자, 두 사람 모두 흑의 복면을 하여 신분을 알 수 없었다.

복면한 남자는 한 손으로 여자의 잘록한 허리를 감싸고, 다른 한 손에는 채찍을 들고 있었다. 하늘 높이 솟아오른 그는 키가 훤칠하고 검은 옷을 입어 신비로운 분위기를 풍겼다. 그의 품속에 있는 여인은 계속 날아드는 화살은 안중에도 없고, 온 정신을 집중해 천년 묵은 은행나무를 보고 있었다!

초운예는 바로 용비야와 한운석이 왔음을 알아챘다. 용비야의 금빛 채찍을 직접 본 적은 없지만, 무 이모에게서 들어 알고 있었다.

지난번 독종 지하미궁 대결에서, 무 이모는 용비야의 진짜 실력은 천산의 검술이 아니라 내력을 알 수 없는 채찍임을 알게 되었다.

용비야가 품에 안고 있는 저 사람이야말로 진짜 한운석, 무공을 할 줄 모르는 한운석이다.

용비야가 한운석을 은행나무 아래 내려놓자, 방금 버릇없이 까불던 흑의인이 곧장 그곳으로 되돌아갔다. 그는 여자라고 봐주는 것 없이 그곳에 있던 여자 독술사들을 모두 발로 뻥 차서 날려 버리고, 한운석 곁에 서서 그녀를 보호했다. 이 녀석이 고칠소가 아니면 누구란 말인가? 나머지 두 사람은 당연히 초서풍과 당리였다.

고칠소가 한운석 곁에 오자마자 용비야는 바로 날아올라 초서풍, 당리와 함께 적과 맞서 싸웠다.

뛰어난 채찍 공격에 강력한 내공까지 더해져, 그가 채찍을 휘두르자 화살들이 우수수 떨어졌다!

"용비야! 드디어 왔구나!"

초운예가 고함을 내질렀지만, 용비야는 거들떠보지도 않고 채찍을 내려치며 앞에 있는 궁수들에게 다가갔다. 초운예는 전부터 용비야와 진정한 실력을 겨뤄보고 싶었다. 그는 화살 한 다발을 꺼내 맨손으로 활시위를 당겼다. 손에 든 화살에 얼마나 많은 힘을 부여했는지는 하늘만이 알 것이다. 화살 뭉치들은 쏘아 올리기도 전에 쨍강쨍강 소리를 내며 진동했다. 꿈틀꿈틀하는 것이 적을 죽이고 싶은 마음이 간절한 것 같았다!

엄청난 살기에 용비야도 뒤돌아보았다. 그 차갑고 무정한 눈동자에는 지독한 경멸의 빛이 스쳐 지나갈 뿐이었다.

"죽어라!"

초운예가 고함치며 화살들을 쏘았다. 각각 강력한 살기를 품은 열 개 남짓한 화살들이 동시에 날아올랐다. 파죽지세의 강력함에 주변 공기 흐름마저 영향을 받았다.

이 화살들은 모두 눈 달린 영물이라도 된 것처럼, 알아서 역할을 나누어 용비야의 몸에 치명적인 급소들을 찾아 제각각 날아들었다.

순식간에 모든 사람의 이목이 집중되었다. 당리와 초서풍은 주변 궁수들과 싸우면서 그쪽을 바라보았다. 내내 아무 생각 없어 보이던 고칠소도 조금 걱정이 되었다. 만독지목을 찾느라 바빴던 한운석도 잠시 하던 일을 멈추었다. 그녀는 살기를 느끼지 못하고, 무슨 일이 생겼는지도 모른다. 다만 그녀의 직감이 용비야가 위험하다고 말해 주었다.

멀지 않은 곳에 잡혀있던 고북월은 이마를 찌푸린 채, 열 개의 화살 중 가운데 있는 한 화살을 뚫어지게 쳐다보았다. 그 화살의 위력이 가장 강력했다.

용비야도 열 개의 화살 중 가장 치명적인 한 화살이 숨어 있음을 이미 알아챘다. 그는 오래 생각할 시간이 없었다. 채찍은 충분한 공간이 있어야 위력을 발휘하기 때문이다. 일단 화살들이 너무 가까이 다가오면 검을 꺼낼 수밖에 없다. 하지만 그가 검을 뽑는 순간, 초운예는 그의 신분을 물고 늘어질 것이다.

초운예는 상당히 멀리 떨어져 있었지만, 화살의 속도는 모든 일이 순식간에 벌어지게 만들었다. 용비야는 생각할 여지도 없이 채찍을 휘둘러 화살을 떨어뜨렸다!

채찍의 기세는 화살 못지않았다. 채찍으로 모든 화살을 막아내는 것이야말로 두 힘의 진정한 대결이자 가장 직접적인 힘겨루기였다.

이 순간, 시간도, 세상 모든 만물의 움직임도 멈춘 듯했다. 오직 채찍과 화살이 공중에서 정지한 채 맞서는 모습만 보였다!

물론 정지한 순간은 1초 정도에 불과했다. 채찍의 기세는 금방 화살이 날아드는 힘을 압도했고 모든 화살을 제압했다!

용비야는 채찍을 움켜쥔 손을 가볍게 튕겼다. 가벼운 동작처럼 보였지만 엄청난 힘이 소모되는 동작이었다. 이 힘이 뿜어져 나오자 화살들도 더는 버티지 못하고 완전히 무너져 모조리 바닥에 떨어졌다.

그런데 유독 한 화살이 떨어지지 않고, 한 개의 힘으로 용비야의 채찍에 버티고 있었다. 동시에 화살은 쨍강쨍강 소리를 내며 꿈틀거렸다. 방어하는 데 그치지 않고 공격하러 나설 태세였다.

이것이 바로 가장 강력한 화살이었다. 용비야는 다시 한 번 힘을 써 보았지만 여전히 이 화살을 떨어뜨릴 수 없었다.

바로 이때, 초운예가 화살 하나를 더 꺼내 용비야의 눈을 향해 쏘아 올렸다!

이를 본 모든 사람이 경악했다. 초서풍과 당리는 도우러 오고 싶었으나, 궁수들이 초운예를 돕기 위해 미친 듯이 화살을 쏘아 댔기 때문에 그곳에서 벗어날 수 없었다.

한운석은 고칠소를 밀어냈다.

"나 신경 쓰지 말고 가서 도와줘, 얼른!"

고칠소는 그제야 정신을 차렸다. 거리가 멀어서 가시덩굴을 사용해 도울 수밖에 없었다. 하지만, 이미 늦었다!

화살 속도가 너무 빨랐다!

"이 멍청아!"

고칠소는 참지 못하고 욕을 해 댔다. 그는 용비야가 신분을 드러내지 않기 위해 검을 쓰지 않을 것을 알았다. 하지만 검을 안 쓰는 건 그렇다 쳐도, 왜 채찍을 거두고 후퇴하지 않는 거야?

이렇게 억지로 버티는 건 죽음을 자초하는 길이다!

화살은 기세등등하게 날아와 곧 용비야의 눈을 찌를 것 같았다. 순간 모든 사람의 숨이 멈추었다. 한운석은 아연실색했다. 그녀의 눈에 초운예가 쏜 화살의 속도와 위력은 총알에 맞먹었다. 그런데 이 일촉즉발 위기의 순간에, 용비야는 손을 들어 그 화살을 쓸어 버렸다.

용비야가 손을 내리자, 그의 손등 위로 피가 뚝뚝 흘러내렸다. 화살의 기세가 얼마나 대단했는지 알 수 있었다. 하지만 어쨌든 막아내는 데 성공하지 않았는가?

사람들은 한숨을 돌렸다. 초운예는 매우 뜻밖이었지만 그래도 단념하지 않고 얼른 화살을 하나 더 날렸다. 이 화살은 용비야가 아니라 용비야의 채찍과 맞서고 있는 그 화살을 향해 날아갔다!

이 화살이 용비야와 맞서고 있는 그 화살에 직접 부딪치자, 강력한 추진력이 작용한 것처럼 세차게 그 화살을 밀어냈다. 튕겨져 나간 화살은 채찍을 넘어 용비야를 향해 날아갔다.

일족의 족장인 초운예의 화살 실력은 과연 초씨 집안을 대표하는 으뜸임을 인정하지 않을 수 없었다. 그러나 그의 상대는 용비야였다…….

용비야가 채찍을 잡아당겼다가 다시 튕겨내자, 채찍은 정확하게 화살을 잡아냈다! 사실 그는 계속 이 기회를 노리고 있었다!

누구도 예상 못한 결과였다. 초운예는 얼굴이 새하얗게 질릴 정도로 놀라, 용비야가 반격을 시작하기도 전에 허둥대며 여러 화살을 난발했다.

사실 이런 상황에서 초운예가 허둥대는 것도 이상하지 않았다. 용비야가 반격할 자세를 취했기 때문이다.

화살비가 쏟아져도 용비야의 채찍은 화살을 다 잡아서 내던졌다. 채찍은 뱀처럼 구불대며 빠르게 앞으로 뻗어 나가 화살들을 모조리 쓸어내렸다. 마지막으로 용비야가 채찍을 세차게 휘두르자, 채찍을 따라 내력이 함께 뿜어져 나와 채찍 끝에 있는 화살에게 쏟아졌다!

힘을 받고 튀어나온 화살은 산을 허물고 바다를 뒤집을 기세로 초운예에게 돌진했다!

초운예는 지금껏 살아오면서 자신이 쏜 화살에 당할 날이 오리라고는 상상도 못했다!

예상치 못한 결과에 피할 틈도 없어 반사적으로 옆으로 비켰다. 화살은 그의 오른쪽 팔을 뚫고 들어갔고, 화살촉은 살 속에 완전히 파묻혔다.

지독한 한 발이었다!

채찍을 휘두른 게 이 정도라니, 만약 그가 시위를 당겨 활을 쏘았다면, 아예 손을 관통하지 않았을까?

궁수가 가장 꺼리는 일, 바로 손을 다치는 것이다.

초운예는 아주 달갑지 않았으나 형세가 좋지 못하니 어쩔 수 없이 도망칠 수밖에 없었다.

"후퇴하라!"

명령이 떨어지자 모든 궁수가 물러났다. 늙은 상궁은 설 황후를 붙잡고 함께 도망쳤고, 초운예는 직접 고북월을 호송하며 후방을 엄호했다.

서주국 황족의 호위병이 계속 그들을 추격했으나, 설 황후가 그들 손에 있어 함부로 나서지 못했다.

용비야의 시선은 내내 고북월을 향해 있었지만 그는 추격하지 않았다. 그의 최종 목표는 만독지목이었다. 지원군이 오기 전에 빨리 만독지목을 손에 넣어야 했다. 그렇지 않으면 설 황후 같은 인질도 없는 마당에 지원군이 도착했을 때 어떤 상황이 벌어질지, 하늘만이 알 일이었다.

곧 제단을 지키는 세 명의 고승이 날아왔지만 그들은 은행나무에 전혀 다가갈 수 없었다. 용비야, 초서풍, 당리가 지키고 있었기 때문이다. 용비야 한 명으로도 충분히 세 고승과 맞설 수 있는데, 거기에 초서풍과 당리까지 더해졌으니 어떠하겠는가?

세 명의 고승은 조금 전 대결을 똑똑히 보았다. 그들은 이길 수 없음을 잘 알았기에 성난 목소리로 질문을 던지며 정보를 빼내려고 했다.

"대체 뭐 하는 자들이냐? 은행나무에서 무엇을 찾고 있지?"

"어떻게 들어온 것이냐?"

억지로 들어오면 많은 기관을 건드리게 된다. 지도가 없으면 아무리 대단한 고수라도 기관을 피할 수 없다. 그런데 이들은 아무 기척도 내지 않고 들어왔다. 황후 의장대에 섞여 들어온 것도 아니었다.

고승들은 정말 이해할 수 없었다.

"천녕국 진왕이 아닌가? 대장부는 어떤 경우에도 이름을 숨기지 않는다. 누구인지 정체를 밝혀라!"

"저 여시주는 진왕비가 아닌가?"

세 고승이 뭐라고 물어보든, 다들 용비야에게 전염되기라도 한 듯 조용했다. 심지어 고칠소마저도 말이 없었다.

한운석은 해독시스템의 딥 스캔 기능을 가동했고, 천년 묵은 은행나무에 독이 있음을 감지했다.

그렇지만 만독지수, 만독지토를 마주했을 때와 마찬가지로 해독시스템은 독성만 감지할 뿐, 구체적으로 어떤 독성인지는 검출하지 못했다.

금목수화토의 오행지독은 다들 비슷했다. 모두 갖가지 독성을 혼합해서 만들어진 것이었다. 그래서 해독시스템은 독성은 감지할 수 있으나 독성의 종류는 확인할 수 없고, 구체적인 정보도 검출하지 못했다.

한운석은 이곳에 오래 있을 수 없다는 것을 알았다. 자칫 잘못했다가는 떠나기도 어려워진다. 그녀는 한 번 더 검사해 보았지만 구체적인 위치를 찾을 수 없었다. 그녀 자신도 답답했다!

독 저장 공간을 잊고 있는 게 아니었다. 독 저장 공간에 오행지독을 저장할 수 있는 건 사실이다. 그 커다란 독수 연못도 집어넣었으니 말이다.

그러나 지금 그녀 앞에 있는 천년 묵은 고목은 완전한 독성을 가진 나무가 아니다. 무엇보다도 그녀는 만독지목을 보지 못했다!

보지도 못한 것을 어떻게 집어넣을까? 적어도 지금 그녀의 수준에서는 불가능하다.

어쩌면 좋지. 정말 초운예 말처럼, 이 나무를 베어야 하나?

이때, 주변에서 빠르게 다가오는 발소리가 들렸다. 지원군이 도착한 게 틀림없다.

고칠소가 다급하게 물었다.

"찾았어?"

사실 고칠소도 내내 찾고 있었다. 그러나 그는 독성 냄새조차 맡지 못해서 만독지목이 이 나무에 없는 게 아닐까 의심할 뻔했다.

이때, 용비야도 고개를 돌려 재촉하는 눈빛을 보냈다.

한운석은 초조해졌다!

그런데 갑자기, 그녀의 머릿속에 번쩍하고 뭔가가 떠올랐다.

그거야!

그녀에게 방법이 있었다. 그것도 아주 간단하고 직접적인 방법이. 왜 그 생각을 못하고 있었지? 정말 너무 멍청했다!

신비하고 강력한 무리

만독지목은 보이지 않지만, 한운석은 만독지목을 손에 넣을 수 있는 아주 간단한 방법이 생각났다.

"고칠소, 나를 엄호해, 어서!"

그녀는 말하면서 고칠소 뒤로 숨어 사람들을 등졌다.

"왜 엄호하라는 거야?"

고칠소가 의심 가득하게 물었다. 그는 뒤돌아서 무슨 일인지 알고 싶었지만, 한운석이 하는 일을 망칠까 두려워 순순히 서 있었다.

한운석이 뭘 하는 건지 모르지만, 어쨌든 그녀가 문제를 해결하기도 전에 관병들이 들이닥쳐 은행나무 제단을 포위했다. 곧이어 도착한 궁수들은 맨 앞으로 돌진하여 한쪽 무릎을 꿇고 이들을 향해 활시위를 잡아당겼다.

보아하니 초운예 일당이 순조롭게 도망친 게 분명했다. 그렇지 않고서야 아무리 중요한 나무라 해도 강성황제가 총애하는 황후보다야 중할까!

"궁수부대? 초씨 집안은 아니겠지? 흐흐!"

고칠소가 비꼬며 웃는 통에 궁수부대 대장의 표정이 사나워졌다.

초씨 집안의 궁수부대가 아주 유명하지만, 그들이 어찌 초씨 집안의 사람일 수 있겠는가!

천불굴 사태는 일찌감치 밖으로 퍼져 나갔다. 초씨 집안은 황후를 납치했을 뿐 아니라, 각지에서 군사를 일으켜 역모를 꾀했다. 하루 만에 초씨 집안은 서주국의 역적으로 전락했다!

서주국 조정은 대지진이라도 난 듯, 다들 이 갑작스러운 소식에 놀라 한참 후에야 겨우 진정할 수 있었다. 지금 강성황제는 각지에서 일어난 군사반란을 적극적으로 대응하는 중이었고, 초운예는 천불굴에서 무사히 빠져나왔으나 천불굴 호위병에게 계속 쫓기고 있었다.

강성황제는 초운예와 이 흑의 고수 무리가 천년 묵은 은행나무를 가지고 뭘 하려는 건지는 잘 몰랐다. 하지만 기왕 좋은 물건이라면, 절대 뜻대로 되게 놔둘 수 없었다!

강성황제는 급히 서신을 묶은 매를 날려 보내, 반드시 생포하여 이 흑의인 일당이 천녕국 진왕과 정말 관련 있는지 확실히 알아내라고 분부하기까지 했다.

"순순히 항복해라, 안 그러면 화살이 상대를 가리지 않고 날아갈 것이다!"

궁수부대 대장이 큰 소리로 경고했다.

무식하면 용감하다더니. 조금 전 고수의 대결을 직접 보지 못했으니, 그는 세상에 화살을 그렇게 갖고 놀 수 있는 사람이 있으리라고는 상상도 못할 것이다.

용비야 일행은 그의 경고를 당연히 무시했다. 다만 용비야는 이곳에 오래 있고 싶지 않았다. 오래 있을수록 신분이 드러날 가능성이 높다. 게다가 천불굴의 호위병도 만만하진 않다. 주변 호위병이 모두 이쪽으로 온다면, 상당히 귀찮아진다.

그는 한운석 쪽을 돌아보며 낮은 목소리로 말했다.

"나무를 뽑아야 하겠느냐?"

"뿌리째 뽑아야 할 텐데, 천년이나 된 고목 뿌리가 얼마나 깊을지 누가 알겠어? 뽑을 시간이 될까? 이 커다란 나무를 메고 도망칠 수 있을 거 같아? 만약 출구가 막히면, 못 나가지 않겠어?"

당리는 모두가 직면한 현실을 일깨워 줄 수밖에 없었다.

용비야의 눈동자에 복잡한 빛이 스치더니 말이 없었다. 초씨 집안을 이겨도 만독지목을 찾지 못하면 헛걸음한 셈이다!

천년 묵은 은행나무만 찾으면 만독지목을 찾을 줄 알았는데, 이렇게 될 줄 누가 알았겠는가?

잠시 기다렸지만, 한운석은 대답이 없었다. 그런데 이때 궁수들이 화살을 쏘기 시작했다. 용비야는 성가시다는 듯 손을 한 번 휘둘렀다. 첫 번째 채찍질에 화살이 떨어졌고, 두 번째 채찍질은 궁수들에게로 향했다.

궁수들은 모두 뒤로 물러나고, 창과 방패를 든 병사들이 대거 달려들어 빠져나갈 틈 없이 이들을 포위했다. 병사까지 보낸 것은 절대 놓아주지 않겠다는 뜻이다!

귀찮아졌다!

"우선 나가는 게 어때? 초운예가 아니라 우리가 저놈들과 맞서게 생겼어! 남 좋은 일 시킬 수는 없잖아!"

당리가 다시 주의를 주었다.

지금 상황에서 서주국은 병사까지 동원했다. 진짜 싸우기 시작하면 이 사원은 훼손될 것이다. 그럼 초운예가 되돌아와 어부지리를 얻게 될지도 모른다!

"이 나무만 있으면 만독지목을 찾을 수 있습니다. 왕비마마의 독술은 저쪽의 무 이모보다 뛰어납니다. 마마께서 찾지 못하시면, 초씨 집안은 더더욱 찾을 수 없습니다! 우선 후퇴하시죠!"

초서풍도 설득했다.

용비야가 철수 결정을 내리려는 순간, 갑자기 앞에 있던 병사들이 놀라 어안이 벙벙해진 채 은행나무를 보고 있었다. 적잖은 이들이 무기를 떨어뜨리기까지 했다.

무슨 일이지?

용비야 일행도 어리둥절해하며 뒤를 돌아봤다. 그 순간 모두 깜짝 놀랐다. 거대한 은행나무가 사라지고 있었다.

큼지막하게 뭉텅뭉텅 사라지는데, 흔적 하나 남기지 않았다. 잠시 후, 은행나무는 통째로 사라져 보이지 않게 되었다.

이 순간, 용비야의 머릿속에 예전 약성 약재 숲에서의 그 장면이 떠올랐다.

비슷한 광경이었다. 당시 거대한 독 연못도 순식간에 사라졌고, 약재 숲의 그 호위병들도 지금처럼 아연실색했었다.

모두가 믿을 수 없는 장면에 놀라는 사이, 한운석은 한쪽에 웅크리고 앉아 토양의 변화를 관찰하고 있었다.

방금 생각해 낸 방법은 바로 미접몽을 이용해 천년 묵은 은행나무를 부식시키는 것이었다!

간단한 방법이지만 실행하기는 꽤 어려웠다. 다행히 해독시스템에 좋은 물건을 보관하고 있었기에 망정이지, 아니었다면 짧은 시간에 해내지 못했을 것이다.

미접몽의 부식성은 강력하지만, 겨우 몇 방울만으로는 천년 묵은 은행나무가 땅속 깊이 뻗어 내린 뿌리까지 빠르게 침투할 수 없다. 그녀는 미접몽에다가 특수 제작한 독성 강화제를 몇 방울 넣은 후, 진흙 속에 한 방울씩 떨어뜨렸다.

이것은 현대에서 가져온 물건인데, 그녀도 겨우 세 개만 갖고 있어 계속 쓰기 아까워하고 있었다. 드디어 오늘 하나를 쓰게 된 셈이다.

발밑 진흙이 점점 부식되어 갔다. 미접몽이 스며들수록, 토양도 더 많이 사라졌다. 하지만 한운석은 이 정도 속도에 만족할 수 없었기에, 아깝지만 미접몽 강화제를 한 번 더 사용했다. 한 방울이 떨어지자 땅 전체가 곧바로 함몰되었다. 함몰되는 것처럼 보였지만, 사실은 토양이 부식된 것이었다.

천지간에 우뚝 서 있던 천년 묵은 은행나무는 두 사람 정도 들어갈 깊이의 굴만 남긴 채 뿌리까지 사라졌다. 이 토굴 안에는 또 작지만 깊은 굴들이 수도 없이 많이 있었다. 아마도 뿌리가 깊이 박혀 있던 곳으로 보였다.

한운석은 계속 만독지목이 은행나무 뿌리 쪽에 있을 거라고 의심했기 때문에, 이 굴에 모든 주의를 기울였다.

정말 만독지목이 있다면, 분명 침투한 미접몽과 반응하여 독눈물이 만들어질 것이다. 그러면 해독시스템이 유사한 독성에

근거하여 검출할 수 있다.

가까이 있는 용비야와 다른 이들은 이 모습을 똑똑히 보았지만, 주변 병사들은 어찌 된 일인지 전혀 알지 못했다. 그저 저들이 요술을 부린다는 생각에 쉽게 다가오지 못했다.

한운석은 굴 주변에 웅크리고 앉아 진지하게 검사했다. 그러자 정말 뭔가가 검출되었다. 단번에 검출되다니, 일이 정말 쉽게 돌아간다!

그녀는 큰 굴 아래 있는 작은 굴 하나를 목표로 잡고 낮은 목소리로 말했다.

"고칠소, 날 데리고 내려가 줘."

"너……. 대체 뭘 하려는 거야?"

고칠소도 독성을 인식했지만, 눈앞에 벌어지는 이 모든 것이 너무나 불가사의했다.

한운석이 대답하기도 전에 용비야가 다가왔다. 그는 더 묻지도 않고 한운석을 안은 채 그대로 뛰어 내려갔다. 위에서 벌어지는 성가신 일들은 자연스레 고칠소와 다른 이들의 몫이 되었다.

고칠소는 몇 번이고 눈을 흘겼다. 복면을 하고 있어도 두 눈에 기분이 고스란히 드러났다. 기분 나빠!

진짜 공격이 시작되어도 고칠소와 나머지 일행은 잠시 대응할 수 있었다. 그런데 지금 주변 병사들은 하나같이 놀라움을 넘어 두려움에 떨고 있었다. 상대편이 요술을 부린다는 생각에 아무도 쉽게 접근하지 못했다!

한운석이 목표로 삼은 작은 구멍 속에 미접몽을 방울방울 떨어뜨리자, 곧 흙이 사라지고 함몰되면서 크고 깊은 굴을 만들어냈다. 용비야가 있었기에 망정이지, 아니었으면 한운석은 떨어져 초주검이 되었을 것이다.

그러나 이런 상황에도 독눈물은 보이지 않았다.

"나무뿌리처럼 아주 깊이 파묻혀 있나 보네."

그녀가 혼잣말처럼 중얼거렸다. 용비야는 이해할 수 없었지만 묻지 않고 묵묵히 그녀를 도왔다.

결국 한운석은 미접몽 열 방울을 써서 동굴을 장장 20미터 정도까지 깊이 파낸 후에야 그녀가 원하던 물건을 찾을 수 있었다!

"저거예요!"

한운석은 아주 기뻐하며 조심스럽게 가져왔다.

용비야의 눈에는 나무 재질로만 보였다. 기존 독눈물들과 마찬가지로 아주 작은 크기에, 눈물방울 같은 모양이었다.

그들이 손에 넣은 다섯 번째 독눈물이었다. 오행지독 중 이제 만독지화, 만독지금만 남았다. 그리고 만독지혈 중에는 독짐승의 피와 마지막 하나인 미지의 피만 남았다.

독짐승의 피는 꼬맹이가 천천히 몸속에 독을 기를 때까지 기다려야 한다. 만약 애초에 꼬맹이의 피로 미접몽 문제를 해결할 수 있다는 걸 알았다면, 절대 한운석이 꼬맹이의 피로 용천묵을 구하게 놔두지 않았을 것이다.

많은 일이 그렇다. 지금 이럴 줄 알았다면, 애당초 그러지 않았으리라. 특히 사람과 사람 사이의 인연에서는 더욱, 지금 아는 걸 그때도 알았더라면 하는 생각은 다 부질없는 일이다.

용비야는 회상하거나 과거의 감흥에 젖는 사람이 아니다. 그런데 하필 이 순간, 왜 그랬는지 '애당초'라는 세 글자가 떠올랐다.

한운석이 용비야가 무슨 생각을 하는지 어찌 알겠는가? 한운석은 독눈물을 잘 챙긴 후 고개를 들어 위쪽을 보고는 깜짝 놀랐다.

"이렇게 깊었다니!"

"잘 안아라, 올라간다!"

그제야 용비야는 정신을 차렸다. 그녀에게 잘 안고 있으라고 해 놓고서는, 정작 자신이 손을 뻗어 그녀의 허리를 감싸 쥐었다. 꽉 껴안는 바람에 그녀가 안을 필요도 없었다.

한운석은 슬그머니 웃음이 나왔다. 이 인간, 언제부터 괜한 소리도 할 줄 알게 됐지?

이런 생각은 속으로나 하지 감히 입으로 내뱉을 배짱은 없었다. 그녀는 순순히 용비야를 꽉 끌어안았다.

그들이 깊은 굴속에서 날아올랐을 때, 당리와 초서풍은 이미 병사들과 난투를 벌이고 있었다. 병사 인원이 좀 전의 두 배에 달했고, 깊은 굴을 향해 불화살을 쏘기까지 했다. 고칠소는 홀로 굴 입구를 지키며 날아오는 불화살을 계속 발로 걷어차고 있었다.

적군이 늘어나면서 고칠소 일행도 대항하기 좀 힘들던 참이었다. 용비야가 한운석을 안고 무사히 올라온 것을 본 고칠소는 그제야 한숨을 돌렸다.

"손에 넣었어?"

"넣었다. 떠나자!"

용비야가 차갑게 말했다.

이 많은 무리의 병사들과 끝까지 싸우긴 힘들지만, 철수는 아주 쉬웠다. 당리는 앞에서 길을 열고, 용비야와 한운석은 그 뒤를 바짝 따랐으며, 고칠소와 초서풍은 후방을 엄호했다. 이들은 곧 왔던 길을 따라서 철수했다.

이들이 남들에게 소란 피우지 않고 조용히 들어올 수 있었던 것은 우선 초운예가 직전에 지도를 제공해 준 덕분이요, 또 당리가 기관 함정을 아주 잘 피하고 파괴했기 때문이었다.

병사들은 그들이 간 길을 따라 쫓아가다가 금방 함정에 빠졌다. 결국 천불굴까지 추격하기도 전에 더는 앞으로 갈 수 없었다. 병사들 마음속에 용비야 일행은 경외심을 일으키는, 너무나 신비하고 강력한 자들이었다!

천불굴의 주지와 궁수부대 통령은 현장을 조사하고 있었다. 왜 천년 묵은 은행나무가 갑자기 사라지고 땅에는 이렇게 깊은 굴이 나타났는지 영문을 알 수 없었다.

한참 후, 늙은 주지가 중얼거리며 개탄하기 시작했다.

"어쩌면, 이것이 숙명일지도 모르지요. 나무의 숙명이자 인간의 숙명, 그리고 나라의 숙명!"

숙명?

통령은 무슨 뜻인지 알아들을 수 없었다. 하지만 '나라의 숙명'이라는 말에 놀라 식은땀이 줄줄 흘러내렸다. 그는 못 들은 척하며, 바닥에 있는 가짜 진왕과 가짜 진왕비 시체를 직접 처리했다.

그는 진왕이 이런 일에 가담하리라고 믿지 않았다. 그래도 직접 시체를 백성에 가져가 강성황제에게 보여 줘야 했다. 강성황제가 믿을지는 자신도 알 수 없었다.

강성황제는 어떻게 생각할까?

강성황제는 초씨 집안이 군비 횡령 사건에서 태자를 희생양으로 삼은 것이 반란의 징조임을 알고 있었다. 하지만 초씨 집안이 이렇게 빨리 행동에 나설 줄은 몰랐다.

초씨 집안 배후가 어디인지 도무지 가늠할 수 없었다. 서경성 쪽 초 황후의 동정은 그도 시시각각 주목하고 있는데!

초씨 집안은 군사 반란을 일으켰을 뿐 아니라 그가 가장 총애하는 황후까지 납치했다.

이런 일을 어찌 참아 낸단 말인가?

화가 머리끝까지 난 강성황제는 초씨 집안 누구의 어떤 말도 믿을 수 없었다.

강력한 군대와 병기를 동원해 초씨 집안 군대가 각지에 일으킨 반란을 진압하는 와중에, 강성황제도 어느 정도는 천불굴 사태에 관심을 두고 있었다. 어쨌든 초씨 집안의 군사 반란은 천불굴에서부터 시작되었고, 그 천년 묵은 은행나무와 큰 관련이 있기 때문이다.

매에 묶인 서신이 끊임없이 궁으로 전달되었다. 강성황제는 급보들을 읽으면서 천불굴 상황을 알게 되었다. 초운예가 처음에는 위장한 두 사람을 진왕과 진왕비라고 부르다가, 나중에는 복면한 흑의인을 향해 진왕 전하라고 외쳤다는 것이다.

초운예를 어떻게 믿을 수 있겠는가?

그가 보기에 초운예는 둘 사이를 이간질하고 있었다. 우호적이지도, 그렇다고 적대적이지도 않은 진왕과 서주국의 미묘한 관계를 이간시키려는 것이다.

며칠 후, 눈앞에 놓인 두 위장자의 시체를 본 강성황제는 이것이 초운예의 이간계라고 더욱더 확신했다.

"초씨 집안에서 모든 일이 제 뜻대로 되리라 생각하나 보군. 흥, 짐은 진왕에게 미움을 살 정도로 어리석지는 않다!"

강성황제가 콧방귀를 뀌었다.

초 황후가 초씨 집안을 위해 서경성에 좋은 자리를 내줄 수 있든 없든, 군사 반란을 일으킨 이상 초씨 집안은 초 황후 쪽으로 향할 것이다. 즉 서주국과 천녕국의 백 년간 이어진 인친姻親 관계가 곧 무너진다는 뜻이다.

이러한 때에 서주국이 중남도독부와 우호 관계를 맺으면, 중남도독부와 함께 천녕국을 서쪽과 남쪽에서 포위하는 반 포위 상태로 만들 수 있다. 게다가 천녕국의 동쪽은 천안성, 북쪽은 북려국이다. 그럼 천녕국은 사방 모두에게 미움을 사 고립무원孤立無援 신세가 된다!

백번 양보해서 강성황제가 진왕이 천불산에 숨어들었다고 믿는다고 해도, 이런 상황에서는 아무것도 모르는 척, 계속 진왕과 우호 관계를 유지할 것이다. 전략적으로 말이다!

“천년 묵은 은행나무가 갑자기 사라지다니요? 폐하, 너무나 기이한 일입니다. 소인이 보기에 분명 남들이 모르는 비밀이 숨겨져 있을 겁니다!”

늙은 태감이 낮게 말했다.

안 그래도 화가 치솟은 상태인 강성황제는 그 말을 듣고 더욱 성을 냈다.

“네놈 입부터 조심하거라. 명령이다, 이 일을 아는 자는 모두 죽여라!”

늙은 태감이 깜짝 놀라며 말했다.

“폐하, 소인은 아무것도 모릅니다. 다 잊었습니다! 한 번만 목숨을 살려 주십시오!”

“꺼져라. 이 일이 밖으로 새어나갔다가는 가장 먼저 네놈 목부터 칠 것이다!”

강성황제가 성난 목소리로 말했다.

천년 묵은 은행나무는 서주국의 신목神木이자, 천불굴의 지극히 귀한 보물이다. 초씨 집안이 군사 반란을 일으킨 지금, 이

련 괴이한 일이 퍼져 나가면 반드시 불길한 징조로 여겨져 민간과 군대에 공포심을 불러일으킬 것이다.

그러니 강성황제는 진상을 명확하게 파악하지 못했어도, 우선 이런 이야기가 흘러나가지 않도록 관련된 사람을 죽여 입을 막아야 했다.

서주국은 이미 충분히 혼란스럽다. 이런 시기에 그 어떤 일도, 그 누구도 혼란을 가중시키도록 허락할 수 없다!

늙은 태감은 허겁지겁 밖으로 나갔다. 비밀을 지키기 위해, 목숨을 보존하기 위해, 그가 얼마나 일을 깔끔하게 처리할지는 쉽게 짐작할 수 있었다.

늙은 태감이 나간 후, 강성황제는 비밀리에 호위병 하나를 보내 남몰래 이 일에 대한 조사를 이어갔다. 그리고 그는 황후의 구출과 초씨 집안의 군사 반란 진압에 정신을 집중했다.

그 신비하고 강력한 흑의인 일당은 사실 아직 천불굴에서 멀지 않은 동래진에 있었다.

용비야가 그날 밤 초운예의 부탁을 승낙한 것은 장계취계일 뿐이었다. 당일 밤에 그들은 초씨 저택에 묵으며 초씨 집안의 감시 속에 있었지만, 비밀 시위와 연락해 위장 잠복에 대한 계획을 다 마련해 두었다.

백성에서 천불굴에 이르기까지 사람을 바꿔치기할 기회는 많았다. 초운예의 자신감이 과했던 게 아니라, 용비야의 수단을 너무 과소평가했다고 할 수 있다.

한운석은 지금 막 은행나무가 사라진 게 미접몽 때문이었다는 설명을 마쳤다. 용비야도 지난번 독 연못이 사라진 일에 대해 더 생각하지 않았다.

"진왕, 어떻게 초청가의 분만을 앞당길 생각을 했을까? 정말 말도 안 돼!"

잠깐 쉬는 사이 당리는 조금도 지체하지 않고 이 일을 보고했다. 고칠소와 다른 사람들이 함께 있을 때면 그는 용비야를 진왕이라고 불렀다.

용비야는 초청가의 몸에 무슨 일을 꾸미겠거니 추측은 했으나, 출산을 앞당길 거라고는 생각지 못했다. 가장 놀란 사람은 한운석이었다.

"정말요?"

현대에 있을 때 해외의 몇몇 유명 사례를 본 적 있다. 가장 어렸던 아기가 5개월도 안 된 태아였는데, 인큐베이터에서 각종 기구와 약물의 도움을 받으며 지냈다. 하지만 이런 아이들은 태생적인 한계로 나중에 문제가 생기기 쉽다.

의료기기가 완비되지 못한 운공대륙에 분만 촉진 기술이 있을 줄이야! 의학원에 탄복할 수밖에 없었다.

초청가가 순조롭게 출산한다 해도, 아이도 살려야 한다. 그러기 위해서는 많은 시간과 노력을 기울여 보살펴야 한다. 이 아이가 정말 황위에 앉을 나이까지 살아남을 수 있을까?

초씨 집안도 그 아이를 오래 살려 두지 않고, 그저 적당한 구실로 삼으려는 게 틀림없다. 일단 천녕국에서 세력이 안정되면, 반드시 초씨 집안 자손을 대신 앉힐 것이다!

"보아하니 분만 촉진은 성공할 듯한데……."

용비야가 냉랭하게 말했다.

"그럼 초씨 집안이 서경성 주인이 된다고요?"

한운석은 천휘황제에 대한 인상은 좋지 않았지만, 천녕국이 초씨 집안 수중에 들어가는 것은 전혀 달갑지 않았다.

"영 귀비가 가만히 있겠습니까?"

초서풍이 참지 못하고 끼어들었다.

"영 귀비는 자식이 없네."

한운석이 담담하게 말했다. 천휘황제의 후궁에 관해서 한운석은 꽤 많이 알고 있었다. 그러게 누가 날마다 궁으로 불러들여 괴롭히래?

영 귀비는 천휘황제의 네 귀비 중 하나로, 천휘황제 후궁 중 가장 몸을 낮추고 있는 사람이다. 종일 문 닫고 들어가 예불하며, 세상과 다투지 않았다. 한운석은 처음에 영 귀비의 뒤를 봐주는 권세가 없어서, 궁에서 괴롭힘을 당할까 봐 몸을 낮추고 있는 줄 알았다. 그런데 알고 보니 이 영 귀비는 네 귀비 중에서도 가장 뒷배가 든든한 인물이었다. 심지어 황후보다도 대단했다.

영 귀비의 오라버니가 다름 아닌 천녕국 삼대 대장군 중 한 명인 영 대장군 영승寧承이기 때문이다.

아마도 영 귀비의 성격이 원래 그랬던 것 같다. 아니었다면 당초 후궁 싸움에서 다른 귀비들에게 돌아갈 몫이 어디 있었겠는가!

허나 안타깝게도 이 귀비는 황자는 물론 공주도 낳지 못했다. 아이만 있었다면, 지금 천녕국 상황에서 설사 영 귀비가 초청가와 싸우지 않더라도 영 장군부는 가만있지 않았을 것이다!

"그럼 사황자뿐이군요. 사황자는 조정에서 어느 정도 세력도 있고, 천휘황제로부터 신뢰도 받으니까요."

초서풍이 다시 말했다.

용비야도 확실히 사황자와 영 장군부를 놓고 계산중이었다.

"초서풍, 준비해라. 오후에 서경으로 출발한다!"

용비야가 즉각 명령을 내렸다.

이번 행차에서 첫 번째 목적은 만독지목이었고, 두 번째 목적은 서주국과 천녕국을 교란시키는 것이었다. 초씨 집안의 병력과 유족 가문의 기반을 감안할 때, 일단 그들에게 발붙일 여지를 주면 큰 화가 될 것이다! 게다가 서진 황족의 도당이라면, 그는 누구도 봐주지 않을 생각이다!

나라와 집안의 원한을 어깨에 메고 장장 20여 년을 보냈다. 여린 어깨가 드넓고 튼튼해질 때까지 짊어지고 온 이 원한을 어린 시절에도 내려놓은 적이 없으니, 지금은 더욱더 포기할 수 없다. 한운석이 아닌 누구도, 그에게 예외는 없다!

며칠 동안 모두 제대로 쉬지 못했기 때문에, 오후에 출발하기 전까지 각자 흩어져 피로를 풀기로 했다. 고칠소는 가려다 말고 갑자기 툭 질문을 던졌다.

"이봐, 초운예한테 붙잡힌 그 수염 달린 녀석 기억나? 그 녀석은 누구길래 어깨와 다리에 화살을 맞은 거야?"

고칠소 일행이 도착했을 때 고북월은 이미 잡힌 뒤였기 때문에, 직전에 무슨 일이 일어났는지 이들은 전혀 몰랐다. 하지만 고칠소는 그 사람에 대해 주의를 기울였다. 한운석은 용비야와 초운예의 대결을 주시한 것 외에는 천년 묵은 은행나무에 모든 주의력을 쏟았기 때문에, 초운예가 설 황후 말고 다른 사람도 붙잡았다는 사실을 전혀 모르고 있었다.

만약 그 사람이 바로 목숨을 걸고 그녀를 구한 백의 공자이고, 백의 공자가 이번에도 그녀를 위해 다쳤으며, 백의 공자가 그렇게 다쳐가면서도 계속 그녀를 살폈다는 걸 안다면, 그녀는 어떤 생각을 할까?

안타깝게도 꼬맹이는 독 저장 공간에 잠들어 있는 바람에 그의 냄새를 맡지 못했다. 그렇지 않았다면, 중상 입은 공자를 발견한 꼬맹이는 분명 만사 제쳐 놓고 뛰쳐나왔을 것이다.

초서풍과 당리 두 사람은 궁수들과 힘겹게 맞서느라 바빠서, 수염 달린 남자의 존재 자체를 의식하지 못했기 때문에 고개를 가로저었다.

한운석은 호기심이 동했다.

"누구를 잡아갔는데?"

그리고는 용비야를 돌아보며 물었다.

"우리 쪽 사람인가요?"

"아니다!"

용비야는 과감하게 부정했다. 위장한 두 사람은 이미 죽었으나, 가짜 한운석이 보낸 신호는 단순히 행동을 개시해도 된다는 뜻만은 아니었다. 그는 영족 그 녀석이 나타났다는 소식도 함께 전달한 것이다.

사실 이 신호는 용비야도 아주 의외였다.

일부러 유족과 영족을 이간질하여 영족 그 녀석을 압박하려 한 건 사실이다. 하지만 영족 그 녀석도 천불굴에 갈 줄은 몰랐다.

가서 뭘 한 걸까?

그와 초운예 사이에 무슨 일이 벌어졌기에, 초운예에게 그렇게 심하게 당한 걸까? 그 녀석 능력이면 초운예와 맞서기는 힘들어도, 유족의 화살 비를 피해 달아나는 것은 식은 죽 먹기였을 텐데.

그들이 가기 전에 대체 무슨 일이 일어난 걸까?

"그럼 누구인가요?"

한운석이 계속 물었다.

"너희 대역과 마찬가지로, 그 녀석도 시위로 위장했던데!"

고칠소가 또 말했다.

용비야의 눈동자에 불쾌함이 스치고 지나갔으나, 표현하지는 않았다. 하지만 초서풍은 주인의 안색을 알아채고는 황급히 말했다.

"아마도 천년 묵은 은행나무를 노리고 갔겠죠. 어쨌든 원하는 것을 손에 넣었는데, 뭘 신경 쓰십니까!"

"모두 가서 쉬도록 해라. 오후에 출발하겠다."

용비야는 담담하게 말한 후, 한운석을 데리고 갔다.

자리에 남은 세 사람은 모두 깜짝 놀란 표정이 되었다. 용비야가 오늘 약을 잘못 먹었나? 가서 쉬라고 하다니!

해가 서쪽에서 뜨려나?

수호의 유래

갑작스러운 용비야의 친절함에 당리와 고칠소는 똑같이 턱을 문지르면서 생각에 잠겼다. 하지만 초서풍은 대략 짐작이 갔다. 그는 직감적으로 이 일이 영족과 관련이 있음을 알아챘다.

과연, 잠시 후 용비야는 한운석을 쉬게 한 뒤 그의 앞에 나타났다.

"현장에 궁녀와 태감이 아주 많았다. 찾아가서 탐문해라, 빠를수록 좋다!"

용비야가 낮게 말했다.

"영족입니까?"

초서풍이 쓸데없는 말참견을 했다.

용비야는 대답이 없었다. 의기소침해진 초서풍이 가 보려는데 용비야가 다시 그를 불러 세웠다.

"운공상인협회 일은 어찌 되어가고 있느냐?"

용비야는 일찌감치 운공상인협회를 눈여겨보고 있었다. 초천은이 적족의 행방에 대해 털어놓은 이후에는 서주국과 천녕국 변경에서의 운공상인협회 각종 동정에 더 주시하게 되었다.

운공상인협회가 적족의 후예라는 완벽한 증거는 없지만, 지금 이런 시기에는 초씨 집안과 적족의 결탁을 반드시 경계해야 했다!

정권이든 병권이든 일단 거대한 자본과 손을 잡으면 그 실력은 이전과 비교할 수 없게 된다!

"소인이 지켜본 바로는 운공상인협회는 현재 모든 힘을 약성 쪽에 쏟고 있습니다. 두 나라 변경에서는 별다른 움직임이 없습니다. 소인이 계속 조사하도록 하겠습니다!"

초서풍은 공손하게 대답했다.

용비야는 고개를 끄덕이며 그를 보내 주었다.

"영족……."

용비야는 중얼거리며 혼잣말을 했다.

사실 영족 그 녀석이 한운석의 출신을 알고 있다고 의심한 게 한두 번은 아니다. 만약 그렇게 생각하면 이해 가지 않던 모든 것이 분명해진다.

하지만 영족 그 녀석이 한운석의 출신을 알고 있다면, 일찌감치 한운석에게 모든 것을 알려 주고, 늘 곁에서 지켜 주었을 것이다.

바로 이 점 때문에 용비야는 의심을 버렸고, 이해가 되지 않았다. 어찌 되었든 간에 영족과 유족이 서로 적이 되었다면, 걱정 하나는 덜게 된 셈이다.

이때, 영족 그 공자는 어디에서, 어떤 상황에 처해 있을까?

고북월은 아직 초운예 수중에 있었다.

초운예는 설 황후를 납치한 채 십여 명의 궁수만 데리고 산림을 빠져나왔다. 이들은 며칠 동안 잠시도 쉬지 않고 길을 재촉했다. 첫째는 관병의 추격을 피하기 위함이요, 둘째는 동쪽으로 가서 초 장군과 합류하기 위해서였다.

밤은 깊고 인기척도 없이 고요한 이때, 모두 기진맥진한 상태로 수풀이 무성한 산림에 이르렀다. 드디어 초운예가 사람들에게 자리에서 쉬라는 명령을 내렸다.

응석받이로 자란 설 황후는 위협도 받아 본 적 없지만, 고생은 더더욱 해 본 적이 없었다. 그녀는 오는 동안 벌써 몇 번이나 정신을 잃었고, 지금도 혼절 상태였다. 황후는 죽지만 않으면 된다. 초운예에게 그녀를 신경 쓸 여유는 없었다.

초운예의 관심 대상은 바로 고북월이었다!

천불굴에 있을 때부터 궁금하던 참이었다. 이제 좀 안전해져서 잠시 쉴 수 있게 되자, 그는 바로 고북월에게 질문했다.

"진왕 일행과 대체 무슨 관계냐?"

그가 냉랭하게 물었다.

초운예의 질문 앞에서도 고북월은 꿈쩍도 하지 않았다. 방금 말에서 끌어 내려진 그는 지금 눈을 감고 무력하게 나무 아래 기대 쓰러져 있었다. 어지럽게 어우러지는 달빛이 그의 얼굴 위로 쏟아져 내렸다. 구레나룻이 그의 얼굴은 가릴 수 있어도, 창백하고 허약한 모습은 숨길 수 없었다.

서주국 시위 특유의 몸에 딱 붙는 백색 경장은 그의 몸을 더 수척하고 늘씬해 보이게 했고, 달무리가 덮인 하얀 옷은 신성해 보일 정도로 깨끗했다. 하지만 이 성결한 백의 위로 피어난 선홍빛 핏자국은 보기만 해도 몸서리치게 했다!

화살 하나는 어깨를 관통했고, 다른 화살 하나는 그의 정강이를 찔렀다. 출혈은 이미 멈춰서 목숨을 위협할 정도는 아니었다. 그러나 이 두 군데는 그에게 있어 급소나 마찬가지였다. 어깨를 다친 이상, 그가 가장 잘 다루는 금빛 작은 비도로 정확한 공격은 어려워졌다. 정강이를 다쳤으니, 그가 가장 잘하는 영술은 완전히 발이 묶인 셈이다. 초운예가 지금 그를 지키고 있지 않아도, 그는 도망칠 수 없었다.

그는 어려서부터 몸이 허약해서 아버지와 할아버지의 정성 어린 보살핌을 받으며 거의 약통에 빠져 살다시피 하며 자랐다. 무예 연마에 적합하지 않은 몸이지만, 누군가는 영족의 영술을 이어가야 했다. 이 때문에 어린 시절 하루도 괴롭지 않은 날이 없었다. 태양이 작열하는 여름이든, 세상이 얼어붙은 겨울이든, 그는 고생을 참아가며 내공을 수련해야 했다.

사실 그는 금빛 작은 비도 외에 다른 무공은 잘하지 못했다. 영술을 유지하기 위해 거의 모든 내공을 다 썼기 때문이다.

그는 할아버지의 임종 직전에 물어보았다. 만약 그가 더는 버티지 못하게 되었을 때, 서진 황족의 후예도 찾지 못했다면 어찌해야 하냐고?

할아버지는 그의 머리를 한참 쓰다듬은 후에 말해 주었다.

'북월, 영족의 수호는 본디 목숨을 바쳐 가장 사랑하는 사람을 수호하는 것이다. 영족이 왜 대대손손 서진 황족을 수호해야 하는지 아느냐?'

그는 몰랐다. 지금껏 생각해 본 적도 없었다. 어려서부터 순종적이고 사리에 밝아, 할아버지와 부모님이 하시는 말씀은 두

말하지 않고 따랐다. 어렸을 때는 그가 말을 잘 들으면, 아버지가 떠나지 않을 줄 알았다. 하지만 아버지는 결국 약통 속에서 죽었다. 그래도 어머니가 있으니 괜찮다고 생각했다. 그러나 그날, 어머니는 아버지를 따라가 버렸다. 그해, 그의 나이 고작 여섯 살이었다. 이후 그는 할아버지와 서로 의지하며 살았다.

'왜죠?'

그는 어려서부터 서진 황족을 수호하는 것이 인생의 사명이자 살아가는 의미라고 들어왔다.

'영족의 선조가 서진 황후를 사랑했기 때문이란다. 그녀를 완벽하게 지켜 줄 수 없으면서 고집을 부려 그녀를 궁에서 데리고 나와 사랑의 도피를 했지. 결국 황후는 도망치던 중 병으로 죽고 말았단다.'

여기까지 말한 뒤, 할아버지는 무력하게 탄식했다.

'북월아, 이걸 알아야 한다……. 병이란 건 말이다. 목숨을 내어줄 수 없는 일이야. 네가 대신 죽어 주고 싶어도, 그럴 수 없단다.'

그때 고북월은 겨우 열 살 남짓이었다. 아직 어른도 아니었고, 의술도 지금처럼 훌륭하지 못했지만, 그는 그 말을 알아들었다. 아버지의 죽음이 그것을 잘 설명해 주었다. 어머니는 할 수만 있다면 아버지 대신 병마의 고통을 받고, 대신 죽어 주고 싶다고 했었다. 안타깝게도 세상에는 대신할 수 없는 것이 너무도 많았다.

'황후가 죽자 황제가 분노하며 영족 전체를 학살하려 들었지.

그러자 선조께서 약속하셨어. 영족이 대대손손 목숨을 바쳐 서진 황족을 지키며, 영원토록 반란의 마음을 품지 않겠다고. 그렇게 영족을 구해 냈단다.'

할아버지는 이 말을 마치고 한참 아무 말이 없다가, 결국 그에게 마지막 한마디를 남겼다.

할아버지는 말했다.

'북월아, 영족은 이제 너 하나 남았다. 만약……, 만약 언젠가 네가 사랑하는 여인을 만나면, 온 마음과 뜻을 다해 그녀를 지켜라……. 영족의 수호 사명은 잊고 말이다.'

그런데 그가 만난 여인이 그녀였다. 그가 직접 계획하여 그녀를 독종 지하미궁으로 데리고 갔다. 그녀의 피로 독종 갱에 있던 현금문을 열어 그녀가 바로 서진 황족의 후손임을 증명했다.

두 가지 수호가 겹쳤을 때, 그는 선택할 수도, 선택할 필요도 없었다.

수호는 바로 그의 숙명이었다.

초운예가 갑자기 고북월의 어깨에 꽂힌 화살을 뽑아내자, 고북월은 과거의 추억 속에서 정신을 차렸다. 그의 상처에서 피가 뿜어져 나오자 격렬한 고통에 눈살이 찌푸려졌다.

의원인 그는 누구보다도 잘 알고 있었다. 오늘 밤, 어깨의 상처를 치료하지 않으면 이 어깨는 못 쓰게 될 것이다.

"대체 너와 진왕 일당은 무슨 관계냐?"

초운예가 성난 목소리로 물었다. 그는 참을성이 별로 없었고, 마음속에는 일말의 걱정을 안고 있었다.

만약 고북월이 진왕과 손을 잡았다면, 왜 그 두 사람이 위장한 것을 몰랐지? 어째서 헛되이 모습을 드러내고 헛되게 상처를 입은 걸까?

만약 고북월과 진왕이 결탁하지 않았다면, 이렇게 목숨을 바쳐서 한운석을 보호하는 것은 또 어째서인가?

초운예는 얼른 답을 들어 마음속 깊은 곳에 있는 초조하고 불안한 의구심을 떨치고 싶었다.

고북월은 손으로 상처를 누르면서 매섭게 초운예를 바라보았다.

"당장 금창약과 지혈제를 가져와라. 그렇지 않으면 아무것도 알 수 없을 것이다!"

초운예는 그의 눈 속에 보이는 악독함과 단호함에 깜짝 놀라, 순간 자기도 모르게 뒤로 물러섰다. 무엇을 두려워하는 건지 자신도 알 수 없었다. 이 아이가 자라는 것을 나름 지켜봐 온 셈인데, 지금껏 이렇게 냉혹하고 독한 모습은 본 적이 없었다.

고북월의 말에 초운예의 마음속 의심은 더 짙어졌다. 그는 시간을 끌지 않고 곧장 사람을 불러 약을 가져오게 했다.

약만 있으면 어떤 상처든 고북월에게는 큰 문제가 되지 않는다. 도와줄 사람도 필요 없었다. 그는 재빠르게 자신의 상처를 깨끗이 닦고, 지혈하여 약을 바른 뒤 상처를 싸매었다. 잠시 후, 그는 화살에 맞은 상처 두 곳을 말끔하게 치료했다.

이 모습을 본 초운예는 더는 기다리지 못하고 물었다.

"대체 어찌 된 일이냐?"

고북월의 눈동자에 멸시의 웃음기가 스쳐 지나갔다. 한운석 앞만 아니면 그는 언제나 냉정을 유지했다. 어찌 초운예에게 정보를 흘리겠는가?

상처를 치료하니 상태가 훨씬 좋아졌다. 그는 담담하게 물었다.

"뭐가 어찌 되었다는 거지?"

"네놈이!"

초운예는 기가 막혀서 마음속에 품고 있던 의구심을 모조리 쏟아냈다.

고북월은 웃으며 말했다.

"내가 진왕비를 좋아한다, 그뿐이다."

"네가……."

초운예는 너무 의외였다.

"초 족장, 서진 황족의 후예는 아마 찾을 수 없을 거다. 지난 몇 년 동안 너희 유족이 뭘 하고 있었는지는 당신이 가장 잘 알 테지. 영족은 나 하나 남았고, 내 목숨은 얼마 남지 않았다. 남은 몇 년 동안, 나 자신을 위해서 살고 싶을 뿐이다."

고북월이 담담하게 말했다.

초운예는 의외라는 생각과 함께 의심할 여지가 없음을 깨달았다. 유족도 이미 마음속으로 황족을 배신한 마당에, 하물며 고북월은 어떻겠는가?

"그렇다면 유족의 어전술은 네가 진왕에게 누설한 게 아니겠구나?"

초운예는 마침내 이해가 되었다.

고북월은 냉소를 지었다. 그것 때문에 유족 족장이 자신을 의심하게 된 줄은 몰랐다. 그러나 그저 웃고 넘길 뿐이었다. 용비야가 유족과 영족의 관계를 아는 줄 몰랐기 때문에, 용비야가 이간질했을 거라고 의심하지 못했다.

초운예는 그저 초 장군이 불 난 집에 부채질하듯 의심의 불길에 기름을 더하는 바람에 자신이 넘어갔다고 생각했다. 초 장군이 고북월을 모함한 것도 다 초천은을 보호하기 위해서였으니, 그리 이상한 일은 아니었다.

이렇게 된 이상 많은 생각은 무익했다. 허약한 고북월을 바라보는 초운예의 눈동자에 음모의 빛이 스치고 지나갔다.

초운예가 입을 뗐다.

"고북월, 색에 눈이 팔려 의리를 가볍게 여긴 것은 네 녀석이니, 이 늙은이의 모진 처사를 원망하지 마라!"

"무슨 말이 하고 싶은 거냐?"

고북월이 차갑게 물었다.

"허허, 네 생각은 어떠냐……. 약귀당의 고 의원이 이 늙은이 손에 있다는 걸 진왕비가 알게 된다면, 구하러 올까?"

초운예는 말하면서 크게 웃었다.

"이 늙은이가 네게 기회를 주는 것이다. 너에 대한 진왕비의 마음을 시험해 볼 기회이니, 순순히 협조하거라!"

고북월은 분노를 드러내지 않았지만, 상처를 덮은 면사에 배어드는 피를 통해 그가 얼마나 분노하고 있는지 충분히 알 수 있었다.

한참 후에 그가 희미한 목소리로 말했다.

"초운예, 우리 영족을 노하게 하면, 그 죗값이 클 것이다!"

"너희 영족? 한 명 남은 족속 말이냐?"

초운예는 완전히 무시하며 사람을 불러 고북월을 잘 지키라고 명한 뒤 소매를 떨치며 가 버렸다.

고북월이 수중에 있는 한, 용비야와 한운석을 충분히 끌어낼 수 있고, 천불굴과 독종 금지에서 당한 빚도 톡톡히 갚을 수 있다!

그는 용비야 일행과의 결판을 위해 서두르지 않았다. 그들은 아직 서주국 안에 있었기 때문에, 우선 빨리 초 장군과 연락하고 고북월을 서경성으로 데려가야 했다!

그 차분함

초운예는 복수보다 설 황후를 초 장군에게 보내는 것이 더 급했다. 설 황후는 초씨 집안이 서주국과 맞설 승부수였다.

황후가 반란군에게 납치된 사건은 서주국 역사상 가장 큰 웃음거리이자, 가장 치욕적인 일이 아닐 수 없다.

강성황제가 군비 횡령 사건을 빌미로 초씨 집안의 군비를 견제하고, 이 틈에 초씨 집안 병력을 약화시킨 것이 천만다행이었다. 안 그랬으면 서주국에서 다년간 세력을 쌓아 온 초씨 집안이 정말 서주국을 무너뜨렸을지도 모른다.

현재 초씨 집안이 곳곳에서 군사반란을 일으키고 있지만, 강성황제의 군대에 대항하기에는 역부족이었다. 사실 초씨 집안도 서주국에서 병력을 소모하고 싶지 않았다. 초씨 집안 세력은 대부분 서주국 동부지역에 있었는데, 이들은 최소한의 손실로 서주국 동쪽 변경의 세 성을 점령하고, 천녕국과 힘을 합해 서주국 진압을 멈추게 하여, 서주국과의 전투를 끝내는 게 목적이었다.

일족의 족장인 초운예는 상위자의 권력과 제약에 대해 잘 알고 있었다. 강성황제는 존귀한 일국의 군주로서, 그 권력은 타의 추종을 불허하나 그 역시 제약을 받는 몸이다. 두세 달 내 추적하던 병사들이 설 황후 구출에 실패하면, 조정 대신들, 특히 반태자당은 필시 강성황제에게 황후를 포기하고 대국을 돌보라고 간언할 것이다.

아무리 총애 받는 설 황후라고 해도, 강성황제에게 있어 나라와 황위보다 더 중요하지는 않다. 강성황제도 단시간 내 초씨 집안의 군사 반란을 진압하려면, 계속 초씨 집안에게 휘둘리지 말고 설 황후를 포기해야 함을 잘 알고 있다.

그러니 초씨 집안이 우위를 점하는 것은 잠시뿐, 초운예는 촌각을 다투고 있었다!

"모두 푹 쉬어라. 내일 아침, 날이 밝자마자 바로 출발한다!"

초운예가 차갑게 명령했다.

추운 밤이 길고 지루하게 흘러가는 가운데, 소리도 없이 눈송이가 떨어졌다. 올겨울 첫눈이었다.

추격병을 끌어들이게 될까 무서워 불도 붙이지 않았다. 궁수들은 다들 추위를 쫓으려고 외투를 입고 한데 모였다. 오직 고북월만 홀로 고목 아래 묶인 채였다. 떨어지는 눈송이를 그대로 맞고 있는 그의 모습은 고독하고 쓸쓸하며, 처량하고 처연했다.

고독했다. 눈앞에서 그녀를 보고 있어도 그는 여전히 의지할 데 없이 외로웠다.

쓸쓸했다. 눈앞에 그 사람이 없는데도 눈을 감으면 그녀의 웃는 얼굴이 보였다.

이생에서 그대는 주인이요, 나는 종일 뿐이다. 이생에서 그대는 이미 다른 이의 지어미가 되었으나, 이미 마음을 뺏긴 나는 그대를 지킴에 후회가 없다. 그대만 행복하다면, 내 목숨은…… 헛되지 않으니까!

눈 내리는 밤이 지나고, 초운예 일행은 계속 동쪽으로 도주했다. 황폐한 산을 벗어난 후 이들은 상인 무리로 위장했다. 설황후는 마차 바닥에다 숨기고, 고북월은 결박한 뒤 마대를 씌워 말 등에 묶었다. 모르는 사람이 보면 큰 물건처럼 보였다.

초운예는 바보가 아니었다. 그날 밤, 약을 주어 고북월이 상처를 치료하게 한 후, 다시는 약을 주지 않았다. 고북월의 능력이면 약만 충분히 있어도 단시간 내 상처를 완전히 아물게 할 수 있고, 일단 상처가 다 나으면 그 능력으로 기회를 엿보다 아주 쉽게 도망칠 것을 알았기 때문이다.

심지어 그는 가는 동안 고북월에게 건량도 주지 않았다. 매일 건량을 담갔던 찬물만 주며 겨우 목숨만 부지하게 했다. 굶어죽지 않으면 그만이었다.

고북월은 이미 너무 쇠약한 상태였지만, 초운예는 여전히 꺼리는 마음이 있었다. 자칫 잘못했다가 고북월에게 도망갈 기회를 주게 될까 두려웠다!

이날, 황량한 교외 쪽에 다다르자 고북월을 지키던 호위가 참지 못하고 말했다.

"족장님, 이 녀석 어젯밤부터 지금까지 전혀 움직이지 않습니다. 죽은 게 아닐까요?"

고북월의 몸이 아주 쇠약하긴 해도, 어떻게 이리 쉽게 죽겠는가?

초운예는 대수롭지 않게 여겼다. 그가 아는 고북월이라면, 속임수를 부리고 있는 게 틀림없었다.

그런데 밤이 되어도 고북월은 계속 움직이지 않았다. 그제야 초운예는 마음이 서늘해졌다. 고북월이 진짜 죽으면, 누구를 내세워 용비야와 한운석을 함정에 빠뜨린단 말인가?

그는 황급히 마대를 풀었다. 그 속에 웅크리고 있는 고북월은 꽁꽁 얼어붙은 듯 전혀 움직이지 않았다. 가짜 구레나룻을 떼어내자, 고북월의 깨끗하고 창백한 얼굴이 드러났다. 고요하고 온화한 그 모습은 마치 편히 잠든 아이 같았고, 주변 사람마저 고요하게 만드는 힘이 있었다. 다만 지금은 마음을 아프게 하는 쪽이 더 컸다. 그는 마치 영원히 깨어나지 않을 것만 같았다…….

초운예는 덜덜 떨리는 손을 그의 코에 갖다 대고 호흡을 확인했다. 그런데 고북월의 숨이 정말 끊어졌다. 진짜 죽어 버렸다!

초운예는 순간 너무 당황스러웠다. 도저히 믿을 수 없었던 그는 황급히 몸을 구부려 다시 한 번 숨을 확인하려 했다. 그런데 이때, 고북월이 갑자기 입에서 금침을 뱉었다. 초운예는 깜짝 놀라 다급하게 비켰으나, 완벽하게 피하지 못했다. 금침은 어느 한쪽으로도 치우치지 않고 정확하게 그의 오른쪽 눈을 찔렀다!

"으아아악……."

초운예는 고함을 지르며 뒤로 물러섰다. 너무 고통스러워 무의식적으로 눈을 감쌌는데, 그 동작 때문에 금침이 더 깊이 파고 들어갔고, 눈에서 바로 선혈이 쏟아졌다!

그제야 고북월은 눈을 뜨고 차갑게 초운예를 바라보았다. 그의 입가에는 높은 곳에서 내려다보는 듯한 경멸의 표정이 일었다. 이 남자는 경멸하는 모습조차 맑은 날씨에 바람이 산들산들 부는 듯 차분했다.

사실 그는 치명적인 일침을 가해 초운예를 죽이려고 오랫동안 준비했다. 하지만 미간에서 조금 빗나가 눈을 찌르고 말았다.

이 일침을 위해 그는 적잖은 대가를 치렀다. 하지만 지금 이런 결과 앞에서도 그는 전혀 화내지 않았다. 그저 화창한 날씨에 가볍게 바람이 불어오듯 차분하게 웃음 지으며 경멸의 표정을 여지없이 드러냈다.

어쨌든 이 일침으로 그의 급소를 찌른 셈이다! 아무리 대단한 궁수라 해도 한쪽 눈이 멀었는데 활을 쏠 수 있을까?

초운예는 끝장이다…….

초운예의 다른 눈동자에 고북월이 경멸의 미소를 짓는 모습이 들어왔다. 분노에 휩싸인 초운예는 고북월을 세차게 걷어차 바닥에 떨어뜨렸다.

"여봐라, 의원을 불러라, 어서! 빨리!"

성난 목소리에서 공포가 묻어났다. 눈이 그에게 얼마나 중요한지, 그 자신이 누구보다 잘 알고 있었다.

그는 미친 짐승처럼, 눈을 움켜쥔 채 제자리에서 빙빙 돌았다. 눈이 너무 아팠다. 바늘로 찌르는 듯한 통증이다!

눈이 멀게 생겼다! 어쩌면 좋지?

눈이 멀면 어떻게 활을 쏜단 말인가? 무슨 족장을 한단 말인가!

"의원! 여봐라! 어서 의원을 불러와라! 빨리!"

"의원!"

그가 미친 듯이 부르짖자, 주변 궁수들은 모두 놀라 아무 말도 할 수 없었다. 전 운공대륙을 통틀어 가장 뛰어난 의원이 바로 눈앞에 있었다. 하지만 그는 가장 자비로운 의원이자, 가장 잔인한 살수이기도 했다!

의원이 살의를 품으면 세상에서 가장 무시무시한 살수가 된다! 인간의 치명적인 급소를 너무도 잘 알기 때문이다.

황량한 교외 들판 어디에서 다른 의원을 찾는단 말인가? 결국 한 궁수가 대담하게 나서서 대답했다.

"족장님, 여기서 가장 가까운 현성縣城도 하룻길입니다. 아니면……."

사실 그는 사람을 시켜 의원을 데려오기보다 족장이 직접 가는 게 어떠냐고 이야기하려 했다.

그러나 뒷말이 끝나기도 전에 초운예가 고개를 돌려 눈을 부릅뜨고 노려봤다. 한쪽 눈에는 계속 피가 흐르고, 다른 한쪽 눈은 분노로 부릅뜬 상태였다. 눈에는 핏발이 섰고, 봉두난발을 한 채 얼굴은 온통 핏자국으로 가득한 그 망측한 모습은 그야말로 흉악한 귀신 같았다.

궁수는 무의식적으로 뒤로 물러서며 더는 말을 꺼내지 못했다.

그러나 그 말은 도리어 미쳐가는 초운예를 일깨워 주었다.

설 황후와 고북월이 모두 여기 있는 이상, 그는 절대 자리를 뜰 수 없다. 하지만 고북월이 바로 의원 아닌가!

그는 미치광이처럼 고북월에게 달려들었다. 하마터면 그 명치를 발로 걷어찰 뻔했지만 참았다.

그는 거칠게 고북월을 끌어 올려 호통쳤다.

"고북월, 당장 나를 치료하지 않으면 죽여 버리겠다!"

고북월의 몸은 정말 너무너무 연약한 상태였다. 이 침으로 초운예를 공격할 수 있었던 것도 다 요 며칠 장시간 자신의 경맥을 봉쇄하고, 몸을 가사假死 상태로 만들었기 때문이었다.

어젯밤부터 지금까지 그는 온종일 가사 상태를 유지해 이미 한계에 도달했다. 사실 의학적으로 보면, 가사 상태일 때 그의 몸은 진짜 사망한 것과 동일하다. 오래 그 상태를 유지하면 진짜 죽을 수도 있다.

천리를 거스르는 의술로, 일단 사용한 자는 반드시 그 대가를 몸으로 치르게 된다. 원래부터 허약한 몸에 그야말로 엎친 데 덮치는 격이다.

이런 상황에서 그는 아직도 웃고 있었다. 자조도, 자책도, 실성도, 광기도, 심지어 경멸의 기색조차 없었다. 그렇게 담담하게, 하지만 함부로 무시할 수 없는 웃음을 짓고 있었다.

만약 이 세상에 그녀가 나타나지 않았다면, 그는 영원히 이렇게 차분했을 것이다.

하얀 옷에는 핏자국이 가득하고, 몸은 거의 못 쓰게 될 만큼 허약해져 일어설 힘조차 없는데, 이상하게 그에게서는 초주검의 딱하고 흉한 모습은 찾아볼 수 없었고, 실의에 빠진 모습도 전혀 보이지 않았다.

오히려 지금 진짜 약자는 초운예였다. 아무리 사납게 굴어도, 그는 지금 남에게 부탁하는 입장이었다.

"왜 웃느냐?"

"……."

"고북월, 우리 유족이 너를 박하게 대하지 않았거늘, 어찌 은혜를 원수로 갚느냐!"

"……."

"고북월! 듣고 있는 거냐, 어서 말을 해라! 치료하겠느냐?"

초운예는 고북월의 옷깃을 붙든 채, 그를 힘껏 쥐고 흔들며 질문을 던졌다. 일족의 족장에게 있어야 할 진중함과 침착함은 전혀 찾아볼 수 없었다.

"죽여 버릴 테다!"

초운예가 등 뒤 화살을 뽑아 고북월의 가슴에 내리꽂으려는 순간, 고북월이 입을 열었다.

"약을 다오. 내 상처를 치료하지 못하면, 널 구할 방법은 없다!"

"내 눈부터 치료해라!"

초운예가 소리쳤다.

"두 가지 선택뿐이다. 내게 약을 주거나, 아니면…… 날 죽여라."

고북월이 담담하게 말했다.

초운예는 화가 머리끝까지 치솟아 몇 차례나 고함을 지른 후, 다시 그에게 묻지 않을 수 없었다.

"내 눈을 치료할 거냐?"

"내 상처가 나으면 치료해 주겠다. 내 상처가 낫지 않으면, 네 눈은 못 쓰게 된다."

그리고 고북월은 한마디 덧붙였다.

"의학원 원장을 부른다 해도 소용없다."

"네놈이!"

초운예는 기가 막혔지만 다른 방법이 없었다. 어쩔 수 없이 사람을 시켜 고북월에게 약을 가져다주었다.

금창약뿐이었지만 고북월은 서두르지 않았다. 초운예는 시간을 지체하면 할수록 자신의 눈이 더욱 위험해진다는 걸 알고 있다. 그러니 굳이 재촉하지 않아도 초운예는 좋은 약을 찾아올 것이다.

현성에 도착하자마자 초운예는 바로 그곳 의원을 찾아갔다. 하지만 그 의원에게도 회복시킬 재간은 없었다. 의원은 상처를 처치하고 싸맨 후, 그의 오른쪽 눈은 이미 멀었다고 선언했다. 초운예는 고북월의 위협을 믿지 않을 수 없었고, 고북월의 예상대로 그는 바로 진귀한 약재를 한가득 찾아왔다.

그는 고북월이 금방 회복될 줄 알고, 엄격히 감시하며 고북월이 도망치지 못하게 경계를 늦추지 않았다. 그러나 이번에 고북월의 상처는 정말 심각했는지, 내내 낫지 않았다.

정말 낫지 않는 걸까, 아니면 고북월이 시간을 끄는 걸까?

초운예는 알 수 없었지만, 고북월이 시간을 끌 이유는 없다고 생각했다.

금빛, 성군 탄생

고북월의 부상이 낫지 않자 초운예는 계속 경계하면서도 재촉할 수는 없었다. 그저 고북월의 상태에 질질 끌려다니며 계속 동쪽으로 이동했다.

용비야 일행도 급히 동쪽으로 가고 있었다.

고칠소는 원래 이런 조정 싸움에는 관심이 없었다. 한운석을 도와 만독지목을 손에 넣으면 떠날 생각이었다. 어쨌든 계속해서 만독지화와 만독지금의 행방을 찾아야 했기 때문이다.

과거 독종으로 의학원을 무너뜨릴 생각에 고칠소는 독종에 관해 조사하면서 많은 것을 알아냈으나, 이 두 가지에 대해서는 전혀 아는 게 없었다.

헌데 능 대장로가 서경성에 있다는 말을 듣자, 고칠소는 갑자기 떠나고 싶지 않아졌다. 의학원을 멸하는 것은 잠시 제쳐두고, 먼저 능 대장로부터 처리해도 상관없었다. 요 며칠 그는 능 대장로를 어떻게 괴롭힐지 생각하면서, 용비야를 따라 서경성을 어지럽히러 가는 날을 손꼽아 기다렸다!

용비야는 계속해서 천불굴에서 잡혀간 그 수염 난 남자를 주시하고 있었다. 하지만 초서풍은 아무것도 알아내지 못했다.

"전하, 그날 천불굴에 있었던 자들 중 저희와 초운예 일당 외에 나머지는 모두…… 한 명도 남지 않고 죽임을 당했습니다."

초서풍이 낮은 목소리로 보고를 올리며 한마디 덧붙였다.

"승려들조차 한 명도 남지 않았습니다."

용비야는 전혀 놀랍지 않았다. 전란 시기에는 민심이 불안정하고 군대 사기가 떨어질까 가장 두렵기 마련이다. 강성황제는 분명 천년 묵은 은행나무 사건이 퍼져나가게 놔두지 않을 것이다. 번거로움을 던 셈이니 이것도 나쁘지 않았다. 초운예 일당도 그들이 정말 만독지목을 손에 넣었는지 알 수 없을 것이다.

이 넓은 세상에서 누군가는 미접몽에 대해 알고 있다. 이 일이 밖으로 새어나가면 제일 불리한 것은 자신들이다.

용비야는 오히려 강성황제가 초씨 집안이 유족임을 알았을 때의 반응이 궁금했다.

한운석도 아주 흥미를 보였다.

"지금은 전란으로 혼란스럽고, 강성황제는 아직 대국을 장악하지 못했으니, 절대 초씨 집안의 비밀을 쉽게 폭로하지 않을 거예요!"

언제부터인지 한운석이 정국에 대해 논할 때 용비야가 아니면 누구도 그녀의 말에 대답하지 않았다.

한운석이 말을 마치자 주변이 조용해졌다. 그녀는 자신이 분위기를 썰렁하게 만드는 사람이 되어 가는 것은 아닌지 의심스러웠다.

실은 모두 그녀와의 내기 때문에 무서워하는 거였다. 대화를 나누다가 잘못해서 또 내기를 하게 되면 또 비극이 일어난다.

한참 후, 초서풍이 조심스럽게 물었다.

"왕비마마, 강성황제가 초씨 집안의 비밀을 밝히고, 모든 사람이 알게 해야 마땅하지 않겠습니까? 유족은 당시 서진 황족을 배반해서 평판도 좋지 않습니다! 분명 우물에 빠진 사람에게 돌을 던지려는 자들이 있을 겁니다."

초서풍은 반대 의견을 내놓으면서도 아주 겸손한 태도로 말했다. 당리는 옆에서 그저 허허 웃기만 할 뿐 말이 없었다.

"돌 던지는 사람이 있으면 손 내밀어 구해 주려는 사람도 있기 마련이지! 흐흐, 이 소식이 퍼지면, 그때 동진 황족을 지켰던 종놈들이 모조리 튀어나오지 않겠어!"

고칠소가 비웃으며 말했다.

초서풍은 몰래 진왕 쪽을 슬쩍 보았다. 진왕은 무표정한 얼굴로 꿈쩍도 하지 않았다. 그런데도 초서풍은 모골이 송연한 느낌이 들었다.

"종놈들?"

용비야가 흥미로운 듯 물었다.

"흐흐, 주인이든 종이든, 권력 다툼을 하는 자들 중 좋은 놈이 있어?"

고칠소가 무시하며 웃었다.

한운석은 처음으로 생각 없이 사는 고칠소한테 불합리한 세상에 대해 분개하는 모습도 있음을 발견했다! 동진과 서진에 대해 한운석은 별 관심이 없었다. 영족 그 공자만 아니면, 초씨 집안의 비밀만 드러나지 않았다면, 깊이 알아갈 겨를도 없었을 것이다.

용비야가 대답하지 않자, 고칠소는 일부러 그 옆에 앉아 고개를 기울여 바라보며 물었다.

"이봐, 그때 동진 황족에게는 귀족이 몇이나 있었어? 많지 않았지?"

그 말에 초서풍과 당리의 안색이 모두 변했다.

사실 그들은 놀랄 필요가 없었다. 고칠소는 용비야의 진짜 신분을 전혀 몰랐기 때문이다. 그저 당리를 보면서 용비야가 당문과 가까운 사이일 것이라 의심할 뿐이었다.

고칠소는 용비야의 신분에 대해서도 별 관심이 없었다. 오직 용비야의 능력에만 관심이 있었다.

이때 용비야가 무슨 생각을 하는지 아는 자는 없었다. 그는 여전히 무표정한 얼굴을 한 채, 사실 그대로 고칠소에게 말해주었다.

"흑족과 백족白族, 두 귀족이 있었지."

백족이 바로 인어족인 백리씨 집안이다. 다만 인어족은 내부적으로만 사용하는 호칭이다. 동진 황족과 인어족 외에는 누구도 백족이 상고시대 인어족의 특수 분파로, 장시간 물에서 나와 육지에서 활동할 수 있다는 사실을 모른다.

두말할 것 없이 백족의 비기는 잠수술이다. 물속에서 그들을 대적할 자는 없다!

당문 사람이 백족을 찾아냈고, 그때부터 백족은 천녕국에 잠입해 수군을 구축하여 천녕국의 힘으로 병력을 길렀다.

흑족에 대해서는 당문이든 용비야 본인이든 아직까지 어떤 소식도 얻지 못했다. 그러나 이들은 비밀리에 조사할 뿐, 공개적으로 찾지는 않았다.

당시 흑족은 충성을 다하는 귀족이 아니었다. 어쩔 수 없이 동진 황족에게 붙어 있었기 때문에, 용비야는 이 일을 아주 신중하게 다뤘다.

“흑족과 백족 둘뿐이라니, 그렇다면 서진 황족이 인심을 잘 얻었구만!”

고칠소가 웃으며 말했다.

“영족, 적족, 유족, 풍족이 모두 서진 황족 쪽이죠? 유족은 마지막에 결국 배신했고요.”

한운석은 이렇게 말하면서 또 한마디를 덧붙였다.

“리離족만 중립이네요!”

“독누이도 많이 아는데!”

고칠소가 웃으며 말했다.

“그러니까 일단 초씨 집안의 비밀이 밝혀지면, 영족, 적족, 풍족의 후손이 반드시 복수를 하겠네요!”

한운석은 방금 말한 자신의 관점을 뒷받침하기 위해서 말했다.

그런데 용비야가 그 말에 웃었다.

“너는 누구나 ‘충성’을 다한다고 생각하느냐?”

용비야가 물었다.

“서진 황족은 이미 멸망했고, 목숨을 걸고 서진 황족을 지키는 영족도 대충 살아가는 마당에, 일곱 귀족이 왜 충성을 바치겠어?"

고칠소도 웃었다.

용비야는 더 이상 말하지 않았다.

한운석은 자신이 오해했음을 깨달았다. 그녀는 일곱 귀족과 인간의 본성을 너무 높이 평가했다.

"에휴, 이렇게 많이 떠들어 봤자 뭐하겠어? 내기나 하자. 강성 그 늙은 도둑이 언제 초씨 집안의 비밀을 세상에 공개할지, 내기 하자!"

고칠소의 이 말에, 막 대화에 끼어들려던 당리와 초서풍은 약속이라도 한 듯 고개를 숙이고 침묵에 잠겼다. 용비야도 말이 없었다.

한운석이 대답했다.

"안 해!"

그 말에 당리와 초서풍은 또 나란히 고개를 들어 한운석을 바라봤다. 두 사람은 의외라는 표정까지 똑같았다.

"왜 그렇게 봐?"

한운석이 의심스럽게 물었다.

"아닙니다……."

초서풍은 황급히 고개를 숙였다.

"내가 언제 봤다고?"

당리는 콧방귀를 뀌며 시선을 돌렸다.

한운석은 그저 두 사람 다 이상하다고 생각했다. 별꼴이야!

그녀는 확실하지 않으면 내기하지 않았다. 그러니 영원히 내기에 질 리 없었다!

내기는 하지 않았으나, 동쪽으로 향하는 와중에도 이들은 계속 강성황제의 움직임, 초씨 집안의 전황戰況, 그리고 설 황후의 행방을 주시했다.

한 달 동안 초씨 집안은 계속 동쪽으로 후퇴했다. 강성황제는 대체 무슨 생각에서인지 아직도 초씨 집안의 비밀을 밝히지 않았다. 서주국 병력을 총동원해 초씨 집안과 맞붙어서, 초씨 집안 군대를 하나씩 패배시키려는 듯했다.

아직 제대로 힘을 다 쌓지 못한 일족이 어떻게 일국의 힘을 이겨내겠는가?

모두 초씨 집안의 패배를 확신하는 상황에서, 서경성으로부터 엄청난 소식이 날아와 운공대륙 전체를 뒤흔들었다!

초 황후가 천휘황제의 병상 앞에서 넘어지는 바람에 조산했고, 칠삭둥이 사내아이를 낳았는데 아이도 무사하다는 소식이었다.

밤중에 아이가 태어나 황궁 밖으로 소식이 전해지기도 전에, 다음 날 서경성 전체에 소문이 돌았다. 어젯밤 황궁 하늘에 찬란한 황금빛이 나타났다는 것이다.

곧 '하늘에 금빛이 나타났으니 성군이 태어났다'는 이야기가 온 성을 휩쓸었고, 며칠이 안 되어 천녕국 전체에 두루 퍼졌다.

천휘황제는 초 황후가 넘어지는 것을 직접 보았고, 피가 터지는 것까지 목도했다. 때문에 조산에 대해 의심하기는커녕, 도리어 황자가 살아남은 사실에 경탄했다. 그는 '하늘에 금빛이 나타났으니 성군이 태어났다'는 이야기를 듣자, 너무나 기뻐하며 '높을 존尊'이라는 외자 이름을 내렸다.

황자들이 계속 간언을 올리고, 심지어 어떤 이는 죽음을 무릅쓰고 '조산한 아이는 오래 살지 못한다'는 말까지 하며 천휘황제를 설득했다. 그럼에도 천휘황제는 고집을 부려 초청가가 낳은 아이를 태자로 세웠다.

강성황제는 조례 중에 이 소식을 전해 들었다. 그가 갑자기 용상에서 벌떡 일어나자, 깜짝 놀란 조정 문무대신들은 모두 무릎을 꿇었다.

"하늘에 금빛이 나타났으니 성군이 태어났다! 설마……."

강성황제는 혼잣말로 중얼거리며 천불굴 주지가 한 말을 떠올렸다.

'숙명'

설마 은행나무가 사라진 것도 숙명이요, 초씨 집안의 딸이 성군을 낳은 것도 숙명이란 말인가? 설마 서주국이 그의 손에서 이렇게…… 안 된다!

강성황제는 자신의 생각에 잠겨 고개를 저었다.

"폐하, 대중을 현혹하는 요사스러운 말입니다! 소신이 보기에 조산했다는 아이는 분명 달을 다 채우고 나온 다른 아이일 겁니다. 서경성이 이미 초씨 집안 손에 들어가서 이런 연극을 벌이는 겁니다! 폐하, 절대 저들을 과대평가하여 아군의 사기를 떨어뜨려서는 안 됩니다!"

"폐하, 황후를 버리시고, 초 장군을 죽이시옵소서!"

결국 누군가가 조정에서 정식으로 '황후를 버리라'는 의견을 내놓았다. 황후가 초씨 집안 손에 잡혀 있지만 않았어도, 강성황제는 더 잔혹하게 적을 진압했을 것이다.

"폐하, 이렇게 손 놓고 있다가 천녕국 군대가 국경을 넘어 지원하면, 동쪽 세 군郡을 잃게 됩니다!"

"폐하, 천휘황제 수중에 있는 많은 군사가 이제 모두 초씨 집안에게 떨어지게 생겼습니다!"

대신들의 간언이 이어지는 가운데, 강성황제는 무거운 얼굴을 하고 있었다. 생각할 시간이 필요했다.

그러나 용비야 일행은 이 소식에 그리 놀라지 않았다.

"하늘에 금빛이 나타났으니 성군이 태어났다! 잘 꾸며 냈네!"

한운석은 냉소를 멈출 수 없었다. 이런 이야기는 정사와 야사에서 흔히 보았던 농간이다. 하지만 이런 농간에 백성들뿐 아니라 군왕까지 속아 넘어갈 수 있음을 인정해야 했다.

용비야는 그런 말을 전혀 믿지 않았다. 사전에 조산에 대한 진상을 몰랐다 해도, 이런 이야기는 믿는 법이 없었다.

고칠소는 능 대장로가 서경성에 얼마나 오래 머물지에 더 관심이 있었다. 적어도 도착했을 때 능 대장로가 아직 있어야 할 텐데!

얼마 후, 초씨 집안 군대가 전부 서주국 동부로 후퇴했고, 서주국과 천녕국에 접해 있는 유운幽雲, 풍림風林, 요수堯水 세 군을 점령했다. 서주국 군사들은 성 아래까지 쳐들어갔지만, 초씨 집안이 설 황후를 내세워 위협하면서 쌍방이 대치 상태에 들어갔다!

"설 황후가 위태롭도다!"

당리는 고상한 척하며 말했다. 흰 옷을 입은 그 모습이 제법 서생 분위기를 풍겼다.

"강성황제가 머리 아프게 되었군요!"

초서풍이 웃으며 말했다.

한운석은 잠시 머뭇거리다가 대범하게 말했다.

"태자는 금족령이라지만, 설마 공주도 어머니를 구하러 나서지 않는 건가요?"

단목요는 서주국 공주가 아니지만, 그래도 천산 사람이다. 천산이라는 뒷배는 보통 든든한 게 아니다.

그래도 친 모녀인데, 단목요가 그렇게 독하지는 않겠지?

용비야가 대답을 해주려고 하는 이때, 또 예상치 못한 소식이 전해졌으니…….

적족, 직계 오누이

이번에 전해진 소식은 한운석 일행에게 초청가의 조산 소식보다 더 뜻밖이었다. 바로 운공상인협회가 초씨 집안에게 대량으로 군량, 마초와 무기를 제공하겠다며 공개적인 지지 입장을 밝힌 것이다.

"그놈들이야! 틀림없이 그놈들이 적족이야!"

당리가 흥분하며 말했다.

"틀림없습니다! 전하, 초천은이 거짓말을 했습니다. 초씨 집안은 이미 적족의 행방을 알고 가까이 지내온 겁니다!"

초서풍도 즉각 그 말에 동조했다. 진왕 전하의 명을 받아 운공상인협회를 조사한 게 하루 이틀이 아니다. 구양영락이 군역사와 결탁해 어주도에서 물고기를 잡기 전부터, 진왕 전하는 이미 운공상인협회를 주시하고 있었다.

주시해 왔다는 것은 즉, 의심했기 때문이다.

운공상인협회는 변경 지역 장사로 사업을 시작했다. 불과 몇 년 사이에 이들의 산업 규모는 천녕국과 서주국 두 나라로 확대되었고, 심지어 북려국에까지 발을 들여놓으면서 운공대륙에서 가장 재력이 탄탄한 조직으로 발전했다.

풍부한 자금 없이 사업을 일으키는 게 어찌 가능한가? 맨손으로 사업을 일으킨 사람도 뒤에는 늘 투자자가 있지 않은가?

진왕은 운공상인협회가 적족이 아니면, 뒤에서 조종하는 세력이 적족일 거라고 의심했었다. 이제야 진상이 백일하에 드러난 셈이다.

"구양영락의 성도 구양씨가 아니라 영씨였던 거야!"

당리가 뭔가 깨달은 듯 말했다.

"그리고 그 구양영정도, 성이 영씨고 이름이 정?"

한운석은 침묵한 채 말이 없었다. 정말 그녀가 오해했다. 동진과 서진이 멸망한 지 그렇게 오랜 세월이 흘렀는데, 지금의 일곱 귀족 후손에게 무슨 충심이며 충의가 있을까?

유족인 초씨 집안은 서진 황족의 마지막 황자를 쏘아 죽인 원흉이다. 그런데 당시 서진 황족에게 충성을 다했던 상인 집안도 이제 유족과 결탁하지 않았는가!

조정, 군대와 결탁하지 않고 상인이 어찌 창창한 앞날을 도모하겠는가?

일단 운공상인협회의 지지를 얻었고, 설 황후까지 붙잡고 있으니, 이번에 초씨 집안이 서주국 동쪽 세 개 군을 얻게 될 것이 분명했다!

"운공상인협회……."

용비야는 아주 흥미로운 듯 말했다.

"초서풍, 중남도독부에게 지세地稅를 내리고 상세商稅를 올리겠다고 답신을 보내라. 그리고 운공상인협회가 정치에 관여했으니, 중남부 지역의 모든 곡류 작물은 운공상인협회에 판매 금지라고 해라!"

얼마 전, 중남도독부는 내년 조세 제도를 개혁하려 한다며 용비야에게 서신을 보내 의견을 물었다. 용비야는 지금까지 답신을 보내지 않았는데, 지금이 딱 좋은 기회였다.

지금 이러한 때 '지세를 내리고 상세를 올린다'는 답신을 보내는 것은 단순해 보이지만 사실 아주 의미심장했다. 중남부 지역은 운공대륙에서 가장 상업 무역이 발달한 지역이라, 원래부터 세금이 비쌌다. 만약 지금보다 더 올리게 되면, 상인들은 조정을 위해 돈을 버는 것이나 다름없다.

운공상인협회에게도 적잖은 타격을 줄 것이다!

곡류 작물 매매 금지와 관련해서는 아주 정당한 명분을 내세웠으니, 소식이 퍼지면 민심을 얻게 될 것이다. 백성들은 그 많은 이해관계에 대해서는 잘 모른다. 그저 배불리 먹고 평화롭게 살아가는 데만 관심 있을 뿐이다.

중남도독부가 용비야의 의견을 그저 참고할 의견으로만 생각할까? 아니, 그들은 명령으로 생각하고 바로 집행할 것이다.

"서동림, 약성 장로회에 본 왕비의 말을 전해라. 1년의 약속을 잊지 말라고."

한운석이 말했다.

애초에 약성은 1년 안에 운공상인협회와 모든 거래를 끊겠다고 약속했다. 운공대륙의 약재시장은 이제 약귀당이 장악하게 될 것이다.

겨우 몇 달밖에 지나지 않았지만, 지금 이때 한운석은 약성에게 일깨워 줘야 했다. 전쟁이 시작되면 식량만이 아니라 약재도 부족해진다!

이틀도 되지 않아서 진왕의 말이 중남도독부에 전달되었다. 이들은 새해를 맞기도 전, 그달에 바로 '지세를 내리고 상세를 올리는' 정책을 시행했다. 게다가 아주 강경한 수완을 써서 중남부 지역 내 운공상인협회의 모든 식량 거래를 금지시켰다!

용비야와 한운석마저 깜짝 놀랄 정도였다. 중남부 쪽 사람들은 세상을 어지럽히고 싶어 안달이었다. 이들은 진왕이 전쟁을 일으켜 싸우러 나가기만을 간절히 바랐다!

이 소식을 들은 운공상인협회는 천녕국 변방에서 긴급 이사회를 소집했다.

과거 운공상인협회 이사회는 모두 큰 회의장에서 진행되었으나, 이번 회의는 어느 호화 저택의 밀실에서 열렸다!

다른 이유가 아니라, 적족 족장이 직접 참석하기 때문이었다! 그렇다. 운공상인협회는 바로 적족이 조종하는 단체였다. 약성에 있던 집행회장 구양영정도 급히 돌아왔다.

밀실은 아주 널찍했지만, 빛이 희미하게 들어와 어둑했다. 밀실 안에는 정중앙에 놓인 직사각형의 회의탁자와 의자 외에는 아무것도 없었다.

아주 긴 탁자에 의자는 하나뿐이었다. 바로 맨 앞에 놓인 주인석이었다.

회의 시간이 되기도 전에 누군가 이미 주인석에 앉아 있었다. 그는 흑의 경장을 하고 어둠 속에 가려진 채 온몸으로 아주 신비로운 기운을 내뿜었다.

똑바로 앉기보다는 아무렇게나 다리를 꼬았고, 팔걸이 쪽에 몸을 비스듬히 기대어 그 위로 왼손을 올려두고 있었다.

어둠 속에서 그는 엄지손가락에 낀 반지에 입을 맞추었다. 그 반지는 희미한 백색광을 발산했는데, 물건을 볼 줄 아는 자라면 이것이 바로 운공대륙에서 가장 희귀한 광석인 옥정석임을 알 수 있었다.

그는 청동 가면으로 얼굴을 가렸는데, 마치 입마개를 한 것처럼 입과 코만 가렸다. 나이는 어려 보였고, 진한 눈썹 아래 부리부리한 눈으로 어둠 속에서 무엇을 보고 있는 건지, 지금 아주 몰입해서 바라보고 있었다.

그의 눈빛은 아주 오만했다!

곧 사람들이 들어오기 시작했고, 잠시 후 모든 인원이 도착해 긴 탁자 양쪽으로 늘어섰다. 그의 왼쪽 맨 앞에 서 있는 사람은 다름 아닌 구양영락이었다.

회장 자리에서 쫓겨났다 해도 그는 적족에서 여전히 존귀한 자였다. 적족 직계 넷째 아들이었기 때문에, 아무리 큰 잘못을 저질렀어도 직계 장자인 형이 그를 어쩌지 않는 이상 큰 문제는 없었다.

남자의 우측 첫 번째 자리는 비어 있었고, 두 번째 자리에는 약성에서 황급히 돌아온 구양영정이 서 있었다. 그녀는 적족 직계의 둘째 소저였다. 다른 여자들과 달리 그녀는 늘 남장을 하고 아름다운 머리카락을 하나로 묶고 다녔다. 여자임을 일부러 숨기려는 게 아니었다. 그저 거추장스러운 여자 복장이 싫었고, 단순하고 다니기 편한 남장이 좋았다.

하지만 그녀는 생김새 자체가 너무 여성스러웠다. 중간 정도의 키에 가냘픈 몸매, 게다가 이름도 그대로 썼기 때문에 다들 그녀가 여자라는 사실을 잘 알았고, 그녀의 남장에도 익숙했다.

그녀는 어린 나이에 비해 아주 차분한 눈빛을 갖고 있어, 아주 신중하고 노련해 보였다.

비어 있는 그녀의 옆자리는 바로 대소저의 것이었다. 이 대소저는 지금껏 한 번도 운공상인협회 회의에 나타난 적이 없었다. 이번도 예외는 아니었다.

앉아 있는 이 남자는 바로 적족의 직계 장자이자, 현 족장인 구양영승歐陽寧承이다. 정확하게는 그를 영승이라고 불러야 했다. 그의 '승'자와 구양영락의 '락'자가 합쳐지면 '승낙'이라는 단어가 된다. 이런 이름을 지은 데는 분명 깊은 의미가 있을 텐데, 그것이 어떤 의미인지는 두 사람만 알았다.

"형님, 다 모였습니다!"

구양영락이 말했다.

구양영승은 신경 쓰지 않고 자기 생각 속에 잠겨 있었다. 구양영락은 다시 말하려다가 맞은편 구양영정이 노려보는 것을 보고 어깨를 으쓱거리며 말하지 않았다.

이렇게 모든 사람이 선 채로 장장 한 시진을 기다렸다. 결국 구양영승이 자리에서 일어나 한마디를 내뱉었다.

"해산하라."

이렇게 운공상인협회의 가장 비밀스러운 회의는 아무것도 논하지 못하고 끝났다.

사람들은 구양영정을 향해 뭔가 묻고 싶은 눈빛을 보냈다. 그녀는 지금 회장이니 모두에게 뭔가 설명해 줘야 했다.

구양영정은 매서운 눈빛으로 훑어보더니 차갑게 말했다.

"뭘 그리 초조해하시오? 족장님에게 다 대책이 있으실 텐데!"

"정 회장, 그 약성 쪽에서……."

누군가 참지 못하고 입을 열었다.

약성에서는 이미 여러 약재의 공급을 끊었다. 모두 잘 팔리는 약재들이었다. 일단 공급 중단이 오래 지속되면, 아래쪽 약재상들에게서 불만이 나올 것이다.

구양영정은 망설임 없이 말했다.

"약성과의 모든 거래를 중단하라고 명령을 내리시오. 약성이 먼저 계약을 위반했으니 그쪽에서 배상해야 하오! 배상이 이뤄지기 전까지, 운공상인협회는 모든 약재 판매 수입을 약성과 하나도 나누지 않을 거요!"

그 말에 자리한 모두가 놀랐다.

"정 회장, 심사숙고하십시오!"

"정 회장, 약재 거래가 없으면 결국 손해 보는 건 우리입니다!"

"정 회장, 지금은 화낼 때가 아닙니다. 약성에 꽤 오래 있지 않았습니까? 지금까지 허송세월한 겁니까?"

방 안은 시끄러워졌고, 반대 목소리가 구양영정을 뒤덮을 정도였다. 하지만 그녀는 제자리에 꼼짝 않고 서서 턱을 높이 치든 채 차가운 눈동자로 사람들을 바라보았다. 떠들 테면 떠들어 보라지. 그녀의 용기, 기백, 패기는 사내대장부와 견주어도 손색이 없었다.

구양영정이 아무 말도 하지 않자, 떠들어 대던 사람들도 점차 입을 다물기 시작했다. 구양영정은 탁자 위에 앉아 앞으로 팔짱을 낀 채 그제야 입을 열었다.

"반대하는 사람은 나오시오. 본 회장이 1년간 약성과 협상할 시간을 주겠소. 합의할 능력이 된다면 회장 자리를 내주겠소! 원하는 자가 있소? 나오시오!"

그 말에 회의실 전체가 더 조용해졌다. 누구도 감히 일어나지 못했다.

다들 왕씨 집안과 진왕의 관계는 잘 몰라도, 한운석이 약왕의 제자라는 사실은 잘 알았다. 약성은 약왕을 존경하며 받들어 모시니 감히 한운석의 미움을 사지 못할 것이다. 그리고 한운석의 미움을 사지 않는 방법이란 바로 운공상인협회와 협력관계를 끊고 약재를 모두 약귀당에 제공하는 것이다.

이 일에 구양영정도 몇 달을 투자했지만 협상을 이끌어 내지 못했는데, 자리한 사람 중 누가 해낼 수 있을까? 1년이 아니라 10년을 준다 해도 불가능하다!

잠시 후, 나오는 사람이 없자 구양영정이 냉랭하게 물었다.

"불가능한 일인 것을 다 알면서, 여기서 시간을 낭비해 무엇하겠소?"

이때 누군가 쭈뼛거리며 입을 열었다.

"정 회장, 협상이 안 된다고 해서 갑자기 모든 협력을 끊을 수는 없습니다. 우리가 손해 보지 않는다고 해도, 장기적으로 볼 때……."

말이 끝나기도 전에 구양영정이 중간에 자르며 차갑게 말했다.

"장기적? 얼마나 장기적일 수 있소? 약귀당이 지금 분점을 몇 개나 냈는지 아시오?"

"쉰세 곳……."

그 사람이 사실대로 말했다.

"틀렸소! 어제 천안국 연해 지역에 또 한 곳을 열었으니 총 쉰네 곳이오! 약귀당이 지점을 몇 개나 내야 운공대륙 약재시장을 장악할 수 있다고 보시오?"

구양영정이 다시 물었다.

"적어도 3백 곳은 열어야겠지요."

그 사람이 대답했다.

"틀렸소! 백 곳이면 되오. 약귀당이 지난달부터 도매 유통을 시작했기 때문이지. 소매 유통 후에도 약재를 도매로 중소형 약방에 판매할 수 있소! 게다가 그들은 중소형 약방에 아주 저렴한 도매가를 제공하고 있소. 수익을 포기하고 직접 운송비를 내면서 말이오."

구양영정의 말에 자리한 모든 이가 소스라치게 놀라고 말았다. 내내 말없이 있던 구양영락마저 뜻밖의 사실에 놀랐다.

약귀당이 아주 영리한 방법을 썼다. 이런 수법이면 반년도 안 되어 약재 시장 전체를 독점할 수 있다!

"지금 약성과 시간을 끌어도 원하는 결과를 얻지 못한다면, 아예 일찌감치 그들에게 계약위반죄를 뒤집어씌우고, 모든 이윤을 차압하는 게 낫소!"

구양영정이 다시 말했다.

운공상인협회와 약성의 약재 계약상 연말에 이익을 나누는데, 운공상인협회는 운송비와 원가를 공제한 후 순이윤을 약성과 분배한다. 그러니 올 한 해 동안의 모든 이윤은 아직 운공상인협회에게 있다!

구양영락에 비해 구양영정이 훨씬 간사하고, 훨씬 과감함을 인정하지 않을 수 없다!

모두 진심으로 탄복하고 있는데, 구양영정이 더 감탄할 만한 이야기를 꺼냈다. 그녀는…….

먼저 찾아오다

구양영정이 말했다.

"본 회장은 이미 북려국 황제와 협상을 끝냈소. 북려국은 운공상인협회에 설산을 빌려주기로 했소. 이전에 목씨 집안에서 사용했던 그 설산까지 포함해서 총 세 곳이오! 최근 몇 달 동안 본 회장은 약성에서 허송세월하지 않았소. 목씨 집안과 사씨 집안의 약제사 총 열 명이 상회와 종신계약을 맺었고, 내년 봄이 되면 설산에 가서 약재를 재배하기로 했소."

구양영정의 말이 떨어지자마자, 현장에 우레와 같은 박수 소리가 울려 퍼졌다. 구양영락마저 자신의 부족함을 개탄했다. 그의 누나는 확실히 그보다 훨씬 수완이 뛰어났다. 북려국 황제와 협상이라니!

만약 군역사가 이 사실을 알게 되면 기분이 어떨까?

물론 구양영락은 한운석의 반응이 더 기대됐다. 하지만 이 일은 잠시 비밀에 부쳐질 것이다. 어쨌든 이들은 먼저 약성에게 한 방 먹일 계획이다. 나중에 설산에서 많은 약재를 수확하게 되면, 그때는 예전처럼 운공대륙의 약재시장을 독점하지는 못해도, 최소한 어느 정도는 시장을 점유할 수 있을 것이다.

"둘째 누님은 시집가지 말고 영원히 협회에 남아야겠어요!"

구양영락이 웃으며 말했다.

"시집을 가? 본 소저는 데릴사위를 들일 뿐이야."

구양영정이 차갑게 말했다.

사람들은 진심으로 탄복하며 해산했다. 구양영락은 끝내 참지 못하고 물어보았다.

"둘째 누님, 큰형님은…… 무슨 뜻이죠? 용비야와 한운석은 그렇게 쉬운 상대가 아니에요!"

"모른다."

구양영정의 대답은 아주 명쾌했다.

"하지만 큰오라버니가 그렇게 오랫동안 칩거하고 있었으니, 분명 놀라운 결과를 보여 줄 거라고 믿는다!"

"좋아요, 어쨌든 나 대신 복수해 줄 수만 있다면 문제없어요!"

구양영락도 큰형을 믿었다. 특히 이번에 용비야와 한운석은 밝은 곳에 훤하게 드러나 있지만, 자신들은 어두운 곳에 숨어 있으니 승산이 크다. 회장직에서 해임된 후 한가해져 시간이 생겼으니, 여기저기에서 독종 미접몽의 행방에 대해 알아볼 수 있게 됐다.

용비야는 공개적으로 서주국 황실을 지지하지 않았지만, 그가 운공상인협회를 탄압했다는 소식에 강성황제는 깜짝 놀랐다.

서주국 조정의 당파 간 싸움은 여러 날 동안 이어졌고, 서주국 군대와 초씨 집안 군대도 동쪽 변경 세 성에서 보름 가까이 대치했다.

강성황제가 설 황후를 포기하고 성 공격을 강행하면 승산이 있다. 그러나 설 황후를 포기하지 않으면, 초씨 집안의 견제 가운데 싸우기 어렵기 때문에 대치 국면을 유지할 수밖에 없다.

대치 자체는 별문제가 없다. 하지만 초청가의 아들이 이미 태자 자리에 올랐으니, 서경성 쪽에서 곧 움직임이 있을 것이다. 일단 서경성이 초씨 집안을 지원하면, 이 전쟁은 진짜 심각해진다.

진왕이 바로 이런 때에 공개적으로 운공상인협회를 탄압한 것은 분명 입장을 밝힌 셈이다. 강성황제는 진왕이 서경성에 있는 초씨 집안 세력을 눌러 버리기를 기다리고 있었다.

아마도 온 천하가 강성황제와 같은 생각일 것이다. 심지어 용천묵 쪽도 기다리고 있었다.

"목 대장군, 진왕은 분명 사황자를 지지할 것이오. 서경성에서 지지할 만한 자는 사황자뿐이니!"

요즘 용천묵은 목 대장군부로 뛰어가지 않으면 목씨 부자를 자주 어서방으로 불러들였다. 이야기는 하루 종일 이어졌다. 그는, 아주 흥분상태였다.

이번에 목 대장군은 드디어 그의 의견을 부정하지 않았다. 목 대장군이 고개를 끄덕이며 말했다.

"사황자뿐이지요."

"아버지, 일단 진왕이 공개적으로 사황자를 지지하면, 그래도 우리는 계속 움직이지 않고 기다립니까?"

목청무가 다급하게 물었다.

목 대장군은 한참을 생각에 잠겼다가 수염을 쓰다듬으며 개탄했다.

"참 어지러운 형국이로구나!"

지금은 확실히 혼란스러운 형국이었다. 국가 전란만 관련된 게 아니라 다른 세력까지 연관되어 있었다.

"운공상인협회까지 얽히다니, 이러다 천산 쪽도……."

목 대장군은 중얼중얼 혼잣말했다.

설 황후는 단목요의 친어머니이니, 단목요가 절대 좌시하고 있지만은 않을 것이다.

결국 목 대장군의 결론은 마찬가지였다.

"잠시 지켜보시지요!"

혈기왕성한 젊은이인 용천묵과 목청무는 또 이런 대답이 나오자 힘이 빠졌다. 하지만 일국의 군주인 용천묵도 더는 말하지 않았다. 그도 배운 바가 있었고, 속으로는 목 대장군을 이미 참모로 생각하고 있었다.

용천묵이 말이 없자, 목청무의 눈에 복잡한 빛이 스쳤다. 그는 어쩐지 천안국이 아버지의 주도하에 결국에는 운공대륙의 중립국이 될 거라는 느낌이 들었다.

아버지는 아주 전형적인 보수 중립파다!

지금 천산이 아무 움직임을 보이지 않는 상황에서 서경성의 정책 결정은 대국에 직접적인 영향을 미친다. 분명 서주국 황실과 초씨 집안의 전쟁이지만, 세상 사람들은 초청가 세력과 진왕 세력의 대결에 더 관심을 가졌다.

물론 초씨 집안 외에는 누구도 초씨 집안의 적출 장자인 초천은이 진왕 손에 있음을 알지 못했다.

"음. 어쩌다 보니 또 초청가와 만나게 됐네요?"

한운석은 웃으며 감개에 젖었다. 전에는 초청가와 개인적인 대결에 불과했지만, 이제는 차원이 달라졌다.

"왕비마마, 초청가를 너무 과대평가하시는 것 아닙니까? 초청가는 지금 젖먹이를 돌볼 뿐, 대국을 흔드는 것은 그 아비입니다."

초서풍이 진지하게 말했다.

"천휘, 그 늙은 도둑의 여자는 진왕의 여자와 비교가 안 돼!"

당리가 무시하며 말했다.

고칠소는 즉각 그를 보며 뭐라고 말하려는 듯했으나, 잠시 멈추더니 아무 말도 하지 않았다.

용비야도 마찬가지로 당리를 보고 침묵했다. 분명 용비야와 고칠소의 기분은 달랐다.

한운석은 입에서 나오는 대로 감탄의 한마디를 던진 것뿐, 초청가는 전혀 염두에 두고 있지 않았다. 그녀는 당리는 신경 쓰지 않고, 진지하게 용비야에게 물었다.

"아직은 행동할 때가 아닌가요? 천휘황제가 이제 거의 가망이 없다던데요."

천녕국 변방에서 묵은 지도 꽤 여러 날이 지났다. 오기 전에 용비야는 분명 사황자를 지지하여 초청가와 맞설 생각이었다. 그런데 미적대며 움직이지 않았다.

어제 정탐꾼이 가져온 소식에 따르면, 천휘황제는 이미 가망이 없어 죽을 날만 받아놓고 있다고 했다.

천휘황제가 죽으면 태자는 정당하게 황위에 오른다! 태자가 그렇게 어리니, 태후가 된 초청가는 분명 수렴청정에 나설 테고, 그럼 모든 것이 초씨 집안 뜻대로 된다.

용비야가 대답하려고 하는 이때, 호위병이 나타나 보고했다.

"전하, 사황자가 문 밖에서 뵙기를 청합니다!"

모두 예상 못한 일이었다. 사황자가 자신들이 온 것을 어떻게 알았지? 게다가 찾아오기까지 하다니?

이곳은 용비야가 변방에 마련한 별원으로 아는 자가 많지 않다. 게다가 이곳에 묵으면서 남들 눈에 띄지 않게 조용히 움직였다! 사황자의 능력이 너무 뛰어난 것 아닌가?

다들 어리둥절해 서로 쳐다보고만 있었다. 용비야도 꽤 의외인 듯, 잠시 눈동자에 복잡한 빛이 어리더니, 호위병에게 들어오게 하라고 지시했다.

"천석, 황숙과 황숙모를 뵙습니다!"

사황자 용천석龍天釋이 신분을 숨기기 위해 귀공자 차림으로 변장하고 나타났다.

그는 들어오자마자 무릎을 꿇고 엎드려 절하고, 친근하게 황숙과 황숙모라고 불렀다. 당시 천녕국 도성에서 태자인 용천묵도 진왕에게 경외심을 보였으니, 다른 황자들이야 말해 무엇하랴.

고칠소와 나머지는 이미 자리를 피한 뒤였다. 한운석은 나른하게 앉아서 용천석을 훑어보았다. 직감적으로 그가 마음에 들지 않았던 그녀는 말없이 차만 마셨다.

용비야는 손을 들어 용천석에게 일어나 앉으라고 표했다.

용천석은 앉는 것마저 아주 공손했다.

"황숙, 부황께서는……, 아아!"

용비야는 그를 아랑곳하지 않았다. 용천석은 그저 풀이 죽은 채 말을 이어갔다.

"아마 보름을 넘기시지 못할 듯합니다."

보름이라, 오늘이 벌써 초이레다.

용천석은 진왕이 입 열기를 기다렸지만, 진왕은 여전히 말이 없었다. 그는 잠시 주저하다가 결국 몸을 일으켜 한쪽 무릎을 꿇었다.

"진황숙, 오늘 천석은 천녕국 조정의 문무대신을 대표하여 황숙을 궁으로 청하러 왔습니다. 오셔서 부황께 태자를 폐하시라 간언해 주십시오! 부황께서 계속 조산한 갓난아기를 태자로 고집하시면, 저희는 황숙을 황제로 추대하여, 초씨 집안을 몰아내고, 우리 천녕국의 위세를 다시 떨치고자 합니다!"

이 용천석은 앞잡이처럼 생겨서는, 하는 일마다 예상을 벗어났다.

한운석은 용천석이 자신을 지지해 달라고 요청하기 위해 온 것이라 생각했다. 그런데 이런 말을 할 줄이야, 진왕을 추대하여 초씨 집안과 직접 자리싸움을 하게 만들어?

사실 지금 상황이 딱 좋은 기회이긴 하다! 일단 용비야가 천녕국을 손에 넣으면 중남부 지역은 분명 항복할 테니, 용천묵이 있는 천안성과 맞서는 것도 문제되지 않는다.

용천석의 말대로라면 천녕국은 정말 다시금 나라의 위세를 떨칠 수 있다.

허나 용비야의 배포는 그리 작지 않다! 그가 천녕국을 원했다면, 어찌 지금까지 기다렸겠으며, 어찌 천녕국을 혼란에 빠뜨렸겠는가?

"조정 문무대신?"

용비야는 흥미로운 듯이 물었다.

용천석은 지체하지 않고 대답했다.

"그렇습니다! 무관 쪽은 동쪽, 남쪽 지역의 세 정에 병력과 북쪽에 있는 기병 부대까지 포함해서입니다."

용천석은 여기까지 말하고 진왕을 슬쩍 본 후 다시 말을 이어갔다.

"황숙, 솔직히 말씀드리면 영 대장군은 원래 지금까지 입장을 밝히지 않았습니다. 그런데 며칠 전, 초 황후가 영 귀비를 때리는 일이 벌어졌습니다. 영 대장군이 대로하여 하마터면 군사를 이끌고 궁에 쳐들어올 뻔했지만, 몇몇 대신들이 나서서 막았습니다."

"영 대장군이 서경에 있다고?"

용비야가 다시 물었다.

"영 대장군이 서경에 머무른 지 벌써 여러 날이 되었습니다. 이미 기병 부대 전체에 전령을 보냈으니, 닷새 안에 십만 기병이 남하하여 서쪽 변경에 주둔할 겁니다. 영 대장군이 초씨 집안 군대를 경계하는 거지요!"

용천석이 대답했다.

한운석은 좀 수상쩍은 느낌이 들었다. 영 대장군의 병력이면 충분히 황위를 찬탈할 수 있다. 영 귀비가 자식이 없다지만, 초청가도 조산하는 마당에 영 귀비가 가짜 아들 하나 만드는 게 어려울까?

다들 영 대장군은 천녕국 황실에 충성을 다하며 두 마음을 품은 적이 없다고 하더니, 사실이었단 말인가? 그래서 어쩔 수 없이 용천석을 통해 용비야에게 도움을 청할 수밖에 없었나?

용천석만이 아니라 한운석도 용비야의 대답을 기다렸다. 하지만 용비야는 이렇게 말했다.

"우선 돌아가 있거라. 사흘 후, 본 왕이 사람을 보내 답하겠다."

"감사합니다, 황숙!"

용천석은 아주 기뻤다. 진왕의 성격상 고려해 보겠다는 것은 희망이 있다는 뜻이다.

용천석이 떠나자 한운석이 입을 열었다.

"용비야, 어떻게 생각해요?"

그녀는 영문을 알 수 없었다. 영 대장군에 대해 정말 잘 몰랐기 때문이다. 그러나 분명치는 않지만 사황자의 이번 방문은 조정 문무대신의 뜻이 아니라 영 대장군 혼자 생각이라는 느낌이 들었다.

지금 천휘황제는 남의 충고를 받아들이지 않고 있다. 특히 용비야의 간언은 더할 것이다. 그러니 사실 영 대장군은 사황자를 시켜 진왕이 황위에 관심이 있는지 여부를 염탐하려 한 것이다.

아마 멍청한 사황자는 영 대장군이 자신을 떠받들려는 줄 알고, 속으로 우쭐해하고 있는지도 모른다.

용비야가 답이 없자 한운석이 또 물었다.

"영 대장군은 진심으로 당신을 추대하려는 걸까요, 아니면…… 자신이 자리를 차지하고 싶은데 당신이 두려워 염탐하러 온 걸까요?"

용비야는 고개를 돌려 한운석을 바라보며 손가락을 까딱 움직였다. 가까이 오라는 뜻이었다.

이 동작에 한운석은 그저 실없이 엉덩이를 살랑이며 다가갔다. 용비야는 그녀의 귀에 대고 나직이 속삭였다. 대체 뭐라고 했는지, 한운석이 깜짝 놀라며 말했다.

"어떻게 그런 일이?"

내기, 절반의 가능성

영 대장군의 목적에 대한 용비야의 생각에 한운석은 깜짝 놀랐다. 용비야는 영 대장군이 적족과 관련이 있을 거라 의심했기 때문이다!

"어떻게 그런 일이?"

한운석은 생각조차 못 했다.

정말 사실이라면 적족은 깊이 숨어 있는 셈이다. 천녕국 삼분의 일에 해당하는 병력을 가졌으면서, 이토록 엄청난 인내심으로 지금까지 반란을 일으키지 않고 있었다니.

심지어 그게 가장 중요한 게 아니었다. 가장 중요한 점은 바로 그 말이 사실이라면 적족의 실력은 결코 호락호락하지 않다는 점이었다.

영 대장군은 원래 천녕국 기병 부대만 관리했다. 이후 천녕국 내란이 발생해 천휘황제가 서쪽으로 천도한 후, 그는 영 대장군의 충성심을 믿고 서쪽으로 함께 이동한 두 대군의 호부虎符도 영 대장군에게 넘겼다. 그리고 영 대장군을 천녕 대장군으로 책봉하여 모든 병권을 관장하게 했다.

만약 영 대장군이 정말 적족 사람이라면, 강력한 병력에 운공상인협회의 재력까지 더해진다. 그럼 이 거대한 세력은 용비야와 북려국 황실 모두에게 두려움이 대상이 된다!

"이 저택은 삼도 암시장 경매에서 얻은 것이다. 사황자가 정확하게 이곳을 찾아왔으니, 삼도 암시장에서 비밀이 새나간 게 틀림없다!"

용비야가 담담하게 말했다.

그제야 한운석은 용비야가 왜 영 대장군과 적족이 관련 있을 거라 의심했는지 깨달았다. 운공상인협회는 삼도 암시장에도 세력이 있기 때문이다.

한운석이 생각에 잠긴 듯 고개를 끄덕이는데, 용비야가 말했다.

"내기하겠느냐? 본 왕은 절반 정도만 자신이 있다."

사실 고작 이 정도 근거로는 의심만 할 뿐, 영 대장군이 바로 적족 사람이라고 확신할 수는 없다. 어쨌든 삼도 암시장 내부는 아주 복잡해서, 꼭 운공상인협회가 비밀을 누설했다고 볼 수도 없고, 사황자가 무조건 삼도 암시장에서 정보를 얻었다고 할 수도 없다.

"좋아요. 그럼 전 영 대장군이 적족 사람이라는 데 걸게요."

한운석이 웃었다. 또 같은 수법으로 선수를 친 것이다. 그녀와 내기했던 사람 중 아마 용비야만이 그녀와 한 번 더 내기할 엄두를 낼 수 있을 것이다.

"그렇다면 본 왕은 그가 아니라는 데 걸 수밖에 없겠군?"

용비야는 재미있다는 듯 반문했다.

"어쨌든 절반밖에 자신이 없다고 했잖아요. 이길 가능성은 우리 둘 다 반반이네요!"

한운석은 웃으며 말했다. 진지하게 말하자면 한운석 역시 절반 정도만 자신하고 있었기 때문에 이번에는 유리하다고 볼 수는 없었다. 언제부터인지 용비야는 이 여자에게 '안 된다'는 말을 한 적이 없었다. 그는 호쾌하게 물었다.

"판돈은?"

한운석은 킥킥거리고 웃으며 사악한 표정을 지었다. 용비야는 볼수록 더 흥미가 생겼다. 한운석이 늑장을 부리며 입을 열지 않자 결국 명령조로 말했다.

"말해라!"

"내가 이기면 꼬맹이를 안아 줄래요?"

말을 마친 한운석은 눈 한 번 깜빡이지 않고 용비야의 얼굴을 응시했다. 역시 용비야의 표정은 아주 볼 만했다.

"내기를 했으면 지더라도 결과에 승복해야 해요, 번복하기 없어요!"

한운석이 웃었다.

"겨우 절반의 가능성인데, 본 왕이 질 거라 생각하느냐?"

용비야가 반문했다.

"어쨌든 기회는 있잖아요, 안 그래요?"

한운석은 말하면서 정신없이 잠들어 있는 꼬맹이를 소환해 소매 속에 숨기고 가볍게 어루만졌다.

이제 그녀는 힘들이지 않고도 언제 어디서나 꼬맹이를 독 저장 공간에 넣고 뺄 수 있게 됐다. 다만 독 연못처럼 대량의 독일 경우에는 많은 힘이 소모되었다.

수행은 시간이 필요하기 마련이다. 특히 의식의 수행이 그랬다.

운석 엄마가 얼마나 자신을 생각하는지 꼬맹이가 안다면, 너무 감동해 3일 밤낮 잠을 못 이루지 않을까?

한운석이 의미심장한 눈빛으로 바라보자 용비야는 결국 고개를 끄덕였다.

"좋다!"

한운석은 아주 기뻤다.

"당신 조건은요?"

그런데 용비야가 차가운 목소리로 이렇게 말할 줄이야.

"본 왕이 이기면, 앞으로 그 쥐는 약귀당에서 키우고, 다시는 몸에 품고 다녀서는 안 된다."

꼬맹이는 독짐승이긴 하지만 한운석이 그 피를 뽑아 용천묵을 구한 이후 줄곧 회복하지 못하고 있었다. 지금은 한운석을 보호할 능력이 전혀 없다. 용비야가 보기에는 몸에 품고 다니는 것보다 차라리 약귀당에 놓고 잘 키우는 편이 낫다.

한운석은 입을 실룩이며 말했다.

"대체 몇 번을 말해요. 꼬맹이는 쥐가 아니에요! 다람쥐라고요!"

쥐를 어떻게 다람쥐와 비교해. 쥐는 아주 징그럽지만, 다람쥐는 엄청 귀엽잖아?

"잘 생각해 봐라!"

용비야는 담담하게 말했다. 그 말은 그녀가 동의하지 않으면 내기를 하지 않겠다는 뜻이었다.

한운석은 속으로 즐거워하고 있었다. 꼭 용비야를 후회하게 만들어야지! 절반의 가능성이지만, 지금까지 경험을 돌이켜 봤을 때 이 인간의 판단은 늘 정확했다.

그녀는 주저 없이 결단을 내리며 대답했다.

"생각할 필요 없어요, 그렇게 해요!"

용비야는 그녀를 흘끗 보고는 말이 없었다.

"그렇게 하는 거죠?"

한운석은 끝까지 붙들고 물었다.

용비야는 그제야 시무룩하게 "음." 하고 대답했다. 한운석은 결국 참지 못하고 푸하하 소리를 내며 크게 웃었다.

용비야는 원래 침울한 표정을 하고 있었다. 하지만 한운석이 이렇게 웃는 모습을 보자, 그도 웃지 않을 수 없었다. 그의 입가에 어쩔 수 없다는 듯한 표정이 서렸다.

이 여자 앞에서는 늘 속수무책이로군.

겨우 절반의 가능성이다. 영 대장군은 정말 적족 사람일까. 용비야와 한운석의 이번 내기 승자는 과연 누구일까? 꼬맹이는 어디로 가게 될까?

모든 것이 미지수였다!

용비야는 사황자에게 사흘 후에 답을 주겠다고 약속했다. 그런데 사흘이 지나기도 전에, 변경에서 또 적잖은 사건들이 벌어졌다.

운공상인협회가 초씨 집안에게 지원하는 첫 번째 물품들이 서주국 동쪽 세 개 군에 도착했다. 그 안에는 병기 외에도 전쟁에 필요한 군량, 마초, 솜이불과 약재까지 포함되어 있었다.

얼마 후면 새해가 밝아오고, 날은 갈수록 추워지는 데다 어제는 눈까지 내리기 시작했다. 하지만 운공상인협회가 이 군수품들을 보내 준 덕분에, 초씨 집안 군대는 순탄하게 겨울을 지낼 수 있었다.

강성황제는 원래 서주국 경내에서 운공상인협회의 모든 매매거래를 금했을 뿐이었다. 하지만 이 소식을 듣고 대로한 황제는 서주국 내 운공상인협회의 모든 사업을 봉하고, 운공상인협회 상인을 모조리 내쫓으라고 명령했으며, 운공상인협회와 결탁한 자는 일족을 멸하라는 명까지 내렸다!

그런데 운공상인협회가 만반의 준비를 해 놓았을 줄이야. 운공상인협회는 대부분의 돈 될 만한 사업은 미리 철수하여 이전시켰고, 다수의 고액계약을 일방적으로 강제 종료하여 서주국 많은 거상에게 막심한 손해를 안겨 주었다.

그뿐만이 아니었다. 운공상인협회는 사람을 고용해 헛소문을 퍼뜨려, 강성황제가 무능하다는 여론을 조성해 많은 서주국 상인들이 조정에 큰 불만을 품게 만들었다.

한운석은 이 소식들을 들은 후, 약성 장로회로부터 서신을 받았다.

"모든 계약의 일방적인 종료? 올해 이윤 배분도 해 주지 않고 손해배상까지 요구해?"

서신 내용을 확인한 한운석은 머리끝까지 화가 치밀어 올랐다.

“구양영정, 이런 일을 벌이다니. 장사할 때 신용이 얼마나 중요한지 모르는 건가?”

한운석이 화내며 말했다.

“왕비마마, 운공상인협회에서는 약성이 먼저 일부 약재의 계약을 일방적으로 종료해서 계약을 위반했기 때문에, 자신들에게 이윤을 배분하지 않을 권리가 있고, 끝까지 손해배상을 청구하겠다고 합니다. 그리고……, 그리고 약성이 배상하지 않으면, 의학원을 청해서 공정한 처리를 요구하겠다고 큰소리쳤습니다!”

서동림은 사실대로 말했다.

“뻔뻔하기도 해라!”

한운석은 냉소를 금할 수 없었다.

상인이란 모두 교활한 자들이라지만, 간사한 것도 지켜야 할 한계선이 있는 법이다. 지금 운공상인협회의 이런 방법은 아주 생떼를 부리는 거나 다름없다.

“의성을 찾으면 뭐 어쩔 건데? 배상은 생각할 필요 없다고 전해라. 약성이 배당받아야 할 이윤은 한 푼도 모자라서는 안 된다. 안 그랬다간 봐라, 가만두지 않을 테니!”

한운석이 차갑게 경고했다.

“왕비마마, 하지만…… 전에 약성이 일방적으로 종료한 그 만기계약은 정말 계약위반이 맞는 듯합니다.”

서동림이 조심스럽게 일깨워 주었다.

"그 계약 내용에 따르면 협력기한 만료 시, 약성과 협력을 계속할지 여부에 대한 우선권은 운공상인협회에게 있습니다. 운공상인협회가 협력 유지를 거절할 경우에만 약성은 약재를 다른 곳에 판매할 수 있습니다."

"처음부터 말도 안 되는 조항이잖아! 당초 장로회가 이 조항에 서명했을 때, 구양영락이 사덕의한테 얼마나 많은 혜택을 줬는지 누가 알겠어? 설마 새로 장로회가 구성된 지금도 이런 조항을 인정해야 한단 말이야?"

한운석이 반문했다.

서동림은 그제야 알아듣고는 계속 고개를 끄덕였다.

"뇌물죄를 따지지 않은 것만 해도 많이 봐준 것인데, 구양영정, 보자 보자 하니까 정말 욕심이 한도 끝도 없군!"

한운석은 진심으로 화가 났다.

이 이윤배당 액수는 상당하다. 약성이 금년도 이익배당금을 받지 못하면, 분명 내년 약재 가격에 영향을 미칠 것이다. 날씨 요인으로 약재 가격이 오른다면 할 말이 없다. 하지만 이런 인위적인 이유라니, 화가 안 나고 배기겠는가?

게다가 운공상인협회는 약성에 가야 할 돈을 빼돌려 전쟁을 지원할 것이다. 그 생각을 하니 분이 가라앉지 않았다.

한운석이 화를 내자 용비야의 안색도 그리 좋지는 않았다. 하지만 그는 시종일관 냉정함을 잃지 않았다

"운공상인협회가 이렇게 쉽게 약재 거래를 포기할 리 없다."

용비야가 담담하게 말했다.

"설산?"

한운석은 기겁했다. 지난번 군역사는 설산을 미끼로 사덕의를 매수하려 했다. 그녀도 그때 일부 진귀한 약재는 설산에서 재배하면 많은 양을 얻을 수 있다는 사실을 알았다.

"그럼 운공상인협회가 북려국과 결탁한 걸까?"

당리가 조용히 말했다.

이때 한쪽에 앉아 있던 고칠소가 바로 일어나 밖으로 나가버렸다.

"짜증나, 뭐 이렇게 복잡해! 이 몸은 서경성 구경 나간다! 며칠 후에 돌아오지!"

"약귀 노인네, 조심히 다녀!"

한운석이 몇 걸음 쫓아갔지만, 고칠소는 이미 보이지 않았다.

지금 정세는 그의 말대로 너무너무 복잡했다!

안 그래도 충분히 혼란스러운 상황에서 북려국까지 끼어든다면, 아마 운공대륙 모든 세력이 다 참전하게 될 것이다.

용비야는 잠깐 복잡한 눈빛을 짓더니 명령했다.

"서동림. 왕공에게 가서 설산 약초 재배에 대한 일을 의학원에 보고하라고 해라! 약성 장로회와 함께 이 일이 군역사와 연관된 것은 아닌지 의심하고 있다고 말하라 전해라!"

설산에 대한 일은 추측에 불과했지만, 용비야는 이렇게 군역사에게 죄를 덮어씌웠다. 군역사가 이미 서민으로 지위가 강등되었어도, 의학원은 순순히 물러서지 않고 분명히 이 일을 주시할 것이다.

약령藥令을 가진 약방은 운공상인협회와 협력하지 않을 테니, 운공상인협회가 약을 갖고 있다면 그 명의들에게 직접 판매할 수밖에 없다. 그런데 의학원이 운공상인협회를 주시하는 상황에서 어느 의관이, 어느 의원이 감히 운공상인협회에서 약을 사겠는가?

서동림이 명령을 받고 떠나자, 용비야는 그제야 고개를 돌려 한운석을 보며 말했다.

"왕비마마, 화를 푸시지요."

한운석은 푭 하고 웃고 말았다. 불처럼 치솟던 분노도 순식간에 사그라들었다. 운공상인협회는 간사하지만, 용비야는 더 음험했다!

당리와 초서풍은 이 모습에 어안이 벙벙했다. 드디어 두 눈으로 직접 진왕이 어떻게 왕비마마의 기분을 달래 주는지 목도한 것이다. 심지어 '왕비마마, 화를 푸시지요.'같은 노비들이 쓰는 말까지 하다니.

진왕 전하, 운공대륙은 지금 세계대전이 시작되기 일보 직전인데, 당신은 이곳 변방에서 애정표현이나 하다니, 이래도 되는 겁니까?

초서풍이 낮은 목소리로 귀띔을 했다.

"전하, 사황자에게 답신을 보내셔야 합니다."

용비야가 사황자에게 어떻게 회신을 보낼까? 서경성으로 가게 될까? 아니면 계속 이곳에 남아 있을까?

장군, 첫 만남

사흘의 시간이 지나 용비야가 사황자 용천석에게 대답할 때가 되었다.

용비야는 초서풍에게 서신 한 통을 내밀었다.

"사황자에게 전해라. 본 왕이 폐하께 태자를 폐위하고 다른 후계자를 세우라고 간하는 글이다. 폐하께서 계속 고집하면, 본 왕이 남부에 병력을 늘려 초씨 집안 군대가 우리 천녕국에 한 걸음도 들여놓지 못하도록 반드시 막을 것이라고 해라!"

한운석은 용비야가 이렇게 나올 줄 짐작했다. 만약 지금 경솔하게 서경성으로 출병하면 함정에 빠질 가능성이 절반이니, 서신을 보내는 것이 가장 안전했다.

영 대장군이 진심으로 용비야의 즉위를 밀어줄 생각이라면, 용비야는 남쪽에서 출병해 초씨 집안을 옥죄고 서주국과 우호를 다짐으로써 순조롭게 서부 지역을 장악할 수 있었다.

영 대장군이 정말 적족 사람이라면, 용비야의 출병은 유족과 적족 모두를 방비하는 것이기도 했다. 그렇게 되면 큰 싸움이 벌어질 것이다. 용비야가 서주국을 혼란에 빠뜨리려는 최종 목적도 저 지역 때문이었다!

답신을 보낸 뒤 그들은 가만히 사황자와 영 대장군의 반응을 기다렸다. 과연 며칠 지나지 않아 사황자가 다시 찾아왔다.

"황숙, 부황께선 정말……, 정말이지……. 아아! 부황께서는 황숙의 간언서를 읽어 보지도 않고 모두가 보는 앞에서 찢어 버리셨습니다! 그리고……, 그리고 친히 태자를 기르시겠다는 군요. 태자가 성년이 된 후 퇴위하시겠답니다."

옆에 있던 한운석이 냉소를 지었다. 병으로 정신없는 천휘황제가 잠꼬대로 한 말인지, 사황자가 애초에 간언서를 올리지도 않은 것인지 누가 알까?

용비야는 놀라지 않았다.

"아무래도 본 왕이 출병해야겠군."

중남부에는 수군만 있는 게 아니었다. 앞서 남부에 주둔하던 두 갈래 대군도 지금은 모두 백리 장군 손에 있었다.

사황자는 놀라고 기뻐하며 별생각 없이 내뱉었다.

"황숙, 영 대장군이 날을 정해 황숙을 만나고 싶어 합니다!"

날을 정해 만나자고? 한운석은 믿을 수 없는 듯이 쳐다보았다.

용비야가 차갑게 물었다.

"왜, 본 왕을 만나려는데 직접 찾아올 생각은 없다더냐?"

사황자는 화들짝 놀라 허둥거리며 해명했다.

"아, 아닙니다! 오해이십니다, 황숙! 영 대장군은 황숙께서 만나 주시지 않을까 봐 미리 여쭤보려는 것입니다. 황숙께서 언제 시간이 나시는지요? 어디서 만나 뵈어야 적절하겠습니까? 이곳이 적절하다 하시면 당장 가서 그렇게 전하겠습니다."

용비야는 냉소를 금치 못했다.

"영 대장군의 위치가 언제부터 그렇게 높아졌더냐? 당당한 황족의 자제인 네가 말을 전해야 할 정도냐?"

이 말에 사황자는 대답할 말을 잃었다. 그는 영 대장군이 약속한 황제 자리에 혼이 쏙 빠져, 영 대장군이 시키는 대로 기꺼이 이곳저곳 발품을 팔고 있었다. 그러다가 진황숙이 출병한다는 말에 들뜬 나머지 앞뒤 가리지 않고 말해 버린 것이다.

한참 후, 사황자는 가까스로 서투른 변명을 끄집어냈다.

"오해이십니다, 황숙. 저……, 저는 그러니까, 황숙께서 출병하기로 하신 이상 영 대장군을 한 번 알현하고 영 대장군에게 변경의 군사 소식을 들으시는 것이 좋지 않으신가 하고 제안한 것뿐입니다."

이렇게 말하자 그제야 황자다워 보였다.

용비야는 짤막하게 대답했다.

"허락하마."

사황자가 떠난 후 한운석이 웃으며 용비야에게 말했다.

"본래는 오 할 정도 자신 있었는데 이젠 일 할을 더해 육 할은 돼야겠는데요?"

용천석을 저렇게 고분고분하게 만들고 주종 관계를 전도시킬 정도면, 영 대장군은 보통 인물이 아니었다!

"칠 할이다."

용비야가 대답했다.

칠 할의 자신…….

"그렇다면 내게 질 준비를 해야겠네요?"

한운석은 진지한 체하며 말했다.

용비야는 권모술수의 싸움에 푹 빠져 이 여자와 내기했다는 것도 잊었는지, 그 말을 듣자 차를 들어 마셨다.

한운석은 그가 언제 이런 동작을 하는지 이미 파악해 놓고 있었다. 대답하기 싫을 때거나 대답할 말이 없을 때면 그는 늘 차를 마셨다. 하지만 그가 대답할 말이 없어지는 상황은 항상 그녀 앞에서만 일어난다는 것은 알지 못했다.

비록 아직은 한겨울이지만, 한운석은 꼬맹이의 봄날이 머지않은 것을 느꼈다.

이틀도 못 되어 영 대장군이 정말로 찾아왔다.

한운석은 영 대장군을 본 적이 없었다. 천녕국에서 가장 젊은 장군이란 것만 알고 있었는데, 직접 보자 깜짝 놀랐다.

그의 모습은 그녀가 상상한 것과 완전히 달랐다!

영 대장군은 갑옷을 입은 군인 차림도 아니고 무기를 차지도 않은 대신 예상하지 못한 학자풍 장포에 새까만 머리카락을 반쯤 묶은 차림이었다. 이목구비가 뚜렷하고 짙은 눈썹 밑에 자리한 큰 눈은 깊고 빛이 났지만, 사람을 짓누르는 눈빛이 아니고 도리어 안으로 감추어진 느낌이었다.

용비야가 미리 의심하지 않았다면 이 대장군에 대한 한운석의 생각이 어디까지 잘못 흘러갔을지 모를 일이었다. 하지만 용비야의 의심 덕분에 한운석은 그를 보는 순간 저도 모르게 누군가를 떠올렸다. 구양영락!

세밀하게 비교해 볼 때 두 사람의 분위기는 꽤 비슷했다. 영 대장군이 구양영락의 우아한 겉모습 밑에 숨겨진 간사한 모습까지 닮았는지는 당장 확인할 수 없지만.

다만 저 짙은 눈썹과 큰 눈을 보자 한운석은 저도 모르게 그가 전쟁터에서 결사적이고 흉포하게 싸울 때 저 눈이 어떤 빛을 낼지 상상에 빠졌다. 그때는 진짜 본성을 드러낼까?

한운석이 영 대장군을 관찰하고 헤아려보고 있을 때 갑자기 그가 그녀를 돌아보았다.

한운석은 대범하게도 피하지 않고 계속 바라보며 진왕비다운 당당함을 풍겼다.

그때 영 대장군은 이미 용비야에게 큰절을 올린 후였다. 그는 한운석을 한 번 쳐다본 후 곧 고개를 숙이고 오른손을 주먹 쥐어 왼쪽 어깨에 대며 그녀를 향해 90도로 허리를 숙였다.

"소장, 왕비마마께 인사 올립니다."

"일어나세요, 영 대장군."

한운석이 말했다.

영 대장군이 일어나자 용비야는 자리를 주지도 않고 제자리에 서 있게 했다.

"진왕 전하께서 북쪽으로 출병할 뜻이 있으시다 듣고 특별히 감사 인사를 드리러 왔습니다!"

영 대장군이 진지하게 말했다.

"초씨 집안을 제거하고 우리 용씨 일족을 돕는 것은 본래 본왕의 책임인데 그대가 감사할 일이 무엇인가?"

용비야가 차갑게 물었다.

"소장은 기병대와 서부 두 부대의 장병들을 대신해 그 목숨을 구해 주신 은혜에 감사드리는 것입니다! 기병대와 서부 두 부대의 힘으로는 초씨 집안 군대를 당해 낸다는 보장이 없으니, 싸움이 벌어지면 장병들은 전쟁터에서 참혹하게 죽을 수도 있습니다. 하지만 진왕께서 병사를 일으켜 북쪽을 지원하신다면 첫째로는 아군의 힘을 강화할 수 있고 둘째로는 아군의 기세를 드높일 수 있으며 셋째로는 적군의 간담을 서늘하게 할 수 있습니다! 사상자가 줄면 이 또한 아군의 큰 행운입니다!"

영 대장군이 겉모습은 학자처럼 보이지만, 말투는 낭랑하고 힘이 있어 군인다움이 느껴졌다.

"사상자를 줄이는 것은 본래 본 왕의 책임인데 그대가 감사할 필요가 있는가?"

용비야가 또 물었다.

영 대장군은 즉시 읍을 했다.

"예! 소장이 실언했습니다."

반응이 꽤 빠르고 감정을 드러내지 않는 자였다! 한운석은 내내 말없이 옆에서 그를 관찰했다. 어쨌든 이자의 내력은 꼬맹이의 운명과 직접적인 관련이 있었다.

"진왕 전하, 긴히 보고드릴 일이 있습니다."

영 대장군이 말했다.

"음."

용비야의 대답은 몹시 쌀쌀했다.

하지만 영 대장군은 아무렇지 않게 말을 이었다.

"소장이 알기로는, 운공상인협회가 이번에 초씨 집안에 홍의대포紅衣大炮(유럽에서 수입해 들어온 화포로, 차후에는 중국도 이를 모방해 만들었음. 중국 고유 화포보다 포신이 길고 구경이 큼)를 제공하기로 했고 벌써 운송이 끝났다고 합니다."

이 말에 용비야의 깊고 차가운 눈동자에 마침내 파도가 일었다.

"몇 대냐?"

"최소 세 대입니다!"

영 대장군이 대답했다.

운공대륙에서 화약은 각국 군대가 관리했으나, 홍의대포 같은 물품은 군대가 아니라 민간의 한 명장名匠이 만들었다.

이 명장은 세 나라 어디에도 속하지 않은 삼도전장에 살며, 연중 내내 삼도 암시장에 숨어서 어느 나라에도 구속받지 않았다. 그는 몇 년 전에야 홍의대포 한 대를 만들어 삼도 암시장에 팔았는데, 근 몇 년간은 삼도 암시장에서 홍의대포 소식이 없었다. 그런데 운공상인협회가 세 대를 손에 넣었을 줄이야! 용비야는 말할 것도 없고 한운석도 깜짝 놀랐다. 한운석 눈에 홍의대포는 박물관에 전시된 골동품에 불과했지만, 지금처럼 냉병기冷兵器(화약을 쓰지 않는 무기) 위주인 시대에는 아직도 신과 같은 존재였다.

"그 말은?"

용비야가 물었다.

"초씨 집안 군대는 모두 정예병이고 궁노수가 강합니다. 이제 홍의대포까지 갖춰 호랑이에게 날개가 달린 격이니 얕보면 안 됩니다. 소장의 짧은 생각으로는, 소장이 이끄는 두 대군은 동쪽을 공격하고, 북상한 전하의 병력은 남쪽을 공격하고, 연합한 서주국 군대는 서쪽을 공격해 세 방면에서 포위해야 합니다! 그렇게 하면 초씨 집안은 병력 부족으로 인해 투항할 수밖에 없습니다!"

영 대장군은 진지하게 말했다.

용비야는 고개를 끄덕이면서 말이 없었다. 그는 탁자를 툭툭 쳐서 영 대장군에게 옆에 앉으라는 손짓을 했다. 영 대장군은 공손하게 자리에 앉아 동쪽 국경의 형세와 그가 가진 병력을 상세히 설명했다.

한운석은 수상쩍게 생각했다. 영 대장군이 저렇게 단호하게 초씨 집안을 상대하려 하다니, 칠 할 정도 자신이 있었는데 설마 틀렸던 걸까? 영 대장군은 사실 운공상인협회와 아무 관계 없고, 초씨 집안과도 결탁하지 않았던 걸까?

영 대장군이 무슨 말을 하건 용비야는 시종 한마디도 없었고, 그의 말이 끝난 후에도 여전히 생각에 잠긴 모습이었다.

한참 후 마침내 그가 입을 열었다.

"알았네! 강성황제 쪽은 본 왕이 처리하지."

영 대장군은 크게 기뻐하며 황급히 일어섰다.

"영명하십니다, 전하! 외람되지만 진왕 전하께서 부디 황제로 등극하시어 우리 천녕국의 위풍을 중흥해 주시기를 간청드립니다!"

용비야는 냉소를 지었다.

"오늘 천휘를 배신한 그대이니 내일이면 본 왕을 팔아넘기지 않겠나?"

영 대장군은 즉각 한쪽 무릎을 꿇었다.

"소장은 천녕국에 충성하고 장병에게 충성하고 백성에게 충성할 따름입니다! 천휘황제는 어리석게도 초 황후에게 깊이 빠져 나라를 해쳤기에 부득불 돌아설 수밖에 없었습니다! 훗날 진왕께서 천휘황제의 전철을 밟으신다면 똑같이 할 것입니다!"

용비야는 흥미로운 듯 고개를 끄덕였다.

"좋네! 기억해 두지!"

영 대장군이 떠난 후에도 한운석은 생각하면 할수록 의아했다. 저자는 그야말로 솔직하고 충성스러운 사람의 표본이었다! 솔직히 자못 자신만만하던 마음이 다소 흔들렸다. 어쩌면 이번에는 정말 내기를 잘못한 것일지도 몰랐다.

진작부터 여전히 끙끙대는 그녀를 지켜보던 용비야가 차갑게 말했다.

"충분하지 않으냐?"

뭐…….

"무슨 말이에요?"

한운석은 이해가 가지 않았다.

"벌써 가 버렸는데 아직도 보고 있지 않느냐?"

용비야의 목소리가 더욱 차가워졌다.

지금 한운석은 확실히 문밖을 보고 있었지만, 딴생각 중이었다!

"무슨……! 내가……, 뭘 어쨌다고요?"

그녀는 영문을 알 수가 없었다.

"본 왕에게 대답해라!"

용비야가 차갑게 말했다.

질투 덩어리가 또 시큼한 냄새를 풍기기 시작했다.

한운석은 화가 나기도 하고 우습기도 해서, 그에게 다가가 일부러 킁킁거리며 냄새를 맡는 척하더니 그의 앞에 바짝 다가서서 툭 내뱉었다.

"아유, 시큼해!"

용비야가 거침없이 그녀를 잡아 누르는 바람에 한운석의 얼굴은 비극적으로 그의 가슴팍에 부딪히고 말았다.

시큼한 맛이냐

한운석의 얼굴은 용비야의 가슴에 딱 들러붙었다. 용비야는 별로 힘을 준 것 같지 않지만 그녀는 온몸을 옴짝달싹할 수 없었다.

냄새를 맡는데 이렇게 가까이 붙어 있을 필요가 있을까? 몇 리 밖에서도 맡을 수 있는데!

“본 왕의 물음에 답하라.”

용비야의 착 가라앉은 목소리는 마치 가슴속에서 나오는 것 같았다. 나지막하고 육감적인 데다 약간 쉰 그 목소리에 한운석은 얼굴과 귀가 빨갛게 달아올랐다.

이 남자의 이런 목소리는 사실 낯설지 않았다.

예전이었다면 벌써 머릿속이 텅 비었겠지만 이제는 달랐다. 더는 이 인간에게 넋이 나가지 않게 되었지만, 대신 진정성은 훨씬 깊어졌다.

“그 사람은 가고 없는데 아직도 이렇게 질투를 쏟아내다뇨!”

한운석은 그래도 웃었다.

용비야는 얼굴 가득 불쾌감을 드러낸 채 차갑게 물었다.

“대답하지 않겠다……, 그 말이냐?”

“당신부터 대답해요!”

한운석의 목소리가 그의 가슴팍에 고여 마치 심장으로 스며들 것 같았다.
"그렇다!"
용비야가 대범하게 시인하자 한운석은 어떻게 대응해야 할지 몰라 멍해졌다.
"형……."
갑자기 당리의 목소리가 들려오더니 밖에서 그와 초서풍이 큰 걸음으로 들어오는 것이 보였다.
두 사람은 그늘진 곳에 숨어 영 대장군이 떠나는 것을 지켜본 뒤 곧바로 되돌아오는 길이었다. 그들은 영 대장군에게 다양한 의견을 갖고 있었다.
그런데 들어오자마자 보지 말아야 할 장면을 맞닥뜨릴 줄이야.
당리는 방해한 것을 알고 무의식적으로 입을 틀어막았다. 하지만 그의 목소리가 그렇게 큰데도 용비야는 듣지 못한 척 전혀 신경 쓰지 않았다.
한운석은 돌아보려고 발버둥 쳤지만 애석하게도 움직일 수가 없었다.
당리와 초서풍은 서로를 한 번 쳐다본 뒤 눈치 빠르게 뒤로 물러났다.
문밖으로 나가기 직전, 그들은 용비야가 한운석의 턱을 들어올리고 거칠게 입 맞추는 것을 직접 목격했다!
사실 처음도 아니었다.
당리는 저 장면을 한 번 목격했던 것을 기억했지만, 초서풍은 몇 번이나 봤는지 기억조차 못할 지경이었다. 어쨌든 그들은 진왕이 어떤 면에서 무척 보수적이지만, 남에게만 보수적이라는 것을 깨달았다.

그 자신은, 상대가 한운석이고 기분이 좋기만 하면 시간과 장소를 가리지 않다시피 했다!

용비야의 마부가 이 자리에 있었다면 틀림없이 덧붙였을 것이다.

"않다시피 하시는 게 아니라 진짜 안 가리신다니까요!"

널따란 객청에는 정적이 흘렀다.

용비야가 의자에 기대고 한운석이 그를 짓누르는 것처럼 보이지만, 사실 그녀는 용비야의 두 손에 단단히 붙잡혀 있었다. 그녀의 턱을 잡아 올리고 자신은 고개를 숙인 채, 그는 그녀의 앙증맞은 입술을 거칠게 빨아들였다. 열정을 쏟아내는 듯하면서도 벌을 내리는 것 같고, 요구하는 듯하면서도 베푸는 듯한 몸짓이었다.

저도 모르는 사이 그는 그녀의 턱을 잡았던 손을 놓고 그녀의 뒷머리를 눌러 가까이, 좀 더 가까이 오게 했다. 저도 모르는 사이 그녀는 그의 가슴을 때리며 저항하던 손에 힘을 풀고 가까이, 좀 더 가까이 밀착했다.

질투도 질문도 농담도 진지함도, 엎치락뒤치락하는 두 사람의 입술과 이 속에 녹아들었다.

그도 점점 부드러워질 때도 있긴 있었다. 하지만 이번에는 확실히 아니었다.

이번에 그는 점점 격렬해져서, 마치 가슴속의 폭포를 쏟아붓듯 하면서 그녀를 견디기 힘들게 했다.

격렬한 입맞춤 도중에 그는 그녀가 잠시 숨 돌릴 틈을 준 다음 곧바로 새로운 폭포를 쏟아부었다.

그렇게 몇 번이나 했는지, 마침내 그도 만족하고 그녀를 놓아준 뒤 다시 자신의 가슴에 기대게 했다.

그녀는 크게 숨을 헐떡였다. 정말 숨이 막힐 뻔했다.

매번 참기 힘들 만큼 당할 때마다 다음에는 절대 이 남자를 도발하지 말라고 자신에게 경고했지만, 시간이 지나면 잊어버린 채 또 이런 결말을 자초하곤 했다.

사실 그녀는 빠르게 숨을 헐떡였지만 그의 심장 박동만큼 빠르지는 못했다. 가슴팍에 기댄 그녀는 그의 격렬한 심장 박동 소리를 똑똑히 들을 수 있었다.

한참 쉬고 난 뒤 비로소 그가 입을 열었다. 아직도 차가운 목소리였다.

"맛이 어떠냐?"

"무슨 맛이요?"

한운석이 생각나는 대로 물었다.

그는 다시 눈을 찡그리더니 다시 그녀의 턱을 들어 올려 자신을 쳐다보게 한 뒤 눈썹을 치키며 물었다.

"시큼했느냐? 더 맛보고 싶으냐?"

그러니까, 이게 질투의 맛을 보여 준 거였어?

마침내 깨달은 그녀는 그러잖아도 달아오른 뺨이 홧홧해지는 것을 느끼고, 그의 손을 홱 뿌리치며 고개를 돌렸다.

이 인간은 어째서 저렇게 정색한 표정으로 저렇게 부끄러운 말을 할 수 있담?

츤데레!

그녀는 속으로 외쳤다.

이러면 이 여자를 굴복시켰다고 볼 수 있을까?

그녀가 힘이 쭉 빠져 자신의 몸 위로 늘어질 때까지 입맞춤할 때마다 그는 늘 이런 생각을 했다.

어쩌면 숨기는 게 너무 많아서, 더 많이 줄 수 없어서, 이 여자를 손에 넣고도 여전히 거리감을 느끼는 것일지도 몰랐다.

한운석, 정말 백 걸음이 있다면 본 왕은 몇 걸음을 더 가야 하느냐?

두 사람 다 더는 말이 없었다. 침묵에 빠진 것 같지만 사실은 따스함에 푹 잠겨 있었다.

고요한 방 안에서 서로를 안고 가만히 있자 세월도 이곳에서는 평온해지는 것 같았다.

희롱해도 좋고 나쁘게 굴어도 좋았다.

서로에게라면 아무리 희롱하고 아무리 나쁘게 해도, 기꺼이 허락할 수 있었다!

한참 후 마침내 한운석이 차분하게 입을 열었다.

"용비야, 방금 그 사람은 보면 볼수록 어딘가 이상해요! 적어도 삼 할은 확신을 줄여야겠어요."

용비야는 영 대장군이 적족 영씨 집안 사람이라고 오 할쯤 확신했고, 나중에 사황자가 와서 약속을 정할 때 다시 둘을 더해 칠 할쯤 확신했다.

이제 한운석이 셋을 깎아 사 할의 확신으로 바뀌었다.

"확실하냐?"

용비야가 담담하게 물었다.

"확실해요. 내가 볼 땐 그런 것 같지 않아요! 게다가 그가 적족 영씨 집안 사람이라면 당신과 함께 삼면에서 유족을 공격하자는 건 죽기로 작정했다는 말이잖아요!"

한운석이 진지하게 대답했다.

"그래도 내기하겠느냐?"

용비야가 다시 물었다.

한운석은 잠시 생각한 뒤 되물었다.

"당신은요? 계속할 거예요?"

"계속한다!"

용비야는 전혀 망설이지 않았다.

운공상인협회는 분명히 유족을 지원하고 있는데, 영 대장군이 적족 사람이라면 어째서 이렇게 유족을 공격하려 할까? 알다시피 용비야가 강성황제와 손잡고 남쪽의 병력을 보내면 초씨 집안은 버텨 내지 못했다!

"어째서 그렇게 확신하죠?"

한운석이 진지하게 물었다.

용비야는 대답하지 않고 되물었다.

"정말 내기하겠느냐, 아니냐?"

"하지 않겠다고 번복해도 돼요?"

한운석이 물었다.

용비야는 고개를 끄덕였다.

그러자 한운석은 고민에 빠졌다!

내기를 계속한다면, 만에 하나 영 대장군이 정말 적족 사람이 아니라면, 그녀는 지고 꼬맹이는 돌려보내야 했다.

그녀가 이기면 용비야는 꼬맹이를 한 번 안아 줘야 했다.

그녀는 진지하게 분석하고 헤아렸다. 문득 용비야가 그녀 스스로 내기를 포기하게 하려고 일부러 혼란을 일으킨 것일지도 모른다는 생각이 들었다.

"계속 할래요!"

한운석은 최종 결정을 내리면서, 이 인간과 장난삼아 심리전술을 펼치는 것도 다소 피곤한데 정말 머리싸움을 하면 아주 피곤하겠다는 생각을 했다.

용비야는 입가를 살짝 굳혔다. 사실 그때쯤 그는 이미 영 대장군이 적족 사람이라는 것을 아주 확신하고 있었다. 방금 이런저런 말을 한 것은 단지 한운석을 불안하게 만들어 내기를 포기하게 만들기 위해서일 뿐이었다!

뜻밖에도 이 여자는 분명히 흔들렸는데도 결국 굳세게 밀고 나갔다!

이 여자와 머리싸움을 하는 건 다소 피곤하다는 생각이 들었다.

그 털이 복슬복슬한 쥐를 생각하자 용비야의 온몸에 불안감이 엄습했다.

얼마나 확신을 했든 결국 그들의 추측일 뿐, 진실이 밝혀지기 전까지는 최종 승자가 누구인지 확신할 수 없었다!

그날 용비야는 강성황제에게 서신을 보내 연합해서 동시 출병하자고 제안했다. 그와 동시에 백리 장군에게 남부의 두 대군을 계속 북쪽으로 진군시키라고 전했다.

사실 용비야는 서주국에 오기 전에 이미 명령을 내려 몰래 군대를 북상시켰다. 더욱이 두 대군은 본래 서북부 국경과 멀지 않은 곳에 있어서 열흘 안에 변경에 도착하기는 어렵지 않았다.

이튿날, 용비야는 확실한 소식을 들었다.

영 대장군이 병사를 움직이기 시작했는데 두 부대만 보내고 기병대는 남하하지 않고 북쪽 국경에 남아 북려국을 방어한다고 했다.

다시 하루가 지나자 강성황제가 답신을 보내 연합을 승낙할 뿐 아니라 나아가 진왕에게 감사를 전하고 용비야가 천녕국 제위에 올라 사분오열된 천녕국을 수습하기를 희망한다고 전했다. 동시에 진왕이 등극하면 서주국은 계속 천녕국의 혼인 동맹국으로써 함께 북려국을 정벌하고자 한다고도 했다.

그밖에도 강성황제는 먼저 설 황후 이야기를 꺼냈다. 서주국에 설 황후를 구출할 방법이 있으니 설 황후로 인해 세 군대의 협력이 지체되지는 않으리라는 말이었다.

용비야가 답신을 한운석에게 보여 주자 한운석은 탄식을 지었다.

"황제조차 이렇게 속물이 되어 가는 군요?"

얼마 전 용비야와 강성황제가 만났을 때도 함께 북려국을 공격하자는 이야기가 나왔지만 강성황제는 완곡하게 거절했다. 그런지 얼마나 되었다고! 먼저 힘을 합치자는 말을 해?

그는 높디높은 황제였다. 그런데 용비야에게 영합하기 위해 이렇게 속물처럼 굴다니!

고개를 돌리고 용비야를 바라보는 한운석은 운공대륙 전체가 이 인간 손에 뒤흔들릴 것 같은 예감을 어렴풋이 느꼈다.

세 곳의 대군은 이미 남몰래 준비를 시작했다. 서주국 동쪽 세 개 군의 정세가 점점 팽팽해지고 동시에 천녕국 서경성 황궁의 분위기도 나날이 긴장되어 갔다.

몇몇 황자들이 밤낮 천휘황제 침궁 밖을 지켰지만 알현할 기회는 끝내 오지 않았다.

천휘황제 곁을 지키는 것은 더는 초청가가 아니라 초씨 집안에서 요 1년간 궁에 심어 둔 사람이었다.

그때 초청가는 방에서 조산한 아들을 지키고 있었다.

무 이모가 산달이 같은 임산부를 몇 명 준비해 두었고, 그들 역시 초청가와 똑같이 분만을 촉진하는 약을 먹었다. 초청가가 딸을 낳으면 그들이 낳은 남자아이와 바꿔치기할 속셈이었다.

그런데 초청가는 결국 직접 아들을 낳았다!

분만 촉진제는 그녀의 몸에 심각한 손상을 입혀, 그녀는 다시는 아이를 낳을 수 없게 되었을 뿐 아니라 몸도 예전보다 훨씬 허약해졌다. 그렇지만 이 고통스러운 시달림이 더욱더 복수의 의지를 다지게 해 주었다.

아이는 이제 겨우 여덟 달로, 매일같이 약을 쏟아붓다시피 해서 목숨을 부지해야 했다. 사실 초청가는 아이를 돌볼 수가 없었기 때문에 실제 아이를 보살핀 사람은 능 대장로와 연심부인이었다.

능 대장로와 연심부인은 신분을 밝히지 않고 하얀 복면을 쓴 채 강호의 신의와 하녀로 위장했다.

두 사람은 멀리서 초청가의 뒷모습을 지켜보았을 뿐 그녀를 놀라게 하지 않았다.

"대장로, 초씨 집안은 운공상인협회의 지지를 받고 있다 합니다."

연심부인이 소리 죽여 말했다.

"그런들 어떤가?"

능 대장로는 별 뜻 없이 물었다. 그 일은 별로 신경 쓰지 않는 것 같았다.

"어제 제가 의학원 쪽에서 소식을 들어 보니, 약성과 의학원이 운공상인협회가 군역사와 결탁해 설산에서 약재와 독약을 기르고 있다며 고발했다고 합니다. 약성 쪽은 모든 의원에게 운공상인협회와의 약재 거래를 중지하라는 명령을 내려 달라고 의학원에 요청했습니다."

연심부인이 사실대로 말했다.

대장로는 초청가 쪽만 바라보며 아무 말 하지 않았다.

연심부인은 복잡한 눈빛을 띠더니, 슬그머니 능 대장로의 옷깃을 잡아당기며 애교스럽게 말했다.

어떤 남녀의 결탁

연심부인이 나지막하게 애교를 부렸다.

"대장로, 이 연심이 보기에는 그 일은 왕씨네 사람들이 지어낸 거짓말 같아요! 약귀당과 손잡으려고 나쁜 마음을 먹고 운공상인협회와 계약을 끊더니, 이젠 이런 식으로 모함까지 하지 뭐예요. 흥, 분명히 약귀당 좋으라고 하는 일이에요!"

아무래도 연심부인은 목씨 집안뿐이었다! 목씨 집안을 다시 일으키는 가장 직접적인 방법은 바로 약성의 현 장로회를 뒤엎는 것이었다. 지금 장로회는 이미 왕씨 집안이 약성을 통치하는 도구로 전락했기 때문이었다.

한때 그녀도 능 대장로의 베갯머리에서 속살거린 적이 있지만, 애석하게도 명분이 없는 자리였기 때문에 아무리 잘 속살거려도 결국 평생 갈 수는 없었다.

대장로는 소리 없이 그녀의 손을 뿌리치고 오로지 초청가 쪽만 주시했다. 정확하게 말해 주시하는 것은 초청가가 안고 있는 아이였다.

그가 연심부인에게 초청가의 분만 촉진을 돕고 만 한 달이 될 때까지 돌보겠다고 약속한 데는 당연히 다른 목적이 있었다.

대외적으로는 초청가가 발을 헛디디는 바람에 조산했는데 다행히 무명의 신의가 도와주어 아이를 지킬 수 있었다고 발표

해 두었다. 덕분에 능 대장로와 연심부인도 이곳에 남을 명분이 생겼다.

다만 그는 여러 사람의 이목을 끄는 것을 원치 않아서 신분을 숨겼다.

그는 매일 아이를 보살피고 나면 서신을 써서 그날 바로 매를 통해 원장에게 보고했다. 마침 원장이 진행하는 절정의 연구에 그가 제공하는 사례가 필요했다.

능 대장로에게 뿌리쳐진 연심부인은 몹시 기분이 상했다.

능 대장로를 데려오겠다고 초씨 집안에 약속한 까닭은 첫째, 이 기회에 초씨 집안을 이용해 한운석에게 복수하기 위함이고 둘째, 능 대장로와 단둘이 있을 기회를 만들어 목씨 집안 이야기를 하기 위해서였다. 누가 뭐래도 한때 잘 지낸 사이이니 능 대장로도 어느 정도 체면을 봐줄 것으로 여겼다.

그런데 웬걸, 능 대장로는 그녀를 알은 척도 하지 않았다!

연심부인이 그의 손을 잡으려고 했지만, 능 대장로는 홱 돌아서서 문밖으로 나갔고 연심부인은 허겁지겁 그의 침소까지 따라갔다.

능 대장로는 조금 전부터 계속 한 가지 문제에 골몰하느라 속이 답답했다.

오늘 태자에게 쓴 약이 반응해야 하는데 지금까지 아무 반응도 없었던 것이다. 고민해도 알아낼 길이 없자 그는 어쩔 수 없이 원장에게 서신을 썼다.

문을 나서자 연심부인이 손을 뻗으며 가로막았다. 능 대장로는 그제야 연심부인이 쫓아온 것을 알아차렸다.

그가 짜증스럽게 물었다.

"뭘 하는 게냐?"

"대장로, 날이 아직 이른데 제게 차 한 잔 대접해 주지 않으시겠어요?"

연심부인이 코맹맹이 소리로 물었다.

능 대장로도 당연히 연심부인의 말뜻을 알아차렸지만, 여자보다는 의학 연구에 훨씬 흥미가 컸다. 하물며 벌써 한 번 놀아본 적이 있는 여자이니 말할 것도 없었다.

"어서 가서 태자를 지키지 않고 뭘 하는가? 만에 하나 무슨 일이 생기면 자네가 책임져야 하네!"

그는 매섭게 꾸짖었다.

연심부인은 불만스러웠지만 겉으로 드러내지 않고, 문을 짚었던 손을 능 대장로의 손 위로 옮겨 살며시 쓰다듬었다.

"대장로, 이 연심이 상의드릴 일이 있답니다."

능 대장로는 참을성도 없이 그 손을 홱 뿌리치며 꾸짖었다.

"그 나이에 본 장로에게 이 무슨 짓인가? 썩 가 보게!"

연심부인은 경악해서 그 자리에 얼어붙었다. 능 대장로는 쾅 하고 방문을 닫아 버렸다.

생각해 보면 지난날 침상에서 능 대장로는 그녀에게 몹시 매달렸다!

그런데 이제는…….

억울함이 솟구치며 연심부인의 눈시울이 단숨에 새빨개졌

다. 그녀는 속으로 이를 갈았다.

“개 같은 늙은이! 또 한 번 부탁하기만 해 봐라!”

연심부인은 능 대장로를 보좌하기 위해 왔으니 그가 조산한 아이를 실험한 것도 당연히 알고 있었다. 그녀는 며칠 후 다시 한 번 약성 이야기를 꺼내 보고 그때도 안 되면 조산아 문제로 그를 협박하기로 마음먹었다!

어쨌든 그녀는 이미 잃을 것이 없었다.

벌써 의학원의 그 ‘개 같은 늙은이’들에게 총애를 잃었으니 목씨 집안을 일으키지 못하면 의학원에서도 살아갈 수 없었다. 알다시피 그녀는 고작 신의에 불과했고, 그러다 보니 장로회에 들어갈 때 미움 산 사람도 셀 수 없을 정도였다!

그녀를 웃음거리로 만들고, 위험에 처했을 때 돌 던지고, 달려와 자근자근 짓밟으려는 사람은 많고 많았다.

연심부인은 몰래 결심을 내린 뒤에야 돌아서서 그곳을 떠났다.

멀지 않은 어느 지붕에서 고칠소가 차갑게 그쪽을 쳐다보고 있다는 것이나, 방금 그녀와 능 대장로가 나눈 이야기를 모조리 들었다는 것은 전혀 알아차리지 못했다.

“개 같은 늙은이? 하하하!”

구속받지 않는 고칠소의 눈동자에 숨길 수 없는 흉포함이 번뜩였다. 이곳에 잠복한 지 벌써 며칠째인데, 그는 안색 하나 바꾸지 않고 냉소를 지은 채 시종일관 움직이지 않았다.

그는 사냥꾼처럼 뭔가를 기다리고 있었다…….

밤이 점점 깊어지고 넓은 황궁에 정적이 내려앉았다.

그때, 검은 그림자 하나가 궁궐 담장을 지나쳐 초청가의 침궁 뒤쪽으로 사라졌다.

연심부인이 어린 태자를 살피러 오자 초청가는 지친 몸을 이끌고 침궁 뒤에 있는 온천으로 갔고, 지금은 온천에 몸을 푹 담근 채 깜빡 졸고 있었다.

몸의 시달림은 정신의 시달림보다 못했다. 복수의 시간이 다가올수록 그녀의 마음은 점점 더 초조해졌다. 요즘 들어 그녀는 밤마다 온천에 한참 몸을 담근 다음에야 마음을 가라앉힐 수 있었다.

그때 갑자기 검은 그림자가 툭 떨어졌다. 몸집이 큰 남자인데, 튼튼하고 근육질인 몸에 흑의 경장을 걸쳐 무척이나 육감적이고 매력적인 모습이었다. 어둠 속에 선 그는 마치 어둠의 주인처럼 신비로웠다.

무예를 익힌 초청가는 자연히 그의 움직임을 느꼈다. 그녀는 천천히 눈을 뜨고 몽롱한 상태로 그 모습을 바라보았다. 순간 그녀는 흥분한 나머지 물속에서 벌떡 몸을 일으키며 생각나는 대로 외쳤다.

"비야!"

이는 짧디짧은 순간에 불과했고, 곧바로 흑의 남자가 발로 물보라를 일으켰다. 그녀의 나신을 가리기 위함인지 자신의 시선을 가리기 위함인지는 알 수 없었다.

그가 차갑게 말했다.

"춘정春情은 거둬라. 본 족장의 눈을 더럽히지 말고!"

목소리마저 무척 비슷했지만, 완전히 정신을 차린 초청가는 다시 물속으로 돌아갔다.

그녀는 고개를 들어 옆에 우뚝 선 남자를 올려다보았다. 그는 청동 가면으로 코와 입을 가렸으나 밖으로 드러난 짙은 눈썹과 큰 눈은 어둠 속에서도 보는 사람을 짓누르는 영기를 뿜어내고 있었다. 그는 오만한 눈빛으로 그녀를 굽어보았다. 그 어떤 여자도 눈에 차지 않는 것처럼 안하무인인 눈빛이었다.

그녀도 그의 눈에 들고 싶은 마음이 없는 데다 그자 역시 그녀의 눈에 차지 않았다.

초청가는 가볍게 한숨을 쉬었다.

"내가 또 잘못 봤군. 당신은 어쨌든 그 사람이 아닌데."

그와 용비야는 무척 닮았다. 똑같이 고귀하고, 쌀쌀했다. 그렇지만 그는 경망스러운 반면 용비야는 차갑고 쌀쌀했다.

그 남자는 용비야와 비교당하는 것이 싫은지 또다시 물을 차서 물보라를 일으켰다. 놀랍게도 물줄기가 뾰족한 화살처럼 변해 초청가 옆을 휙 스쳤다.

경고였다.

이렇게 되자 초청가는 완전히 꿈에서 깨어났다.

그녀가 대범하게 몸을 일으키자 그는 쳐다보기도 싫은 듯이 곧 몸을 돌렸다.

그녀는 옷을 입은 다음 냉소를 지었다.

"본 궁의 몸을 보고 싶어 하는 자가 한둘이 아닌데 당신은 그래도 정인군자군.”

혼례를 올리기 전까지 세상의 수많은 남자가 그녀의 외모를 흠모했고, 구혼하러 온 사람이 초씨 집안 대문에서 백성 성문 밖까지 늘어설 정도였다. 그녀가 천휘황제에게 시집간 후에도 더러운 황족 가운데 그녀와 사통해 보려는 남자도 많았다.

남자는 다시는 아무 말 없이 돌아서서 걸어갔다.

초청가가 황급히 가로막았다.

“좋아, 농담은 그만하지!”

그러나 남자는 계속 걸어갔고 초청가는 별수 없이 경공을 펼쳐 뒤쫓았다.

“무 이모가 오늘 새로운 소식을 가져왔다!”

이 말이 떨어지자 남자도 그제야 나무 아래에 걸음을 멈췄다.

초청가가 쫓아가 나지막하게 말했다.

“고북월이 그들 손에 있다.”

“뭐라고?”

남자는 몸을 돌렸다. 놀란 얼굴이었다.

“한때 천녕국 태의원 수석이었고 지금은 약귀당의 의원인 고북월이 백부님 손에 있다.”

초청가가 진지하게 말했다.

“어찌 된 일이냐?”

남자는 차갑게 물었다.

“나도 상세히 물었지만 무 이모도 잘 모르더군. 백부님께서 특별히 사람을 보내 잡아 왔을 거야. 고북월과 한운석은 아주 깊은 관계거든.”

초청가가 진지하게 말했다.

“깊은 관계? 단순히 그 한마디로 용비야를 끌어들일 수 있을까?”

남자는 가소로운 듯이 물었다.

초청가는 인정하고 싶지 않았지만, 이번만큼은 객관적으로 판단해야 했다.

“할 수 있어! 한운석을 끌어들이면 반드시 용비야를 끌어들일 수 있다!”

남자의 눈동자에 복잡한 빛이 스쳤다.

“고작 의원 하나가 한운석과 깊어 봐야 얼마나 깊은 관계겠느냐?”

“백부님이 아무나 잡아들일 사람은 아니니 믿어도 좋아!”

초청가가 냉소하며 말했다.

이 말이 남자를 설득했다.

“알았다!”

그는 이 말만 남기고 떠나려 했으나 초청가가 다시 막았다.

“말해 두는데, 내게 약속한 일을 잊지 마!”

남자는 고개조차 돌리지 않고 손을 저어 그만 돌아가라는 뜻을 전했다.

“잊지 말라고!”

초청가는 다시 한 번 일깨워 주었다. 남자의 뒷모습이 어둠 속으로 사라진 후에야 그녀도 그곳을 떠났다.

그 남자는 다름 아닌 적족의 족장 영승이었다!

초청가는 아버지를 몰아붙여 한운석의 목숨을 자신에게 내주겠다는 약속을 받아냈다. 하지만 백부가 오라버니의 방식을 포기함으로써 아버지도 이 일을 마음대로 할 수 없다는 것을 깨달았다.

그녀가 어쩔 줄 모르고 있을 때 적족 족장 영승이 찾아왔고 모든 것을 알려 주었다.

그녀는 이 나이가 되도록 초씨 집안을 위해 많은 것을 바쳤는데, 그제야 겨우 초씨 집안의 비밀을 알았다. 초씨 집안이 바로 유족이고, 유족은 지난날 서진 황족을 배신한 게 아니며, 부득이하게 황자를 쏘아 죽인 것 또한 연극이었다는 것을.

유족 족장은 그 사실을 적족에게 말했고, 적족에게 서진 황족의 핏줄이 살아 있을 가능성이 있다고 알려 주었다. 그리고 세상 사람들은 아무도 모르는 비밀, 서진 황족의 공주 등에 봉황 깃 모양 모반이 있다는 것도 함께 알려 주었다.

그렇게 해서 일편단심 서진 황족에게 충성하던 적족과 유족은 서로 손 잡고 천하를 얻어 서진을 부흥시키기로 했던 것이다.

그러나 영승은 유족 족장 초운예가 황위를 마음에 둔 지 오래고, 그저 황족의 이름으로 세력을 끌어들일 속셈임을 알아보았다.

그래서 영승은 그 마음을 역이용해 천녕국 및 서주국 동쪽 세 개 군을 차지하기로 했다. 영승이 제일 먼저 할 일은 초씨 집안을 제거하는 것이었다!

초청가는 영승이 자신을 찾아온 것이 무척 의외였지만, 확실히 제대로 찾아왔다고 인정했다.

한운석을 제외하면, 그녀가 가장 미워하는 것이 바로 초씨 집안이었다!

영승이 그녀를 도와 한운석을 잡아 주고 초씨 집안을 제거해 해탈을 선사하겠다는데, 기뻐하지 않을 까닭이 있을까?

초청가는 온천으로 돌아가 겉옷을 벗고 천천히 물속으로 들어갔다.

그녀는 고개를 들어 하늘에 뜬 휘영청 밝은 달을 보며 혼잣말을 중얼거렸다.

"한운석, 우린 곧 만날 거야……."

오늘이 보름이었다. 앞으로 며칠만 있으면 세 군대가 일제히 움직여 전쟁이 시작될 것이다!

초청가는 영승이 승리하고 돌아오기를 기대했다!

고북월을 내놓으시오

누군가 일부러 소식을 흘린 건지 군대의 움직임이 너무 컸던 탓인지, 삼군연합은 초씨 집안의 이목을 끌었다.

진왕, 강성황제 및 영 대장군의 세 군대가 움직이자 초씨 집안은 금세 소식을 들었다.

초 장군은 소식이 진짜임을 확인한 뒤 즉시 초운예를 찾아갔다.

초운예는 이미 설 황후와 고북월을 동쪽 세 개 군으로 압송했지만, 오른쪽 눈은 여전히 보이지 않는 상태였다! 고북월의 상처가 아직 낫지 않았고 그래서 그 눈을 치료해 줄 수도 없었다.

초운예는 신의 등급 의원을 열 명 이상 불렀으나 진맥 결과 모두 치료할 수 없다고 했다. 몸소 의학원에 다녀와 의종 등급 인물에게 부탁하기도 했으나 애석하게도 결과는 같았다.

초 장군이 찾아왔을 때 초운예는 고북월을 가둔 밀실에서 막 나오던 참이었다.

"고북월은 어쩌겠다고 합니까?"

초 장군이 물었다.

"어쩌긴? 다친 곳은 열흘쯤 더 지나면 나을 것이고, 낫자마자 나를 치료할 것이다."

초운예는 담담하게 말했다.

초 장군은 의아한 눈빛을 띠며 다시 물었다.

"상처가 심하긴 해도 그자의 능력으로 이렇게까지 오래 갈리 있겠습니까?"

알다시피 초운예가 동쪽 세 개 군에 도착한 후 초씨 집안은 고북월에게 좋은 약재를 수없이 제공했다!

"아무래도 전에 한 말이 사실인 것 같다. 그자는 확실히 나날이 몸이 나빠지고 있어."

물론 초운예도 의원을 불러 고북월의 상처를 보인 적이 있었다.

의원은 고북월 같은 체질은 애초에 자연 치유 능력이 없어서 상처가 무척 늦게 아문다고 했다.

"형님, 그렇다면 그놈의 상처가 나아도 너무 걱정할 필요는 없겠군요?"

초 장군이 다시 물었다.

그러나 초운예는 차가운 눈으로 그를 돌아보았다.

"조심해서 나쁠 건 없다. 흐흐, 그자는 우리의 마지막 패니 달아나기라도 하면 네게 죄를 묻겠다!"

초 장군은 불안한 듯 고개를 끄덕였다.

"사람을 더 불러 이곳을 지키겠습니다."

"오냐!"

초운예는 차갑게 대답했다.

오른쪽 눈을 잃은 후로 그는 하루도 기분 좋은 날이 없었다. 친족 누구나 예전처럼 공손하게 그를 대했지만 그 자신은 위기감을 느끼지 않을 수 없었다. 특히 눈앞에 있는 이 아우를 볼 때면 더욱 불안했다.

비록 집안에서 이미 초천은을 포기했다지만, 아버지인 초 장군은 여전히 속으로 아들을 걱정했다. 만약 그가 아들을 구하겠다고 마음먹으면 제일 먼저 가주 자리를 손에 넣고자 할 것이다. 오로지 가주 자리를 얻어야만 발언권이 있기 때문이다!

이런 생각 때문에 기분이 좋지 않던 초운예도 결국 태도를 누그러뜨렸다.

"고북월을 잘 지키는 것이 곧 천은 그 아이가 물러날 길을 마련해 주는 셈이다."

이 말을 듣자 초 장군도 마음이 놓이는 듯 기쁨을 금치 못했다.

"예, 압니다, 그래야지요!"

"무슨 일로 찾아왔느냐?"

초운예가 물었다.

초 장군은 아들 일로 기쁜 나머지 가장 중요한 일을 잊고 있었다. 그는 허둥지둥 삼군연합三軍聯合 이야기를 상세히 전했다.

듣던 초운예는 연신 냉소를 흘렸다.

"흐흐흐! 영 대장군? 으하하하! 아주 좋구나! 아주 좋아!"

그는 몇 번이고 '아주 좋다'는 말을 반복했지만, 결국 차츰차츰 일어나는 분노를 숨기지 못했다.

"영 대장군 이놈! 영승! 이게 무슨 짓이냐?"

그랬다. 영 대장군의 이름이 바로 영승이었다! 그리고 그의 누이동생인 천녕국 영 귀비의 이름은 바로 영안寧安으로, 구양 영정의 이름과 합쳐 '안정'이라는 뜻을 가지고 있었다!

그 영씨가 곧 적족 영씨였다!

초운예가 격노하고 있을 때 시종이 와서 보고했다.

"가주 어른, 영 가주께서 오셨습니다."

초운예와 초 장군은 서로 쳐다보았다. 이럴 때 영승이 감히 찾아올 줄이야. 무슨 일로 왔을까?

초운예는 곧 객청에서 영승을 만났다.

흑의 경장을 입고 청동 입 가리개를 쓰고 훤칠하고 잘 단련된 몸으로 편안하게 방 한쪽에 선 영승은 온몸에서 패기와 오만함을 풍기며 보이지 않는 압박감을 자아냈다.

그는 두 손을 뒷짐 지고, 손가락으로 엄지손가락에 낀 하얀 옥정석 반지를 만지작거렸다.

세상 사람들은 북려국 황제에게 옥정석 반지가 있고 천녕국 진왕비에게 옥정석 팔찌가 있다는 것은 알지만, 적족의 족장에게도 하얀 옥정석이 있다는 것은 몰랐다.

이는 적족의 재력을 상징할 뿐 아니라 적족 족장의 신분을 상징하는 것이기도 했다.

일족의 수장인 초운예가 평생 꺼리던 젊은이가 둘 있는데, 그 중 한 사람은 진왕 용비야고 다른 한 사람은 바로 영승이었다.

초운예가 들어오자 영승은 그의 오른쪽 눈을 두른 천을 보았다.

"눈이 멀었소?"

살짝 치킨 눈썹이며 깔보는 말투에 오만함이 잔뜩 묻어 있었다.

영 대장군의 학자 같은 분위기는 가면에 불과할 뿐, 진짜 그는 늘 남을 깔보는 사람이었다. 그에게는 높이 올라앉아 오만하게 굴 만한 밑천이 있었다!

초운예는 속으로 분을 삼키며 동요하지 않고 아무렇게나 대답했다.

"가벼운 상처일세."

"무슨 병이오?"

영승은 놓아주지 않고 캐물었다.

"홍안병紅眼病(현대의 결막염). 전염되기 때문에 가린 것일세. 영 가주께서 겁내지 않으면 풀어도 상관없네."

초운예가 냉소하며 말했다.

"푸시오."

영승이 그 말을 믿을 사람일까?

초운예는 노여운 눈빛을 띠며 예의고 뭐고 없이 화제를 돌렸다.

"삼군연합이라니, 어찌 된 일인가? 그러고도 이 늙은이를 찾아올 낯이 있나?"

"바로 그 일 때문에 왔소."

영승은 냉소를 지었다.

"왜, 영 가주께서 사죄라도 하시려고?"

초운예가 물었다.

"아니!"

영승은 직설적으로 부인했다. 그리고 숫제 명령처럼 오만한 말투로 말했다.

"사람을 찾으러 왔소. 고북월을 내놓으시오!"

그 말을 듣자 초운예는 찬 숨을 들이켜며 물었다.

"어떻게 알았나?"

"사람이나 내놓으시오. 그 밖의 일은 깊이 알 것 없소."

영승은 차갑게 말했다.

초운예가 탁자를 쾅 내리치며 노성을 터트렸다.

"영승, 이 늙은이가 조금 양보해 줬더니 정말 네가 뭐라도 된 줄 아느냐? 한쪽에서는 우리 유족과 손잡고, 다른 쪽에서는 강성황제, 진왕과 연합해 우리 초씨의 군대를 포위 공격하려 하다니 이게 무슨 짓이냐? 그리고 이제는 감히 이곳에 와서 고북월을 내놓으라고? 하하하, 우리 유족이 그렇게 쉬워 보이느냐?"

"거절해도 좋소. 하지만 뒷일은 알아서 하시오!"

영승은 그렇게 말한 뒤 일어나서 나가려 했다.

초운예가 즉시 그의 앞을 가로막으며 화난 목소리로 말했다.

"무슨 말인지 똑바로 말해라!"

"뒷일 말이오? 왜, 두렵소?"

영승이 냉소를 흘리자 초운예는 분통이 터져 죽을 지경이었다. 이자와 교섭하는 것은 용비야와 교섭할 때와 어쩜 이렇게 똑 닮았을까?

"영승, 우리의 공통 목표를 잊었는가? 유족과 적족의 사명을 잊었는가?"

초운예는 이 말을 꺼낼 수밖에 없었다. 그렇지 않고서는 도무지 이야기를 이어갈 수 없어서였다.

하지 않았다면 모를까, 일단 이 말을 하는 순간 영승의 차갑고 오만한 눈동자에 경멸이 줄기줄기 번쩍였다.

영승은 초운예의 야심을 알고 있었다. 다만 여태 폭로하지 않은 것뿐이었다.

유족이 진심으로 서진을 중흥시킬 생각이라면 영승도 모든 것을 바쳐 도울 마음이 있었다. 적족의 모든 힘을 다 써 버린다 해도 아깝지 않았다. 하지만 유족이 황실의 이름으로 제 일족의 권력과 이익만 탐한다면, 죽더라도 유족에게 그 대가를 치르게 할 것이다!

"잊지 않았소."

영승의 목소리가 가라앉았다.

"그렇다면 삼군연합은 어떻게 된 것인가? 천녕국의 황위를 누구 손에 쥐어 줄 참인가?"

초운예가 따졌다.

전에 말한 것처럼, 천휘황제가 죽은 뒤 영 대장군부가 태자를 받들어 즉위시키고 태후가 수렴청정하면, 초씨 집안은 서주국 동쪽 세 개 군을 들어 천녕국에 투항할 계획이었다.

명분은 초씨 집안이 투항하는 것이지만 실제로는 초씨 집안이 천녕국을 장악하는 셈이었다.

그들은 천녕국을 기반으로 황족의 후예를 찾는 한편 끊임없이 세력을 불려 나갈 생각이었다.

이럴 때 영씨 집안이 진왕 및 서주국과 손을 잡다니? 초운예는 영승이 무슨 생각을 하는지 도무지 알 수가 없었다!

"진왕이 찾아와 협력을 요청하는데 거절할 수 있을 것 같소? 이 기회를 역이용해야 하지 않겠소?"

영승이 반문했다.

"어떻게 역이용할 생각인가?"

초운예가 다급히 캐물었다.

"안심하시오. 본 장군의 병사가 반드시 진왕보다 먼저 도착할 것이오. 그때 그대가 나와 힘을 합쳐 먼저 서주국을 공격해 힘을 못 쓰게 해 놓고 다시 진왕을 상대하면 중남부의 성들까지 공략할 수 있을지 모르오!"

영승이 웃으며 말했다.

"그럼……, 기병대도 데려왔는가?"

초운예는 놀랐다. 기병대도 없이 영승이 무슨 수로 이런 자신감을 보일 수 있을까? 기병대를 데려왔다면, 영승의 병력으로 보아 정말로 중남부의 성 몇 곳을 먹을 가능성이 있었다!

영승은 짧게 대답했다.

"당연하오!"

"정말인가?"

초운예가 재차 확인했다.

"기병은 보병과는 다르오. 남쪽으로 이동하는 데는 며칠이면 충분하지."

영승은 자신 있게 대답했다.

"북쪽의 움직임이 두렵지 않은……."

초운예의 말이 끝나기 전에 영승이 말을 잘랐다.

"북려국이 출병할 생각이었으면 진작 했지, 뭐하러 지금까지 기다리겠소? 작년에 퍼진 말 전염병 때문에 아마 손해가 꽤 심각할 것이오! 하하하!"

"그렇다면 아주 잘 됐군!"

초운예도 마침내 기뻐했다.

"고북월은?"

영승이 오만하게 물었다.

"대체 누가 고북월의 일을 알려줬나?"

초운예가 물었다.

"고북월을 본 장군에게 내놓으시오. 그렇지 않으면……."

영승이 말하면서 몸을 기울여 가까이 다가가더니, 한 자 한 자 느릿느릿 경고를 뱉어냈다.

"그렇지 않으면, 본 장군의 병력은 단 한 명도 남쪽으로 내려오지 않을 것이오."

"이 나를 위협하는 것인가!"

초운예가 흉악하게 노려보았다.

"그럴 생각이오!"

영승은 대범하게 시인했다.

"감히!"

초운예는 애써 분노를 가라앉혔다. 유족의 세력이 적족만 못한 것을 탓할 수밖에 없었다. 그는 인내심을 발휘하며 말했다.

"영승, 고북월은 자네든 나든 누구 손에 있어도 똑같지 않은가? 그자는 비장의 패일세. 이 늙은이가 반드시 단단히 지킬 테니 안심하게!"

"누구 손에 있든 똑같으면 본 장군이 데려가서 좀 가지고 놀아도 상관없지 않소? 하하하, 듣자니 그 고 의원이라는 자는 한운석과 보통 사이가 아니라던데!"

영승이 물었다.

사실 그가 나서서 삼군연합을 제안한 것은 초씨 집안이 인질인 설 황후를 내놓도록 핍박하기 위해서였다. 하지만 고북월이 초씨 집안 손에 있다는 것을 알자 고북월에게 흥미가 생겼다.

설 황후가 있으면 서주국 황제를 협박할 수 있었고, 고북월이 있으면 한운석을 협박할 수 있었다. 초청가는 한운석을 협박할 수 있다면 곧 진왕 용비야를 협박할 수 있다고 했다!

영승은 고민할 필요도 없이 곧바로 고북월을 선택했다.

"영승, 왜 갑자기 이렇게 나오는가? 다른 생각이 있는 건 아니겠지?"

초운예가 반농담식으로 물었다.

"본 장군이 곰곰이 생각해 봤는데, 천녕국 황위는 곧 그대들 초씨 집안 차지가 될 테니 우리 영씨 집안도 최소한 패 하나쯤은 있어야 하지 않겠소? 만에 하나 초씨 집안이 대권을 손에 넣은 뒤 안면박대하면 본 장군이 무슨 낯으로 지하에 간 형제들을 볼 수 있겠소?"

영승이 물었다.

"그런……. 허허허! 영승, 너무 쓸데없는 걱정일세. 유족과 적족은 똑같이 서진 황실에 충성을 바쳤네. 천녕국 황위는 초씨 집안이 잠시 맡아두는 것뿐일세. 마음이 놓이지 않으면 자네가 찬탈하면 되지 않겠나? 나도 막지 않겠네!"

초운예는 여전히 반 농담처럼 말했다.

"황위까지 내놓을 수 있다면 고북월쯤이야 아무것도 아니겠지. 그자를 내놓으시오. 본 장군이 오늘 당장 데려가겠소!"

영승이 참을성 없이 말했다.

초운예는 제 말에 발목이 잡혀 대답할 말이 없었다. 그는 망설였다…….

내줄 것인가, 말 것인가?

그럼, 망가뜨려 버리자

내줄 것인가, 말 것인가?

영승이 이야기를 꺼낸 이상 양보할 가능성은 없었다. 초씨 집안이 양보하지 않으면, 초운예가 아는 영승의 성격상 일이 끝나지 않을 것이다.

영승이 방금 한 말도 일리는 있었다. 초씨 집안이 천녕국 황위를 손에 넣는 것은 거의 확정적이니 적족도 쓸 만한 패를 가져야 공평했다.

초운예는 영승이 서진 황족에게 얼마나 충성하는지 잘 알고 있다. 유족이 이 젊은이의 뜻만 잘 따르면 적족과 유족의 사이가 틀어질 일은 없을 것이다.

황위를 손에 넣어 천녕국 대권을 장악하기만 하면, 영씨 집안의 병권을 조금씩 조금씩 깎아나가기란 몹시 어려운 일도 아니었다.

다만 영승이 요구한 패는 고북월이었고, 그 점이 초운예를 무척 난처하게 했다.

고북월이 가 버리면 누가 그의 눈을 치료해 줄까?

"설 황후를 주겠네, 어떤가?"

초운예가 물었다.

영승은 생각조차 해 보지 않고 대답했다.

"필요 없소!"

초운예의 눈동자가 연신 흉악하게 번쩍였다. 영승에게 고북월 이야기를 흘린 첩자 놈이 누군지 알면 반드시 갈기갈기 찢어 죽이고 말리라!

초운예가 말이 없자 영승은 짜증스럽게 물었다.

"대관절 줄 거요, 안 줄 거요?"

"내 사흘간 생각해 보고 대답을 주겠네. 어떤가?"

초운예는 시간 끌기 작전으로 나갔지만 애석하게도 영승에겐 먹히지 않았다.

"고작 인질 하나에 그렇게 오래 생각할 게 뭐 있소? 설마 본 장군이 모르는 비밀이라도 있소?"

"그럴 리가!"

초운예는 황급히 부인했다.

"잠시 기다리게. 이 늙은이가 직접 가서 끌고 올 테니!"

영승은 아무 말 없이 당당하게 주인석에 앉아 마치 진짜 주인인 양 자연스러운 자세로 기다렸다.

초운예가 문을 나서 몇 걸음 가기도 전에 초 장군이 쫓아와 다급히 물었다.

"형님, 정말 고북월을 내주실 겁니까? 절대 불가합니다!"

고북월이 영족이라는 것을 영승은 몰랐고, 영씨 집안이 운공상인협회와 한 가족이며 적족의 후예라는 것을 고북월도 알지 못했다. 영승의 눈에 고북월은 평범한 의원이고, 고북월의 눈에 영승은 그저 영 대장군이었다.

영승에게 진실을 알려 주지 않으면 고북월을 닭 한 마리 잡을 힘도 없는 의원으로 여겨 크게 방비하지 않을 것이고, 그렇게 되면 고북월에게 달아날 기회를 줄 가능성이 컸다.

하지만 고북월의 신분을 알려 주자니 일이 복잡했다!

알다시피 영승은 고북월과 마찬가지로 서진 황족에 충성심이 대단해서, 일단 고북월이 초씨 집안이 품은 야심을 영승에게 알리는 순간 무슨 일이 벌어질지 상상할 수 없었다!

초 장군이 걱정하는 부분은 초운예도 이미 고민하던 문제였다. 그 문제만 아니라면 이만큼 주저하지도 않았을 것이다!

직접 고북월을 데려오겠다고 한 말은 핑계에 불과했다. 그에게는 냉정하게 생각을 정리하고 이번 일을 명확히 가늠해 볼 시간이 필요했다.

그는 말없이 밀실 쪽으로 걸어갔고, 눈을 잔뜩 찌푸린 초 장군 역시 말없이 따라갔다.

본래는 직면한 문제를 해결한 다음 따질 생각이던 초운예였지만, 생각할수록 화가 치밀어 결국 참지 못하고 버럭 소리를 질렀다.

"대관절 어떤 놈이 영승에게 이 이야기를 한 게냐?"

유족 중에 고북월의 신분을 아는 사람은 손에 꼽을 정도였고 고북월이 붙잡힌 것을 아는 사람은 더더욱 적은데, 영승에게 소식을 흘린 자는 누굴까?

"무 이모일까요?"

초 장군은 그 사람밖에 생각나지 않았다.

"무 이모는 영승의 신분을 잘 모른다. 이 일을 알려 준 놈은 분명히 영승이 적족의 후예라는 것을 알고 있다! 그렇지 않고서야 다른 누구도 아닌 저자에게 알렸을 리 없지!"

초운예는 진지하게 말했다.

모르는 사람들 눈에 천녕국 영 대장군과 초씨 집안은 철천지 원수였다!

고북월의 신분을 아는 사람은 많지 않고, 영승의 신분을 아는 사람은 거의 없었다. 그들 두 사람과 몇몇 심복을 빼면 아무도 없다고 해도 될 정도였다.

"아무래도 부하들을 손봐 줘야겠군요!"

초 장군이 심각하게 말했다.

초운예는 짜증 난 얼굴로 일언반구 없이 계속 걸어갔다. 초 장군이 허둥지둥 쫓아가 가로막았다.

"형님, 어쨌든 고북월을 영승에게 내줄 순 없습니다! 생각해 볼 것도 없습니다!"

확실히, 생각할 것도 없는 일이었다!

고북월이 영승 손에 들어가면, 인질을 잃어버리거나 아니면 유족이 끝장날 것이다.

그렇지만…….

초운예는 무슨 생각을 했는지 초 장군을 내버려 두고 홱 몸을 돌려 왔던 길을 되짚어갔다. 하지만 몇 걸음 가지 못하고 다시 돌아서서 돌아왔다.

그가 뒷짐을 지고 왔다 갔다 하다가 한숨을 푹 쉬자 보고 있던 초 장군마저 초조해졌다.

“형님, 대체 뭘 고민하십니까? 차라리 제가 가서 거절하고 오겠습니다! 그자가 인질을 원하면 설 황후를 주면 됩니다!”

초 장군이 이렇게 내뱉고 걸어갔지만 초운예가 사납게 소리를 질렀다.

“돌아오지 못해!”

“형님!”

초 장군은 이해할 수가 없었다.

“너는 저놈의 성질을 모른다! 저놈은 한 번 지목한 자는 반드시 얻어내고야 말지!”

초운예는 어쩔 수 없다는 투로 말했다.

“내주지 않는다고 뭘 어쩌겠습니까? 유족과 적족은 지금 한 배를 탔다는 것을 잊지 마십시오!”

초 장군도 화가 났다.

“형님이 이렇게 나오시면 저자의 기세를 돋우고 우리 일족의 위풍을 깎을 뿐입니다!”

초 장군은 정말로 영승을 잘 몰랐다. 영승의 신분은 알아도 직접 접촉해 본 적이 없어서였다. 영승은 일족의 수장으로, 무슨 일이 생기면 늘 가주인 초운예하고만 이야기했기 때문이었다.

“삼군이 연합했지만 저자는 진왕을 속이고 기병대를 남하시켰다. 초씨 집안이 없어도 적족의 병력과 재력이면 천녕국에 더해 서주국 동쪽 세 개 군까지 충분히 얻을 수 있다! 저자를 건드렸다가는 우리 초씨 집안이 버림받는 것은 한순간이다.”

초운예가 진지하게 말했다.

“저자가 감히 그렇게까지?”

초 장군은 놀란 목소리였다.

“저자라면 하고도 남는다!”

초운예는 확신에 차서 말했다.

유족과 적족의 협력 관계는 유족이 먼저 적족을 찾아가 지난날의 진실을 알리면서 시작되었다. 그래서 여태껏 유족이 서진을 중흥한다는 핑계로 주도권을 잡자, 적족은 유족보다 실력이 강한데도 기꺼이 함께 해 왔다.

하지만 만약 이번에 유족이 동쪽 세 개 군과 천녕국 황위를 얻지 못하면, 영승의 성격으로 보아 기필코 주도권을 빼앗을 것이다.

한참이 지나서야 초운예가 한마디 했다.

“참자!”

참아야만 유족에게도 기회가 있었다!

“하지만…….”

초 장군의 말을 하기도 전에 초운예가 느닷없이 제 오른쪽 눈을 손으로 퍽 때렸다. 삽시간에 손가락 사이로 새빨간 피가 흘렀다!

“형님!”

초 장군은 대경실색했다.

“이……, 이게 무슨…….”

초운예가 제 손으로 눈을 망가뜨리다니!

본래는 치료할 희망이 있었지만 이렇게 되자 그 눈은 완전히 불구가 되고 말았다!

"우리 유족을 지키고, 우리 유족이 흥할 수 있다면 눈 하나 잃는 것쯤 아무것도 아니다! 흐흐흐!"

더 망설이지 않게 된 초운예는 목소리마저 격앙되었다.

눈이 망가졌는데 고북월을 잡아둔들 무슨 소용일까? 그자를 영승에게 넘기기 전에 반드시 망가뜨려야 했다!

피가 줄줄 흐르는 형의 눈을 보면서, 초 장군은 이를 악물고 마음을 단단히 먹었다.

"형님, 앞으로 그 누구든 감히 형님의 가주 자리를 탐내면, 제일 먼저 제가 용서하지 않을 겁니다!"

초 장군 자신을 빼고 가주 자리를 노릴 사람이 또 누가 있을까?

초운예가 눈을 다치자 초 장군 역시 많건 적건 그럴 의도를 품긴 했지만, 초운예가 이렇게까지 한 이상 초 장군에게 욕심이 있다 한들 사람들을 따르게 할 방도가 없었다.

초 장군의 말은, 사실 초운예더러 들으라고 한 말이었다! 초운예도 바로 이 말을 기다리고 있었다!

그는 아무 말 없이 초 장군의 어깨를 툭툭 두드린 후 성큼성큼 밀실로 걸어갔다.

밀실 안은 어두컴컴했다.

그는 하얀 적삼을 걸치고 태연자약하게 탁자 앞에 앉아 의서를 읽고 있었다. 양쪽 발목과 손목은 쇠사슬에 묶이고 하얀 적삼 아래에 가려진 어깨와 정강이에는 천이 둘둘 감겨 있었다. 아직 상처가 낫지 않은 게 확실했다.

일부러 치료하지 않은 게 아니라 정말 치료할 수가 없었던 것이었다.

초운예가 데려온 의원이 잘못 본 게 아니었다. 그는 체질이 너무 약한 데다 상처가 너무 심각해서, 최고의 약으로 몸보신해도 나을 수가 없었다.

설령 상처가 나았다 해도 초씨 집안 궁노수의 매복을 뚫고 달아날 능력은 없었다.

그래서 그는 이렇게 시간을 보내며 몸을 추스르는 하책下策을 선택할 수밖에 없었다.

상처가 낫지 않은 탓에 초운예는 계속해서 그에게 약재를 보내 줘야 했는데, 그가 요구한 약재의 반은 상처 치료용이고 반은 몸보신용이었다.

국경 상황을 짐작해 볼 때, 서주국은 황후가 납치되고 천녕국은 천휘황제의 병이 위중하니 이러니저러니 해도 올해가 지난 다음에야 제대로 전쟁이 시작될 터였다. 그는 초운예의 마지막 패인 만큼, 최후의 순간이 오기 전까지 쉽사리 그를 미끼로 용비야를 협박하지는 않을 것이다.

어떻게 하든 그에게는 아직 보름의 시간이 있었다.

초운예가 들어오는 소리에 그는 눈을 들고 흘끗 바라본 후 다시 의서로 시선을 돌렸다.

초운예는 그의 병세에 관심이 많아 자주 찾아왔고, 그도 이제 이런 방문에 익숙했다.

하지만, 이번에는 피비린내가 났다!

고개를 번쩍 들어보니 놀랍게도 초운예의 눈에서 피가 흐르고 있었다!

아니……!

초운예의 눈이 망가졌다. 그렇다면…….

그는 놀라서 벌떡 일어났다.

하지만 이미 늦은 후였다.

초운예가 별안간 거리를 좁혀 오며 그의 두 손을 움켜쥐었다.

고북월은 상황이 좋지 않은 것을 깨달았다.

"내가 당장 눈을 치료해 주겠다!"

하지만 초운예는 냉소로 대답했다.

"필요 없다!"

그는 눈빛을 차갑게 식히며 힘껏 손을 흔들었다. 달아나고 싶었지만 손발이 쇠사슬에 묶여 달아나 봤자 멀리 갈 수도 없었다.

곧이어 초 장군도 들어와 긴 화살을 손에 들고 그의 심장을 겨눴다.

그는 벽에 등을 기대고 서서 발버둥 치지도 않고 담담하게 말했다.

"죽이려면 적어도 이유라도 알려다오."

"죽여? 하하하!"

초운예는 큰 소리로 웃으며 팔꿈치로 고북월의 목을 짓누르더니, 다른 손으로 주먹을 쥐고 느닷없이 고북월의 단전 부위를 힘껏 때렸다.

"윽……."

고북월은 막힌 듯한 신음을 흘렸고, 곧바로 새빨간 피를 토했다!

언제나 태연하던 그가 평생 처음으로 경악한 표정을 떠올린 순간이었다. 지금 자신의 몸에 일어나는 모든 일을 도저히 믿을 수 없어 눈이 휘둥그레졌다.

그렇지만 단전 부위의 아픔은 이 모든 것이 사실이라고 알려주고 있었다.

그 주먹 한 방으로 단전에 어혈이 맺히면서 가졌던 내공이 모두 무너지고 익혔던 무공도 모조리 망가지고 말았다!

짧은 순간, 어린 시절 무공을 익히던 장면이 하나하나 머릿속으로 흘러들어 왔다. 부모님의 자상한 웃음이 보이고, 할아버지의 끈질긴 격려가 들리고, 어린 시절의 자신이 초식을 하나씩 하나씩 고되게 수련하는 모습이 보였다.

이젠 없었다…….

모든 것이 초운예의 주먹 한 방에 사라져 버렸다!

내공이 없으면 영술도 없었다. 그는, 이제 무엇으로 영족의 사명을 완수해야 할까? 그는, 이제 무엇으로 사랑하는 사람을 보호해야 할까?

없었다……. 아무것도 없었다.

그런데도 태연할 수 있을까?

그는 얼이 빠졌다가 초운예가 그의 손발을 묶은 족쇄와 수갑을 풀 때쯤에야 비로소 서서히 정신을 차리고 물었다.

"어째서?"

"북월, 날 탓하지 마라!"

초운예가 태연하게 말했다.

"어째서?"

고북월은 분노를 터트렸다.

"차라리 죽여라!"

"누군가 널 내놓으라고 했다. 우리 유족은 너를 남겨 둘 힘이 없다."

초운예는 당연히 영승의 신분을 폭로하지 않았고, 영승이 제 입으로 밝히지도 않으리라 믿었다.

초운예가 다친 눈을 수습하고 고북월을 객청으로 데려갔을 때, 영승은 이미 인내심이 바닥나 있었다.

황족의 후예가 있다

영승이 기다리다 짜증이 나서 나가려는 찰나 초운예가 직접 백의 남자를 끌고 들어오는 게 보였다.

영승에게는 고북월을 처음 만나는 자리였는데 첫인상이 깊지는 않았다. 오만한 눈빛으로 고북월을 훑어본 그는 고북월이 어깨와 정강이를 다친 것을 알았지만 별로 신경 쓰지 않았다. 그저 속으로만 초씨 집안 손에 붙잡힐 때 다쳤으리라 생각했을 뿐이었다.

고북월은 고개를 숙이고 탈진한 사람처럼 축 처진 모습으로 서 있었다. 몸이 너무 약해 당장이라도 쓰러질 것 같았다.

"명의라더니?"

영승은 가소롭게 되물었다. 한운석이 왜 저런 자와 가까이 지냈는지 알 수가 없었다.

용비야의 눈에 들었다면 자연히 평범한 여자는 아닐 텐데, 그 여자가 친구로 여기는 사람이라면 분명히 남다른 점이 있어야 했다. 그런데 눈앞의 고북월은 의원 같지도 않고, 그냥 약해 빠진 서생이었다!

"자네가 원하는 자를 데려왔네."

초운예의 태연한 목소리에서는 어떤 것도 드러나지 않았다.

영승도 물론 알고 있었다. 그가 가면을 쓰고 찾아온 것은 신분을 밝히기 싫어서였다. 그래서 고개를 끄덕이고 별말 없이 직접 고북월의 멱살을 잡아 데리고 나가려고 했다.

뜻밖에도 그때 고북월이 번쩍 팔을 들어 영승을 힘껏 뿌리쳤다.

"내 발로 갈 수 있다!"

목소리가 몹시도 낮은 데다 감정이 실려 평소다운 부드러움과 차분함은 찾아볼 수 없었다.

영승은 내쳐진 제 손을 믿을 수 없는 눈길로 바라보더니 차갑게 말했다.

"따라오너라. 그렇지 않으면 질질 끌고 가겠다."

말을 마친 그는 성큼성큼 문밖으로 나갔다. 고북월은 초운예를 한 번 돌아보았다. 사람을 죽이기라도 할 것처럼 날카로운 눈빛이었다. 초운예는 무의식적으로 뒤로 주춤 물러서며, 오늘 이 행동이 옳은지 그른지 고민에 빠졌다.

고북월의 오른팔은 화살이 어깨를 관통한 탓에 들어 올릴 수가 없어 축 늘어져 있었다. 그는 아직도 칼로 저미듯 아픈 단전을 왼손으로 꾹 누른 채 한 걸음 한 걸음 영승을 따라갔다.

지금 그에게 가장 간절한 것은 누워서 쉬는 것이고, 격렬한 움직임은 피해야 했다. 그렇지만 그는 고집스레 자꾸만 더 보폭을 키우며 점점 더 빨리 걸었다. 덕분에 금세 영승을 따라잡았고 아예 앞서가기까지 했다.

그는 폐인이 되고 싶지 않았다. 아직 폐인이 된 것도 아니었다!

목숨이 아직 붙어 있고, 영족의 사명도 남아 있었다. 그리고 그 자신이 한 약속도 있었다!

자신을 추월해 걸어가는 허약한 그림자를 보며, 영승은 경멸에 찬 웃음을 지었다. 그에게는 저런 연약한 서생의 오기 따위는 가소롭기 짝이 없었다. 저런 오기는 강함이 아니라 값싼 고집에 불과했다.

저런 식으로 무리를 한들 언제까지 버틸 수 있을까? 저렇게 몇 걸음 간다고 해서 강하다고 할 수 있을까? 웃기는 소리!

한운석을 협박할 인질만 아니라면, 저런 쓸모없는 놈에게 시간을 낭비할 영승이 아니었다.

"여봐라, 데려가서 엄히 감시하고, 본 장군의 명령 없이는 아무도 접근하지 못하게 해라!"

영승이 차갑게 명령했다.

곧바로 시종이 나타났다. 고북월이 돌아서서 영승에게 말하려는 순간, 시종이 고북월의 뒷덜미를 손으로 힘껏 내리찍었다. 고북월은 결국 견디지 못해 혼절하고 말았다.

영승은 고북월을 데려갔지만 그가 고북월에게 이야기할 기회를 줄지 어떨지는 아무도 몰랐다. 초운예가 보기에 영승의 성격상 고북월과 쓸데없이 이야기를 나누지는 않을 것이고, 정말 이야기를 한다 해도 서로 꺼리는 부분이 있어서 진짜 신분을 밝히지도 않을 것이다.

영승을 눈으로 배웅하며, 초운예는 억눌렀던 숨을 길게 뿜어냈다.

이제 기다리는 것만 남았다. 영승의 기병대가 도착하길 기다렸다가 초씨 집안 군대와 손잡고 서주국 군대를 물리치고, 천휘황제의 숨이 끊어지길 기다렸다가 무 이모를 통해 태자를 즉위시킬 것이다.

영승의 간섭만 없다면, 앞서 초천은이 서경성에 준비해 놓은 계획에 따라 무 이모가 태자를 황위에 앉히는 것은 시간문제에 불과했다.

"올해 안에 반드시 서경성에 들어가야 한다!"

그가 진지하게 초 장군에게 말했다.

초 장군이 대답하기도 전에 병사 하나가 다급히 달려왔다.

"장군님, 서주국에서 보낸 사신이 성문 앞에 와 있습니다. 긴히 상의할 일이 있다고 합니다!"

초운예와 초 장군은 서로 마주 보았다. 양군이 대치한 지 오래인데, 이 긴박한 때 서주국에서 무슨 일로 사신을 보냈을까?

강화를 청할 리는 없고, 설마 설 황후 일일까?

초 장군은 곧 서주국 사신을 만났고, 초운예는 옆에 앉아 이야기를 들었다.

방 안 가득한 하인들을 보고 서주국 사신이 초 장군에게 눈짓하자, 초 장군은 즉시 하인을 모두 내보냈다.

"이제 할 말을 해 보시지."

초 장군은 예의도 없이 사신에게 앉으라는 말도 하지 않았다.

운공대륙의 규칙에는 양군이 교전할 때도 사신은 죽이지 않고 예의를 갖추게 되어 있었다.

그러잖아도 반란을 일으킨 초씨 집안을 업신여기고 있던 서주국 사신은 이런 태도에 더욱더 경멸스러워하며, 고개를 빳빳이 들고 오만하게 말했다.

"초 장군, 나는 오늘 폐하를 대신해 두 가지를 전하러 왔소. 첫째, 투항하면 폐하께서는 초 장군이 다년간 변경에서 고생하고 공을 세운 낯을 보아 관용을 베푸실 것이나, 만약……."

서주국 사신의 말이 끝나기도 전에 초 장군이 차갑게 잘랐다.

"돌아가서 강성황제에게 전해라. 헛소리 집어치우라고!"

서주국 사신은 화가 치밀어 다시 말했다.

"둘째, 폐하께서는 초씨 집안이 어전술을 숨기고자 한다면……. 후후, 당장 황후마마를 돌려보내라고 하셨소. 그렇지 않으면 뒷일을 감당하지 못할 것이오!"

이것이야말로 서주국이 사신을 보낸 진짜 목적이었다. 당시 초씨 집안은 천불굴에서 어전술을 사용했고, 그 어전술이 유족의 비술이라는 것은 용비야가 소문낸 덕분에 운공대륙 모두가 알고 있었다.

강성황제는 천불굴 사건을 듣자 자연히 초씨 집안이 바로 유족의 후예라는 것을 알았다!

서주국 사신의 말이 끝나자 널따란 객청은 순식간에 조용해졌다. 서주국 사신은 처음부터 턱을 쳐들고 위협하는 태도로 일관했다. 그렇지만 방 안 분위기가 점점 가라앉자 그 역시 까닭 없이 겁이 나기 시작했다.

초 장군의 안색이 어두워지는 것을 본 그가 무의식중에 고개를 돌리자, 외눈만 남은 초운예가 차갑고 사납게 바라보고 있었다.

저들이 왜 저러지?

“초 장군, 폐……, 폐하께서는 각자 진짜 실력으로 이번 전쟁의 승부를 가리자고 하셨소. 이쪽에서 황후마마를 돌려보내 주기만 한다면, 유족 이야기는 모르는 척해 주실 것이오.”

서주국 사신의 말투도 절로 누그러졌다.

그렇지만 초 장군과 초운예는 여전히 차가운 눈으로 그를 쳐다볼 뿐 아무 말이 없었다.

서주국 사신은 그럴수록 겁이 나서 허둥지둥 읍을 하며 말했다.

“그럼, 초 장군, 잘 생각해 보시오!”

말을 마친 그가 돌아서서 나가려 했지만, 안타깝게도 객청 문까지 가기도 전에 날카로운 화살이 휙 날아들어 등 뒤에서부터 심장을 관통했다.

양군이 교전할 때는 사신을 죽이지 않는 것이 규칙이었다. 글로 정해진 법칙은 아니지만, 아무리 큰 전쟁에서도 사신을 죽인 사람은 없었다!

초씨 집안이 서주국 사신을 죽인 소식이 전해지자 운공대륙 전체가 충격에 빠졌다.

강성황제는 노발대발했다.

“초씨 네 이놈들! 빌어먹을 유족들! 유족 일족을 모조리 도륙하지 못하면 짐은……, 짐은…….”

강성황제는 화가 나 말을 잇지 못한 채, 조정 대신들 앞에서 탁자 위에 가득 쌓인 상주문을 와락 쓸어버렸다. 문무 대신들은 우르르 바닥에 꿇어앉아 감히 아무 말도 하지 못했다.

결국 강성황제가 탁자를 내리치며 일어났다.

"여봐라, 초씨 집안의 비밀을 모두에게 공개해라!"

이 말에 문무 대신들은 깜짝 놀랐다. 초씨 집안에 또 무슨 비밀이? 폐하께서 저렇게 말씀하시는 것은 설 황후를 포기하시겠다는 뜻일까?

그런데 뜻밖의 일이 일어났다. 서주국이 소식을 퍼뜨리기도 전에, 초씨 집안이 선수를 쳐서 서진 황족의 이름으로 초씨 집안이 일곱 귀족 중 유족이라는 비밀을 공개한 것이었다. 그리고 지난날 서진 황족이 완전히 몰살되지 않았다는 사실을 밝히고 초씨 집안은 황족의 후손을 찾아 서진을 부흥시키는 임무를 맡았으니 함께 대사를 논할 천하의 영웅을 초빙하겠다고 선포했다!

이렇게 되자 사신을 죽인 일은 더는 사람들 입에 오르내리지 않게 되었다. 사신을 죽인 일은 이 어마어마한 일 앞에서는 새 발의 피나 다름없기 때문이었다.

이 소식은 운공대륙 전체에 동요를 일으켰다. 큰 세력이건 일반 백성이건 모두가 이 일에 관심을 보였고 초씨 집안의 인상도 완전히 뒤집혔다!

물론 사람들이 가장 관심을 둔 부분은 유족 초씨 집안이 아니라 서진 황족의 후손이었다!

서진 황족에게 후손이 남아 있다니, 대체 누구일까? 어디에 있을까?

초씨 집안의 행동이 강성황제에게 무척 치명적인 일격을 가한 것은 분명했다. 강성황제는 상대의 약점을 잡고도 아무 쓸모없이 날려 버리고 만 것이다.

하지만 가장 분노한 사람은 강성황제가 아닌 진왕 용비야였다!

이 일을 숨기기 위해 온갖 심혈을 기울여 벙어리 노파를 구하고, 또 온갖 심혈을 기울여 고칠소를 상대하다가 하마터면 한운석과 완전히 틀어질 뻔했던 그였다! 그런데 이제 초씨 집안이 비밀을 공개한 바람에 온 세상 사람들이 서진 황족의 후손이 있다는 것을 알게 되었다.

한운석 일행이 그 일을 논의할 때쯤, 평생 녹은 적 없던 용비야의 얼음장 같은 얼굴은 분노에 녹아 물방울이 똑똑 떨어질 지경이었다!

초씨 집안이 유족이라는 것은 이미 알고 있었지만, 서진 황족에게 후손이 있다는 이야기는 무척 충격적이었다.

"그러니까 영족의 그 공자도 그 사실을 알고 있었고 내내 황족의 후손을 찾고 있었을 가능성이 커요."

한운석이 생각에 잠긴 듯이 말했다. 그녀가 제일 먼저 떠올린 것은 역시 그 영족의 공자였다.

미리 친부모의 신분을 확인하지 않았더라면 이 소식을 듣고 깜짝 놀랐을 것이다. 그녀 자신일 가능성이 컸기 때문이었다.

"황족의 후손이 뭐? 대진제국이 아무리 대단했다 해도 다 지난 일이야. 초씨 집안이 정말 황족의 후손을 찾아내면 속 시원하게 죽여 버릴걸!"

고칠소가 경멸스러운 듯이 말했다.

평소 말이 많던 당리와 초서풍은 전에 없이 조용했다. 두 사람은 이따금 진왕 전하를 흘끔거렸는데, 보기 흉하게 일그러진 그 얼굴을 보자 더욱더 마음이 불안했다.

그들은 벙어리 노파의 죽음을 잘 알았고, 진왕이 줄곧 한운석의 출신을 의심한 것도 잘 알았다. 하지만 벙어리 노파가 죽기 전 무슨 말을 했는지는 몰랐는데, 지금 유족 초씨 집안이 그 일을 들먹이자 다시금 한운석의 출신에 대해 생각하지 않을 수 없었다.

만약 저 여자가 정말 서진 황족의 후손이라면, 진왕은…….

이렇게 생각하자 당리는 심장이 미친 듯이 날뛰어 감히 진왕을 쳐다볼 수가 없었다. 초서풍은 더 긴장해서, 혹여 무슨 표정이라도 지어 사람들이 눈치챌까 두려워 고개를 푹 숙였다.

"황족을 떠나서 어쨌든 초씨 집안은 이제 최후의 승부수를 띄웠어요."

한운석이 진지하게 말했다.

용비야가 한참 말이 없자 그녀는 그에게 고개를 돌렸다.

"용비야, 어떻게 생각해요?"

용비야는 대답하지 않고 몸을 일으키더니 초서풍에게 차갑게 말했다.

"명령을 전해라. 내일 오시에…… 출병한다!"

'출병'이라는 말이 마치 아무것도 아닌 것처럼 가볍게 나왔다. 하지만 그 자리에 있던 사람들은 충격을 감추지 못했다. 이건 군령이었다! 대진제국이 멸망한 이래 운공대륙에서 가장 큰 전쟁이 시작된다는 뜻이었다!

용비야는 말을 마친 후 밖으로 나갔고 한운석이 황급히 뒤쫓았다. 저 인간……, 뭔가 이상해!

무슨 일이지?

전란, 어지러운 운공대륙

한운석은 쫓아나가 용비야와 함께 걸었다. 용비야는 그녀가 옆에 있는 걸 알면서도 여전히 말이 없었다.

꽃밭으로 들어서자 비로소 한운석이 말했다.

"왜 그래요?"

"생각 중이다."

용비야가 차분하게 대답했다.

"아직도 생각할 게 있어요?"

한운석은 궁금했다.

용비야와 강성황제, 영 대장군이 함께 움직이기로 한 날짜는 보름이고, 오늘은 초열흘이었다. 본래 계획은, 앞으로 닷새 후 출병해 초씨 집안을 포위 공격하는 것이었다.

하지만 용비야는 영 대장군을 경계해서 몰래 강성황제와 연락해 출병할 시간을 앞당겼다. 그날이 바로 오늘이었다.

초씨 집안이 어떤 정보를 흘리든, 기실 이 싸움에는 큰 영향이 없었다. 초씨 집안이 유족이라는 신분을 밝혔다고 단시일 안에 큰 세력의 지지를 얻기란 불가능했으니까.

그 일 말고, 용비야의 감정을 흔들어 놓을 만한 큰일이 또 있을까? 알다시피 전쟁 같은 일에 눈 하나 깜빡할 그가 아니었다.

용비야가 말이 없자 한운석이 다시 물었다.

"서진 황족 일인가요?"

"음."

용비야는 부인하지 않았다.

"유족과 적족 외에 영족과 풍족도 있어요. 영족의 실력도 만만치 않고 풍족에 관해서는 전혀 아는 게 없어요."

한운석이 담담하게 말했다.

그 귀족들이 아직 진심으로 서진 황족에 충성하는지 모르지만, 유족이 서진 부흥의 깃발을 내세운 지금 그들도 반드시 지지할 것이다.

이 싸움이 단시일 내 끝난다면 영향이 없지만, 전선이 길어지고 전투가 지지부진해지면 통제할 수 없는 요소가 많았다. 어쨌든 영족과 풍족의 세력이 어느 정도인지 짐작할 수 없는 데다, 일곱 귀족 외에도 서진 부흥이라는 깃발에 관심을 보일 세력이 적지 않았다.

한운석은 이런 생각을 하며 말했지만, 용비야가 걱정하는 것이 그 일이 아니라는 것은 꿈에도 몰랐다. 그 일이 아무리 성가셔도 용비야라면 마음 편히 대응할 수 있었다. 그가 걱정하는 것은…… 그녀였다!

그가 걱정하는 것은, 신분이 밝혀지는 순간 이 여자가 맞닥뜨려야 할 위험한 일들이었다. 그녀는 얼마나 위험한 일을 겪고 또 얼마나 끔찍한 인간의 본성을 보게 될까?

게다가 그가 자신의 원수라는 것을 안 후에도 이 여자가 과연 지금처럼 폭 빠진 얼굴로 자신을 바라볼지, 더욱더 걱정스러웠다.

한운석, 널 어떻게 해야 할까? 차라리 널 숨겨 버린다면, 영원히 숨길 수 있다면 얼마나 좋을까!

한운석이 진지하게 정세 변화를 분석했지만 용비야는 전혀 듣지 않았다. 한참 침묵하던 그가 진지한 눈으로 한운석을 바라보며 입을 열었다.

"운석……."

운석…….

이 한마디가 나오자마자 한운석의 심장은 떨어져 나갈 것처럼 쿵 소리를 냈다.

'전하' 이후로 그녀는 늘 성까지 붙여서 그를 불렀고, 그는 혼례날부터 지금까지 그녀를 부를 때면 일관되게 성과 이름을 함께 썼다. 참, 지난번 희롱할 때는 예외였지만.

그녀는 두 사람 사이에 아직도 거리가 있는지, 몇 걸음이나 남았는지 몰랐다. 하지만 이 친밀한 호칭을 듣자 그와 더 가까워진 기분이었다. 훨씬, 훨씬 더 가까워진 것 같았다.

지난번에는 야릇한 감각에 머리가 텅 비어, 생각하지도 못했고 줄어든 거리감을 느낄 새도 없었다. 하지만 이번에는 느꼈다. 오랫동안 사랑해 온 연인 같은 느낌, 혼인한 지 오래된 부부 같은 느낌.

그녀의 마음은 기쁨과 행복으로 팔짝팔짝 뛰었다.

"네, 말해 봐요."

그녀는 미소 지으며 말했다.

"서진 황족의 후손이 서진을 부흥할 마음이 있을 것 같으냐?"

용비야가 진지하게 물었다.

행복에 푹 빠진 한운석은 그 질문을 진지하게 음미할 기분이 아니었다. 하물며 이 질문은 그녀 자신과는 별 관계도 없었다.

그래서 생각나는 대로 대답했다.

"당연하죠!"

용비야는 복잡한 눈빛을 지으며 다시 물었다.

"어째서?"

"못할 것도 없잖아요? 유족과 적족도 야심을 품는데 하물며 황족은 어떻겠어요? 당시 대진제국의 내란은 동진과 서진 황족의 은원 때문에 벌어진 일이에요. 가족의 복수든 집안의 야심이든, 시간이 흐른다고 가라앉지 않아요! 그건 사람 마음에 뿌리 내리는 것이니까요."

한운석은 그렇게 말하며 가만히 탄식했다.

"시간은 사람 마음속에 들어가지 못해요. 사람은 죽지만 마음은 죽지 않죠."

용비야는 반박하려는 것 같았지만 결국 아무 말도 하지 않았다.

무슨 말로 그 말에 반박할 수 있을까?

그 자신도 어려서부터 원한 속에서, 야심 속에서 살아오지 않았던가? 동진 황족은 모두 죽었지만 그 마음은 죽지 않고 대대로 이어져 왔다. 그 마음 모두가 그의 어깨를 짓누르고, 신중에 신중을 거듭해 계속 앞으로 나아가게 다그쳤다.

그 자신도 복수를 원하는데, 무슨 자격으로 다른 사람이 복수하는 것을 탓할까?

한운석, 본 왕이 널 만난 것은 운명일까? 재난일까?

운명이든 재난이든, 본 왕은 인정하지 않겠다!

"대체 왜 그래요?"

한운석의 호기심이 용비야의 시선을 되돌려 놓았다. 그가 담담하게 말했다.

"아무것도 아니다. 가자. 전쟁터에 갈 준비를 해야지!"

"전쟁터?"

한운석은 깜짝 놀랐다.

"다……, 당신이 직접 가려고요?"

"가기 싫으냐?"

용비야가 눈썹을 치키며 반문했다.

"가고 싶어요!"

한운석은 곧바로 들뜨기 시작했다.

"독침을 준비해라. 실컷 놀게 해 주마!"

용비야의 눈동자 깊은 곳에 음험한 빛이 번쩍였다.

초씨 집안이 크게 놀고 싶다면 기꺼이 받아 주겠다! 서진 황족의 후손을 찾는 것이 초씨 집안의 사명이라고? 그렇다면 서진 황족 마지막 공주를 데려가 너희를 죽여 주마!

그날 정오, 초 장군의 호위병이 교대할 때쯤 초운예와 초 장군은 아직 성안에서 영승의 소식을 기다리고 있었다. 그런데 갑자기 북소리가 울려 퍼졌다. 둥! 둥! 둥!

북소리는 다급해졌다가 느려졌다가 하며 천지를 뒤흔들었다!

적군이 출병하는 북소리였다! 설마 서주국이 출병을?

초운예와 초 장군은 퍽 의외였지만, 그래도 차분했다. 홍의대포 세 대에다 초씨 집안의 정예 궁수대가 있으니 서주국 군대를 꺼릴 이유가 없었다.

"강성황제가 결국 설 황후를 버렸군!"

초운예가 비웃는 소리로 말했다.

"북소리만 크면 뭐합니까? 하하하, 저들의 북소리가 큰지 본 장군의 포성이 큰지 궁금하군요!"

초 장군은 자신이 넘쳤다.

그들이 영승의 기병대를 기다린 것은 북상하는 진왕의 군대를 경계하기 위해서지, 상대가 서주국 군대뿐이라면 그들만으로도 승산이 있었다.

홍의대포가 도착하기 전에도 서주국 군대와 동등하게 대치했는데, 이제는 홍의대포가 받쳐주고 성에 들어앉아 위치도 유리하니 서주국 군대를 물리치는 건 문제도 아니었다.

"형님, 가시지요. 함께 성문으로 나가 싸움 구경합시다!"

초 장군이 호탕하게 말하며 문밖으로 성큼성큼 걸어 나갔다.

그런데 그들이 성문에 도착하기도 전에 병사가 와서 보고했다.

"장군! 장군! 큰일 났습니다!"

병사는 하얗게 질린 얼굴로 숨을 헐떡거리며 초 장군 앞에 무릎을 꿇었다.

"큰일이라니? 왜 그렇게 허둥거리느냐?"

초 장군이 불쾌한 듯 물었다.

병사는 더듬더듬 대답했다.

"천녕……, 천녕국 진왕이……, 직……, 직접……."

병사는 한참 동안 제대로 말하지 못했지만 초 장군은 '진왕'이라는 말을 듣는 순간 다급해져 병사의 멱살을 움켜쥐었다.

"진왕이 왜? 어서 말해라!"

"진왕이 직……, 직접…… 병사를 이끌고 왔습니다! 친정親征입니다!"

병사는 울부짖다시피 했다.

초 장군은 손에 힘이 빠져 병사를 툭 떨어뜨렸다.

"친정……. 용비야가 친정을?"

초운예도 너무나 뜻밖이라 혼잣말처럼 중얼거렸다.

어떻게 그럴 수가?

삼군연합이 움직이기로 한 날짜는 아직 멀었는데! 먼저 오겠다던 영승의 기병대가 아직 도착하지도 않았는데 용비야가 몸소 출병하다니?

무슨 수로 출병했을까? 설마 그의 병력이 영승보다 먼저 도착한 걸까? 설마 영승이 용비야를 속이지 못하고 도리어 당한 걸까?

초 장군은 쏜살같이 성루로 올라갔다. 멀지 않은 곳에서 기병대 한 갈래가 기세등등하게 다가오는 것이 보였다. 수는 대략 오천이고 모두 흑의 경장을 입고 있었다. 거리가 꽤 멀어서 용비야를 확인할 수는 없지만, 기병대 맨 앞줄의 이백 명이 탄 말은 모두 적토마였다. 수백 마리의 말이 나란히 질주하자 불꽃처럼 타오르는 붉은빛이 유난히 눈에 띄었다.

우두머리는 볼 수 없어도 바람에 펄럭펄럭 휘날리는 깃발은 볼 수 있었다! 검은 바탕에 하얀 글씨를 수놓은 군기軍旗는 천녕국의 군대를 의미했는데 그 위에는 '진秦' 자가 큼직하게 수놓아져 있었다. '진' 자는 펄럭이는 깃발을 따라 마치 살아 있는 것처럼 요동쳤고, 강철 같은 힘을 철철 뿌려 댔다!

그 순간, 초 장군은 눈앞에 있는 기세등등한 정예병이 지난날 대진제국 동진의 병사라는 착각에 빠졌다!

지난날 대진제국에서 동진 황족의 군기는 검은 바탕에 하얀 글씨, 서진 황족의 군기는 하얀 바탕에 검은 글씨를 썼고, 양쪽 모두 깃발에 똑같은 '진' 자를 수놓았다!

'진' 자는, 운공대륙에서 무척이나 존귀한 글자였다.

지난날 천녕국의 선제가 용비야에게 '진'이라는 봉호를 내렸을 때도 운공대륙 전체에 온갖 비난이 일었지만 선제는 그 글자를 고집했다. 그 원인에 대해서 많은 추측이 오갔는데, 대부분은 천녕국 선제가 진왕에게 막대한 기대를 걸었다는 의미로 생각했다.

용비야가 '진'이라는 봉호를 쓰긴 했어도 대진제국이 멸망한 이래 그 글자가 군기에 나타난 것은 처음이었다.

초 장군은 곧 정신을 차렸다. 그는 저 '진' 자가 확실히 천녕국 진왕의 친정을 의미하는 것을 깨달았다. 필시 저 정예병 제일 앞에 선 사람이 용비야일 것이다!

오천 정예병쯤 초 장군 눈에는 아무것도 아니었다. 하지만 용비야가 직접 이끄는 병사라면 방비할 수밖에 없고, 두려워할 수밖에 없었다.

곧 초운예도 달려왔다. 기세등등한 적군을 보자 그 역시 난색을 보였다.

"지켜야겠느냐, 나가서 공격해야겠느냐?"

지킨다면 성문을 지키며 높은 곳에서 아래로 적군을 섬멸해야 하고, 공격한다면 적군이 아직 도착하지 못한 틈을 타 성문을 열고 출병해 먼저 공격해야 했다!

지키는 데도 장단점이 있고, 공격하는 데도 장단점이 있었다.

전쟁 경험이 풍부한 초 장군은 어떤 상황을 만나도 망설인 적 없이 과감하게 결단을 내렸다. 주장主將(군대를 이끄는 장수, 사령관)이 망설이면 반드시 사기가 떨어진다는 것을 알기 때문이었다.

그렇지만 이번에는 신중하게 고민하지 않을 수 없었다!

상대가 용비야이기 때문이었다. 한 번도 전쟁에 나서 본 적 없는 용비야가 상대였기 때문이었다.

"뭘 망설이느냐?"

초운예가 물었다.

"설마 한 번도 전쟁해 본 적 없는 애송이를 두려워하는 것이냐? 흐흐, 혼자 싸우는 능력은 무적이지만 군대를 이끄는 능력은 글쎄다! 적군을 높이 치느라 아군의 위세가 상하면 어쩌려느냐!"

초운예의 말대로 백전노장인 초 장군이 용비야를 두려워할 이유는 없었다. 용비야는 한 번도 군대를 이끌어 본 적이 없고 전쟁을 치른 적도 없었다. 초 장군 앞에서 그는 그저 갓 입대한 애송이였다.

그래도 초 장군은 망설이며 중얼중얼 말했다.

"여태 누구도 전쟁터에서 저자와 싸워 보지 않았습니다……."

정예병이 점점 가까워지면서 초 장군은 주도권을 거의 잃었다. 그가 결심을 굳히고 명령을 내리려는 순간, 뜻밖에도 또다시 병사 한 명이 허둥지둥 달려왔다.

"장군, 일이 생겼습니다! 큰일입니다……."

화근, 같은 말을 타다

큰일이 생겨?

큰일이 바로 저 앞에 펼쳐져 있는데 또 무슨 큰일이 생겼다는 걸까?

초 장군은 그 말에 크게 반감이 들어, 병사가 바닥에 꿇어앉자마자 그대로 걷어차 버렸다.

"뭘 그리 우물거리느냐? 큰일이 아니면 네놈을 죽여 전쟁 제물로 삼겠다!"

물론 진짜 큰일이어서 병사는 겁먹지 않고 급히 보고했다.

"장군, 서주국 모든 병력이 북쪽에 집결해 유운군을 공격하고 있습니다. 진왕이 중남도독부에서 조달한 양 갈래 대군도 도착해 요수군으로 향했습니다. 남북 양쪽에서 벌써 싸움이 시작됐습니다!"

이 말을 듣자 초 장군은 커다란 타격을 입은 것처럼 연신 뒷걸음질 치다가 성벽에 부딪힌 다음에야 겨우 균형을 잡았다. 그의 얼굴은 새하얗게 질렸고, 옆에 선 초운예는 벌어진 입을 다물지 못했다.

삼군연합, 삼군연합이라더니!

이제 보니 이게 바로 진짜 삼군연합이었다. 그들과 영승 모두 용비야에게 농락당한 것이었다!

서주국 동부에는 북쪽에서부터 남쪽으로 유운군, 풍림군, 요수군이 있고 이들 동쪽은 천녕국에 접해 있었다. 동부 세 개 군 중 최북단에 있는 유운군 북쪽은 곧 삼도전장이고 최남단에 있는 요수군의 남쪽은 중남도독부와의 접경이었다.

초 장군이 주둔한 곳은 가운데인 풍림군으로, 서주국과의 주 교전지였다. 이 때문에 초씨 집안 정예병은 이곳에 집결했고, 남북 두 개 군의 방어는 이곳만큼 견고하지 못했다.

용비야가 서주국과 짜고, 서주국 병력을 모아 최북단 유운군을 공격하게 하고 중남도독부 양 갈래 군대로 최남단 요수군을 공격하게 한 뒤 직접 정예병 오천을 몰아 가운데 풍림군으로 쳐들어올 줄은, 전혀 예상하지 못한 일이었다.

이것이야말로 진짜 삼군연합이었다. 용비야는 애초에 영승을 넣을 생각도 없었다!

"그자가 영승을 의심한 걸까? 어떻게……."

초운에는 믿을 수 없는 표정이었다.

초 장군은 용비야가 정말 영승을 의심했는지 아니면 다른 생각이 있었는지 따질 여유가 없었다. 지금 가장 절실한 것은 용비야가 펼친 계략을 깨뜨릴 방법을 생각해 내는 것이었다!

본래는 성문을 나가 응전하기로 마음먹었으나 이제는 더욱 신중해져야 했다. 그렇지 않으면 초씨 집안 군대는 이번 싸움에 철저히 무너질 터였다!

"궁노수들은 이곳에서 명을 기다린다! 그 외에는 성 아래를 지켜라!"

명령을 내린 그는 급히 성루에서 내려가 모사를 모두 소집해 장군 영채로 들어갔다.

장군 영채는 성문 오른쪽 아래쪽에 있었다. 얼마 지나지 않아 초씨 집안 군대에 있는 모사가 다 모였다. 그들 역시 남북 두 개 군의 상황을 듣자 깜짝 놀라며 믿기지 않아 했다.

초 장군은 서주국 동쪽 세 개 군의 상세 지도를 탁자 위에 펼쳐 놓고, 두 손으로 지도를 누른 채 눈썹을 찡그리고 생각에 잠겼다.

이건 전략이었다! 아주 절묘한 전략!

서주국 병력을 모아 유운군을 치고 중남도독부 병력을 모아 요수군을 치는 것은 다수로 소수를 공격하고 유리한 것으로 불리한 것을 상대하는 것으로, 백이면 백 승리하는 싸움이었다! 그리고 오천 정예병으로 풍림군을 공격하는 것은 견제이자 위협이었다.

북쪽이나 남쪽으로 지원군을 보내면 풍림군이 위험해지고, 아무 데도 지원군을 보내지 않으면 유운군과 요수군은 지킬 수 없었다.

이 삼군연합은 초 장군의 제한적인 병력을 옴짝달싹 못하게 묶어 놓은 것이었다. 초씨 집안은 싸우기도 전에 두 성을 잃게 되었다고 해도 될 정도였다!

군사를 이끌어 본 적 없는 천녕국 진왕이 첫 번째 전쟁에서 이처럼 절묘한 전략을 펼칠 줄이야. 모사들은 놀란 와중에도 속으로 감탄을 터트렸다.

용비야의 전략 대상이 초씨 집안만 아니었다면, 초 장군도 진심으로 칭찬했을 것이다. 하지만 아쉽게도 이 전략의 대상은 초씨 집안 군대였다. 동쪽 세 개 군 지도를 들여다보는 초 장군은 보면 볼수록 속이 터지고 화가 치밀었다. 그렇게 오래 서주국과 대치했는데 용비야 손에 놀아나게 됐으니 속이 터지지 않으면 이상했다.

잠시 기다렸지만 모인 모사들이 아무 말이 없자 초 장군은 고개를 들고 화난 소리로 꾸짖었다.

"뭣들 하고 있느냐? 본 장군이 밥이나 처먹으라고 너희를 기른 줄 아느냐? 말을 해라!"

그 말에 장내는 더욱더 조용해졌다. 이런 상황에 누가 의견을 낼 수 있을까?

사실 용비야의 이 전략에 대응할 방법은 단 하나, 남북의 두 성을 포기하고 병력을 모아 이곳을 단단히 지키는 것뿐이란 걸 모두가 알고 있었다! 하지만 감히 입을 여는 사람이 없었다. 초 장군의 지모와 군사 경험으로 볼 때 그 역시 이미 답을 알고 있었지만 차마 인정하지 못할 뿐이었다.

방 안은 조용했다. 초운에는 복잡한 눈빛을 띠며 입을 열었다가 다시 다물었다. 병사를 부려 싸움을 하고 전략을 펼치는 일에서는 자신이 초 장군만 못하니 여러 말 해 봐야 득 될 게 없다는 생각이었다. 그는 잠시 망설이다 한쪽으로 물러났다. 초 장군이 어떤 결정을 내리든 그는 한시바삐 영승과 연락해야 했다! 지금 그들을 구할 사람은 영승뿐이었다.

초운예가 나가는 것을 보자 초 장군은 훨씬 냉정해졌다.

그는 주먹으로 탁자를 몇 번이나 두드렸다. 설령 내키지 않는다 해도 반드시 결정을 내려야 했다. 그가 큰 소리로 말했다.

"영 대장군이 우리 유족을 지원하러 올 것이다. 그때까지 우리는 어느 성에서 버텨야 하겠느냐?"

이 말을 듣자 모사들은 또다시 깜짝 놀랐다. 그들은 영 대장군과 적족의 관계도 몰랐고, 영 대장군이 초씨 집안과 손잡은 것은 더욱더 몰랐다. 천녕국 영 대장군이 이럴 때 창을 거꾸로 들고 배신하다니 충격적이었다.

물론 장내에 있는 이들은 바보가 아니어서, 그 소식을 듣고 진왕이 펼친 전략을 떠올리자 상황을 대강 짐작했다. 진왕이 미리 병사를 움직여 서주국과 단둘이 동쪽 세 개 군을 포위 공격한 것은 아마도 일찍부터 영 대장군을 의심해서일 것이다!

"장군, 그건 언제 정해진 일입니까? 어째서 저희에게 알려 주시지 않으셨습니까?"

누군가 불만스럽게 물었다.

그렇게 중요한 일은 미리 사람들에게 알려 주고 필요한 것을 준비하게 해 줬어야 했다! 알다시피 그들은 너나 할 것 없이 인질인 설 황후의 가치에 목숨을 맡기고 있었다!

초 장군이 화난 눈길로 쏘아보았다.

"지금이 그런 이야기를 할 때냐? 본 장군이 대책을 묻고 있지 않느냐! 대체 어느 성이냐?"

초 장군은 영승의 기병대가 용비야의 대군보다 먼저 도착할 줄 알았고, 초씨 집안과 영승의 기병대가 서주국을 두들겨 부술 시간이 있을 줄 알았다. 그런 다음 용비야의 병사가 오면 다시 용비야와 싸울 심산이었다. 그렇게 하면 설사 이기지는 못해도 지지 않을 수 있었다! 그렇지만 그 모든 계획은 용비야 손에 망가지고 말았다!

"보수적으로 볼 때 모든 병력을 모아 유운군을 지키는 게 좋겠습니다. 첫째는 아군이 서주국과 여러 차례 교전했으니 그들의 전투 방식에 익숙해 쉽사리 매복에 빠지지 않기 때문이며, 둘째는 유운군이 삼도전장과 가장 가까워 기병대가 도착하면 최단 시일 안에 힘을 모아 남하할 수 있기 때문입니다!"

"안 됩니다, 그럴 수 없습니다! 지금 진왕의 병력이 성 아래 와 있으니 결단코 풍림군을 버리고 북상할 수는 없습니다. 반드시 이곳을 지켜야 합니다. 그렇지 않으면 사기가 꺾여 돌이키기 힘들어집니다!"

"제가 보기엔 동쪽 세 개 군을 포기하고 곧바로 천녕국을 쳐야 합니다! 영 대장군의 병력이 막지만 않는다면, 세 개 군을 포기하고 천녕국을 얻지 못할 이유가 뭡니까?"

의견이 여기저기서 쏟아졌다. 각자 생각이 다르고 저마다 일리가 있어서 초 장군은 그 말을 들으며 다시 고민에 빠졌다.

하지만 길게 고민할 시간이 없었다. 곧 병사 하나가 다급히 달려왔다.

"보고드립니다! 장군, 천녕국 진왕이 병사를 이끌고 성 아래에 와서 장군께 일대일 대결을 청합니다."

일대일 대결?

장내에 있는 거의 모두가 찬 숨을 들이켜며 일제히 초 장군을 바라보았다. 초 장군의 얼굴은 타 버린 솥 바닥처럼 새까맸다.

"용비야, 너무 심하지 않느냐!"

초 장군의 주먹이 또다시 탁자를 내리치는 통에 탁자는 당장이라도 부서질 것 같았다.

운공대륙 전쟁터에서는 양군이 교전할 때 최후의 순간 승부가 명확해진 때에나 주장들 간의 일대일 대결이 벌어지곤 했다.

승리한 쪽에서 속전속결을 위해, 또 패배한 쪽에게 기회를 주기 위해 주장이 일대일 대결을 청하는 것이었다. 승리한 쪽 주장이 이기면 상대방은 전군을 들어 투항하고, 승리한 쪽 주장이 지면 상대방은 사흘간 달아날 시간을 벌 수 있었다.

그런데 양군이 싸움을 시작하기도 전에 용비야가 일대일 대결을 청한 것은, 대놓고 그를 무시하는 처사이자 적나라한 모욕이었다!

용비야가 전쟁에 나선 것은 처음이라지만, 규칙을 모르는 것이 아니라 일부러 규칙을 깨뜨리려는 것이었다!

"괘씸한! 이 괘씸한 놈!"

초 장군은 영채 안을 왔다 갔다 했다. 분노로 가슴이 펄펄 끓긴 하지만, 아직도 어느 성을 지켜야 할지 결심이 서지 않았다.

그때 초운예가 급히 달려와 말했다.

"영승의 병력은 최소한 사흘 후에나 유운군에 도착할 수 있다는 구나."

사흘…….

"유운군은 사흘을 버텨 내지 못합니다."

누군가 확실한 투로 말했다.

"장군, 진왕이 도전해 왔으니 차라리 시간을 끄는 게 어떻겠습니까?"

누군가 제안했다.

초 장군도 '사흘'이라는 시간에 집중했다. 용비야와 싸워 봐야 반드시 패할 테니 직접 대결할 생각은 없었다. 어떻게든 시간을 끌 방법을 생각해야 했다.

승부를 떠나 사흘만 끌면 전세를 뒤집을 기회가 있었다.

초 장군이 결정하지 못하고 망설이자 초운예가 나지막하게 그의 귓가에 속삭였다.

"한운석이 있다!"

초 장군이 눈을 찡그렸다. 초운예는 눈동자에 냉소를 떠올리며 말했다.

"성루에 올라가 보면 안다."

초 장군은 망설이지 않고 서둘러 성루에 올랐다.

이번에는 용비야가 데려온 정예병을 똑똑히 볼 수 있었다. 기병대 오천이 성 밖 1천 미터 떨어진 곳에 질서정연하게 도열해 있었다. 비록 오천 명뿐이지만 기세는 오만 대군 못지않았다.

우두머리는 바로 용비야였다. 하지만 그는 품에 여자를 한 명 안고 있었다. 다름 아닌 진왕비 한운석이었다!

초 장군은 참지 못하고 설레설레 고개를 저었다.

"허허, 미인이 화근이라더니!"

운공대륙 전쟁 역사상, 오래전 대진제국에서부터 오늘의 삼국에 이를 때까지 어느 나라 어느 장수도 병사를 이끌고 싸우는 곳에 여자를 데려온 적은 없었다. 더구나 주장이 여자와 말을 함께 타고 오는 건 상상할 수도 없는 일이었다!

여자는 남자에게는 옷이요, 군인에게는 짐이었다! 그러나 용비야는 처음 전쟁터에 나오면서 여자를 안고 온 것이었다! 그야말로 우스울 만큼 경박한 짓이었다!

용비야는 한 손으로 한운석의 가느다란 허리를 안고, 다른 손으로 검을 쥔 채 커다란 말 위에 높이 앉아 몸소 오천 정예병을 이끌고 있었다!

갑옷과 전포 대신 흑의 경장을 입은 그의 몸에서는 나면서부터 있던 존귀함과 자라면서 자연스럽게 갖춘 패기가 넘쳤다. 아무 말도 없고 화를 내지도 않았지만, 그 기세는 전쟁터 전체를 짓누르기에 충분했다. 그의 품에 있는 한운석도 똑같은 흑의 경장을 입었는데, 용비야의 품에 안겨 있지만 빼어난 자태를 가릴 수 없었다. 그녀의 눈은 환자를 볼 때처럼 차갑고 엄숙한 눈빛으로 전쟁터를 보고 있었다.

이 여자가 진지해지면, 설령 아름답지는 않더라도 보는 사람들로 하여금 절로 경외감이 들고 함부로 건드릴 수 없는 기분에 빠지게 했다. 초 장군이 성루에 모습을 드러내자 그녀가 낮은 소리로 말했다.

"왔군요!"

용비야는 검을 들어 성루 꼭대기를 겨누며 차갑게 물었다.

"초 장군, 응전하지 않겠느냐?"

초조, 속전속결

화가 머리끝까지 난 초 장군은 용비야가 오만하게 도발하자 하마터면 흥분해 달려 내려갈 뻔했다. 다행스럽게도 초운예가 옆에 있었다.

초운예도 한때 용비야의 도발에 당한 적이 있었지만, 전쟁에는 문외한이다 보니 아무래도 초 장군보다는 좀 더 냉정할 수 있었다.

초 장군이 검을 뽑으려는 순간, 초운예가 그 손을 잡아 누르며 나지막이 말했다.

"명심해라. 한운석은 용비야의 약점이다. 저 여자에게 손을 쓰면 우린 절대 무너질 일 없다!"

초 장군은 잠시 마음을 가다듬은 뒤 차분해지자 큰 소리로 물었다.

"진왕, 양군이 교전하지도 않았는데 일대일 대결이 무슨 말이냐? 전쟁의 규칙도 모르면서 공연히 창피당하지 말고 어서 꺼져라!"

"승부가 이미 정해졌는데 구태여 교전할 필요가 있느냐? 본왕은 하루 만에 세 개 군을 빼앗을 것이다!"

용비야가 차갑게 말했다.

"하하하!"

초 장군은 큰 소리로 웃음을 터트렸다. 유운군과 요수군이라면 실력 차이로 보아 확실히 하루 만에 공략할 수 있었다. 하지만 풍림군에는 초씨 집안 군대의 주력인 오만 대군이 있고, 유족에서 가장 강한 궁수대 삼천 명도 있었다.

고작 오천 명만 데려온 용비야가 무슨 배짱으로 저런 웃기는 소리를 할까?

“오천 명으로 오만 명에 대적하겠다고? 하하하, 잘 알겠다. 승부가 이미 정해져 일대일 대결을 하러 왔다더니, 이제 보니 기꺼이 패배를 인정하겠다는 말이구나.”

초 장군은 껄껄 웃어 댔다.

용비야는 긴말하지 않고 검을 높이 들어 올려 공격 준비를 했다.

“잠깐!”

초 장군이 황급히 만류했다!

어쨌든 지금은 어떻게든 유운군과 요수군이 버틸 시간을 벌어야 했다.

“투항이냐?”

과묵하기 짝이 없는 용비야는 한두 마디로 초 장군의 화를 돋웠다.

초 장군은 다시 꾹 참고 큰 소리로 말했다.

“좋다. 본 장군이 응전해 주마. 하지만 조건이 있다!”

“말해라!”

용비야가 차갑게 대답했다.

"승부가 나지 않았으니 유운군과 요수군 쪽 싸움을 멈춰라!"
이것이 초 장군의 최종 목적이었다. 유운군과 요수군은 풍림군과 이웃하고 있으니 매를 이용해 서신을 보내기만 하면 금방 소식을 전할 수 있었다.
용비야는 입꼬리를 올리며 냉소를 지었다.
"만약 지면 그 두 개 군을 내놓겠다는 말이냐?"
용비야에게 다른 목적이 없다면 초 장군과 이런 쓸데없는 말을 나누며 시간을 끌 리도 없었다. 그가 일대일 대결을 제안한 것은 초 장군을 도발해 풍림군에 묶어 놓으려는 것뿐이었다. 초 장군이 풍림군에 남아 있는 한, 서주국 군대와 남부에서 조달한 두 갈래 군대가 하루 만에 방어력 약한 유운군과 요수군을 손에 넣기란 식은 죽 먹기였다.
하지만 초 장군이 풍림군을 포기하고 북쪽이나 남쪽을 지원하러 가면, 이 싸움을 속전속결할 길이 없었다. 속전속결하지 못하면 영 대장군의 병력을 맞이해야 했다.
아마 지금쯤 영승도 소식을 듣고 화급하게 달려오고 있을 것이다.
용비야가 예측한 대로 이런 조건을 내걸자 초 장군도 대범하게 승낙했다.
"좋다! 본 장군이 지면 유운군과 요수군은 네 것이다! 어떠냐?"
용비야는 입꼬리에 냉소를 떠올렸다. 그와 초 장군의 대결은 한 시진 안에 끝날 것이다. 한 시진이라면 유운군과 요수군 쪽도 충분히 내줄 수 있는 시간이었다. 병사 하나 상하지 않고 세 개 군을 얻을 수 있다면 그보다 더 좋을 수 있을까?

"보아하니 초 장군은 자신의 궁술에 아주 자신이 있는 모양이군!"

기분이 좋아진 용비야가 모처럼 말을 많이 했다.

"그 말은, 받아들이겠다는 것이냐?"

초 장군이 진지하게 물었다.

"받아들이지."

용비야는 시원하게 대답했다.

"좋다. 유운군과 요수군의 전투부터 멈춰 다오."

초 장군이 급히 요구했다.

용비야는 한운석을 놓고 말 등에서 날아올라 오천 정예병과 풍림군 성문 사이의 널따란 벌판에 내려섰다.

홀로 우뚝하게 선 그의 몸에서 잿빛 바람막이가 바람에 펄럭였다. 그는 한 손은 뒷짐 지고 다른 손에 장검을 쥔 채 양군을 모두 흔들어 놓을 만큼 차가운 목소리로 말했다.

"초 장군이 성에서 나와 응전한다면 즉각 남북의 전투를 멈추라고 명령하겠다!"

하지만 초 장군은 주저하며 움직이지 않았다.

양군이 대치할 때 주장의 일대일 대결은 자연히 주장 두 사람이 싸우는 것이었다. 그런데 용비야의 주장 자리에는 한운석이 앉아 있었으니 초 장군으로서는 진왕과 싸울 수도 있고 한운석과 싸울 수도 있었다.

초운예가 방금 그더러 성루에 올라가 보라고 한 이유도 이것이었다.

그가 방금 시원스레 일대일 대결을 승낙한 것은 시간을 끌기 위해서일 뿐이었다. 우선 용비야를 속여 남북 두 개 군의 전투를 중단시킨 뒤 일대일 대결할 사람 문제로 용비야와 말싸움하며 더 시간을 끌 생각이었다.

그런데 용비야는 뜻밖에도 그에게 성에서 나오라고 했다. 이제 그는 어떻게 대응해야 할까?

용비야는 재촉하지 않았지만 그는 이렇게 낭비할 시간이 없었다. 알다시피 남북에서는 이미 전투가 시작되었고, 이러는 동안에도 격렬하게 싸움을 벌이고 있을 것이다.

초 장군이 걱정하고 있을 때 예상대로 병사가 와서 전황 보고서를 전해 주었다. 보고서를 펼쳐 본 초 장군의 안색이 싹 변했다.

남북 두 개 군의 상황은 몹시 나빴다. 특히 유운군은 강성황제가 본래의 대군에다 북려국을 방어하던 기병대 반을 추가 파병한 덕에 현 상황으로 보아 날이 저물기 전에 무너지고 말 터였다.

지금 가장 이성적인 선택은 풍림군을 버리고 북쪽 유운군을 지원하러 가는 것임을 초 장군도 알고 있었다. 유운군을 지켜야 영 대장군과 협조하기가 편하기 때문이었다.

그렇지만 성 아래에서 용비야가 문 앞까지 와서 도발하고 그 자신도 응전하겠다고 승낙했으니, 달리는 호랑이 등에 탄 것처럼 물러날 길이 없었다.

용비야는 모처럼 인내심을 발휘해 재촉하지 않고 흥미로운 표정을 지은 채 기다렸다.

초 장군은 망설이다 못해 큰 소리로 말했다.

"진왕, 진왕비가 주장의 자리에 있다. 일대일 대결을 하겠다면, 군영에 있는 여자 부장에게 응전하라고 하지!"

그는 용비야가 대답할 기회를 주지 않고 즉시 여궁수 한 명을 내려 보내 응전하게 했다.

여궁수는 활은 들지 않고 날카로운 화살이 가득 든 화살 통 하나만 메고 있었다. 그녀는 훌쩍 날아가 용비야 앞에 내려섰으나 다소 꺼려지는지 차마 가까이 가지 못했다. 그렇지만 용비야는 그 여자는 안중에도 없었고 아예 눈길도 주지 않았다.

그는 초 장군을 올려다보며 비웃는 목소리로 말했다.

"여자를 보내 응전하겠다고? 초씨 집안에는 남자가 없나 보군!"

말에 탄 한운석도 큰 소리로 웃었다.

"초씨 집안에 남자가 없다면 본 왕비가 진왕 전하 대신 싸움에 나설 수밖에요."

용비야의 도발 솜씨도 괜찮았지만, 한운석의 도발은 듣는 사람이 화병으로 쓰러져도 이상하지 않을 솜씨였다. 남의 속도 모르면서 함부로 지껄이다니!

"네놈들……!"

초 장군은 격노했지만 이를 악물고 참았다.

"용비야, 네가 대결할 마음이 없다면 본 장군도 물러나겠다!"

말을 마친 그는 급히 자리를 피하려 했다. 여궁수를 내보낸 것은 물러날 길을 만들어 일대일 대결을 거절하려는 것에 불과했다. 애초에 응전할 마음이 없었고, 여기서 시간을 허비할 수도 없었다. 당장 유운군으로 지원군을 보내야 했다.

하지만 이렇게 한참 공을 들인 용비야가 쉽사리 그를 놓아줄리 있을까? 그 역시 쓸데없는 이야기는 하지 않고 말 등으로 돌아가 검을 휘둘렀다. 오천 정예병이 양 갈래로 나뉘어 물러나자 여태 정예병들 속에 숨겨져 있던 홍의대포 두 대가 모습을 드러냈다!

성루 위에 있던 병사들은 홍의대포를 보았지만 보고할 틈도 없었다! 용비야가 벌써 발포 명령을 내렸기 때문이었다!

쾅! 쾅!

포성이 잇달아 두 번 울리더니, 초 장군이 손을 써보기도 전에 성루 한쪽 모서리가 무너져 내렸다! 아직 성루를 내려가는 계단에 있던 초 장군과 초운예는 그 진동에 하나같이 대경실색했다!

"이건……."

초 장군은 한참 넋이 빠졌다가 다급히 명령을 내리는 한편 다시 성루 위로 달려갔다.

"대포로 방어해라, 어서! 서둘러라!"

운공상인협회는 그들에게 홍의대포 세 대를 제공해 호랑이 등에 날개를 달아 주었다. 초 장군은 홍의대포 두 대를 풍림군에 두고 나머지 두 대는 유운군과 요수군에 하나씩 보내 주었다.

그런데 용비야에게도 저 희귀한 물건이 있었다니!

초 장군은 성루에 오르기 무섭게 멀지 않은 곳에 있는 홍의대포 두 대를 볼 수 있었다. 그는 즉시 포대에 명령을 내려 대포를 쏘게 했지만, 뜻밖에도 용비야는 대포를 망가뜨리기로 작정한 듯 몇 사람만 남기고 오천 정예병을 두 갈래로 나누어 좌우에서 성을 공격하게 했다!

이미 성루 한쪽이 무너진 상태라 기병이 두드려 대면 무슨 일이 벌어질지 생각만 해도 끔찍했다. 초 장군은 손을 휘저어 궁노수에게 공격을 명했다. 곧이어 하늘을 까맣게 덮는 화살 비가 좌우에서 공격하는 용비야의 기병에게 날아들었다.

가운데는 대포, 좌우에는 화살 비. 초 장군이야 심히 내키지 않았지만 결국 전투는 시작되었다. 일단 전투를 시작하자 남북 두 성에 지원군을 보낼 기회도 사라져 버렸다!

"성에 있는 궁노수를 모두 동원해라! 우측, 불화살 공격! 좌측, 쇠뇌 공격! 빨리빨리 움직여라!"

전투를 지휘하기 시작하자 초 장군은 곧 전문가 상태에 돌입했다.

"여봐라, 대포를 쏴라! 놈들의 대포를 폭격해라!"

쌍방 모두 홍의대포가 두 대씩 있으니 그 방면으로는 힘이 엇비슷했다. 전쟁터 한가운데는 꽈르릉 꽝 포성이 울려대고 연기가 자욱해졌다.

하지만 가장 격렬한 곳은 좌우 양측이었다. 용비야의 기병은 누구 하나 호락호락하지 않아서 날아드는 화살을 잘도 피해 성루에 접근했고, 이미 적잖은 이들이 말 등에서 몸을 날려 성루 위로 치고 올라와 있었다.

초 장군은 대경실색했다. 용비야의 정예병 중에 무공 고수가 꽤 포진해 있다는 건 알았지만 이렇게 많을 줄은 몰랐다.

전세가 불리해 보이자 그는 과감하게 명령을 내렸다.

"여봐라, 성문을 열고 응전하라!"

성문이 열리자 병사와 말이 우르르 달려 나가 좌우에서 용비야의 정예병과 맞싸움을 벌였다. 그 덕분에 성루에 올라온 고수들을 어느 정도 제지할 수 있었다.

초운예는 결단을 내리고 유족의 어전술 궁수대를 동원해 성루의 고수들을 위협했다. 날카로운 화살을 어지럽게 쏘아 대자 고수들도 별수 없이 물러나야 했다.

이렇게 해서 결국 전세가 안정되었다. 초 장군은 본래 초씨 집안 군대라면 용비야의 정예병쯤 여유롭게 물리치고 금세 주도권을 쥘 수 있을 것으로 생각했다. 그런데 웬걸, 초씨 집안 군대를 절반 넘게 동원하고서야 가까스로 용비야 군의 기세를 막을 수 있었다. 게다가 전투의 주도권을 쥘 수도 없었고, 속전속결은 꿈도 꾸지 말아야 할 상황이었다!

오천 정예병으로 이만 명을 상대로 이렇게 정면으로 맞싸우는 것은 확실히 달걀로 바위 치기였다. 그렇지만 용비야의 오천 정예병은 모두 그가 직접 기른 이들로, 연중 내내 삼도전장 부근에서 훈련하며 언제든 전황 변화에 대처할 수 있도록 준비된 병사들이었다!

이 병사들은 혼자서 세 사람을 당해 낼 실력자들이어서, 병력으로 따지면 결코 오천이라고 볼 수 없었다.

전쟁 경험이 많은 초 장군은 금세 상황이 안 좋은 것을 알아차렸다.

"아뿔싸, 속전속결은 어렵겠구나!"

"이제 어떻게 해야겠느냐? 설마 두 눈 뻔히 뜨고 유운군과 요수군을 빼앗겨야 하는 건 아니겠지?"

초운예는 초조해 어쩔 줄 몰랐다. 벌써 전투를 시작했으니 반드시 속전속결해야 했다. 이곳에서 하루 이틀 끌다가 유운군과 요수군이 무너지면 남북 양쪽에서 협공을 받게 되고, 그렇게 되면 의심할 바 없는 패배였다!

초운예의 한쪽 눈이 멀지만 않았다면, 높은 곳을 차지한 지리적 이점을 이용해 화살로 용비야의 고수들을 싹 쓸어버렸을 것이다! 초 장군은 직접 활을 쏘면서 대책을 궁리했다.

"명령이다! 전군 출격하라! 진왕의 오천 병사를 물리치면 모두에게 상을 내리겠다!"

전군 오만 명이 모두 출격하면, 용비야와 한운석이 상대할 수 있을까?

한쪽 팔을 못 쓰게 해 주지

초 장군은 풍림군에 주둔한 오만 대군을 모두 출격시켰다. 용비야와 한운석이 응대할 수 있을까?

용비야가 어떻게 생각하는지는 몰라도 최소한 초 장군은 자신이 있었다.

오만으로 오천을 상대하는 것은 분명히 비난받을 일이고, 설령 이긴다 해도 자랑할 일이 아니었다. 오랜 시간을 전쟁터에서 보내며 이기지 못한 싸움이 없는 초 장군은 체면치레를 중요시하게 생각했지만, 이번에는 필사적이었다. 아무리 큰 대가를 치르더라도 반드시 하루 안에 용비야의 군대를 쳐부숴야 했다!

초 장군의 명령이 떨어지자 전군의 사기가 부쩍 올랐다. 성 안과 성 밖 양측에 숨은 각 이만오천 병사가 일제히 출격했다. 아무래도 머릿수가 많으면 기세도 높기 마련이라, 초씨네 군대는 곧 절대적인 우위를 차지했다.

그러나 정확한 판단이었다며 의기양양하던 초 장군은 깜짝 놀랄 일을 발견했다.

용비야와 한운석은 어디 갔지?

양군이 교전을 시작했을 때부터 어디론가 사라진 것 같았다!

"어디로 갔느냐?"

초 장군은 활 쏘는 것마저 멈추고 인산인해를 이룬 성 아래에서 용비야와 한운석의 그림자를 찾으려 애썼지만, 안타깝게도 찾을 수 없었다.

옆에 있는 초운예도 찾고 있었지만 소득이 없었다.

전세는 좋아졌지만 용비야와 한운석이 보이지 않으니 기분이 좋기는커녕 오히려 불안해지기만 했다.

"장군, 조심하십시오!"

갑자기 초 장군의 등 뒤로 날카로운 화살이 날아들었다. 초 장군이 피하고 보니, 흑의 고수 한 명이 여자를 안은 채 성벽을 따라 솟아오르더니 정면으로 검을 찔러 왔다! 흑의 고수는 다름 아닌 용비야였고, 그의 품에 안긴 사람은 다름 아닌 진왕비 한운석이었다!

도적을 잡으려면 우두머리부터 잡고, 적군을 쓰러뜨리려면 장수부터 쓰러뜨리라고 했다. 그들은 정확히 초 장군을 노리고 온 것이었다!

다행히, 미리 주의를 받은 초 장군은 황급히 뒤로 물러났고, 등 뒤에 있던 어전술 궁수대가 일제히 화살을 쏘아 댔다.

성루로 올라서려던 용비야는 방해를 받자 검을 휘둘러 화살을 막으며 성벽을 버팀목 삼아 발을 굴러 허공으로 날아올랐다.

초 장군도 정신을 가다듬자마자 화살을 쏘았고, 용비야에게만 집중했다. 그때 한운석이 그의 심장을 노리고 이화루우에 넣어둔 독침 하나를 쏘았다!

"조심해라!"

초운예가 고함치며 초 장군을 힘껏 밀어냈다. 독침은 살짝 빗나가 초운예의 어깨에 박혔다.

한운석이 무슨 독을 썼는지, 초운예는 그 자리에 풀썩 꿇어 앉고 말았다. 도저히 몸에 힘을 줄 수가 없었다.

성루 꼭대기에 오르자 용비야와 한운석은 그제야 초운예의 한쪽 눈이 먼 것을 알고 고개를 갸웃했다. 초운예의 눈을 망가뜨리기란 결코 쉬운 일이 아니었다! 저렇게 만든 사람은 대체 누굴까?

물론 지금은 호기심을 보일 때가 아니었고, 깊이 생각할 여유도 없었다.

"형님!"

초 장군은 깜짝 놀랐다. 한운석이 저런 수를 숨기고 있을 줄은 꿈에도 생각지 못한 일이었다.

초운예는 과감하기 짝이 없게 그를 힘껏 밀어냈다.

"나는 상관 말고 저들을 죽여라! 내가 죽으면 네가 유족을 이끌어야 한다!"

초 장군은 분기탱천해서 화살을 한 다발이나 뽑아 용비야와 한운석을 향해 쏘았다. 초 장군의 어전술은 초운예와 막상막하로, 한 대 한 대에 담긴 힘이 어마어마해서 용비야 역시 부득불 뒤로 물러날 수밖에 없었다.

게다가 주위에 있는 어전술 궁수들의 기습도 계속 이어지는 바람에 용비야는 성루 바깥까지 밀려나 발 디딜 곳이 없어졌다.

발을 댈 곳이 없는 상황에서 공중에 뜬 채 저 많은 화살을 피하는 건 쉽지 않은 일이었다.

이를 본 초 장군과 어전술 궁수들은 더욱 공세를 높여 기세등등하게 몰아붙였다.

"한운석, 해약을 내놔라. 그렇지 않으면 이 성 아래에서 죽게 해 주마!"

초 장군이 화난 소리로 경고했다.

그런데 뜻밖에도 한운석은 용비야의 처지를 걱정하기는커녕 오히려 뻔뻔하게 나왔다.

"실력이 있으면 직접 와서 가져가시지!"

"무지한 계집!"

초 장군은 욕설을 내뱉으며 성벽으로 뛰어올라, 또다시 날카로운 화살 한 다발을 뽑아 망설임 없이 쏘아 댔다. 주변의 어전술 궁수들도 그를 따라 화살을 쏘았다.

한순간 용비야와 한운석은 백 대에 가까운 화살에 포위당했다. 용비야가 밟고 몸을 날릴 만한 버팀목도 없어 몹시 위험한 처지였다!

쐐액!

결국 화살 한 대가 용비야의 어깨를 파고들었다.

초 장군은 몹시 기뻐하며 미친 듯이 화살을 쏘아 대며 용비야에게 숨 돌릴 틈조차 주지 않았다. 화살을 맞은 어깨가 바로 한운석을 안은 팔 쪽이어서, 용비야는 별수 없이 계속 물러나 성루에서 내려갈 수밖에 없었다.

초 장군이 쫓아 내려갔고 어전술 궁수들도 모두 뒤를 쫓았다. 용비야는 단단히 포위되어 달아날 곳조차 없어서 자꾸만 아래로 내려갔다.

초 장군은 냉소를 금치 못했다.

"진왕, 여자는 전쟁터에 데려오는 게 아니다! 그런 장난감 따위는 큰일을 그르칠 뿐이지! 그 여자를 내놓으면 네 목숨은 살려 주마!"

용비야는 계속 뒤로 물러나면서 한마디도 하지 않았고, 그사이 어깨에서는 계속해서 피가 흘렀다. 도리어 한운석이 초 장군에게 욕을 퍼부었다.

"여자가 뭐 어떻다는 거냐? 네 어머니는 여자 아니냐? 네 어머니가 장난감이냐?"

그렇게 꾸짖으면서 또 독침을 쏘았지만 애석하게도 초 장군은 모두 피했다.

"사리 분별을 못하는군! 내가 너라면 진왕을 힘들게 하지 않고 해약을 내놓겠다!"

초 장군은 해약 생각밖에 없어서 용비야가 입꼬리에 냉소를 머금고 있는 것도 모른 채 계속 쫓아내려 왔다.

"초 장군, 전하께서 날 내놓을지 아닐지 내기하는 게 어떠냐?"

한운석은 거만하게 도발하며 초 장군이 더욱 바짝 쫓아오게 유인했다.

"내놓기 싫어도 내놔야 할 것이다!"

그가 눈짓하자 어전술 궁수들이 곧바로 진을 펼쳤고, 허공에 있던 용비야는 상하좌우 모든 방향으로 완전히 에워싸인 형국이 되었다.

초 장군 자신은 위쪽에서 그들을 내려다보며 화살로 한운석을 겨누었다.

"진왕, 이래도 그 여자를 내놓지 않으면 후회할 기회조차 없게 될 것이다!"

교활한 그는 이렇게 말해 놓고도 용비야가 대답할 틈을 주지 않고 화살 끝을 살짝 돌려 용비야의 눈을 노리고 쏘았다.

바로 그때, 침 하나가 어디선가 날아들어 소리도 없이 초 장군의 팔에 콱 박혔다.

침이 통째로 살 속으로 들어가는 바람에 팔이 따끔한 것을 느낀 초 장군이 손을 대보았지만 아무것도 만져지지 않았다.

그는 곧 기습당했다는 것을 알아차렸다! 침에 실린 힘이 어마어마해서 순식간에 팔 속으로 들어간 모양인데, 그만큼 힘주어 던진 침이 어째서 소리도 기척도 없었을까?

그가 너무 무신경했다고 밖엔 설명할 말이 없었다!

이런 생각이 들자 초 장군은 흠칫 놀라며 용비야와 한운석을 바라보았다. 두 사람은 웃고 있었다. 무시, 그리고 비웃음이 담긴 그 표정을 보자 눈꼴셔 견딜 수가 없었다.

마침내 초 장군도 당했다는 것을 깨달았다. 용비야와 한운석은 일부러 그를 성루 아래로 유인하고, 일부러 그의 이목을 끌었던 것이다! 용비야가 화살을 맞은 것은 고의였고, 한운석이 거만하게 군 것은 연기였다.

"비열한!"

그는 즉시 용비야를 공격하는 것을 포기하고, 다급히 어전술 궁수들의 몸을 밟으며 성루로 날아올랐다. 다른 궁수들은 여전히 용비야를 공격했다.

하지만 초 장군의 날카로운 화살이 사라지자 용비야가 맞서 싸우기가 훨씬 편해졌다. 어깨에 상처를 입었어도 그는 여전히 자유롭게 활을 막아냈고, 더욱이 옆에 몸을 숨긴 당리가 계속해서 기습하자 마침내 어전술 궁수대도 물러날 수밖에 없었다.

용비야는 빠르게 내려섰다가 다시 바닥을 굴러 위로 올라가려고 했다. 하지만 한운석이 막으며 진지하게 말했다.

"함부로 움직이면 안 돼요. 당장 상처를 치료하지 않으면 귀찮게 돼요. 초 장군이 당한 독은 나밖엔 풀 사람이 없으니 걱정하지 말아요."

한운석이 용비야의 상처를 가만 놔둘 리 없었다. 지금까지는 용비야와 힘을 합쳐 초 장군을 당리가 있는 곳까지 유인해 내느라 기다린 것뿐이었다.

당리가 쏜 침은 한운석이 준 것이고, 당연히 독이 묻어 있었다. 침을 만들 수 있는 재료와 모양에는 제약이 있어서 치명적이지 못한 독만 묻힐 수 있지만, 그래도 초 장군을 곯려 주기엔 충분했다.

용비야는 끝까지 쫓아갈 생각이었지만 한운석의 초조하고 심각한 눈빛을 보자 웃을 듯이 입꼬리를 살짝 올렸다. 하지만 곧 참고 한운석이 더 말하기 전에 알아서 그 자리에 앉았다.

한운석은 진료 주머니에서 재빨리 면포와 약을 꺼내 상처를 치료해 주었다.

그녀는 예전에 초씨 집안의 화살을 연구한 적이 있었다. 초씨 집안이 어전술에 사용하는 화살은 특별 제조한 것으로, 화살촉이 특이하게 생겨서 일단 몸에 박히면 상처가 쉽게 아물지 않았다. 용비야는 팔을 다쳐선 안 되었다. 정세가 몹시 혼란한 데다 앞으로 할 일도 많기 때문이었다.

이렇게 해서 양군이 격렬하게 싸우며 서로 죽이는 가운데, 용비야와 한운석은 마치 옆에 아무도 없는 양 성문 아래에 앉아 상처를 치료했다.

한운석의 눈빛은 마치 꼬장꼬장한 할머니처럼 진지하고 엄숙했고, 상처를 치료하는 솜씨는 전문적이었다. 반면, 눈을 내리뜨고 한운석의 손동작을 바라보는 용비야는 겉으로는 아무 표정 없었지만 꾹 다문 입꼬리가 웃을락 말락 분명하게 위로 올라가 있어서 기분이 무척 좋은 것을 알 수 있었다.

옆을 지키고 선 당리와 초서풍은 기가 막혔다. 정말 처음으로 병사를 이끌고 전쟁을 치르러 온 사람이 맞나? 당리와 초서풍도 믿기지 않는데, 하물며 다른 사람은 말할 필요도 없었다!

하지만 이번은 확실히 용비야의 첫 전쟁이었다. 그런데 그런 그가 적군의 성문에서 보란 듯이 상처를 치료하고 있었다.

이 일이 알려지면 아마 초 장군은 어디 가서 얼굴을 들지도 못하게 될 터였다!

그때 초 장군은 그런 것까지 생각할 틈이 없었다. 당리의 독침에 맞은 팔 전체가 개미에게 물어뜯기는 것처럼 견딜 수 없이 가렵고 몹시 아팠기 때문이었다. 화살을 쥐는 것조차 힘든 마당에 쏘는 것은 꿈도 꾸지 못할 일이었다.

그는 이미 지휘를 부장들에게 넘기고 초운예와 함께 성루 아래 영채에 들어가 상처를 살피고 있었다.

안타깝게도 종군 의원과 독의는 그들 형제가 당한 독을 치료하지 못했고, 아예 무슨 독인지도 알아내지 못했다. 할 수 있는 것이라곤, 초 장군의 팔에 마비 약을 발라 고통과 가려움증을 줄여 조금 편하게 해 주는 것뿐이었다.

편해지긴 했지만 일단 팔이 마비되자 오른손으로는 화살을 들 수도 없게 되었다. 초 장군에게 있어서는 이것이야말로 가장 괴로운 일이었다!

초천은이 용비야에게 잡히고 초운예는 한쪽 눈이 멀었는데, 여기서 초 장군까지 팔을 못 쓰게 된다면 정말로 유족을 이끌 사람이 없었다.

초 장군은 팔을 못 쓰게 될까 몹시 두려운 나머지 팔을 꽉 잡은 채 아픔을 견디지 못해 벽에 마구 때려 댔다. 당장 이성을 잃을 것 같았다.

"한운석, 그 천한 계집이 독을 썼구나! 죽여 버리겠다! 그 계집을 죽여 버리겠다!"

이 순간 초 장군은 딸 초청가보다도 더 한운석을 증오했다. 안타깝게도, 더 증오하기 시작한 순간이지 가장 증오하게 된 순간은 아니었다.

곧이어 한운석이 또다시 그의 울화통을 터트릴 일을 벌였기 때문이었다.

본래 성루 아래의 전세는 초씨 집안에 아주 유리해서, 오만 대군이 용비야의 오천 정예병을 완전히 압도한 상태였다. 그런데 한운석이 용비야의 상처를 치료한 뒤 그와 함께 적군을 무찌르기 시작했다.

진왕은 공격하지 않았다. 공격한 사람은 한운석이었고, 얼마 지나지 않아 성문 쪽에 있던 제법 많은 어전술 궁수가 독에 목숨을 잃었다.

두 사람은 성루 밑에서 상처를 치료하고 있다더니? 왜 또다시 싸움에 나섰을까? 게다가 진왕은 공격하지도 않는데 한운석이 공격하다니?

인질을 교환할 때

진왕은 공격하지 않는데 어떻게 한운석이 공격할 수 있었을까?

상황은 이랬다.

한운석은 용비야의 팔에 난 상처를 치료한 후 격렬한 싸움이 벌어지는 전쟁터를 잠시 바라보았다. 잠시뿐이었지만, 용비야는 그녀가 참전하고 싶어 하는 것을 알았다.

사전에 그녀를 싸움터에 데려가겠다고 약속하기도 했는데, 상처를 입어 옆에서 구경만 할 수는 없었다.

그래서 용비야는 두말없이 그녀의 허리를 안고 싸움터로 날아갔다.

"용비야, 당신 팔이……."

용비야가 한운석의 말을 잘랐다.

"너를 안은 팔은 영원히 다칠 일 없으니 안심해라."

이 말을 할 때 그의 표정이 어땠는지는 몰라도, 한운석은 그 목소리가 너무 야릇하게 들려서 얼굴이 화끈 달아올랐다. 자세히 살펴보니 용비야는 정말 오른팔로 그녀를 안고 있었다. 화살을 맞은 것은 왼팔이었다. 그의 왼손은 검을 들지도 않고 한가롭게 뒷짐을 지고 있었다.

"네 독침을 본 왕의 검으로 사용하겠다. 할 수 있겠느냐?"

이렇게 말하는 용비야의 목소리는 몹시 진지했다.

한운석은 곧 그 뜻을 알아들었다.

"할 수 있어요!"

그렇게 해서 용비야는 정말로 직접 공격하지 않고 한운석을 안은 채 병사들 속을, 화살 비 속을 어지러이 왔다 갔다 했다.

화살을 막을 검은 없지만, 경공을 이용해 화살을 피할 수는 있었다. 그의 능력으로 그저 피하기만 했을까? 그는 한운석을 안고 화살 비를 피하면서 가장 유리한 위치를 점해 한운석에게 독침을 쏘게 했다.

암기를 잘 쓰지도 못하는 한운석만 데리고 성루 위에 빽빽하게 선 어전술 고수들을 상대하는 것은 미친 짓이었다. 하지만 용비야가 있으니 한운석이 직접 암기를 쏠 기회를 만들어 낼 필요가 전혀 없었다. 그저 용비야가 정확한 때를 찾아내면 이화루우로 침을 쏘기만 하면 되었다.

용비야가 찾은 기회에 이화루우의 위력이 더해지자 그야말로 백발백중이어서, 쏘는 족족 어전술 궁수의 팔을 찔렀다. 한운석의 독침도 절묘하긴 마찬가지였다. 작디작은 침에 묻힌 독은 목숨을 앗을 정도는 아니지만 팔을 마비시켜 다시는 화살을 쏠 수 없게 만들었다.

화살을 쏘지 못하는 궁수를 궁수라고 부를 수 있을까? 전투력이라곤 전혀 없는 쓸모없는 자들일 뿐이었다.

성문 위에는 궁수가 아주 많았지만, 용비야와 한운석은 일부러 활이 없는 어전술 궁수만 골라 공격했고 얼마 지나지 않아 꽤 여럿을 쓰러뜨렸다.

어전술 궁수 한 명이 일반 궁수 열 명에 맞먹으니, 한 명을 쓰러뜨릴 때마다 열 명을 쓰러뜨리는 것과 마찬가지여서 성 아래 병사들의 부담이 크게 줄었다.

이 전투는 한운석의 인생에서 가장 멋있는 전투이자 가장 통쾌하게 싸운 전투였다. 함께 싸우는 그녀와 용비야는 그야말로 완벽한 짝이었다.

마침내 그녀는 무공을 할 줄 몰라 답답해하던 마음이 싹 가셨다. 용비야가 있는 한 무공은 대신해 줄 사람이 있었다.

한운석은 신나게 활약했지만 초 장군 쪽은 울고 싶을 지경이었다.

병사들이 잇달아 보고해 왔다.

"장군, 또 어전술 궁수 세 명이 당했습니다!"

"장군, 한운석이 독침을 쓰고 있습니다. 지금까지 어전술 궁수 열 명이 팔을 들지도 못하고 있습니다."

"장군, 또 세 명이 당했습니다! 어떻게 할까요?"

반 시진도 못되어 부장이 직접 보고하러 왔다.

"장군, 서쪽 성벽의 궁수대 반이 꺾였습니다!"

이 말에 초 장군도 더는 참지 못했다.

"뭐라고? 일반 궁수대까지 공격했단 말이냐?"

"처음에는 어전술 궁수만 공격했는데, 나중에 제가 어전술 궁수에게 두 사람만 집중적으로 사격하게 했더니 그게……, 그게 그만 진왕의 화를 돋웠나 봅니다."

부장이 억울한 표정으로 말했다.

"그래서?"

초 장군이 화난 소리로 물었다.

"진왕이 어디서 데려왔는지 쇠뇌수 한 무리를 불러 성문 위의 궁수대를 집중적으로 공격했습니다. 특별 제작한 쇠뇌인지 위력이나 정확도가 우리 쇠뇌보다 훨씬 뛰어납니다. 게다가 쇠뇌살에 독까지 묻어 있었습니다! 그래서 쇠뇌를 맞기만 하면 급소가 아니더라도 모두…… 쓰러졌습니다. 결국 얼마 못 되어 절반이 꺾이고 말았습니다."

부장도 기가 막힌 얼굴이었다. 수년간 전쟁을 치렀지만 전쟁터에서 독을 쓰는 사람은 처음이었다.

저 많은 독 쇠뇌살이 어디서 났는지 궁금하기 짝이 없었다!

"빌어먹을 한운석!"

초 장군은 그 여자를 쳐 죽이지 못하는 게 한스러웠다.

옆에 있던 초운예가 중얼거렸다.

"당문! 그 쇠뇌는 필시 당문에서 나왔을 것이다!"

그는 당문의 후계자가 용비야와 깊은 관계를 맺고 있다던 초천은의 말을 기억했다. 당문에서 나온 쇠뇌라면 확실히 그들이 가진 쇠뇌보다 훨씬 뛰어났다.

당문의 암기까지 있으니 용비야에게는 호랑이에게 날개가 달린 격이었다!

"장군, 지금 진왕과 진왕비는 어전술 궁수만 골라 공격하고, 쇠뇌수들은 우리 궁수대를 노리고 있습니다. 화살 싸움에서는 저희가 유리하지 않습니다! 이렇게 가다간 막중한 피해를 볼 것이 분명합니다. 제 어리석은 생각에는 궁수대를 철수하는 게 좋을 것 같습니다.”

궁수대가 철수하면 성루 아래 보병을 엄호할 방도가 없어 속전속결은 더욱더 어려웠다.

하물며 초 장군은 이 억울함을 참아 넘길 수가 없었다. 그는 노성을 터트렸다.

“안 된다! 일반 궁수 수천에 어전술 궁수가 삼천인데 그들을 상대하지 못한다고? 믿을 수 없다! 명령이다! 어전술 궁수든 일반 궁수든 모두 한운석만 공격해 가차 없이 처단하라!”

초 장군의 명령이 떨어지자 용비야와 한운석은 꽤 어려워졌다. 두 사람의 힘이 아무리 강해도 화살 수천 대를 막아 낼 수는 없었다.

그렇지만 화살 비를 이리저리 피하는 용비야와 한운석의 모습은 전쟁터에 있는 모든 이들에게 깊은 인상을 남기기에 충분했다. 비록 승부는 나지 않았지만 어떤 의미에서는 진왕 부부의 승리였다!

자신들에게 집중되는 화살 비를 보고도 용비야와 한운석은 물러서지 않고, 쇠뇌수들의 엄호를 받으며 성루 위의 궁수들과 유격전을 벌였다. 주로 방어하면서 이따금 정확한 기회를 노려 기습하는 방식이었다.

그들이 물러가지 않은 탓에 궁수들도 감히 공세를 늦추지 못했고, 성 아래에서 벌어지는 전투를 돌볼 틈이 없었다. 덕분에 성 아래에 있는 용비야의 정예병 오천이 받는 압박이 크게 줄었다. 그렇다고 해도 단순히 압박이 줄어든 것에 불과했다. 오천 명으로는 아무래도 오만 명을 당해 낼 수 없었다.

다시 반 시진이 지나자 쌍방 모두 많은 사상자를 냈다. 오천 명밖에 없는 용비야 쪽은 감당하기 힘든 수지만, 초씨 집안 군대는 감당할 만했다. 설사 병사 오천 명이 꺾인다 해도 그들에겐 아직 사만여 명이 남아 있고, 똑같이 용비야의 병사를 압도할 수 있었다.

용비야는 바보도 아니고 경솔하지도 않았다. 그 역시 정말 오천 명으로 오만 명을 이길 수 있다고 생각할 만큼 무지하지는 않았다. 오늘 그의 목적은 단 하나, 시간을 끄는 것이었다!

서주국 군대와 중남도독부 군대가 유운군과 요수군을 손에 넣고 지원하러 올 때까지 시간을 끌 생각이었다.

시간이 거의 다 되었다고 느껴질 때쯤 용비야는 즉시 북을 치게 해서 병사를 거둬들였다.

퇴각 북소리를 듣자 초 장군은 겨우 안도의 숨을 내쉬며 곧바로 명령을 내렸다.

"철군하고 성문을 닫아라! 병사 삼천은 성문을 지키고, 나머지는 곧바로 북상해 유운군을 지원한다!"

용비야를 패퇴시키지는 못했지만, 다시 풍림군을 공격하지 못할 만큼 두들겨 주었으니 안심하고 북상할 수 있었다.

곧이어 부장이 통계치를 가지고 왔다.

"장군, 아군의 손해는 궁수 천 명에 보병 오천 명이고, 적군은 정예병 오천중에 대략 이천 명만 남은 것으로 보입니다."

"그리고 하루를 허비했지!"

초 장군은 불쾌한 목소리로 덧붙였다. 다행스러운 일은 아직 유운군이 함락되었다는 소식이 오지 않은 것이었다. 상황을 보아하니 밤새 달려가면 때를 맞출 수 있을 것 같았다.

그런데 웬걸, 그가 병사 삼천 명을 성루에 배치해 용비야를 속일 준비를 다 했을 즈음, 부장이 구르다시피 하며 영채로 들어와 소리 질렀다.

"장군! 장군! 큰일 났습니다, 큰일입니다!"

마침 팔에 마비 약을 발라 통증을 가라앉히던 초 장군은 허둥거리는 부장의 꼴불견에 짜증이 치밀어 아예 모른 척했다.

오만 대군으로 용비야의 정예병 오천을 물리치지도 못하고 하루를 허비하기까지 했는데, 이 이상 더 큰 일이 있을 수 있을까? 이보다 더 나빠질 일이 또 뭐가 있을까?

그런데 부장의 입에서 나온 말에 초 장군은 놀라 벌떡 일어나며 의원이 들고 있던 마비 약을 떨어뜨렸고, 팔의 통증마저 까맣게 잊고 말았다!

부장은 이렇게 말했다.

"장군, 진왕이 삼백 장 밖에 영채를 세우고 그 앞에 소……, 소장군을 매달아 놓았습니다. 투항하지 않으면……, 버티는 날만큼 소장군에게 칼질을 하겠다고 합니다."

초씨 집안의 소장군은 바로 초천은이었다!

물론 초 장군도 아들이 용비야의 손에 있다는 사실을 잊은 게 아니었다. 다만 용비야가 입에 담지 않자 공연히 협박당하지 않도록 먼저 말을 꺼내지 않은 것뿐이었다.

그런데 용비야가 이 중요한 순간에 초천은을 들이밀 줄이야! 그가 가장 걱정하던 일이 끝내 벌어지고 말았다.

매달린 사람은 그의 친아들이고, 그가 가장 아끼는 아들이었다! 비록 초씨 집안에 자손이 많다 해도 적자는 하나뿐이었다. 더욱이 초천은만큼 무공과 재능이 뛰어난 아들은 없었다.

초 장군은 초운예와 족장 자리를 다툴 생각이 없지만, 초운예도 언젠가는 물러나게 될 것이고 그때 그 뒤를 이을 최적의 후보가 바로 저 소중한 아들이었다. 이제는 그가 병사를 물려야만 저 소중한 아들의 안위를 보장할 수 있었다.

이런 유혹을 받자 초 장군은 결단을 내리지 못하고 망설였다.

옆에 있는 초운예는 아들을 아끼는 초 장군의 마음을 잘 알고 있었고, 특히 두 사람이 중상을 입은 지금 초씨 집안을 이을 사람이 있어야 한다는 것도 똑똑히 이해하고 있었다.

그렇지만 그도 망설였다. 유운군과 요수군의 상황이 위급하고, 영승의 구원병은 아직 도착하지 않은 지금 풍림군과 초천은을 바꾸면 초씨 집안에 남는 것은 무엇일까?

초씨 집안이 몸 둘 땅이라곤 없었다! 설마하니 정말 천녕국으로 쳐들어가야 하는 걸까?

천휘황제는 아직 숨이 끊어지지 않았다. 이럴 때 천녕국을 침범하기엔 명분이 없었다. 그렇게 공을 들여 초청가를 조산시킨 것도, 정정당당하게 천녕국 황위를 손에 넣기 위해서였다.

영승과 협력하기로 했지만, 한편으로는 그를 경계할 필요도 있었다! 천휘황제는 아직 살아 있고 태자는 아직 즉위하지 않았다. 이럴 때 천녕국에 들어갔다가 만에 하나 영승이 태자와 황후에게 적국과 내통해 황위를 찬탈하려 했다는 죄를 덮어씌우면, 서경성에 쌓아 놓은 기반은 모조리 물거품이 될 터였다.

두 형제는 각자의 사심과 일족의 이익을 생각하며 한참 동안 서로를 마주 보았다. 결국, 초 장군이 먼저 입을 열었다.

"형님, 족장이신 형님이 결정하십시오!"

초운예는 참지 못하고 탄식을 터트렸다.

"고북월이 우리 손에 있었다면 얼마나 좋았을까!"

"형님, 영승은 대체 언제 오는 겁니까?"

초 장군이 물었다.

"모레면 온다고 했으니 이틀이 남았다……. 천은이 그때까지……."

초운예의 생각은 이곳에서 버티는 것이었다. 이틀간 버텨 영승의 구원군이 도착하면 손쓸 틈도 주지 않고 용비야를 때려 부술 수 있었다.

유운군을 버리고 풍림군을 지키기로 하는 정도면 초운예도 양보할 만했다. 하지만 초천은은 이틀을 버텨야 했다. 이틀이면 칼질이 두 번이었다!

치명적인 급소라면 단칼에 목숨을 앗아가기 충분했다!

초 장군은 한참 고민하다가 이를 악물고 결정을 내렸다.

"고북월이 우리 손에 없어도 똑같이 저들을 협박할 수 있습니다!"

고북월의 행방을 미끼로 한운석을 협박하면, 적어도 초천은에게 이틀의 시간을 벌어 줄 수 있었다!

급변, 천휘황제 붕어

초 장군의 제안은 초운예도 받아들였다. 그러나 초 장군이 성을 나가 담판을 지으려 할 때 뜻밖의 소식이 전해졌다.

"장군, 서경성에서 소식이 왔습니다. 천휘황제가 붕어했다고 합니다!"

"뭐라고!"

초운예는 몹시 충격 받았다. 무 이모가 그제 서신을 보내, 천휘황제가 그렇게 쉽게 죽을 것 같지 않다고 전해 왔었다. 그런데 어떻게…….

천휘황제의 방에 있는 태감과 태의 몇 사람은 모두 사황자 측 사람이어서, 여태껏 무 이모가 천휘황제에게 손을 쓸 기회가 없었다. 그래서 기다릴 수밖에 없었는데…….

"언제 있었던 일이냐?"

초 장군이 다급히 물었다.

"매를 통해 보낸 소식이니 아무리 늦어도 한 시진이면 옵니다. 아마 한 시진 전의 일일 겁니다."

시종이 사실대로 보고했다.

"서신에 다른 이야기는 없었느냐?"

초 장군이 다시 물었다.

"장군, 그쪽에서 보낸 것은 쪽지 한 장뿐이고 서신은 없었습니다."

서신이 있었다면 벌써 바쳤겠지!

초 장군은 다소 불안한 마음으로 초운예를 바라보았다. 초운예의 눈빛도 어두워졌다 밝아졌다를 반복했다.

"잠시 기다려라."

무 이모는 이렇게 대충 일할 사람이 아니었다. 아마 혼란스러운 와중에 일단 소식부터 전한 것일 테니, 곧 상황을 자세히 설명한 서신을 보낼 것이다.

천휘황제가 죽었으니 천녕국의 정세가 급변했고, 서부 전체에도 거대한 변화가 생겼다. 그렇지만 어떻게 변하든 그들에게는 잘된 일이었다. 이렇게 된 이상 서둘러 고북월의 일을 꺼낼 필요가 없었다. 어떻게든 마음을 가라앉히고 일단 상황을 확실히 파악한 다음 어떻게 진왕을 상대할지 생각해 볼 일이었다.

"지금쯤 영승도 소식을 들었을 테니 영 귀비 쪽도 무슨 움직임이 있겠지."

초운예는 그렇게 말하며 몸소 붓을 들어 영승에게 보낼 밀서와 무 이모에게 보낼 밀서를 한 통씩 써서 즉시 매에 날려 보내게 했다. 어느 쪽에 보내는 서신이든 모두 구원 요청이었다.

일단 태자가 즉위하면 초 황후가 수렴청정으로 군대를 움직일 수 있었다. 천녕국 서부 주둔군이 움직여 초씨 집안을 구원하면 영승의 군대가 달려올 때까지 기다릴 필요가 없었다. 천녕국 서부 주둔군의 병력은 많지 않지만, 썩어도 준치라는 말이 있었다. 유운군과 요수군의 현 상황은 몹시 절박했다!

매에 서신을 매달아 보내는 것은 운공대륙에서 가장 빠른 소식 전달 수단이었다. 하지만 두 시진이 지나도 영승의 답신은 오지 않았다.

하늘이 희끄무레해질 때까지 서경성 쪽 소식도 오지 않았다.

마침내 초 장군도 불안해졌다.

"서경성 쪽에 무슨 일이 생긴 건 아닐까요?"

"설마! 천은이가 서경성에 만들어 놓은 세력이면 사황자정도는 상대하고도 남는다. 하물며 영 귀비도 쉬운 상대는 아니지 않느냐!"

초운예가 심각하게 말했다.

초 장군은 잔뜩 복잡해진 눈빛이었다. 의심하고 싶지는 않지만 그래도 참을 수가 없었다.

"형님, 영승이……, 혹시……."

말이 끝나기도 전에 초운예가 딱 잘라 부정했다.

"그럴 리 없다! 고북월까지 내줬는데, 그가 이럴 때 우리 초씨 집안을 배신할 리 없어!"

영승은 서진 황족에 충성심이 대단했다. 영승의 신분을 확인한 초운예가 그에게 서진 황족이 완전히 멸망한 것이 아니며 직계 여식의 등에 봉황 깃 모반이 있다는 사실을 알려 줬을 때, 영승은 꼬박 사흘 밤낮 동안 기뻐하며 당시 유족이 쓴 계략을 칭찬해 마지않았다.

그 충심은 결코 거짓이 아니었다. 그에게는 유족과의 협력을 거절할 이유가 없었고, 이 중요한 순간에 초씨 집안을 골탕 먹일 이유는 더더욱 없었다. 이런 행동은 서진 황족의 부흥이라는 대업에 전혀 좋을 게 없었다!

초운예는 기다렸고…… 곧 날이 밝았다.

하지만 영승이든 무 이모든 여전히 답신이 없었다.

초 장군은 불안해 어쩔 줄 몰랐다.

"형님, 혹시 영승이 뭔가를 알아낸 건……."

초운예는 지도를 뚫어지게 노려보며 아무 말이 없었다.

그리고 그때, 한운석은 용비야의 품에서 막 깨어나 간밤에 일어난 큰 변고에 관해서 전혀 모르고 있었다.

한운석이 기억하기로 그들 일행은 어젯밤 영채를 세운 뒤 모닥불 옆에 둘러앉아 의견을 나누었다. 이런저런 이야기를 나누다가 피곤해진 그녀는 결국 스르르 잠이 들었다.

깨어나 보니 당리와 초서풍은 보이지 않았고, 영채 안에는 그녀와 용비야 둘뿐이었다.

용비야는 그녀가 깬 줄 모른 채 모닥불을 응시하고 있었다. 불꽃 그림자가 그의 생각을 짐작하기 어려운 양 깊은 눈동자 속에서 팔딱팔딱 요동쳤다.

그의 품속에 누운 한운석은 그 눈동자를 볼 수 없었고 보이는 것이라곤 턱뿐이었다. 이 각도에서 보는 그의 턱과 목젖은 특히 육감적이었다.

이 남자는 가만히 있을 때면 꼭 신이 깎아 놓은 조각상처럼 흠집 하나 없이 완벽해서, 아무리 봐도 질리지 않았다.

가만히 보고 있던 그녀가 자기도 모르게 중얼거렸다.

"용비야, 난 어째서 당신을 만나게 됐을까요?"

3천 년의 시간을 넘어 많고 많은 사람 중에서 어째서 그를 만나게 됐을까? 어쩜 그렇게 운이 좋았을까?

넋이 나가 있던 용비야는 그제야 한운석이 깬 줄 알고 고개를 숙여 바라보며 그 앞머리를 살짝 쓰다듬었다.

"뭐라고 했느냐?"

"아무것도 아니에요."

못 들었으면 그만인 말이었다. 들었다 해도 대답할 수 없었을 테니까.

한운석이 나른하게 몸을 일으키자 용비야 역시 캐묻지 않고 담담하게 말했다.

"천휘가 죽었다."

그는 무척 차분했지만 한운석은 깜짝 놀랐다.

"죽어요? 언제요?"

"어젯밤. 초서풍이 달려갔다. 상황을…… 낙관할 수 없을 것 같구나."

용비야가 대답했다.

한운석도 그 일에 얽힌 이해관계를 알고 있었고, 이처럼 놀란 것도 그 때문이었다.

그들은 비록 전쟁터에 있지만 시시각각 서경성의 움직임을 주시하고 있었다. 누가 뭐래도 용비야는 영 대장군이 서경성을 장악하는 것을 방비해야 했다.

영 귀비는 오랫동안 몸을 낮추고 있었지만 그렇다고 서경성에서 아무 힘이 없다는 뜻은 아니었다. 그래서 용비야는 초청가뿐만 아니라 영 귀비도 경계해야 했다.

궁에 심어 둔 밀정이 그제 보낸 서신에는 천휘황제가 적어도 올해까지는 살 수 있다고 되어 있었는데, 어째서 어젯밤에 죽었을까?

"분명히 누군가 손을 쓴 거예요!"

한운석이 확신에 차서 말했다.

그 말이 떨어지기 무섭게 당리가 뛰어들며 소리쳤다.

"형! 당했어! 영 대장군은 애초에 동쪽 세 개 군으로 출병하지 않았어! 그자의 부대 두 갈래는 벌써 남하했고 기병대 절반은 동쪽으로 가는 중이래. 아무래도 용천묵을 막으려나 봐!"

"서경성 상황은요?"

한운석이 다급히 물었다.

용비야는 영승과 삼군연합을 약속했고, 별도로 강성황제와 미리 병사를 움직여 동쪽 세 개 군을 치기로 했다. 초씨 집안을 물리치는 것도 그 목적 중 하나였지만 가장 중요한 목적은 영승의 병력을 끌어내는 것이었다.

당연히 영승이 천녕국을 차지하는 것을 경계하기 위해 서경성에도 미리 방비를 해 두었다.

영승이 서경성으로 출병한 것은 예상한 일이었다. 지금은 군대를 보내기만 했을 뿐, 아직 서경성을 제압한 것은 아니었다. 그래서 한운석이 가장 관심을 보인 것은 서경성의 상황이었다.

당리는 초조한 얼굴로 말했다.

"초청가와 영 귀비가 결탁했어!"

그 말은 용비야조차 뜻밖이었다. 그가 차갑게 물었다.

"사실이냐?"

"백이면 백 사실이야. 형, 그 여자들, 얕볼 상대가 아니야! 두 사람이 손을 잡은 데다 영승의 병력까지 있으니 우리 쪽 사람이 서경성을 제압할 수는 없어."

당리가 힘 빠진 소리로 말했다.

"어떻게 그럴 수가? 두 사람이 손을 잡았다면 영승은 초씨 집안에 지원군을 보내야 마땅하잖아요!"

한운석은 이해가 가지 않았다.

영승은 그 많은 병력을 손에 쥐고도 이곳에 병사 한 명 보내지 않고 모두 천녕국 경내에 묶어 두고 있었다.

그런데 어떻게 초씨 집안을 돕겠다는 걸까? 서경성에서 초청가의 세력은 영 귀비보다 컸다. 그런 초청가가 기꺼이 영 귀비의 통제를 받으려 할까? 초 장군이 이대로 동쪽 세 개 군에 갇히는 것을 두 눈 빤히 뜨고 지켜보려 할까?

용비야가 동쪽 세 개 군 쪽에 주력을 투입한 것은 영승을 기다리기 위해서였다!

"나도 이해가 안 돼! 하지만 초서풍이 보고한 상황은 그래. 초서풍이 잘못 알았을 리 없잖아!"

당리가 진지하게 말했다.

그때 내내 침묵을 지키던 용비야가 입을 열었다.

"초청가가 초씨 집안을 배신하고 영승에게 붙은 것이다. 초운예도 속았다.”

“그런…….”

한운석은 도무지 믿어지지 않았다. 하지만 용비야의 추측은 모든 의문을 풀어 주었다.

초운예는 멍청하게 영승의 지원군을 기다리고 있었고, 그들 역시 영승이 병력을 보내기를 기다리고 있었다. 하지만 영승은 초청가와 결탁해 안팎으로 호응하며 힘 하나 들이지 않고 서경성을 장악했고, 천녕국을 손에 넣었다.

“그렇다면, 영승의 두 부대는 서경성으로 간 게 아니라 초씨 집안과 우리를 방어하기 위해 남하한 거군요?”

마침내 한운석도 모든 것을 깨달았다.

영승의 군대가 남하하는 길은 하나밖에 없었다. 그 길을 따라 내려오다가 두 갈래 길에 이르러서 서쪽으로 향하면 하루도 못 가 천녕국 및 서주국 동쪽 세 개 군의 접경에 이를 수 있었다. 반면 두 갈래 길에서 동쪽으로 가면 숙서관肅西關이 나오고, 그곳을 장악하면 서경성의 서남쪽 방어선을 차지할 수 있었다.

영승은 서경성을 초청가와 영 귀비에게 맡기고, 자신의 병력은 동서로 보내 방어했다. 이는 용비야를 도발하는 것도 아니고 초씨 집안을 구원하는 것도 아닌, 혼자서 천녕국을 꿀꺽하겠다는 뜻이었다!

아주 비열한 짓이었다!

“형, 동쪽 세 개 군은 어쩌지? 당장 병사를 보내! 백리 장군에게도 출병하라고 해. 요수에서 물길을 따라가면 인어병들 속도로 보아 며칠 안에 서경성에 도착할 수 있어! 수병을 이용해 방어할 겨를도 없을 때 들이치는 거야!"

당리는 몹시 격앙되어 있었다.

하지만 용비야는 차가운 눈으로 그를 쏘아보았다.

당리는 격앙된 게 아니라 흥분한 것이었다. 인어병은 용비야가 가진 마지막 패 중의 패였다. 그런데 이렇게 쉽게 노출할 수야?

당리도 그 눈길에 슬그머니 쭈그러들어 차마 더는 말하지 못했다.

용비야의 눈동자에 차가운 빛이 줄기줄기 번뜩였다. 얼굴에 감정을 드러내지는 않았지만 지금 그의 기분이 좋지 않다는 것은 누구나 알 수 있었다.

꼼꼼히 헤아리고 또 헤아렸지만, 초청가가 초씨 집안을 배신하고 영승이 초청가와 손을 잡을 가능성은 헤아리지 못했다. 솔직히 말해 그에게는 평생 처음 있는 실수였다. 영승의 손에 당한 것이다!

이제 와서 동쪽 세 개 군을 포기하고 병력을 움직인다 한들 때늦은 일이었다!

용비야는 어두운 얼굴이었고 한운석의 낯빛도 썩 좋지 않았다. 그녀가 이를 갈며 말했다.

"초청가 그 여자를 너무 얕봤어요."

만약 초청가가 초씨 집안을 배신하지 않았다면, 영승이 아무리 대단한 재주를 가졌다 해도 이렇게 쉽게 서경성을 차지하지는 못했을 것이다!

결과적으로 초청가가 결정적인 열쇠였다.

그때 비밀 시위가 초서풍이 보낸 서신을 가져왔다. 용비야는 서신을 읽어 본 후 곧바로 한운석에게 건넸다. 서신에는 영승이 천녕국 동부에 홍의대포 십여 대를 설치해 용천묵을 단단히 견제하고 있다고 되어 있었다.

홍의대포는 운공상인협회에서 나온 것이 분명했다. 다시 말해 영승이 바로 적족 영씨 집안 사람임은 더 생각할 필요도 없는 사실이었다!

한운석과 당리는 도저히 받아들일 수가 없어, 용비야가 병사를 움직여 상황을 돌이키기만을 기다렸다. 용비야는 무표정해서 분노하는지 억울해하는지 드러나지 않았다.

그의 감정은 짐작할 수가 없었다.

그는 그저 차가운 목소리로 당리에게 분부했다.

"초운예를 재촉해라. 열흘 말미를 줄 테니 열흘 후에도 투항하지 않으면 초천은의 손을 제일 먼저 자르겠다 전해라!"

포옹 달아 놓기

열흘이면, 유운군의 병력이 남하하고 요수군의 병력이 북상하고 영승의 병력도 도착할 것이니 지원군도 없고 퇴각할 길도 없는 초씨 집안은 그야말로 절망적이었다!

용비야가 이렇게 나오는 것은 그들을 위협하기 위해서일 뿐 아니라 귀순을 종용하기 위해서이기도 했다.

“초씨 집안의 병력을 먹으려고요?”

한운석이 의아한 목소리로 물었다.

영승이 초씨 집안을 함정에 빠뜨려 이제 초씨 집안은 갈 곳이 없었다. 용비야가 초천은을 미끼로 초씨 집안에 귀순을 요구하면 어쩌면 그들도 정말 용비야를 위해 일할지 몰랐다.

알다시피 초씨 집안의 어전술 궁수는 혼자서 열 명을 상대할 실력이 있으니, 휘하에 받아들이면 용비야의 병력도 크게 달라질 것이다.

“그렇다.”

용비야는 인정했다. 재력이라면 영씨 집안에 밀리지 않을지도 모르지만, 병력은 확실히 부족했다. 그 역시 병력을 증강하고 군비를 확장할 때였다.

상황은 거의 결정되었지만, 그래 봤자 하나가 결정된 것에 불과했다. 또 다른 상황이 곧 펼쳐질 것이고, 그 상황에서 그의 유일한 적수는 바로 적족 영승이었다.

상황이 바뀔 것 같아 보이자 당리는 무척 기뻐했다. 그가 밖으로 나가려는데 한운석이 덧붙였다.

"가는 김에 초 장군에게 이 말도 전해요. 투항하지 않으면 영원히 팔을 못 쓰게 될 것이라고!"

이 말을 뒤집어보면, 초 장군이 투항하면 팔을 치료해 줄 수 있다는 뜻이었다.

용비야가 하던 대로 당근과 채찍을 함께 쓰는 방식이었다.

당리는 용비야와 한운석을 바라보며, 저 둘이 천생연분이라는 것을 전에는 왜 몰랐을까 하고 생각했다.

당리는 곧 밖으로 나갔다.

용비야와 한운석이 할 일은 기다리는 것뿐이었다. 서경성의 정황 변화를 기다리면서 초씨 집안의 소식도 기다려야 했다.

초씨 집안은 어떤 선택을 할까?

초운예 같은 사람에게 충성심 같은 게 있을 리 없고, 그의 본심은 서진 황족의 이름으로 세상 사람을 속이려는 것뿐이라는 게 한운석의 생각이었다. 그런 자라면 이해득실을 따져야 할 이런 상황에서 투항을 선택할 수밖에 없었다.

이렇게 생각하자 자연스레 '내기'라는 글자가 머릿속에 떠올랐고, 결국 지난번 용비야와 했던 내기가 생각났다.

영승의 신분을 걸고 했던 내기였다.

그녀는 천천히 용비야를 돌아보았다. 이 인간이 진 것 같은……, 아, 아니지. 진 것 같은 게 아니라 확실히 진 거야!

그가 지면 꼬맹이를 안아 주기로 했다.

용비야는 지금 무슨 생각을 하는지 멍하니 문밖을 보고 있었다.

한운석은 승자였고 승자답게 거들먹거리는 게 당연했지만, 애석하게도 저런 용비야를 보자 아무래도 마음이 편치 않았다.

그녀는 헛기침하며 화제를 돌렸다.

"용비야, 영 귀비의 방명이 뭐죠?"

"영안이다."

용비야가 곧바로 대답했다.

"그랬군요……."

한운석은 탄식을 지었다.

"구양영락을 대신해 운공상인협회 회장이 된 사람이 구양영정이라고 했잖아요. 영안과 영정, 합쳐서 '안정'. 후훗, 이름 한번 잘 지었네요."

한운석은 용비야가 영승과 영락의 이름도 꺼낼 줄 알았지만, 그는 수다를 떨 마음이 없는지 그저 '음' 하고 대답하기만 했다.

한운석이 다가가 그의 곁에 앉았다.

"영승과 구양영락의 이름도 재미있어요. 영승과 영락, 합치면 '승낙'이라는 말이잖아요. 왜 전엔 몰랐을까요?"

운공상인협회와 영 대장군부는 하나는 상인 집안, 하나는 군인 집안이라 아무런 관계가 없어 보였다. 누가 보더라도 두 집안이 서로 연결되어 있다는 생각을 하지 못했을 텐데, 그깟 이름 따위를 곰곰이 따져 볼 사람이 어디 있었을까?

용비야는 여전히 무표정한 얼굴로 그녀의 말을 무시했다.

한운석은 더욱 바짝 다가가 그에게 머리를 기울였다.

"그러니까 영승은 적족 사람이군요."

"음."

용비야는 그래도 무표정했다.

한운석은 답답했다. 이 인간이 전혀 반응이 없는 걸 보면 혹시 내기를 잊어버린 게 아닐까?

지면 꼬맹이를 한 번 안아 주기로 했는데!

한운석은 잠시 기다렸지만 용비야가 끝내 내기 이야기를 하지 않자 직접 말을 꺼냈다.

"용비야, 우리 내기했던 거 기억하죠? 당신이 졌으니 약속을 지켜요!"

용비야의 입꼬리가 눈에 띄게 실룩거렸다. 사실 한운석이 영귀비의 이름을 물었을 때부터 이 여자가 뭘 하려는지 알고 있었다.

그는 영승에게 당한 일로 기분이 좋지 않았고, 이럴 때 눈치가 있는 사람이라면 그를 건드리지 않고 거리를 두려 할 것이다. 그런데 이 여자는 대놓고 그를 몰아붙였다.

용비야가 고개를 돌려 바라보며 차갑게 물었다.

"한운석, 본 왕이 진 것은 평생 처음이다. 본 왕이 화를 낼까 봐 두렵지 않느냐?"

뜻밖에도 한운석은 이렇게 대답했다.

"내게 진 걸 말하는 거예요, 아니면…… 영승에게 진 걸 말하는 거예요?"

용비야의 낯빛이 순식간에 어두워졌다. 그는 한운석을 응시하며 아무 말도 없었다.

그러나 한운석은 두려워하기는커녕 도리어 웃음을 터트리고 싶은 충동에 휩싸였다. 다행히 그렇게 하지는 않았다.

그녀 역시 영승의 이야기를 다시 꺼낼 용기는 없어서, 허둥지둥 독 저장 공간에서 꼬맹이를 불러낸 다음 소매에서 꺼내는 척하며 손바닥에 올려 용비야 앞에 내밀었다.

"약속했잖아요. 한 번 안아 줘야 해요."

눈앞에 있는 사람이 한운석이 아니라 다른 이였다면, 용비야는 아마 진작 저 멀리 걷어차 버렸을 것이다. 하지만 지금은 눈을 내리뜬 채 꼬맹이를 쳐다보기만 뿐이었다.

꼬맹이는 독 저장 공간에서 독 연못 물을 마실 수 있게 된 후부터 배불리 먹고 깊이 잠에 빠지는 일이 많았고, 운석 엄마가 불러내지 않으면 거의 깨지 않았다.

녀석은 이미 먹고 자고 먹고 자기만 하는 생활에 돌입해 있었다. 이렇게 해야만 빨리 회복될 수 있었다.

녀석도 어서 빨리 낫고 싶었다. 이빨에 있는 독은 물론이고 피의 해독 기능과 변신 능력도 되찾고 싶었다. 그래야 공자처럼, 운석 엄마를 보호할 진짜 힘을 가질 수 있었으니까.

지금도 녀석은 잠이 덜 깨 몽롱한 상태였다.

녀석은 나른하게 몸을 뒤집어 팔다리를 위로 한 채 몸을 비비 꼬았다가 축 늘어뜨린 다음, 그제야 기지개를 켜며 눈을 떴다.

어라…….

눈앞에 익숙한 얼굴이 보였다.

며칠 동안 잠들어 있던 꼬맹이는 아무래도 곧바로 정신이 돌아오지 않아서, 조그만 앞발로 눈을 비빈 다음 다시 자세히 보았다.

비할 데 없이 잘생긴 얼굴, 완벽한 이목구비, 아무리 봐도 빈틈 하나 없는 외모. 눈앞에 있는 것은 그야말로 하늘이 고심하고 고심해서 만들어 놓은 조각상 같았다.

분명히 아름답긴 하지만, 안타깝게도 표정은 썩 좋지 않았다. 너무 차갑고 얼음장 같은 데다 특히 눈동자에서는 온도를 느낄 수조차 없었다.

꼬맹이는 자꾸만 눈을 비볐다가 다시 쳐다보았다. 보면 볼수록 이 잘생긴 얼굴을 어디서 자주 본 것 같은 기분이었다.

그러다가 별안간 녀석이 움직임을 딱 멈추고 눈을 휘둥그레 떴다!

진왕 전하잖아!

"찍……."

마침내 꼬맹이도 정신이 들었다!

정확히 말하자면 갑자기 찬물을 뒤집어쓴 것처럼 화들짝 깨어났다. 너무 놀란 나머지 하얗고 복슬복슬한 털이 올올이 곤두서서 파들파들 떨렸다!

우앙……, 왜 이렇게 된 거야!

꼬맹이는 조건반사적으로 달아나려 했지만 이미 늦은 후였다. 용비야의 손이 녀석보다 더 빨라서 어느새 꼬리를 잡아챈 것이었다.

용비야는 이렇게 찢어지는 비명을 제일 싫어해서 녀석의 꼬리를 잡아 문밖으로 집어 던지려던 차였다. 다행히 한운석이 예견하고 꼬맹이의 목을 잡으면서 용비야에게 물었다.

"뭘 하려는 거예요? 약속을 어길 셈이에요?"

꼬맹이는 운석 엄마가 뭐라고 하는지 알아듣지 못했고, 운석 엄마와 용 아빠가 내기한 것도 몰랐다.

운석 엄마가 왜 이러지?

용 아빠는 심심하면 날 집어던졌지만 운석 엄마가 막아 준 적은 한 번도 없었는데, 이번에는 정말 용 아빠와 한판 하려는 걸까?

꼬맹이의 심장이 두근두근 뛰기 시작했다. 사실 운석 엄마와 용 아빠가 정말 싸우면 누가 이길지, 녀석도 짐작할 수 없었다.

좀 더 정확히 말하면, 용 아빠가 운석 엄마에게 양보해 줄지 어떨지 확신할 수 없었다.

두 사람이 싸우면 뭐로 싸우더라도 용 아빠가 이길 것이 자명했기 때문이었다. 만약 진다면 분명히 양보해 준 것이었다.

만약 이번에 용 아빠가 양보하지 않으면 운석 엄마는 끝까지 밀어붙일까?

만약 운석 엄마가 밀어붙이고 용 아빠가 그래도 양보하지 않으면 두 사람은 정말 다투게 될까?

만약 두 사람이 다투면 꼬맹이 자신이 분란을 일으킨 원흉이 되는 걸까? 그래서 용 아빠에게 한바탕 혼이 날까? 역시……, 역시 알아서 내빼는 게 낫겠지?

꼬맹이의 의식이 둘로 나뉘어 이래라저래라 서로 싸우고 있을 때 한운석은 진지하게 용비야를 바라보았다.

"약속을 어길 순 없어요."

한운석이 진지한 목소리로 일깨워 주었다.

용비야는 한참 동안 침묵한 끝에 결국 입꼬리를 당기며 말했다.

"달아 놓겠다."

다른 요구라면 아무리 어려운 일이라도 그녀가 하자는 대로 했겠지만, 쥐를 안는 것은 도저히…….

"이런 걸 어떻게 달아 놔요?"

한운석이 눈썹을 치켰다.

"달아 놓자니까!"

용비야는 평생 처음 맞이하는 난처한 상황에 저도 모르게 꼬맹이를 놓아주었다.

사실 한운석은 속으로 웃음이 터질 지경이었다. 이 인간이 꼬맹이를 집어던지지 않고 놓아준 것만으로도 나쁘지 않은 시작이었다!

솔직히 강요할 생각은 아니었다.

한운석이 밀어붙이지 않자 용비야는 한쪽에 앉으며 다시 한 번 강조했다.

"달아 놓겠다."

한운석은 꼬맹이를 손아귀에 감싸고 따뜻한 물주머니를 만지듯 가만히 쓰다듬으며 온기를 빌렸다.

“좋아요. 어쨌든 난 기억하고 있을 테니까 약속을 어길 생각은 말아요.”

용비야는 막 입으로 가져간 차를 마시지도 못한 채 무거운 목소리로 대답했다.

“그럴 일 없다.”

그럴 일은 없었다.

그는 항상 그녀에게 한 말을 지켰다.

확실히, 그가 식언한 것은 아니었다. 다만 그가 꼬맹이를 안을 때쯤이면 꼬맹이는 더는 꼬맹이가 아니고 한운석도 더 지금의 한운석이 아닐 것이다…….

한운석은 꼬맹이를 감싼 채 그의 옆에 앉았다. 용비야는 꼬맹이를 흘끗 쳐다보았지만 예전처럼 혐오스러운 듯 한운석에게서 떨어뜨려 놓지는 않았다.

이제부터 한운석이 꼬맹이를 안는 것을 묵인한 것 같았다. 그가 한발 양보했으니 한운석도 계속 밀어붙이지 않았다.

그리고 꼬맹이는 영 석연치 않은 기분으로 운석 엄마 손에 웅크려 있었다.

세상에, 겨우 며칠 자고 일어났는데 운석 엄마에 대한 용 아빠의 사랑이 이렇게 어마어마해진 거야? 다툰 것도 아니고, 그저 단순한 동작으로 용 아빠를 만류했을 뿐인데 운석 엄마 곁에 남아 있도록 허락하다니?

알다시피 녀석으로서는 기대조차 하지 않은 일이고, 상상조차 해 본 적 없는 일이었다.

혹시 그사이 뭔가 놓쳤던 걸까? 혹시 그사이 두 사람 사이에 무슨 일이 있었나?

꼬맹이는 조심조심 고개를 들어 흘끔흘끔 용 아빠를 살폈다. 용 아빠는 비록 녀석을 쫓아내지 않았지만, 그 차가운 얼굴은 여전히 무시무시했다.

너무 가까이 가면 한기에 몸이 꽁꽁 얼 것 같아서, 꼬맹이는 아등바등 운석 엄마의 손아귀를 빠져나와 소매 속으로 숨어들었다.

녀석은 속으로 가만가만 한숨을 쉬었다. 아휴, 아무리 봐도 역시 공자가 제일 낫다니까.

공자는 지금쯤 어디에 있을까? 이렇게 추운 날이면 공자의 부드러운 목소리와 온화한 미소가 참 그립단 말이야!

공자, 어디 있는 거예요?

정말 보고 싶어요…….

어려움, 초씨 집안의 선택

용비야와 한운석이 초씨 집안의 선택을 기다리고 있을 때, 초운예와 초 장군은 그제야 서경성 밀정의 소식을 받고 초청가가 영승과 결탁해 초씨 집안을 배신한 것을 알았다.

초운예와 초 장군은 뒤늦게 모든 것을 깨닫고 노기충천했다.

초청가가 그들 앞에 있었다면 마구 화살을 난사해 백 번을 죽이고도 남았을 정도였다!

"불효막심한 계집! 천은이가 고생해서 만들어 놓은 것이 몽땅 그 계집 손에 무너졌구나! 완전히 무너졌어!"

"반드시 그 계집을 죽이고야 말겠다. 내 손으로 직접 죽일 테다!"

"우리 유족 초씨 집안에 그런 배신자가 날 줄이야. 절대 용서할 수 없다!"

두 사람은 영채 안에서 펄펄 뛰다가 한참 만에야 겨우 냉정함을 되찾았다.

알다시피 그들이 천불굴에서 본 모습을 밝히고 군사 반란을 일으킨 것은 모두 영승과 상의한 일이었다! 그 모두가 영승과 천녕국이라는 든든한 의지처를 믿고 저지른 일이었다!

그렇지 않고 초씨 집안 혼자였다면, 충분한 준비도 없이 이렇게 경솔하게 움직였을 리도 없고 더욱이 배수의 진을 쳤을 리도 없었다.

하지만 영승은 지원군을 보내주지 않았고 천녕국의 황위도 초씨 집안의 손에 들어오지 않았다.

그들이 가진 것은 고작 집안의 병사들과 동쪽 세 개 군뿐이었고, 더욱이 유운군과 요수군은 곧 적의 손에 떨어질 처지였다.

이제 그들은 무엇으로 진왕, 그리고 강성황제와 싸워야 할까!

그야말로 영승에게 제대로 한 방 먹고 용비야에게 처절하게 짓밟힌 상황이었다!

"애초에 제가 영승 그놈은 믿음직스럽지 못하다고 하지 않았습니까! 그런데 형님께서는 기어코……. 아아, 그놈에게 고북월을 내주지 않았더라면 적어도 지금쯤 내놓을 판돈은 있었을 겁니다! 이제는……."

초 장군은 참지 못하고 불만을 털어놓았다.

초운예는 아직도 자신의 판단이 틀렸다는 것을 믿을 수 없었다.

"영승……, 영승……."

"형님, 이 지경이 되어서도 영승 그놈의 야심을 모르시겠습니까? 저희도 서진의 이름으로 천하를 도모할 생각이었는데 영승이라고 그런 생각이 없었겠습니까? 잊지 마십시오, 적족은 천하를 손에 넣을 저력이 있습니다! 적족의 재력과 병력이면 운공대륙 어느 나라와도 맞설 수 있습니다! 허허, 우리가 천녕국에 쌓아 둔 세력은 모조리 그놈 차지군요!"

초 장군은 분기탱천해서 소리쳤다.

이 말을 듣자 마침내 초운예도 깨달았다.

알다시피 초씨 집안의 계획은 천녕국을 기반으로 세력을 확장하는 동시에 서진 황족의 핏줄을 찾아 다른 귀족들을 끌어들이는 것이었다.

이렇게 빨리 유족의 비밀을 노출할 생각은 추호도 없었다.

그렇지만 용비야가 압박을 가해 부득불 비밀을 밝힐 수밖에 없었다. 전쟁이 벌어진 이래로 상황은 그들의 손아귀를 벗어난 지 오래였고, 그들이 내린 결정은 하나같이 초반의 결심을 어기는 것들이었다.

차분하게 지난 일을 돌아켜 본 초운예는 용비야가 서주국을 방문했을 때부터 자신이 내내 격장지계激將之計(상대방을 흥분시켜 유인하는 계책)에 놀아났고 충동적으로 결정을 내려왔다는 것을 비로소 깨달았다.

그는 참지 못하고 한탄했다.

“어떻게 이럴 수가!”

이제 와서 후회하고 반성한들 늦은 후였다…….

“따지고 보면 모두 용비야와 한운석이 끈질기게 물고 늘어진 탓입니다!”

초 장군이 씩씩거리며 말했다.

초운예는 분노를 가슴에 꾹꾹 묻으며 착 가라앉은 소리로 말했다.

“지금은 무슨 말을 해도 소용없다. 대책이나 생각하자!”

바로 이때 유운군과 요수군의 정황 보고가 올라왔다.

초 장군도 지금쯤 두 군이 버티지 못했을 것으로 예측했지만, 명확한 소식을 듣자 역시 심장이 덜컥 내려앉았다.

그는 전황 보고서를 초운예에게 던지듯이 건넸다.

"대책이요? 허, 동서남북으로 포위된 상태에서 이 성을 포기하는 것 말고 또 무슨 대책이 있습니까?"

엎친 데 덮친 격이라더니, 초운예와 초 장군이 갈 곳이 없어 갈팡질팡할 때 용비야와 영승이 동시에 서신을 보내왔다.

두 형제는 서신 두 통을 함께 읽은 후 하나같이 얼굴이 시꺼메졌다!

용비야는 초천은을 인질로 열흘 안에 투항하라고 요구했다. 위협이자 귀순 요청이었다.

그리고 영승도 똑같이 열흘을 줄 테니 투항하라고 요구했다. 다만 영승이 내건 조건은 그들이 투항하면 고북월을 보내 용비야가 초천은을 내놓도록 해주겠다는 것이었다. 영승이 드러내놓고 말하지는 않았지만 이 역시 위협이자 귀순 요청이라는 것을 충분히 알 수 있었다.

결국, 선택의 순간이 왔다.

이런 상황이 닥치자 초운예와 초 장군은 도리어 차분해졌다. 그들은 서로를 마주 보면서 누구도 먼저 입을 열지 않았다.

용비야와 영승 모두 열흘 말미를 주었다. 틀림없이 그 열흘 동안 여러 가지 일이 벌어질 것이다.

두 형제는 오래오래 침묵했고 결국 초운예가 차분하게 입을 열었다.

"잘 생각해 보자꾸나!"

말을 마친 그는 곧바로 영채에서 나갔다. 초 장군은 아직도 통증이 남은 팔을 주무르며 깊은 생각에 잠겼다.

열흘은 금방이었다.

셋째 날, 유운군과 요수군의 병사가 남북 양쪽에서 나타나 용비야의 정예병과 함께 풍림군에 대항하는 형태로 서남북 삼면을 포위했다.

다섯째 날, 영승의 병사도 도착해 본래 천녕국 서쪽에 주둔하던 세 갈래 군대와 합류해 풍림군 동쪽을 에워쌌다.

일곱째 날, 천휘황제의 두칠头七(사망 후 7일이 되는 날로, 이때 망자의 혼이 집으로 돌아온다고 함)이 되었다.

여덟째 날, 초청가가 아직 만 한 달이 되지 않은 태자를 등극시켰다. 제호는 광영光永이라고 했다. 초 황후는 황태후가 되어 수렴청정하고 영승은 섭정왕에 임명되어 '영寧'이라는 왕호를 하사받고 조정 일을 돕게 되었다.

그날 섭정왕 영왕은 만조백관을 이끌고 엎드려 절을 올리며 목숨 걸고 천녕국과 광영황제에게 충성을 바치겠다고 맹세했다.

오늘은 바로 아홉째 날이었다.

아흐레 동안 말이 없던 초운예와 초 장군은 마침내 유족 장로들을 불러들였고, 초 장군은 모사들을 모두 소집해 빠져나갈 길을 논의했다.

하지만 상황이 이 지경인데도 그들 두 사람은 입을 꾹 다물고 말이 없었다.

몇몇 장로와 모사들이 분분히 의견을 내놓았고 심지어 말다툼하기도 했다.

"영승이란 자는 믿을 수 없습니다. 한 번 당해 놓고도 배알도 없이 다시 그자와 손을 잡아야 합니까? 우스꽝스러운 일이지요!"

"그럼 진왕은 믿을 만하오? 잊지 마시오. 유족의 어전술을 세상 모두가 알게 된 것은 진왕의 솜씨였소! 영승은 필시 주도권을 쥐기 위해 이런 짓을 벌인 것이오. 내 보기에 초씨 집안은 계속 영승과 협력해야만 하오. 어쨌든 천녕국 태자의 몸에는 우리 초씨 집안의 피가 흐르고 있지 않소!"

"하하하, 고북월을 준다고 초천은을 돌려받을 수 있을 것 같습니까? 너무 허황한 바람이지요! 그래 봤자 일개 의원일 뿐입니다!"

"고북월은 본래 우리 초씨 집안의 패였는데 영승 그놈 손에 들어가더니 이제 우리 집안을 귀순시키는 패로 사용되고 있지 않소? 아하하! 족장, 우리 유족의 체면은 어찌 되는 것이오?"

여기까지 듣고도 초운예와 초 장군은 여전히 말이 없었다. 한 사람은 눈을 잔뜩 찌푸리고, 다른 한 사람은 얼굴을 바짝 굳힌 채였다.

"진왕이든 영승이든 우리 초씨 집안의 어전술 궁수대를 마음에 걸려 하고 있소. 우리가 투항하든 하지 않든 그들은 절대 소장군을 놓아주지 않을 것이오! 우리는 평생 저들의 견제를 받겠지. 내 생각에는 이 성을 포기하는 게 좋겠소. 초씨 집안의 힘이면 이곳에서 달아나는 것은 손바닥 뒤집기나 마찬가지요!"

"허허, 도망병이 되고 싶으신 겁니까?"

"안 됩니다, 적당한 처사가 아닙니다. 그렇게 하면 세 세력의 적이 되어 운공대륙에 발 디딜 수 없게 됩니다!"

"나는 역시 영씨 집안에 투항하는 것이 좋겠다고 생각하오. 어쨌든 영씨 집안 비밀이 우리 손에 잊지 않소!"

"흥, 영씨 집안은 적족이라는 비밀이 밝혀지는 것을 두려워하지 않을 게요! 내 보기에 그 일로 영승을 옭아매긴 쉽지 않을걸!"

"설마 진왕에게 투항해야 한단 말이오? 진왕의 재력이나 병력이 어떻게 영씨 집안의 적수가 되겠소?"

온갖 의견이 쏟아지며 불꽃이 팟팟 튀었다.

결국 초운예가 주먹으로 탁자를 쾅 하고 내리치자 모두가 조용해졌다. 초운예는 초 장군을 바라보며 담담하게 말했다.

"너는 어떻게 생각하느냐?"

초 장군은 사람들을 한참 바라보다가 더없이 무거운 목소리로 말했다.

"이 성을 버리는 건 말이 안 되오……. 이 늙은이는 천은이를 구하고자 하는 사심이 크지만, 지금 초씨 집안이 사방으로 포위되었다는 것은 모두 잘 알 것이오."

초씨 집안의 힘으로 진왕과 영왕의 포위를 뚫는 것은 가능했다. 하지만 그들이 달아나면 서주국과 진왕, 영왕 모두의 적이 될 터였다.

초씨 집안 군대는 북려국과 여러 차례 싸웠기 때문에 진작 북려국의 눈엣가시가 되어 있었고, 천안국 쪽에서는 용천묵이 초씨 집안을 적대시한 지 오래였다.

약성은 진왕 수중에 있고, 소요성과 여아성은 돈만 중요시할 뿐 그 어떤 세력과도 교분을 맺지 않았다.

의성 쪽이라면, 능 대장로가 아직 서경성에 있으니 이미 영승과 초청가에게 매수되었을 것이다.

그리고 천산은, 평소 속세 일에 간섭한 적 없는 데다 설사 간섭한다고 해도 초씨 집안에 우호적일 리 없었다. 알다시피 천산검종 노인이 가장 예뻐하는 여제자가 단목요인데, 그 어머니인 설 황후가 그들 손에 잡혀 있었다.

초씨 집안은 운공대륙의 큰 세력 모두에게 미움을 산 상황이었다.

만약 진왕과 영왕 중의 한 곳을 선택하지 않는다면 초씨 집안은……. 필시 공공의 적이 되어 설 곳이 없게 될 것이다!

이 얼마나 비참한 일인지!

용비야를 건드리지 않았다면 영승에게 당할 일도 없었고, 지금 같은 지경에 처하지도 않았을 것이다.

초 장군이 가장 이를 가는 상대는 결국 용비야와 한운석이었다.

사람들이 아무도 말이 없자 그는 일어서서 차갑게 말했다.

"우리 초씨 집안에 아직 선택의 여지가 있다는 것은 곧 홍정에 나설 판돈이 있다는 뜻이오! 이 늙은이 생각에는 우리가 선택하기보다는 진왕과 영왕을 싸움 붙여 어부지리를 노리는 것이 좋겠소!"

초 장군의 말에 사람들은 일단 조용해졌다.

그 말이 옳았다. 진왕과 영왕이 초씨 집안을 두고 싸우는 지금, 초씨 집안은 이를 기회로 몸값을 높일 수 있었다!

모두가 며칠을 고민했는데, 어째서 그 점은 생각하지 못했을까?

이런 순간에도 저런 저력이 있다니, 역시 초 장군은 달랐다. 사람들은 재빨리 찬동했다. 덕분에 며칠 동안 푹 처져 있던 사람들은 마침내 안도의 숨을 내쉴 수 있게 되었다.

초운예도 초 장군과 생각이 같았다. 그가 사람들 앞에서 초 장군을 치켜세운 것은 그들에게 희망을 보여 주기 위해서였다.

그날 초 장군은 몸소 진왕과 영왕에게 답신을 썼다. 그들이 초씨 집안에 제시한 조건을 상대방에게 알려 주는 내용이었다.

영승은 초 장군의 서신을 받자 단박에 그 의도를 알아차렸다.

왕이 된 그는 더욱더 의기양양해졌고 하얀 장포를 걸친 몸에서 흘러나오는 귀티도 남달랐다. 지금 그는 다리를 꼬고 어서방의 크고 으리으리한 용좌에 건들건들 앉아 있었는데, 마치 한 나라의 주인이라도 된 것 같았다.

수렴청정하게 된 태후 초청가는 도리어 그 옆자리에 앉아 있었다.

영승은 서신을 초청가에게 툭 던지며 비웃는 소리로 말했다.

"당신 아버지는 정말 탐욕스럽군!"

초청가도 서신을 훑어보고 어떻게 된 것인지 알았다. 그녀 역시 냉소했다.

"영승, 이번에는 당신이 질걸!"

"아버지를 잘 아는 거냐? 아니면……."

그렇게 말하는 영승의 입가에 비웃음이 더 짙어졌다.

"아니면……, 진왕을 과대평가하는 거냐?"

초청가가 용비야를 좋아하는 것은 이미 무 이모를 심문해 알아냈다. 그는 한 번도 여자와 손잡은 적이 없었다. 이번이 처음이니 당연히 이 여자에 대해 낱낱이 알아야 했다.

영승의 비웃음에 초청가는 몹시 아니꼬웠다. 그녀가 가장 싫어하는 것이 바로 누군가 용비야를 향한 자신의 마음을 비웃는 것이었다. 그녀는 노성을 터트렸다.

"난 그저 사실대로 말한 것뿐이다. 당신은 진왕을 이기지 못해."

"벌써 한 번 이겼다."

영승은 아랑곳하지 않는 얼굴이었다. 초청가의 평가에는 전혀 개의치 않는 것 같았다.

그런데 초청가의 이어진 말이 그를 가만두지 않았다…….

우리 빚지면 안 돼요

초청가는 입꼬리를 올려 비웃음을 띠며 차갑게 웃었다.

"영승, 당신은 이긴 게 아니야. 오히려 진 거지! 당신 병력이면 1년 전 천녕국 내란 때 천휘를 견제하고 대권을 쥘 수 있었어. 당신이 진왕과 싸워서 얻은 것은 고작 1년 전에도 쉽게 가질 수 있었던 것뿐, 다른 건 아무것도 없어. 동쪽 세 개 군조차 얻지 못했지. 그런데 이겼다고 생각해?"

솔직히 말해 이 말은 영승의 아픈 곳을 정확하게 찔렀다!

그는 영리한 사람이었다. 사실 초청가가 꼬집어 주지 않았어도, 이번 용비야와의 첫 싸움에서 자신이 승리한 것처럼 보이지만 진짜 승리가 아니라는 것을 잘 알고 있었다.

기껏해야 용비야의 전략을 깨뜨렸을 뿐, 여태껏 용비야가 대체 무슨 생각을 하는지 꿰뚫어 보지도 못했다.

영씨 집안의 힘이면 확실히 1년 전 천녕국 서부 지역을 장악할 수 있었지만, 용비야가 천녕국에 가진 힘이면 1년 전 천녕국 전체를 장악할 수 있었다.

그러나 용비야는 그렇게 하지 않았고, 심지어 중남부에서 황제를 칭하지도 않았다. 영승은 아무리 생각해도 무엇 때문인지 알 수가 없었다.

초청가의 말에 화가 난 영승이 벌떡 일어났다. 커다란 몸집이 가까이 다가오자 초청가는 어마어마한 압박감을 느꼈다.

"본 왕은 이번에 반드시 초씨 집안을 손에 넣을 것이다!"

영승이 차갑게 말했다.

"난 당신이 이기든 지든 관심 없어. 어느 쪽이 됐든 내게 한 약속이나 잊지 마!"

초청가는 진지하게 일깨워 주었다.

"고북월을 초씨 집안에 내주기보다는 한운석과 교환하는 편이 나을 거야! 영승, 용비야를 이기고 싶으면 한운석에게 손을 쓰는 방법뿐이야. 그렇지 않으면 설령 당신이 초씨 집안 병력을 얻는다 해도 틀림없이 그 사람 상대가 못 될걸!"

쾅!

갑자기 영승이 주먹을 휘둘러 초청가 옆에 있는 탁자를 때렸다.

"본 왕 앞에서 그런 말은 집어치워라. 뒷감당하기 어려울 테니!"

그는 열네 살에 적족 족장 자리를 이어받았고, 그의 앞에서 감히 '패배'라는 말을 입에 담은 사람은 아무도 없었다. 초청가는 오늘 재차 그의 한계에 도전하고 있었다. 쓸모 있지만 않았다면 벌써 저 입을 틀어막았을 것이다!

초청가는 깜짝 놀라 한참 동안 말을 잇지 못하고 영승이 밖으로 나가는 것을 빤히 바라보다가 겨우 정신을 차렸다.

속에서 끓어오르는 증오가 크나큰 용기를 불러일으켰다. 그녀는 뒤를 쫓아가 영승의 앞을 가로막았다.

“영승, 당당한 남아 대장부가 나처럼 연약한 여자에게 식언하는 거냐? 일이 성공하면 날 도와 한운석을 처리해 주겠다고 약속해 놓고!”

“서두르지 마라. 일은 아직 끝나지 않았으니까! 본 왕은 초씨 집안을 놓아주지 않을 것이고 한운석도……, 후후, 네 앞에 갖다 놓아 줄 것이다!”

영승은 차갑게 얼굴을 굳혔다.

“그러니 지금은 꺼져라!”

초청가는 그래도 물러서지 않았다. 영승의 눈빛이 차가워지더니 갑작스레 손을 쳐들었다.

그는 여태 여자에게 손댄 적이 없었고 이번에도 마찬가지였다. 하지만 패도적이고 강력한 기운이 초청가를 홱 밀어냈다.

초청가가 거칠게 바닥에 나동그라지는 순간, 영승은 이미 어디론가 사라지고 말았다.

여자는 정말 골치 아팠다. 특히 초청가 같은 여자는!

용비야가 어쩌다 여자 같은 것을 좋아하게 되었는지, 영승은 도무지 알 수 없었다.

그가 알기로 한운석이라는 그 여자는 용비야를 무척 좋아했고, 혼례를 올리던 날에는 숫제 제 발로 꽃가마에서 내려 왕부로 들어갔다. 한운석의 명성이 높긴 해도, 사람은 끼리끼리 닮는다고 했으니 용비야를 좋아하는 여자라면 다 비슷할 것이다.

지난번에 만났을 때 그녀는 내내 그를 응시했었다. 그는 그런 눈빛에 반감이 커서 신분만 아니었다면 진작 흉악하게 노려

봐 주었을 것이다.

영승은 잠시 망설이다가 사람을 시켜 초씨 집안에 답신을 보냈다. 용비야가 초씨 집안에 투항을 요구한 일에 대해서는 아무 태도도 밝히지 않고, 그저 내일 날이 저물기 전에 투항하지 않으면 반드시 병사를 내어 초씨 집안을 없애 버리겠다고 경고하기만 했다.

영승이 초 장군의 서신을 받았을 때 당연히 용비야도 서신을 받았다.

'고북월'이라는 세 글자를 보는 순간 용비야의 표정은 차분해 보였지만, 눈동자 깊은 곳에서는 복잡한 빛이 스쳤다.

당시 천불굴에서 가짜 한운석이 쏜 신호탄은 영족 남자가 움직였다는 것을 알려 주었다. 용비야는 그날 천불굴에 있던 영족 남자가 초운예와 어떻게 싸웠는지, 어쩌다 싸웠는지 알지 못했다. 확신할 수 있는 것은 초운예가 데려간 수염쟁이가 영족의 남자라는 것뿐이었다.

그는 내내 고북월을 의심해 왔는데, 공교롭게도 고북월이 영승에게 잡혀 있었다.

혹시 고북월이 바로 영족 남자가 아닐까? 유족과 적족 사이에 그가 모르는 일이 있었던 것은 아닐까? 아니면, 그저 단순히 우연일 뿐 영족 남자는 여전히 초씨 집안 손에 있을까?

이 모든 것은 고북월을 구해 내야만 알 수 있었다.

만약 고북월이 진짜 영족 사람이라면, 그가 한운석에게 접근한 데는 분명히 목적이 있었다! 용비야는 한운석의 비밀을 아는 사람이 적족 손에 있는 것을 결코 허락할 수 없었다.

어쨌든 고북월은 반드시 구해 내야 했다! 그는 가만히 중얼거렸다.

"고북월……."

그때 한운석은 차를 마시는 중이었는데, 그 이름을 듣는 순간 손이 떨려 찻잔을 떨어뜨리고 말았다. 찻잔이 쨍그랑 소리를 내며 깨졌다.

용비야는 눈을 내리뜨고 깨진 찻잔을 바라보며 눈썹을 살짝 찌푸렸다.

그는 차를 아주 좋아했고, 찻잔에도 신경을 많이 써서 어딜 가든 반드시 직접 다기를 챙겨 가서 쓰곤 했다. 다기 한 벌에는 보통 찻잔이 다섯 개지만 그의 다기에는 총 여섯 개로, 추가된 잔은 주문 제작한 개인 잔이었다.

그는 늘 하나만 주문제작 했고, 당리조차 그의 개인 잔을 쓸 수 없었다. 한운석이 곁에 있게 된 후에야 그의 다기에 전용 찻잔이 하나 더 생겼다.

방금 떨어져 깨진 것은 바로 그가 제일 좋아하는 여요汝窑(중국 허난 지방에 있는 유명한 도자기 가마)의 하늘빛 도자기 잔이었다.

알다시피 도자기란 절대 완전히 똑같은 것이 있을 수 없었다. 설사 모양이 찍어낸 듯 똑같아도 광택에는 차이가 있기 마련이었다.

그것이 사라진 것이다. 완전히…….

용비야가 여전히 도자기 파편을 응시하는 동안, 한운석은 이미 서신을 다 읽고 얼굴이 창백해져 있었다.

"어떻게 그럴 수가 있지? 고 의원이 언제 저들 손에 떨어진 거죠? 그 사람은 줄곧 약귀당 분점에 있지 않았어요? 너무해요! 닭 한 마리 죽일 힘도 없는 의원을 괴롭히다니, 이게 무슨 짓이냐고요?"

한운석은 몹시 흥분했다. 영승이 고북월에게 손댈 것이라곤 생각해 본 적도 없었다.

그녀를 쳐다보는 용비야의 눈동자에는 불쾌감이 드러나 있었지만, 한운석은 고북월 걱정에 정신이 빼겨 알아차리지 못했다.

용비야는 잔을 깨뜨린 일은 따지지 않고 차갑게 말했다.

"양군이 교전할 때 인질로 협박하고 포로로 담판을 짓는 것은 정상적인 일이다. 뭘 그리 초조해하느냐?"

확실히 한운석은 초조했다. 물론 그녀도 각자의 능력에 따라 인질을 이용할 수 있다는 것은 잘 알았다. 그들도 초천은을 인질로 잡았으니까.

다만 고북월은 달랐다. 고북월은 이 전쟁과 추호도 관계가 없었다! 지난날 천휘황제의 태의였을 때, 고북월은 얼마든지 황제의 목숨과 천녕국의 정세를 좌지우지할 수 있었다. 그렇지만 그는 본분을 지키면서 한 번도 매수당하거나 위협에 굴복하지 않았고 정사에 간섭한 적도 없었다.

그는 자비롭고 선량한 의원일 뿐이었다. 자신이 맡은 일에 충실해서 약귀당에서도 일단 일을 시작하면 온종일 앉아 수없이 많은 환자를 치료하는 사람이었다.

영승 일행은 대체 무슨 권리로 고북월을 붙잡았을까? 그들에겐 도의조차 없는 걸까?

한운석은 분노했지만 그보다는 걱정이 앞섰다.

인질의 생활은 가시밭길이기 마련인데 그 허약한 고북월이 무슨 수로 버텨 낼까?

"당신은 초조하지 않아요?"

한운석이 도리어 용비야에게 물었다.

용비야는 대답 대신 반문했다.

"고북월이 초씨 집안과 맞바꿀만 하다고 생각하느냐?"

한운석은 이 말을 고북월을 구하지 않겠다는 뜻으로 받아들였다. 그녀는 말없이 고운 눈썹을 찌푸린 채 용비야를 응시했다.

본래 차갑게 바라보던 용비야는 한동안 그런 시선을 받자 뜻밖에도 눈길을 돌렸다.

"가치로만 말할 수 없는 사람도 있어요. 용비야, 고북월이 우리에게 무슨 빚을 졌죠? 우리도 그 사람에게 빚을 지면 안 돼요! 영승이 그를 붙잡은 건 분명 그가 약귀당 사람이고 우리와 교분이 깊기 때문일 거예요!"

한운석이 진지하게 말했다.

한운석은 은혜와 원한이 분명하고 사랑과 미움도 명확해서 한 입으로 두말하지 않는 사람이었다. 좋아할 땐 좋아하고, 싫어할 땐 싫어하고, 증오할 땐 끝까지 증오했다!

그녀는 누구에게도 빚진 적이 없었고, 마음속으로 빚을 느끼는 사람은 행방이 묘연해진 벙어리 노파가 유일했다. 고북월을 그 두 번째로 만들고 싶지는 않았다!

"빚을 지지 않겠다라……."

용비야가 혼잣말로 중얼거렸다.

"그럴 순 없어요!"

한운석은 심각했다. 빚을 지지 않겠다는 게 아니라 빚을 져선 안 되는 일이었다!

용비야는 무슨 생각을 하는지 잠시 침묵했다가 시원시원하게 대답했다.

"좋다, 빚은 지지 않도록 하지! 아무도 약귀당 사람을 건드릴 수 없다!"

초씨 집안이 흥정하겠다고? 그렇다면 꿩도 놓치고 매까지 놓치게 해 주지! 영승이 정말 이겼다고 생각한다면, 마지막에 웃는 사람이 누군지 얼마든지 가르쳐 줄 마음이 있었다!

용비야의 말에 한운석도 안심했다! 이번에 영승이 유리해지긴 했으나 아직 끝난 게 아니었다!

그녀는 영승과 직접 맞설 날을 손꼽아 기다리기로 했지만, 지금 가장 중요한 것은 초씨 집안을 처리하는 것이었다!

용비야는 영승이 초씨 집안에 투항을 요구한 일에 대해서는 아무 태도도 밝히지 않고 고북월 이야기도 하지 않은 채 시종에게 이렇게만 분부했다.

"초씨 집안에 답신을 보내도록. 내일 날이 저물기 전에 백기를 내걸지 않으면 반드시 전군을 동원해 초씨 집안을 없애 버리겠다고!"

이 말을 듣자 한운석은 용비야가 초씨 집안을 빼고 영승과 직접 교섭하려는 걸 알 수 있었다. 가장 현명한 선택이었다!

이렇게 하면 그들이든 영승이든 초씨 집안 손에 놀아나지 않아도 되고, 초씨 집안이 그들에게 투항하든 말든 고북월도 잠시 안전하게 지낼 수 있었다.

심장을 짓누르던 커다란 바위를 잠시 내려놓고 나자 한운석도 초 장군의 서신을 곰곰이 뜯어볼 마음이 생겼다. 서신에는 고북월이 영승 손에 있고 영승은 고북월과 초천은을 바꾸려 한다고 되어 있을 뿐, 그 밖의 이야기는 없었다.

한운석은 이해가 가지 않았다!

"고북월은 대체 어쩌다 영승 손에 들어갔을까요? 그 많은 약귀당 사람 중에 왜 하필 고북월이죠?"

한운석이 진지하게 물었다.

진실이 무엇인지는 용비야도 확실히 알고 싶었다. 그러나 고북월의 의도를 명확히 알기 전에는 한운석에게 너무 많은 이야기를 해 주지 않을 생각이었다.

"틀림없이 고북월이 여기저기 나돌아 다니다가 영승 쪽 사람과 딱 마주친 거야!"

내내 말이 없던 당리가 끼어들었다.

"지난번 초서풍이 분만 촉진제에 관해 물어보려고 그자를 찾았는데 약귀당 분점을 샅샅이 뒤져도 찾지 못했어. 빈해濱海 쪽 분점 하나에서 듣자니 고북월은 휴가를 내고 약성으로 약재를 구하러 갔대. 그런데 이런 일이 생길 줄 누가 알았겠어?"

당리의 말은 거짓이 아니었다. 하지만 그와 용비야의 눈에는 고북월의 휴가가 핑계일 가능성이 아주 커 보였다.

한운석은 가볍게 한숨을 쉬며 더 말하지 않았다.

설사 고북월이 잠시 안전하다 해도, 알다시피 군인들이란 손에 피를 잔뜩 묻힌 사람들이었다. 영승이 겉보기에는 점잖아 보이지만 목청무같이 점잖은 유장儒將(교양있는 선비 같은 장수)은 아니었다.

그녀는 한시바삐 초씨 집안을 처리하고 대책을 마련해 고북월을 구해 내기를 바랐다. 본래도 초씨 집안에 호감이 없었지만 이제는 더욱더 혐오스럽게 느껴졌다.

내일이면 약속한 열흘의 마지막 날이었다. 그녀는 초씨 집안이 무엇을 빌미로 용비야에게 조건을 제시할지 궁금했다!

고북월은 어디에

한운석이 나가자 당리가 즉시 용비야에게 다가왔다.

"형, 추측할 것도 없어! 천불굴에서 본 그자는 고북월이 분명해! 아마 처음에는 초씨 집안에 붙잡혔다가 나중에 영승에게 끌려갔을 거야. 영승은 고북월을 데려간 다음 초씨 집안을 혼내준 거야! 속 시커먼 놈!"

용비야가 생각에 잠겨 반응이 없자 당리가 또 말했다.

"형, 천불굴에서 대체 무슨 일이 있었던 걸까? 고북월은 어쩌다 그렇게 다쳤지? 싸워 이길 수는 없어도 달아날 수는 있잖아! 이 세상에 그자를 쫓아갈 수 있는 사람이 어디 있어? 초운예의 눈 하나가 먼 것도 고북월의 짓이 아닐까?"

용비야는 여전히 말이 없었고, 당리는 생각하면 할수록 이상한 느낌이었다.

"영승이 고북월의 신분을 알까? 고북월과 초씨 집안이 손잡고 영승과 우리를 함정에 빠뜨리려는 건 아니겠지? 그게 아니면 혹시……, 고북월이 영승과 결탁했나?"

혼자서 온갖 추측을 늘어놓던 당리는 결국 스스로 혼란에 빠졌다. 문득 한운석이 참 행복하겠다는 생각이 들었다. 아는 것이 적으니 걱정할 것도 적고 머리 복잡해질 일도 많지 않을 테니까.

"형, 형은 어떻게 생각하는지 나한테만 살짝 말해 봐."

당리가 애원했다.

안됐지만 용비야는 여전히 그를 무시했다.

어려서부터 당리가 제일 싫어하는 것이 용비야에게 무시당하는 것이었다. 그는 헛기침을 두어 번 하고 바닥에 나뒹구는 도자기 파편을 느릿느릿 주우면서 놀리듯이 말했다.

"형은 반드시 고북월을 구할 거야. 조금 전에는 일부러 형수를 초조하게 만든 거지, 안 그래?"

당리가 이런 말까지 했는데도 용비야는 여전히 무표정했다.

당리는 간교하게 눈을 빛내며 혼잣말했다.

"어이쿠, 어디서 이런 시큼한 냄새가……, 심하다, 심해!"

이 말을 하면 마비된 것 같은 용비야의 얼굴에도 무슨 표정이 떠오를 줄 알았는데, 뜻밖에도 용비야는 여전히 아무 표정이 없었다. 대신 몸을 일으켜 당리가 앉은 의자를 걷어찼다!

당리는 미처 정신을 차리기 전에 '쿵' 하고 엉덩방아를 찧었다. 시퍼렇게 멍든 게 분명해서 아무래도 오늘 밤에는 엎드려 자야 할 처지였다.

초운예와 초 장군은 용비야와 영승의 답신을 손꼽아 기다리고 있었다. 앉아서 용비야와 영승의 싸움을 구경하는 것이 그들의 목적이었다. 그런데 양쪽에서 답신을 받은 순간 완전히 절망했다!

용비야와 영승의 답신은 똑같았다. 그들 둘 다 초씨 집안에 기회를 주지 않았고, 투항하지 않으면 출병해서 풍림군을 짓밟아 버리겠다는 말뿐이었다.

초 장군이 제 딴엔 영리한 척 꾀를 부렸으나, 결과적으로는 역시 용비야냐 영승이냐 선택해야 하는 상황이었다.

초 장군의 팔은 천으로 둘둘 말려 있어서 모르는 사람이 보면 부러진 것으로 오해해도 이상하지 않을 정도였는데, 사실은 가려움과 통증을 억제하는 약을 덕지덕지 발라 둔 상태였다.

약을 바르는 양이 나날이 늘어났고, 그 자신도 얼마나 버틸 수 있을지 알 수 없었다. 그러니 선택을 앞두고 사심을 품지 않기란 불가능했다. 그는 팔에 당한 독을 해독하기를 원했고, 아들이 무사하기를 바랐다.

"형님, 저는 진왕을 선택하고 싶습니다! 제가 볼 때 영승은 진왕의 상대가 못 됩니다. 진왕과 척을 지느니 충성을 바치는 게 낫지요. 일단 진왕 휘하에 들어가면 훗날 모반을 일으켜 복수할 기회는 얼마든지 있습니다! 기왕 진왕이 배포 있게 기회를 주었으니, 우리 초씨 집안도 용기 있게 받아들여야 하지 않겠습니까?"

초 장군이 낮은 목소리로 말했다.

"내가 영승을 선택하겠다면?"

초운예가 되물었다.

초운예인들 사심이 없을까? 사실 용비야와 영승이 투항을 요구하기 전부터 그는 벌써 영승에게 투항하는 것을 고려하고 있었다.

그는 자신이 영승을 잘못 보지 않았다고 자신했다. 영승은 천하를 차지할 힘이 있지만 그럴 마음이 없는 것이 확실했다.

그렇지 않았다면 영씨 집안의 재력이나 병력으로 보아 천녕국을 뒤집으려고 지금까지 기다리지도 않았을 것이다.

그는 영승이 언제까지나 가족의 사명에 따라 서진 황족에 충성을 바치리라 굳게 믿었다. 이번에 영승이 초씨 집안을 골탕 먹인 것은 단지 두 집안의 협력 관계에서 주도권을 쥐려는 목적일 뿐이었다. 용비야는 초씨 집안을 없애 버릴 마음이 있지만 영승은 그렇지 않았다.

초운예의 설명에 초 장군은 불만스러웠다.

"형님, 똑같은 실수를 두 번 하시려는 겁니까? 이미 영승에게 당하고도 모르십니까!"

"이번에는 실수하지 않을 것이다!"

초운예가 고집스레 말했다.

"형님께는, 아니지……, 초씨 집안에는 이제 더 실수할 여력도 없습니다. 형님, 다시 생각해 보십시오!"

초 장군은 한 발짝도 물러서지 않았다.

"형님께서 고집을 부리시면 죄송하지만 저는……."

초 장군의 말이 끝나기 전에 초운예가 가로막았다. 아우의 성품으로 보아 충돌을 일으키면 안 된다는 것을 그도 똑똑히 알고 있었다. 이 아우는 자칫하면 휘하 병력을 이끌고 용비야에게 투항해 버릴 녀석이었다.

"족장인 나도 결정하지 못하는 문제라면, 차라리 하늘에 맡기자꾸나."

초운예는 이렇게 말하며 금화 하나를 꺼냈다.

"앞면이면 진왕이고 뒷면이면 영승이다. 어떠냐?"

초 장군은 한참 망설였지만 결국 고개를 끄덕였다. 아무래도 그 역시 초운예와 사이가 틀어지고 싶지는 않았다.

초운예는 시원시원하게 초 장군에게 금화를 주며 직접 던지게 했다. 초 장군도 사양하지 않고 금화를 높이 던졌다가 곧바로 손바닥에 받아 쥔 뒤 초운예 앞에서 손을 펼쳤다.

두 사람의 시선이 동시에 금화에 쏠렸고, 상반된 표정을 지었다. 금화는 뒷면이 위를 향하고 있었다. 즉 초운예의 승리였다!

초 장군이 황급히 금화를 뒤집어 보니 다른 쪽은 정면이 분명했다. 금화에 속임수 같은 것은 없었다.

그가 진 것이다!

"하늘의 뜻이구나."

초운예는 담담하게 말하며 금화를 받아들었다. 사실 이 금화에는 큰 속임수가 있어서 어떻게 던져도 반드시 뒷면이 위로 향하게 되어 있었다. 애석하게도 초 장군이 다시 금화를 던질 일은 없었다.

초 장군은 실망했고, 초운예는 그런 그의 어깨를 토닥여 주었다.

"날 믿어라. 용비야와 한운석은 절대로 고북월을 포기하지 않을 테니 천은이도 돌아올 수 있다."

선택의 여지가 없는 초 장군은 곧 영승에게 서신을 쓰러 갔다. 초운예는 모험을 하려 하지만 그는 위험을 무릅쓸 수 없었다. 반드시 영승에게 내일 날이 저물기 전 용비야와 직접 교섭하게 해야만 했다. 그렇지 않으면 내일 초씨 집안의 답을 받지 못한 용비야가 홧김에 초천은을 죽여 버릴 것이고 그렇게 되면 그에게는 평생 희망이 없었다.

서신을 보낸 뒤 초 장군은 온종일 잠을 이루지 못했다. 이튿날 석양이 질 무렵에야 영승이 답신을 보내, 이미 용비야와 교섭이 끝났고 내일 정오에 풍림군에서 유명한 팔각정에서 인질을 교환하기로 했다고 알려 주었다.

"그렇다면 용비야가 인질 교환을 승낙했군요!"

초 장군은 기대 이상의 결과에 몹시 기뻐했다.

초운예에게는 놀라운 일이 아니었다.

"그래서 안심하라고 하지 않았느냐. 한운석이 바로 용비야의 약점이니, 한운석의 약점은 곧 용비야의 약점이다!"

초 장군은 초천은만 돌아오면 훗날 초천은이 초씨 집안을 이끌게 될 테니 자신의 팔 하나쯤 망가져도 상관없다고 생각했다.

영승을 선택한 이상 초씨 집안도 최소한 풍림군을 지킬 수 있게 되었다. 초 장군은 밤새 잠 한숨 자지 않고 천라지망을 펼쳐 만반의 준비를 했다.

첫 번째 목적은 영승의 대군과 호응해 만에 하나 인질 교환 때 용비야가 성을 공격하려 하면 무작정 당하지 않도록 대비하는 것이었다. 두 번째 목적은 용비야가 속임수를 써서 초천은을 내놓지 않으려 할 때를 대비하는 것이었다. 그런 상황이 오면 그와 초운예 모두 어전술을 쓸 수 없는 데다 영승 역시 용비야의 적수가 아니었다.

자신의 근거지에서 인질을 교환하는 데에도 이처럼 꼼꼼히 대비하는 것을 보면, 초 장군이 속으로 용비야를 얼마나 꺼리는지 알 만했다.

이튿날, 영승이 먼저 도착했고 용비야는 약속 시각에 맞춰 나타났다.

초씨 집안은 팔각정 주변에 보란 듯이 궁노수 한 무리를 배치한 것도 모자라 보이지 않는 곳에도 적잖은 매복을 펼쳐 놓았다. 영승은 혼자 정자에 앉아 술을 맛보았고, 초운예와 초 장군은 그 옆에 섰다.

호랑이 굴에 깊이 들어온 용비야는 뜻밖에도 한운석과 당리 두 사람만 데려왔다. 그 자신은 한운석을 감싸 안았고 당리는 초천은을 붙잡고 있었다.

초천은은 지난번 한운석과 당리에게 처참하게 괴롭힘을 당했지만 상처를 입지는 않아서, 조금 야위었을 뿐 큰 문제는 없어 보였다.

팔각정에 이르자 용비야는 곧 주위에 적잖은 고수가 매복한 것을 감지하고도 별로 신경 쓰지 않았다. 멀리 정자 안에 앉은 영승이 보였지만 역시 신경 쓰지 않고 무표정한 얼굴로 걸어갔다.

반면 한운석은 영승에게 주목했다. 오늘 본 영승은 지난번에 본 학자 같은 모습도 아니고 평소 사람들이 말하던 대로 흰 장포에 은빛 갑옷을 걸친 영 장군도 아니었다. 오늘의 영승은 용비야처럼 흑의 경장을 걸치고, 사람을 압도하는 존귀함과 패기를 철철 흘리고 있었다.

하지만 한운석은 한눈에 두 사람의 차이를 알아차렸다. 용비야의 패기에는 무심함과 차가움이 담겨 있지만, 영승의 패기에는 오만방자함이 흘렀다. 그의 차가운 눈동자도 용비야와는 달랐다. 그의 차가움은 오만한 차가움이지만 용비야의 차가움은 냉혹 무정한 차가움이었다. 역시 그녀가 잘못 본 것이 아니었다. 지난번에 본 영승의 우아함은 거짓으로 꾸며 낸 것이었다!

물론 이런 것은 한운석의 관심사가 아니었다. 그녀의 관심사는 고북월이었다. 정자에는 세 사람뿐, 그녀가 잘 아는 하얀 그림자는 없었다.

용비야도 그녀가 염려하는 것을 알아챘는지 정자에 도착하자마자 차갑게 물었다.

"고북월은?"

영승은 입꼬리를 올리며 냉소를 지었다. 더는 공손한 태도가 아니었고 심지어 일어나지도 않았다. 그는 거들먹거리며 앉아 잔에 술을 따라 용비야에게 내밀었다.

"앉지!"

어마어마한 위세였다.

하지만 용비야는 이 정도로 겁먹을 사람이 아니었다. 그는 쓸데없는 말은 집어치우고 한 손으로 한운석을 단단히 감싸 안은 채 다른 손으로 초천은의 팔꿈치 관절을 붙잡았다가 느닷없이 확 잡아당겼다. 초천은의 팔꿈치 관절이 힘없이 쑥 빠졌다.

팔 관절이 빠졌을 때 제때 붙이지 않고 시간을 오래 끌면 후

유증이 생기기 마련이라 활이나 화살을 들기는커녕 무거운 물건을 들 때마다 팔이 빠질 가능성이 컸다!

초운예와 초 장군은 마음이 급했다. 알다시피 두 사람 다 다친 지금 초천은이야말로 초씨 집안의 희망이었다.

용비야가 묻기도 전에 초 장군이 다급히 말했다.

"고북월은 숲속에 있소! 진왕, 천은이를 놓아주면 이 늙은이가 직접 고북월을 데려오겠소!"

초 장군은 물론, 초씨 집안의 그 누구도 이제 용비야와 담판을 지을 자격이 없었다. 용비야는 그들과 쓸데없이 이야기를 나눌 사람이 아니었다.

그는 초 장군에게는 눈길도 주지 않고 초천은의 어깨 관절을 잡았다가 힘껏 당겼다!

그러자 내내 고개를 숙인 채 아무 말 없던 초천은도 결국 참지 못하고 가벼운 신음을 흘렸다.

"천은아!"

초 장군은 안달복달했지만 초천은은 그쪽을 흘끗 바라보았을 뿐 아무 말도 없었다. 초천은은 지금 상황을 전혀 몰랐다. 어째서 고북월이 영승 손에 있는지도 몰랐고, 영승의 진짜 신분도 몰랐다.

아버지나 백부보다 훨씬 신중한 초천은은 상황이 명확해지기 전까지는 입을 다무는 것이 최선이라고 생각했다.

팔꿈치 관절이 빠지는 바람에 초천은의 팔은 망가진 나무인형의 팔처럼 흐물흐물 늘어져 있었다. 초천은의 팔은 곧 초씨 집안의 미래였다! 초 장군은 두말없이 숲에 있는 고북월을 데려오기 위해 몸을 돌렸다.

영승은……, 그를 막을까?

공자……

영승이 막는 것은 당연했다!

그가 고북월을 숲에 두고 데려오지 않은 것은 용비야에게 위세를 부리기 위해서였다.

삼군연합 전투의 승리자는 그인 것 같지만, 실제로는 아무것도 얻은 게 없었다. 하지만 이번에는 초씨 집안이 그를 선택했으니 확실하게 용비야를 이겼고 초씨 집안도 얻었다.

초운예의 서신을 받은 후부터 지금까지 그는 계속 기분이 좋았다. 그러나 용비야를 보자 승리자의 희열감 같은 것은 즉시 사라졌다. 용비야에게서 패배자다운 실의나 낙심을 전혀 발견할 수 없었기 때문이었다. 심지어 용비야의 기분도 꿰뚫어 볼 수 없었다.

이자는 얼어붙은 냇물 같았고, 아득히 멀어 쉽사리 흔들어 댈 수 없었다. 더욱이 말 한마디 없이 위세를 뽐내려던 그의 계획을 깨뜨리고 초 장군이 순순히 달려가 고북월을 데려오게끔 했다.

오만한 영승이 이걸 받아들일 수 있을까?

그는 초 장군을 직접 가로막는 대신 나른하게 술잔을 들며 빙긋 웃었다.

"누구 없느냐, 고북월의 팔꿈치와 어깨 관절을 뽑아라."

그 말이 떨어지자 초 장군은 자연히 걸음을 멈추었고 함부로 움직이지 못했다. 어쨌든 그는 이미 영승에게 귀순한 몸이었다.

한운석은 심장이 덜컥 내려앉았지만 겉으로 드러내지 않았다. 초조하긴 해도 아직 분별을 잃을 정도는 아니었다.

그들은 인질을 교환하러 온 것이고 영승이 인질을 숨긴 것은 누가 봐도 골탕 먹이겠다는 뜻이 분명했다. 여기서 양보해 영승이 승세를 타면 정말 패배하고 말 것이다.

한운석은 이를 악물고 참았다.

용비야도 당연히 영승의 의도를 알고 차갑게 코웃음 쳤다.

"성의가 없으니 시간 낭비할 필요 없겠지."

말을 마친 그가 한운석을 안고 돌아섰고, 당리도 초천은을 끌고 황급히 뒤따랐다.

영승은 아무렇지 않은 듯 술을 마시면서 멀어지는 용비야 일행의 뒷모습을 바라보았다. 용비야 일행의 걸음은 빠르지도 느리지도 않았다. 그렇게 걷다 보니 한참 멀어졌는데도 영승은 그들을 붙잡을 기미가 없었다.

"돌아가고 싶으냐?"

용비야가 나지막이 물었다.

이건 내기였다. 용비야와 영승 중 누가 먼저 양보하는지 겨루는 내기. 각자의 판돈은 바로 고북월과 초천은이었다.

한운석의 심장 박동이 빨라졌다. 자신이 걸린 문제라면 질 수도 있지만 고북월을 걸고 질 수는 없었다. 그래서 그녀는 몹시 단호하게 말했다.

"괜찮아요!"

일단 돌아가면, 일단 양보하면, 순조롭게 고북월을 데리고 갈 수 있다는 보장이 없다는 것을 그녀도 알고 있었다. 그녀는 자신과 용비야의 판단을 굳게 믿었다. 영승은 초천은을 포기할 리 없었다.

그들은 그렇게 한 걸음 한 걸음 앞으로 나아가며, 한 걸음 한 걸음 고북월이 있는 숲에서 멀어졌다. 고북월은 그들이 왔다는 걸 알고 있을지 궁금했다.

고 의원, 당신을 걸고 내기한 날 용서해요!

한운석은 걸음을 멈추지 않았을 뿐 아니라 오히려 용비야의 손을 잡고 더 빨리 걸었다.

이 광경을 보자 줄곧 차분하던 영승이 벌떡 일어났다. 그는 정자에서 몇 걸음이나 나가 진지하게 보고 또 보았다. 확실히, 잘못 본 것이 아니었다.

한운석이 용비야의 손을 잡고 떠나고 있었다. 한시도 머물 뜻이 없는 듯한 모습이었다.

어떻게 이럴 수가 있지?

한운석이 고북월과 무척 사이가 좋으니 절대 그를 내버려 두지 않을 것이라고, 초청가는 아주 확신에 차서 말했다. 그런데 지금은 용비야가 아니라 저 여자가 떠나려 하고 있었다.

그러니까 저 여자 마음속에서 고북월이 중요한 사람이긴 해도, 반드시 지켜야 할 사람은 아니었다는 말인가?

영승의 눈에 고북월은 일개 의원이었다. 초운예 손에서 고북월을 데려온 후 내내 감옥에 가둬 놓았고 두 번 다시 눈길도 주지 않았다. 한운석이 고북월을 포기한다면 고북월은 한 줌의 가치도 없었다.

한운석이 어찌나 빨리 걸어갔는지, 영승이 몇 걸음 뒤쫓았는데도 이제는 그들의 뒷모습조차 보이지 않았다.

의원 하나 남겨 둔들 어디에 써먹을 수 있을까? 초천은을 얻어야만 진정으로 초씨 집안의 군대를 장악할 수 있었다!

결국 영승이 입을 열고 차갑게 말했다.

"초운예, 언제까지 넋 놓고 있을 참이오? 가서 불러오시오!"

초 장군은 초운예보다 더 빨리 움직여 직접 숲에서 고북월을 데려왔다. 영승은 '불러오라'고 했지만 초운예로선 그들을 설득해야만 했다!

"진왕, 진왕비. 방금은 영왕이 농담한 것뿐이니 너무 마음에 두지 마시오. 고북월은 이미 팔각정에 와 있으니 돌아갑시다."

당당한 일족의 족장으로서의 위엄은 땅에 떨어진 것이나 마찬가지였다. 이를 본 초천은은 비록 아무 말 없었지만, 가슴속에 실망과 분노가 차올랐다.

그가 붙잡힌 지 얼마 되지도 않았는데, 유족 초씨 집안은 이미 그가 알던, 그의 마음속에 있던 그 유족이 아니었다. 다른 사람에게 투항하고 노예처럼 비위를 맞추다니 이게 무슨 꼴일까?

한운석은 고개를 들고 용비야를 바라보며 환하게 웃었다.

"용비야, 이번에도 내기에서 이겼어요!"

용비야는 말없이 웃으며 그녀를 데리고 돌아섰다. 초운예에게 돌아섰을 때 두 사람은 약속이나 한 듯 무표정해져 얼굴에 아무 감정도 드러내지 않았다.

팔각정에 돌아가니, 고북월도 와 있었다.

한운석은 그를 보자마자 마음이 아파 달려가서 안아 주고 싶은 생각이 굴뚝같았다. 남녀 간의 애정이나 그 무엇이 아니라, 그저 순수하게 안아 주고 싶을 뿐이었다. 하지만 그럴 수 없었다.

그녀는 독 저장 공간에 넣어 둔 꼬맹이를 몰래 불러냈다. 막 나온 꼬맹이는 아직 의식이 몽롱했지만 지난번과는 달리 이번에는 나오자마자 공기 속에 퍼져 있는 그 무엇보다 익숙한 냄새를 맡을 수 있었다. 운석 엄마의 체취 못지않게 익숙한 냄새였다.

녀석은 순식간에 정신이 번쩍 들었다.

공자다!

깜짝 놀라 다급히 운석 엄마의 소매 속에서 머리를 쏙 내민 녀석은, 곧 그토록 잊지 못하고 그리워하던 공자를 볼 수 있었다.

하지만…….

그 익숙한 모습을 보는 순간 꼬맹이는 울음을 터트리고 말았다. 찍찍 소리를 내며 우는 게 아니라 눈시울에 뜨거운 눈물이 맺힌 것이었다.

꼬맹이는 이미 자신이 얼마나 오래 살았는지도 기억하지 못했지만, 한 번도 눈물 흘린 적이 없다는 것은 기억하고 있었다. 자신이 울 수 있다는 것조차 몰랐다.

녀석은 발작하듯 땅에 뛰어내려 여기가 어딘지 생각해 보지도 않고 단숨에 공자의 발치로 달려갔다. 예전이었다면 벌써 공자의 옷에 매달려 뒤나 옆으로 기어올랐을 것이다. 녀석이 제일 좋아하는 것은 공자의 어깨에 올라 그 목에 몸을 비비며 애교를 부리는 것이었다. 공자는 한 번도 녀석을 쫓은 적이 없었고, 손가락 하나로 조그마한 머리를 살살 쓰다듬거나 꼬리로 장난치곤 했다. 공자는 손가락마저 따뜻했다.

그렇지만 이번에는 꼬맹이도 함부로 굴지 않았다. 녀석은 발치에 앉아 고개를 들고 공자를 올려다보며 끊임없이 눈물을 뚝뚝 흘렸다.

공자는 너무 허약했다. 언제 쓰러져도 이상하지 않을 정도로 약해져 있었다. 정신을 잃었는지 똑바로 서 있지도 못해서, 양쪽에서 두 사람이 부축해 줘야만 억지로 버틸 수 있었다.

이는 겉으로 드러난 모습일 뿐, 꼬맹이의 예민한 코에는 피비린내도 느껴지는 데다 가까이 가 보니 숨결마저 이상했다.

녀석은 공자가 다리와 어깨에 중상을 입었고, 단전에 어혈이 맺혀 내공이 완전히 사라지고 심각한 내상을 입었다는 것을 알았다.

공자, 대체 무슨 일을 당한 거예요?

꼬맹이는 멍하니 공자를 올려다보면서 자그마한 앞발로 계속해서 눈물을 닦았지만, 시야는 여전히 흐릿했다. 공자가 눈을 뜨고 한 번만 바라봐 주면 얼마나 좋을까 생각하면서…….

공자, 어떻게 된 거예요?

지난번 초씨 집안의 궁노수들이 천녕국 도성에서 한운석 일행을 포위 공격했을 때 꼬맹이가 나타나 고북월을 지킨 후부터, 초씨 집안 사람들은 녀석의 존재를 주시하게 되었고 영승 역시 녀석을 알고 있었다.

영승이 흥미로운 눈길로 꼬맹이를 바라보며 사악하면서도 싸늘하게 웃었다.

"누가 기르는 쥐인데 이렇게 경우가 없을까."

조금 전까지는 참았던 한운석도 고북월의 이런 모습에는 참을 수가 없었다! 그들도 초천은에게 형을 가했지만, 혼절할 만큼 괴롭히지는 않았고 붙잡기 전에 썼던 독도 해독해 주었다. 그런데 저들은 대체 고북월에게 무슨 짓을 한 걸까?

그녀는 차가운 눈으로 영승을 노려보며 차분하게 말했다.

"다람쥐도 몰라보느냐? 눈이 멀었다면 상관없지만, 아는 것이 적어서 그렇다면 어서 돌아가서 어머니께 다시 가르쳐 달라고 부탁이나 하시지."

이 말이 떨어지자 영승의 낯빛이 새까매졌다.

조롱기라곤 없이 차분한 목소리로 사실만 나열한 한운석의 말이 영승을 더더욱 수치스럽게 했다. 그는 반격하고 싶었지만 도무지 반박할 말이 없었다.

옆에 있던 당리가 참지 못하고 용비야를 바라보았다. 참 다행스럽게도, 늘 꼬맹이를 쥐 취급하던 사촌 형은 여전히 태연했다.

영승도 결국 한운석을 다시 보게 되었다. 이 여자의 혀는 초청가보다 훨씬 날카로웠다. 지독히도 눈치 빠르고 혀가 매서운 여자지만, 애석하게도 그는 그런 여자를 제일 싫어했다.

"여봐라, 저것을 쫓아내라!"

그가 차갑게 명령했다.

시종 몇 명이 우르르 다가서자 꼬맹이는 즉시 적의를 알아차렸다. 녀석은 사람 말을 알아듣지 못했지만 공자가 이들에게 잡혀 있다는 것과 운석 엄마가 초천은을 끌고 와 인질을 교환하려 한다는 것은 알 수 있었다.

이들은 나쁜 사람들이었다!

녀석은 눈을 가늘게 뜨며 포위망을 좁혀 오는 시종들을 바라보며 날카로운 송곳니를 드러냈다. 감히 공자를 괴롭히다니 용서 못 해!

시종이 손을 뻗어 잡으려는 찰나 꼬맹이가 폴짝 뛰어 그중 한 사람의 얼굴을 덮쳤다. 녀석은 날카로운 발톱을 힘껏 휘둘러 얼굴 가죽을 통째로 잡아 뜯었다. 꼬맹이, 화났어!

"으악……!"

그 시종의 입에서 참혹한 비명이 터져 나왔다. 얼굴이 온통 피범벅이 되어 차마 눈 뜨고는 보지 못할 지경이라, 주위에 있던 다른 시종들도 깜짝 놀란 나머지 무심결에 뒤로 물러났다.

그들이 정신을 차리기도 전에, 움직임이 빠른 꼬맹이가 폴짝폴짝 몸을 날리며 포위한 사람들의 얼굴을 하나하나 짓밟았다. 날카로운 발톱이 정확하게 그들의 눈을 찌르자 녀석이 밟고 지나간 사람들은 하나같이 두 눈이 멀고 말았다!

구슬픈 비명이 이어지자 영승도 놀라 몸을 일으키며 믿을 수 없는 눈으로 꼬맹이를 바라보았다.

꼬맹이는 고북월을 부축하고 있던 두 시위도 놓아주지 않았다. 시위가 손을 놓는 순간 고북월은 앞으로 고꾸라졌다. 한운석이 다가가 부축하려 했지만 꼬맹이의 몸이 홱 날아들었다. 녀석의 몸집은 겨우 손바닥만 했지만, 두 앞발로 고북월의 가슴을 단단히 떠받쳐 무게를 고스란히 받아내면서 그가 땅에 쓰러지지 않도록 해 주었다.

혹시 그가 발톱에 긁혀 아파할까 봐 발톱까지 오므린 채였다.

누군가를 사랑하면 요만한 아픔조차 맛보게 하고 싶지 않은 법이었다. 하지만……, 하지만 공자, 어떻게 이렇게까지 다친 거예요?

고북월의 몸을 받치고 있는 꼬맹이의 얼굴은 온통 눈물투성이였다. 앞발에서 뚝뚝 떨어지는 피가 녀석의 눈물에 섞여 얼굴 위로 번져갔다.

“어전술!”

영승이 차갑게 말했다. 고작 쥐 한 마리에게 놀아날 수는 없었다. 초씨 집안의 어전술 궁수가 일제히 꼬맹이를 겨눴다.

꼬맹이는 피와 눈물로 얼룩진 얼굴로 주위를 둘러보며 살기등등하게 날카로운 송곳니를 드러냈다. 몹시도 흉악하고 무시무시했지만, 한편으로는 안타깝고 마음 아픈 모습이기도 했다. 어전술 궁수들도 기가 죽어 물러났고 감히 가까이 다가가지 못했다.

지켜보던 한운석은 마음이 찢어지는 것 같아 달려가려 했지만 용비야가 놓아주지 않았다. 그는 차갑게 물었다.

"영승, 왜 꾸물거리고 있느냐? 교환하자!"

"내 사람들이 저렇게 많이 다쳤는데 이대로 끝내자는 말이냐?"

영승이 반문했다.

"저 많은 사람이 다람쥐 하나 붙잡지 못했는데 낯 두껍게 그런 말이 나오느냐?"

한운석이 냉소를 지으며 물었다.

"이……!"

영승은 또다시 말문이 막혔다.

진왕과 영왕의 대조

마침내 영승은 진지한 눈길로 한운석을 살폈다. 태어난 이래 처음으로 여자를 진지하게 바라본 순간이었다.

아쉽게도, 제대로 살펴보기 전에 용비야가 한운석을 뒤로 끌어당기며 다른 손으로 검을 뽑았다.

"교환할 테냐 그만둘 테냐?"

예전에 용비야는 늘 말없이 한운석 뒤에 서서 그녀가 마음껏 솜씨를 자랑하도록 해 주고, 그녀 혼자 처리하지 못할 때만 나서곤 했다.

위험한 상황이 아닌데도 이렇게 한운석을 뒤로 끌어당긴 건 이번이 처음이었다.

영승은 그제야 자신이 넋을 놓고 있었다는 것을 깨닫고 즉시 시선을 거뒀다. 그는 통제력을 잃는 이런 기분을 싫어했지만 왜 그랬는지 깊이 생각할 틈이 없었다. 용비야가 검을 뽑았기 때문이었다.

"바꾸겠다! 어쨌든 내 사람이 고북월을 잡고 있어야 하지 않을까?"

영승이 말했다.

"꼬맹아, 비켜!"

한운석이 꼬맹이에게 손을 흔들자 꼬맹이도 눈치챘다. 녀석

은 도저히 떨어지고 싶지 않았지만 어서 빨리 공자를 데려가기 위해 단호하게 물러나야만 했다

녀석은 조심조심 앞발을 치우고 고북월을 똑바로 눕혔다. 하지만 너무 멀리 가지 않고 한쪽에서 지켜보았다. 고북월을 붙잡으러 온 사람은 다름 아닌 초운예와 초 장군이었다.

그들은 초천은의 팔이 염려되어 한운석이 보는 앞에서 고북월의 팔 관절을 빼 버리고 싶은 마음이 굴뚝같았지만, 애석하게도 꼬맹이가 그 일거수일투족을 똑똑히 지켜보고 있었다. 꼬맹이의 눈빛은 예리하고 차가워서, 자그마한 몸집과는 무관하게 늑대의 눈을 연상시켰다.

초운예와 초 장군은 아무래도 녀석이 신경 쓰여 아무것도 하지 못한 채 고북월을 영승 옆으로 끌고 갔다. 그때 당리도 초천은을 용비야 옆에 세웠다.

용비야는 한 손을 등 뒤로 하고 다른 손으로 초천은의 어깨를 눌러 붙잡았고, 자리에서 일어난 영승은 한 손으로 여전히 술잔을 든 채 다른 손으로 고북월의 뒷덜미를 잡아 쓰러지지 않게 했다.

두 남자는 채 한 걸음도 되지 않는 거리를 두고 마주 섰다. 몸집이 비슷해서 똑같이 우뚝하고 꼿꼿하고 튼튼해 보였고, 눈동자 또한 똑같이 차가운 물처럼 상대방의 모습을 비췄다.

마치 제왕의 대결 같았다. 외나무다리에서 마주친 두 제왕의 승부는 예측할 길이 없었다.

그 자리에 있는 모든 이들은 두 사람에게 신경을 집중한 채

놀란 듯이 탄식을 내뱉고 속으로 두 사람을 비교했다. 나이마저 엇비슷한 두 남자는 정말이지 무척이나 닮아 있었다. 하지만 아무리 닮았다고 해도 결국에는 달랐다.

외모를 보면, 영승은 짙은 눈썹에 눈이 크고 이목구비가 진하고 음영이 깊은 데다 재기도 날카로워 보기 흉한 구석이라곤 하나도 찾아낼 수 없었다. 반면 용비야의 얼음장 같은 얼굴은 말 그대로 조각상 같아서 어느 방향에서 봐도 모자란 데가 없고 완벽 그 자체였다. 세상에 견줄 사람이 없는 차갑고 잘생긴 얼굴이었다.

집안을 보면, 영승은 운공상인협회를 소유해 운공대륙의 재력 삼분의 일을 쥐고 있었다. 엄지손가락에 낀 하얀 옥정석 반지는 북려국 황제가 가진 반지보다 열 배는 더 정교해서, 그의 부를 충분히 드러내 주었다. 하지만 용비야도 전혀 손색이 없었다. 그는 장신구를 하는 것을 좋아하지 않았지만, 그의 여자가 팔에 차고 있는 팔찌는 세상 그 어떤 장신구로도 비교할 수 없었다.

병력에서는 영승이 약간 우세했다. 특히 초씨 집안 군대를 얻은 후 더욱 그랬다. 물론 용비야의 병력에 인어병을 더하면 반드시 진다고 할 수는 없었다. 알다시피 백리 장군의 수군은 바다에서만 싸울 수 있는 게 아니었다. 운공대륙 내지에도 물길이 방대하게 퍼져 있었고 강이나 호수가 많았다.

무공에서는 용비야가 우세했다. 천산검종의 검술과 그가 익힌 채찍술은 둘 다 가볍게 볼 수 없었다.

기세를 따져 보면, 역시 용비야가 우세했다. 용비야의 기세는 타고난 존귀함과 자연스레 익힌 제왕의 패기, 그리고 몸속에 흐르는 무시할 수 없는 동진 황족의 피에서 흘러나오는 것이었다. 설령 영승이 그 사실을 모른다 해도 용비야를 직시한 이 순간, 가슴속에서 피어오르는 일말의 두려움은 무시할 수 없었다.

한운석 역시 그들을 바라보았지만 비교하지는 않았다. 그녀는 한 번도 용비야를 두고 다른 남자와 비교한 적이 없었다. 그럴 필요가 없어서였다. 저 인간은 좋은 점도 많고 나쁜 점도 많았지만 이미 그 모든 것을 받아들인 후였다.

상대의 나쁜 점을 알고도 여전히 사랑하는 것을 진짜 사랑이라고 할 수 있을까? 아니면 그냥 구제 불능이라고 해야 할까?

문득 영승이 술잔을 내려놓았고, 그제야 모두가 정신을 바짝 차렸다. 인질을 교환할 순간이기 때문이었다.

거의 동시에, 용비야가 한 손으로 고북월의 어깨를 잡았고 영승도 한 손으로 초천은의 어깨를 잡았다. 물론 두 사람 모두 다른 쪽 손도 놓지 않고 여전히 본래 인질을 붙잡고 있었다.

두 사람은 움직이지 않는 것 같았지만 사실 싸움은 벌써 시작되었다. 한운석도 비록 볼 수는 없지만 짐작할 수는 있었다.

그녀는 안절부절못하는 꼬맹이를 안아 올려 살며시 쓰다듬으면서 기다렸다.

하지만 용비야는 그들을 오래 기다리게 하지 않았다. 얼마 지나지 않아 혼절한 고북월이 용비야 쪽으로 스르르 쓰러졌으나 초천은은 여전히 용비야 손에서 꼼짝도 하지 않았다.

다른 사람들은 몰라도, 무공 고수인 초운예와 초 장군은 똑똑히 볼 수 있었다. 용비야와 영승이 내공을 겨뤘고 그 과정에서 시종일관 혼절해 있는 고북월은 용비야에게 전혀 도움이 되지 못했다. 하지만 초천은은 계속해서 영승을 도왔다. 그렇지만 결국 초천은과 영승이 힘을 합쳐도 용비야를 이겨내지 못했다.

저 남자의 내공은 대체 얼마나 깊은 걸까? 이미 사부인 검종 노인을 뛰어넘은 게 아닐지 의심스러울 정도였다.

고북월은 이미 용비야의 어깨에 기대어 있었다. 비록 영승이 아직 손을 놓지는 않았지만 이미 승부가 결정 났으니 별로 의미가 없었다! 반면 초천은의 어깨를 잡은 용비야의 손은 여전히 초천은을 단단히 제압하고 영승에게 맞섰다.

영승은 고북월을 놓아주고는 어깨를 으쓱하며 패배를 시인하듯 뒤로 물러섰다. 용비야는 입가에 경멸의 웃음을 띠며 초천은을 앞으로 밀었다.

한운석이 황급히 다가가 고북월을 부축하려 했지만, 용비야는 고북월을 당리에게 넘겼다. 한운석은 마음이 급했지만 짚이는 데가 있어 아무 말도 하지 않았다. 꼬맹이는 쪼르르 당리의 어깨에 올라가 공자를 살피며 눈물을 닦았다. 앞발에 묻은 핏자국에 눈가가 벌게지는 바람에 우스꽝스럽기도 하고 가엽기도 했다.

한운석은 그 자리에서 고북월의 맥을 짚었다. 큰 병을 앓고 아직 낫지 않은 사람처럼 맥상이 무척 허약해져 있었다.

지난번과 똑같은 맥상. 구체적으로 무슨 병인지는 모르고 단순히 몸이 허약해진 것만 알 수 있는 맥상이었다. 고북월의 맥상이 독특한 건지, 아니면 그녀 자신의 의술이 얕아 중요한 점을 파악하지 못하는 건지 알 수가 없었다.

초천은이 자유로워지자 초운예와 초 장군은 당장 팔을 치료하러 의원에게 보내려 했다. 초천은은 할 말이 있는 것처럼 영승을 돌아보았지만 결국 아무 말도 하지 않고 먼저 물러갔다.

인질 교환이 끝났으니 당연히 떠나야 했다. 한운석은 의성의 심 삼장로에게 서신을 보내 고북월을 자세히 검사하고 몸조리하러 와 달라고 부탁할 생각에 서둘러 떠나고 싶었다.

스님이 제 머리 못 깎는다고, 고북월은 약골인 제 몸을 스스로 치료할 수 없었다.

용비야도 더 머물 생각이 없어 돌아섰으나 뜻밖에도 영승이 그를 불러 세웠다.

"진왕, 이렇게 만나기도 힘든데 한 잔하고 가도 늦지 않을 텐데."

"관심 없다."

용비야가 차갑게 말했다.

"설마 취하는 게 두려운 건 아니겠지. 하하하, 진왕이 차만 마신다는 걸 깜빡했군. 여봐라, 차를 내 와라."

영승이 웃으며 말했다.

이렇게까지 도발하는데 끝내 거절하면 겁먹었다고 할지도 몰랐다. 영승이 술을 좋아하고 주량도 어마어마하다는 것을 용비야도 모르지 않았다.

그는 돌아서서 시원시원하게 영승의 맞은편에 앉았다. 그가 말하기도 전에 영승이 기뻐하며 웃는 얼굴로 말했다.

"여봐라, 안주를 내 와라! 본 왕이 진왕과 취할 때까지 마시겠다!"

곧 시녀 한 무리가 술과 안주를 들고 줄줄이 들어와 돌 탁자 위에 늘어놓았다. 정말이지 제대로 된 홍문연鴻門宴(항우가 고조 유방을 죽이기 위해 베풀었던 연회. 위험한 연회를 의미)이었다!

한운석은 탁자 위에 놓은 술을 흘끗 보고 입꼬리에 비웃음을 떠올렸지만 겉으로는 내색하지 않았다.

용비야가 앉은 이상 끝까지 싸워야 했다. 아무리 초조해한들 소용없었다. 용비야의 보호 없이, 그녀와 당리 두 사람이 고북월을 데리고 풍림군을 떠난다는 것은 아예 불가능했다.

과감하게 결단을 내린 그녀는 당리에게 고북월을 옆에 있는 나무에 기대 앉히게 했다. 비록 대단한 의술은 없지만, 적어도 침을 놓아 숨통을 트이게 하고 원기를 북돋아 어느 정도 편하게 해 줄 수는 있었다.

당리가 고북월을 앉히려는데 한운석이 막으며 불쑥 말했다.

"옷 벗어요."

쿨럭!

당리는 제풀에 놀라 쿨럭거리며 믿을 수 없는 눈길로 한운석을 바라보았다. 귀뿌리까지 달아올랐다.

"그……, 그런……, 우, 우리……, 혀……, 형님……, 형님

이……."

"뭘 그렇게 더듬거리는 거예요? 옷을 벗어 바닥에 깐 다음 고 의원을 앉히란 말이에요. 날이 이렇게 추운데 맨땅에 앉으면 못 견뎌요."

한운석은 엄숙하게 말했다.

당리는 겨우 안도했다. 눈을 흘기려고 했지만 창백해진 고북월의 얼굴을 보자 그 역시 마음이 약해져, 재빨리 여우 털이 달린 겉옷을 벗어 바닥에 깔았다.

옆에서 지켜보던 꼬맹이도 마음이 달아 크게 변신해서 제 털가죽 위에 공자를 편안히 눕히지 못하는 걸 안타까워했다.

고북월이 앉자 한운석은 응급용 호명단 한 알을 꺼내 그에게 먹였다. 꼬맹이는 운석 엄마에게 공자가 어깨를 다쳤다고 알려주고 싶었지만, 아무렇게나 상처를 건드릴 수도 없는 마당에 어떻게 알려 줘야 할지 갈피를 잡지 못했다. 알다시피 공자는 온몸에 하얗고 깨끗한 옷을 걸치고 있어 상처가 보이지 않았지만, 녀석의 코가 틀렸을 리 없었다.

녀석은 자꾸만 운석 엄마의 치맛자락을 잡아당기며 초조해했다.

그때 한운석은 고북월 등 뒤에 앉아 진지하게 침을 놓고 있었다. 그녀도 꼬맹이의 움직임을 봤지만 그저 고북월이 걱정되어 그러는 줄만 알았다.

한운석이 침을 놓는 동안 용비야는 팔각정 안에서 영승과 술을 마시기 시작했다. 두 사람은 마치 주량을 겨루듯 한입에 한

잔을 털어 넣으며 무척 빠르게 마셔 댔다.

한운석은 그쪽을 흘끗 바라보았지만 거의 고북월에게만 신경 썼다. 하지만 금침을 모두 놓고 나자 진지하게 팔각정 쪽을 쳐다보더니 소리도 없이 손을 들어 올렸다.

남들은 그녀가 뭘 하려는지 알아차리지 못했겠지만 당리는 한눈에 알아보았다. 이 여자가 이화루우를 쓰려는 것이었다.

이런 상황에서는 부득이한 경우가 아니면 절대 먼저 무력을 쓰지 말아야 했다. 무력을 쓸 수 있었다면 진왕 전하가 진작 속전속결로 끝냈지, 이런 식으로 영승과 시간을 허비하고 있지 않았을 것이다.

이 여자는 경솔하게 움직일 사람이 아닌데, 이번엔 뭘 하려는 거지?

한운석은 방향을 조절해 가며 목표를 조준했고 당리는 눈을 찌푸린 채 바라보았다. 그녀가 목표를 잡자 암기의 달인인 당리는 한눈에 그 목표가 누군지 알아차렸다.

그러나 그걸 알아차린 후 그는 완전히 식겁했다. 그가 놀란 목소리로 말했다.

"형수, 뭐……, 뭐 하는 거야?"

한운석은 당리를 무시한 채 이화루우를 쐈다. 금침 하나가 눈 깜짝할 사이 튀어나갔다…….

한운석은 왜 침을 쏘았을까? 그 침은 누굴 노린 것일까?

그 침이 노린 것은 다름 아닌 용비야였다. 당리가 식겁한 것도 그 때문이었다!

이화루우는 무척 강력했지만 고수의 관찰력까지 속일 수는 없어서 용비야와 영승 모두 암기가 날아드는 것을 감지했다.

한운석과 당리가 있는 쪽에서 날아들었기 때문에 영승은 이 암기가 자신을 노리는 것으로 생각했다. 비록 움직이지는 않았지만 그의 눈동자에는 경멸과 혐오가 번쩍였다.

하마터면 한운석 저 여자가 초청가와는 다른 부류라고 오해할 뻔했는데, 이제 보니 다르지 않았다. 정말이지 어리석기 짝이 없었다.

아니, 한운석이 초청가보다 더 어리석었다!

이런 상황에서 먼저 무력을 써서 사달을 일으키다니. 그것도 암기를 쓴 기습이라니. 써도 그만이지만, 쓰자마자 발각된 것도 문제였다.

우습기 짝이 없었다!

침이 점점 가까워질수록 영승의 눈동자에 떠오른 경멸도 점점 짙어졌다. 고작 침 하나로 그를 해치겠다고? 그는 한 손에 술잔을 들고 용비야와 계속 술을 마시면서 다른 손으로는 탁자를 누르며, 침을 받아내 용비야를 실컷 모욕해 줄 준비를 했다.

골라도 하필이면 저렇게 어리석은 여자를 골라 곁에 두었을까.

영승은 기다렸다. 하지만 침이 가까워질수록 문득 이상한 느낌이 들었다. 실린 힘이나 방향으로 보아 침은 그가 아닌 용비야에게 날아들고 있었다.

한운석이 미쳤나? 용비야를 기습해?

그 순간, 영승은 한운석에 대한 인상이 완전히 달라졌다. 한운석이 그가 상상한 것보다 더 어리석어서 암기를 잘못 쏜 걸까? 아니면 그가 상상한 것보다 더 교활해서 용비야를 배신한 걸까? 그 밖의 다른 이유는 생각나지 않았다. 영승은 저 여자를 꿰뚫어 볼 수 없었다.

암기에 관해, 특히 당문의 암기에 관해서라면, 용비야는 영승보다 훨씬 잘 알고 있었다. 그는 등 뒤에서 암기가 날아드는 것을 감지했을 때부터 자신을 노리는 것을 알았고, 그 힘이나 속도로 판단해 볼 때 한운석이 소매에 숨긴 이화루우로 쏘았다는 것도 알았다.

저 여자가 뭘 하려는 걸까?

솔직히 말해 용비야도 알 수가 없었다. 하지만 그는 순간의 망설임조차 없이 동요하지 않고 단정히 앉아 있었다.

가까이 날아든 침은 예상대로 용비야의 등에 박혔다. 깊이 들어가지는 않았지만, 그래도 단단히 등에 박혀 바닥으로 떨어지지는 않았다.

용비야가 살짝 운기행공만 해도 뽑아낼 수 있었지만, 그는 그러지 않았다.

침이 박힌 위치는 치명적이지 않았지만, 침에 무슨 독이 묻어 있는지 아는 사람은 한운석뿐이었다.

용비야는 아무 일도 없었던 것처럼 계속해서 영승과 술을 겨뤘다. 용비야는 술을 마시는 일이 거의 없었지만 그렇다고 술을 마시지 못한다는 뜻은 아니었다. 그는 잔을 들기 무섭게 모두 입에 털어 넣어 꿀꺽 마셨고, 술잔이 입술에 닿을 틈도 없었다.

이 남자는 술 마시는 동작마저 시원시원하고 멋있다는 것을, 누구라도 인정할 수밖에 없었다! 그 자신은 등에 박힌 침에 아랑곳하지 않았으나 도리어 영승은 그의 등에 정신을 쏟았다.

용비야는 차가운 눈을 내리뜨며 술잔을 탁자 위에 일렬로 놓고 아무렇지 않게 술을 따랐다. 잔이 가득 차자 그가 시선을 들어 영승을 바라보았다.

"열 잔이다, 어떠냐?"

두 사람의 술 대결에는 복잡한 규칙도 없이 그저 많이 마시면 그만이었다.

영승은 석연치 않았지만 그래도 곧바로 승낙했다. 열 잔을 마셔도 그는 취하지 않겠지만 용비야는 취할 게 분명했다.

용비야의 주량이 얼마든, 설사 영승 자신보다 더 세다 한들, 결국 그는 취하고 말 것이다! 이곳에 있는 술에는 칠호주조七號酒糟라고 하는 약을 탔기 때문이었다. 커다란 술 단지 하나에 한 방울만 넣어도 안에 든 술의 주정酒精(알코올 성분) 양이 배로 늘어나게 하는 약이었다.

본래도 독한 술이라 보통 사람은 한 잔만 마셔도 취하고, 주량이 아무리 많은 사람도 열 잔을 넘기지 못했다. 그런데 지금 그와 용비야는 벌써 각자 열다섯 잔을 마셨다.

그는 미리 해장 약을 먹고 용비야가 술이 올라 떡이 되어 늘어지기를 기다리고 있었다.

“열 잔?”

영승은 믿을 수 없는 얼굴이었다.

“보아하니 진왕 전하의 주량이 아주 대단한 모양이군.”

용비야는 영승의 대답을 기다리지 않고 잔을 하나씩 들어 입에 털어 넣었다. 영승이 따라 하지 않으면 패배하는 것이었다.

영승이 따라 하면 마지막까지 갔을 때 먼저 취하는 사람의 패배였다.

영승은 당연히 따라했다. 그는 쓸데없는 말 하지 않고 열 잔을 따라 용비야와 똑같이 한 잔씩 깨끗이 털어 넣었다.

두 사람의 이런 모습에 옆에서 보던 초운예와 초 장군도 말문이 막혔다. 용비야 뒤에 있는 당리는 아직도 턱을 어루만지며 용비야의 등에 박힌 침이 대체 뭔지 고민하고 있었다. 용비야의 주량은 걱정하지 않았다. 저런 독주는 용비야의 평소 주량으로 보아 열 단지도 문제없는데 고작 스무 잔 정도야 아무것도 아니었다.

한운석은 기본적으로 용비야가 술을 마시는 걸 본 적이 없었고 주량도 확실히 알지 못했지만, 그래도 그를 걱정하지 않았다. 그녀는 지금 고북월의 침을 바꾸는 일에 열중하고 있었다.

눈을 내리뜬 채 엄숙한 표정이어서 아무도 방해할 수 없었다.

곧 용비야와 영승은 각자 열 잔씩 모두 마셨다. 단정하게 앉은 용비야는 표정 변화 없이 여전히 차갑고 고귀해서 전혀 술 마신 사람 같지 않았고, 영승 역시 평소 모습과 차이가 없었다. 승부가 나지 않은 셈이었다.

하지만 영승은 도저히 이해할 수가 없었다. 용비야가 왜 취하지 않는 거지?

칠호주조를 넣은 독주는 누가 마셔도 스무 잔 안에 반드시 인사불성이 되도록 취하기 마련이었다. 용비야는 벌써 스물다섯 잔을 마셨는데 어째서 아무 반응이 없을까?

어째서?

영승이 도무지 이해하지 못하고 있을 때 용비야는 다시 앞에 놓인 술잔에 새롭게 술을 따랐다. 역시 열 잔이었다.

영승은 복잡한 눈빛을 띠며 당장 따라하지 않았다. 그의 옆에 선 하인이 참지 못하고 헛기침을 했다. 이는, 그가 복용한 해장 약이 많아야 스물다섯 잔 정도만 버티게 해 줄 뿐, 계속 마시면 몸속에서 칠호주조를 제거해 줄 수 없다는 사실을 알려 주기 위해서였다.

배가 된 주정 농도면 기껏해야 다섯 잔 더 마실 수 있을 뿐, 다섯 잔을 넘기면 취할 게 분명했다.

"못 하겠느냐?"

용비야가 눈썹을 치키며 물었다.

영승은 얼굴을 굳힌 채 말이 없었지만 그래도 술을 따르기 시작했다. 술잔이 차자 두 사람은 다시 한 잔씩 마시기 시작했으나 영승은 용비야의 등에 박힌 침이 의심스러웠다.

그때 한운석은 고북월에게 침구술 시술을 모두 끝내고 금침을 모두 빼내 챙긴 뒤 일어나려던 중이었다. 그런데 뜻밖에도 꼬맹이가 고북월의 다리 위로 뛰어오르더니 바지를 쭉 찢어 다친 무릎을 드러냈다.

이를 본 한운석은 깜짝 놀라 황급히 몸을 숙여 살폈다. 조심조심 찢어진 옷을 걷어내고 상처를 보는 순간, 그녀는 놀라 찬 숨을 들이켰다.

이 상처는 초씨 집안의 화살에 맞아 생긴 것으로, 건腱, 다시 말해 힘줄까지 상한 상태였다. 서둘러 상처를 샅샅이 살핀 한운석은 다친 지 오래되어 지금 치료해도 상황을 낙관할 수 없다는 것을 알았다. 초씨 집안의 화살을 맞고도 제때 치료하지 않은 데다 상처가 채 낫기 전에 약 바르는 것을 중지했고, 고북월의 몸 상태까지 더해져 상태가 심각했다. 고북월의 허약 체질로는 이런 중상을 견딜 수 없었다.

한운석은 볼수록 분통이 터지고 볼수록 몸이 달았다. 이대로 고북월의 상처를 놔둘 수는 없었다. 힘줄을 다치지 않았어도 치료를 미루면 안 되는데 하물며 힘줄이 찢어진 지금은 더욱 그랬다.

단순히 화살을 맞아서는 이렇게 찢어질 리 없는데, 아마도 교활하게 힘줄을 노리고 쏜 바람에 나중에 화살을 뽑을 때 별 수 없이 찢어진 모양이었다.

누군가 부축해 주지 않으면 서 있지도 못할 것이고, 길을 갈 수도 없었다! 어떤 의미에서 지금 고북월의 다리는 불구가 된 것이나 마찬가지였다! 한운석 자신도 치료할 수 있을지 확신이 없었지만, 어쨌든 가능한 한 서둘러야 했다. 빨리 치료할수록 희망이 커지고 후유증이 생길 가능성도 적었다!

이때 꼬맹이가 고북월의 오른쪽 어깨를 가리키며 찍찍 울었다. 한운석은 저도 모르게 심장이 쿵 내려앉았다. 꼬맹이가 또 상처를 발견했다는 걸 그녀도 알 수 있었다.

그녀는 남녀칠세부동석이니 뭐니 따질 겨를도 없이 허둥지둥 조그만 칼을 꺼내 고북월의 어깨를 가린 옷을 잘라 냈다. 뜻밖에도 이 상처는 다리 상처보다 더 심각했다! 어깨뼈를 관통한 상처여서 고북월의 어깨 앞뒤에 모두 구멍이 나 있었다.

다리의 상처와 비슷하게, 어깨뼈의 상처도 낙관적인 상황이 아니었다. 이런 관통상이라면 당시 얼마나 피를 많이 흘렸을까? 지금은 피가 멈추고 상처도 아물 기미가 보였지만, 뼈에 입은 상처는 영원해서 치료할 방법이 없었다. 상처가 낫는다 해도 남아 있는 길고 긴 세월 동안 때때로 통증을 느끼게 될 것이다.

뼈를 다치면 잘 낫지 않았다.

당문의 암기를 빼면, 이 세상에서 이만한 위력을 발휘할 수 있는 것은 초씨 집안의 어전술뿐이었다! 초씨 집안! 이 지독한 놈들!

한운석은 완전히 분노에 휩싸여 무시무시한 살기를 뿌려

댔다.

그녀는 쏜살같이 팔각정으로 달려가 차가운 눈길로 초운에와 초 장군을 노려보면서 용비야에게 말했다.

"당장 돌아가야 해요. 고북월이 초씨 집안의 화살에 맞아 상처가 아주 심각해요. 시간을 끌어선 안 돼요!"

지난번 고칠소만큼 피를 많이 흘린 것 같지 않아서 응급 지혈할 필요는 없는 데다 어깨에 난 상처도 아무는 중이라 분초를 다투며 치료할 정도는 아니었다.

하지만!

다리의 상처는 이미 너무 오래 끌어서 더는 미룰 수 없었다. 사실 한운석은 고북월이 정상적으로 걸을 수 있을지도 확신이 없었다. 그저 한 가지 생각, 한시바삐 치료해서 돌이킬 수 있는 데까지 돌이켜야 한다는 생각뿐이었다.

알다시피 풍림군을 떠난다 해도 당장 치료할 수는 없었다. 그녀는 의술을 모르기 때문이었다. 서둘러 의성의 심 삼장로에게 연락해야 했다. 상처 상태나 고북월의 체질로 볼 때 평범한 의원은 치료할 수 없었다. 심결명 같은 의성 등급 의원만이 완벽한 치료 방법을 내놓을 수 있었다.

그녀가 할 수 있는 것은, 서둘러 약재를 구해 고북월의 다리에 바르는 것이었다. 가능한 한 빨리 약을 발라야 악화되는 것을 막을 수 있었다.

한운석이 재촉하자 용비야는 아무 말이 없는데 도리어 영승이 냉소를 지었다.

"남자들이 술을 마시는 자리다. 여자는 저리 가라."

애석하게도 한운석은 그를 쳐다보지도 않고 철저하게 무시했다.

뜻밖에도 민망해진 영승이 다시 한마디 하려는데, 용비야가 일어났다.

"오늘은 여기까지 하고, 다음에 다시 겨루지."

말을 마친 그가 한운석을 잡고 떠나려 하자 영승도 술잔을 내려놓고 일어섰다.

"진왕, 져도 좋으냐?"

"계속 겨루면 본 왕이 질 것이라 확신하느냐?"

용비야는 싸늘하게 반문했다.

놀랍게도 영승은 한 치의 망설임도 없이 대답했다.

"반드시!"

이 말이 떨어진 순간, 갑자기 한운석이 탁자에 있던 술을 영승의 얼굴에 확 끼얹었다!

순간 장내가 정적에 빠졌다. 만물이 모두 움직임을 멈추고 시간마저 정지된 것 같았다. 움직이는 것은 영승의 각진 얼굴 윤곽을 따라 똑똑 떨어지는 술뿐이었다…….

그가 정말 화난 것은 아니다

팔각정 안팎 모든 사람의 시선이 그쪽에 쏠려 주위는 쥐 죽은 듯 조용했다.

영승의 얼굴과 머리는 온통 술에 흠뻑 젖어 있었고, 표정도 정말이지 볼 만했다. 그러나 모두가 그의 얼굴을 쳐다보고 있지는 않았다. 믿을 수 없는 눈으로 한운석을 바라보는 사람도 적지 않았기 때문이었다. 초운예와 초 장군이 그 예였다. 용비야는 그래도 영승을 보고 있었다. 입가에 비웃음을 머금은 채.

한운석은 키가 크지 않아서 190센티에 가까운 두 남자 옆에 서자 더욱더 왜소해 보였지만, 그녀의 몸에서 흘러나오는 기세는 두 사람 못지않았다.

지금 이 순간, 그녀의 차가운 눈동자에는 분노의 불길이 이글거렸고 경멸이 잔뜩 담겨 있었다. 결국, 화가 난 것이었다.

그러잖아도 고북월의 상처 때문에 속이 타고 빨리 떠나고 싶은데 영승이 방금 한 말이 그녀의 화를 돋웠다.

그때, 멍하니 있던 영승이 움직였다. 그는 태연자약하게 얼굴에 묻은 술을 닦으면서 눈을 가늘게 뜨고 한운석을 노려보았다.

그는 아무 말도 하지 않았지만 주위에 서 있거나 숨어 있던 호위병들이 모조리 다가와 팔각정을 겹겹이 포위했다. 총 세 겹으로, 어전술 궁수 한 겹, 일반 병사 한 겹, 흑의 고수 한 겹이었다.

“한운석, 감히 이런 짓을!”

영승의 차가운 목소리에는 하늘을 찌르는 분노가 묻어 있었고, 으드득 소리를 내는 두 주먹은 당장이라도 한운석에게 날아들 것 같았다.

하지만 한운석은 겁먹기는커녕 오히려 더 분기탱천해 화난 소리로 말했다.

“영승, 그 술로 뻔뻔하기 그지없는 얼굴이나 씻으시지! 칠호주조로 속임수를 쓴 걸 누가 모를 줄 알고!”

그 말에 영승의 분노가 순식간에 사그라졌다. 이 여자……, 이 여자가 그걸 알아차렸다고?

칠호주조는 독도 아니고 약도 아닌, 일종의 희귀한 양조 보조재였다. 천하에 이런 것이 존재한다는 것을 아는 사람도 적은데 한운석 같은 일개 여자가 어떻게 알았을까?

더욱이 그녀는 이 술을 마시지도 않았는데 어떻게 알아냈을까?

영승이 의아해하고 있을 때 한운석이 다시 말했다.

“하나 더, 당신이 미리 해장 약을 먹은 것도 아무도 모를 거라고 생각했겠지! 하류배, 철면피! 그 단어를 어떻게 쓰는지는 알겠지?”

“이!”

영승은 기가 막힌 나머지 잘생긴 얼굴마저 시꺼멓게 변했다.

“왜? 내가 틀린 말 했느냐?”

한운석은 눈썹을 치키며 되물었다.

영승은 대답하고 싶었지만 도저히 대답할 말이 없었다. 술에는 확실히 칠호주조을 넣었으니 한운석 말이 옳았다. 그는 한운석을 바라보며 점점 더 세게 주먹을 움켜쥐었지만 끝내 할 말을 찾지 못했다.

평생 이런 모욕을 당한 적도, 이런 욕을 들은 적도 없었다. 하물며 여자가 그의 면전에서 고함치고 성토한 적은 더더욱 없었다. 표정은 냉정했지만, 사실상 그는 속으로 어쩔 줄 몰라 갈팡질팡하고 있었다.

운공상인협회, 그리고 적족을 맡은 후로 온갖 큰일을 겪었으나 지금처럼 갈팡질팡한 적은 한 번도 없었다.

한운석은 저런 자와 길게 이야기하고 싶지도 않고, 시간을 낭비하고 싶지도 않았다. 그녀는 더 말하지 않고 돌아서서 걸음을 옮겼다.

바로 그때 초운예가 입을 열었다.

"한운석, 정말 뻔뻔한 계집이로구나! 영왕이 속임수를 썼다지만 너희는 어땠느냐? 네가 방금 암기로 기습한 것을 우리가 모를 줄 아느냐?"

한운석은 코웃음을 쳤다. 그녀는 용비야의 등에 박힌 금침을 뽑아 탁자 위에 툭 던졌다.

"진왕 전하께 술을 해독시켜 드린 것뿐이다! 영승이 먼저 속임수를 쓰지 않았다면 내가 이럴 필요가 있었을까? 속임수 같은 걸 써도 상관없다. 어차피 이런 꼼수 따위 나와 진왕 전하에

겐 아무것도 아니니까! 하지만 뻔뻔스럽게도 진왕 전하가 패배할까 두려워한다는 말을 해? 반드시 자기가 이길 거라고?"

한운석은 여기까지 말하고 다시 영승을 돌아보았다. 입꼬리에 걸린 비웃음이 상대방을 완전히 깔아뭉갰다.

"그러고도 낯을 들 수 있느냐?"

한운석에게 반박할 생각이 없었던 영승이었는데 초운예가 끼어드는 바람에 공연히 한 번 더 욕을 얻어먹자 그 얼굴은 더 나빠질 수 없을 만큼 지독하게 일그러졌다.

초운예는 그제야 자신의 실수를 깨닫고 쭈뼛거리며 감히 입을 열지 못했다.

"유유상종이군!"

용비야는 가볍게 웃음을 터트리더니, 더 말하지 않고 한운석을 데리고 돌아섰다.

주위를 겹겹이 에워싼 호위병들은 영승의 명령이 없는 이상 함부로 길을 비켜 줄 수 없었다. 하지만 한 발 한 발 가까워지는 용비야와 한운석을 보자 막을 용기가 나지 않아 주춤주춤 뒤로 물러났다.

용비야의 앞길을 그 누가 막을 것인가. 몇 걸음 못가 그가 검을 뽑아 들었다. 순간, 호위병 모두가 바짝 경계했다. 마치 큰 적이라도 만난 듯 어전술 궁수들은 화살을, 흑의 고수들은 검을 움켜쥐었다.

그러나 그들이 움직이기 전에 영승이 짜증스럽게 소리를 질렀다.

"꺼져라! 모두 꺼져!"

이 말을 듣자 호위병 거의 모두가 안도의 숨을 내쉬었다. 그들 중 누구도 진왕과 싸우고 싶지 않았다.

호위병들이 물러나자 당리가 고북월을 부축하고 다가와 그들과 합류했고, 용비야와 한운석은 뒤도 돌아보지 않고 떠났다.

팔각정 안팎은 여전히 조용했고 분위기도 여전히 긴장되어 있었다. 영승은 멀어지는 한운석 일행의 뒷모습을 차가운 눈으로 바라보며 꼼짝하지 않았다. 무슨 생각을 하는지 모르지만, 어쨌든 늘 오만하던 얼굴에는 접근금지 푯말이 떡하니 붙어 있는 것 같았다.

하지만 누군가 영승에게 다가갔다. 방금 헛기침을 해서 해장약 시효를 귀띔해 준 사람으로, 적숙狄叔이라 불리는 자였다. 그는 영승이 가까이 부리는 하인이고, 세상의 온갖 좋은 술을 수집해 주는 재주가 있어 총애를 받고 있었다. 본래 성은 왕王이었으나 나중에 충성을 표하기 위해 적씨로 바꾸었다. 칠호주조를 사용하는 것도 다름 아닌 그가 알려 준 것이고, 칠호주조를 구해 온 사람도 그였다.

"주인님, 초 태후가 아직 숲에서 기다리고 있습니다."

적숙이 소리 죽여 말했다.

그랬다. 초청가도 와 있었다. 요 며칠 그녀는 온갖 소란을 피우며 자신도 반드시 가야겠다고, 이번 기회에 반드시 한운석을 붙잡아야 한다고 우겼다.

비록 적숙이 칠호주조를 구해 오긴 했으나 의견을 낸 사람은 초청가였다. 초청가는 진왕이 술 취한 틈을 타 한운석을 단단히 혼내 주려고 했다.

그러잖아도 화가 머리끝까지 난 영승은 '초 태후'라는 말을 듣자 왈칵 짜증이 치밀어 적숙을 힘껏 걷어차 버렸다. 적숙은 팔각정 밖으로 날아가 바닥을 몇 바퀴나 데굴데굴 구른 후에야 겨우 멈췄다.

영승은 그래도 분이 풀리지 않아 탁자를 걷어차 뒤집어엎고 성큼성큼 팔각정 밖으로 나갔다. 순간 모두가 불똥이 튈 것을 염려해 멀찌감치 물러났다.

하지만 영승은 아무에게도 시비 걸지 않고 여전히 한운석 일행이 사라진 방향을 바라보았다. 이 모습에 모두가 어리둥절했다. 술을 뒤집어쓰고도 설마 이대로 덮으려는 걸까? 그럴 리가!

그때쯤 왜소한 그림자는 이미 흐릿해졌지만, 영승은 그래도 보고 또 보았다.

사실 그는 용비야와의 술 대결에서 상대를 불리하게 만들 생각이 없었다. 이런 방법으로 용비야를 이겨 봤자 자신조차 경멸을 지울 수 없었다.

단지 초청가가 한운석과 알아서 빚 청산을 할 때까지 시간을 벌어 주려던 것뿐이었다. 그래야 매일매일 시달리지 않아도 되니까.

멀어지는 한운석의 뒷모습을 보며, 영승은 갑자기 달려가서 해명하고 싶은 충동에 빠졌다. 자신의 이런 생각이 몹시 하찮게 느껴졌는지, 그의 입가에 경멸의 표정이 떠올랐다.

그는 다시 얼굴을 훔치더니 사악한 동작으로 손가락에 묻은 술을 핥았다. 그리고 한참 후에야 혼잣말로 중얼거렸다.

"용비야, 후후, 보는 눈이 있군! 기다려라. 언젠가 제대로 된 술 대결을 할 날이 있을 테니!"

얼마 안 있어 소식을 들은 초청가가 숲에서 나왔다.

그녀는 오랫동안 참았다. 숲에서 나가 용비야를 한 번 보고 싶은 마음을 꾹꾹 참으며 영승이 좋은 소식을 전해 주기만을 기다렸는데, 영승이 그렇게 쉽게 용비야와 한운석을 보내 줬을 줄이야!

초청가는 도착하기도 전에 소리부터 질렀다.

"영승! 이게 무슨 뜻이지? 내게 한 약속은 말이 아니라 방귀였느냐?"

영승은 그제야 시선을 거두고 평소의 오만한 표정으로 돌아왔다. 그는 초청가를 거들떠보지도 않고 초운예와 초 장군을 차갑게 바라보았다.

"여봐라, 두 사람을 삼도 비밀 감옥에 가두고 본 왕의 명령 없이는 누구도 만나지 못하게 해라!"

"영승!"

"영승, 이게 무슨 짓이냐?"

초운예와 초 장군은 대경실색했다. 특히 초운예는 도저히 믿을 수가 없었다. 투항까지 했는데 영승이 어떻게 이럴 수가?

영승은 경멸스러운 듯 두 사람을 훑어보았다.

"본 왕의 군대에 쓸모없는 자는 두지 않는다."

초운예는 한쪽 눈이 멀었고 초 장군은 한쪽 팔을 쓸 수 없었다. 과녁을 조준하지 못하는 사람과 화살을 쏘지 못하는 사람은 영승이 보기에는 확실히 쓸모없는 자들이었다.

"여봐라!"

초 장군이 결단을 내리고 소리치자 주위에 있던 어전술 궁수들이 우르르 에워쌌다. 하지만 영승은 그들을 둘러본 후 냉소를 금치 못했다.

"너희 소장군에게 충성하겠느냐, 아니면 계속 이 쓸모없는 자들에게 충성하겠느냐? 너희가 직접 결정해라."

"천은이?"

초 장군은 깜짝 놀랐다.

"천은이를 어쨌느냐?"

영승은 당연히 초운예와 초 장군을 인질 삼아 초천은을 주무를 생각이었다. 그렇지 않으면 초천은의 성격상 순순히 말을 들을 리도 없고 초씨 집안 군대와 어전술 궁수대도 그의 말을 따를 리 없었다.

영승의 말에 어전술 궁수들은 분분히 물러났다. 그들 역시 영리한 자들이고 소장군이야말로 자신들의 희망이라는 것을 똑똑히 알고 있었다.

어전술 궁수가 물러나자 흑의 고수들이 초운예와 초 장군을 붙잡았다.

"청가! 네 오라비는 어디 있느냐?"

초 장군은 별수 없이 초청가에게 구원을 청했지만, 애석하게도 초청가는 들은 체 만 체 했다.

“영승, 이럴 수는 없다! 너도나도 다 같은 대진의 귀족이고, 유족과 적족은 다 같은 서진의 신하다. 그런데 옛정조차 집어던질 셈이냐? 유족과 적족이 마음을 다해 서로를 의지하며 서진을 위해 힘쓰면 되지 않겠느냐?”

초운예가 따져 물었다.

영승은 초운예의 야심을 폭로하는 것도 귀찮고 쓸데없이 긴 말하기도 싫어서, 호위병들에게 두 사람을 데려가라고 손짓했다. 두 사람이 아무리 소리 지르고 욕을 퍼부어도 그는 꿈쩍도 하지 않았다.

그들이 끌려가자 초청가는 곧바로 영승에게 따졌다.

“내게 약속한 일은 대체 언제쯤 처리할 거지?”

영승은 귀찮은 듯 돌아서서 걸어갔지만 초청가가 쫓아오며 명령조로 말했다.

“영승, 분명 그들은 아직 성을 나가지 못했을 것이다. 당장 초천은을 데려가 한운석과 바꿔 와! 아직 늦지 않았으니 당장 가란 말이다!”

이 여자가 미쳐 버린 걸까?

영승에게 용비야가 한운석을 얼마나 소중히 생각하는지 알려 준 사람은 그녀였다. 고북월을 인질로 한운석을 협박하면 용비야를 협박하는 것이나 다름없다고 한 것도 그녀였다. 그런데 이제 초천은을 데려가 한운석과 바꾸라고?

용비야가 과연 그렇게 할까?

영승은 자신이 조금 전에는 정말 눈이 멀었구나 싶은 생각이 문득 들었다. 한운석을 이 미친 여자와 같은 부류로 생각하다니. 한운석이 알면 또다시 그에게 술을 끼얹지 않을까?

이렇게 생각하자 뜻밖에도 영승의 입꼬리가 웃는 것처럼 위로 휘어졌다. 그는 계속 앞으로 나아가면서 초청가를 공기 취급했다.

마침내 초청가도 화가 폭발해 영승의 팔을 움켜잡았다. 영승이 우뚝 걸음을 멈추고 고개를 돌려 붙잡힌 팔을 따라 그녀를 바라보았다. 냉혹하고도 잔인한 눈빛이었다!

그가 말을 하기도 전에 겁을 집어 먹은 초청가는 알아서 손을 놓고 한마디도 하지 못했다.

"본 왕이 진왕을 이기고 나면 자연히 약속을 지킬 것이다."

그는 차갑게 내뱉고 성큼성큼 걸어갔다. 가서 초천은의 상황을 살펴보고 유족이 투항한 일에 대해 잘 이야기해 봐야 했다.

풍림군을 차지했으니 언제든 병사를 북상 혹은 남하시켜 유운군과 요수군을 공격할 수 있지만, 영승은 전쟁을 시작할 뜻이 없었다. 그렇다면 용비야는 어떨까?

그때 용비야 일행은 막 풍림군의 성문을 나선 참이었다…….

신분을 인정하다

용비야의 병력은 요수군 북쪽 교외에 있어 언제든 유운군에 있는 서주국 병력과 연합해 풍림군을 협공할 수 있었고, 설사 영승의 지원군과 마주치더라도 승산이 있었다.

초씨 집안의 선택은 분명 용비야를 화나게 했을 것이고, 오늘 영승이 한 일도 화를 돋웠을 것이다. 그는 대체 어떻게 초씨 집안을 상대할까? 어떻게 영승을 상대할까?

전쟁하면 어떻게 되는지, 또 하지 않으면 어떻게 되는지, 그 모든 것은 그의 마음속에만 있고 한운석이라 해도 전부 알지 못했다. 그리고 지금 한운석은 그것까지 생각할 겨를이 없었다. 그녀의 온 신경은 고북월의 상처에 쏠려 있었다.

풍림군을 벗어나자마자 그녀는 곧바로 비밀 시위 서동림을 불렀다.

"당장 매를 띄워 의성에 서신을 보내라. 그쪽 사람에게 심 삼장로를 찾아가 고 의원의 무릎 힘줄이 찢어진 지 오래고 상처가 위중하니 서둘러 요수군으로 와 주셨으면 좋겠다고 전해라."

서동림이 떠나자 한운석은 또 다른 비밀 시위를 불러 분부했다.

"약성 왕공에게 서신을 보내 최상급 용근산龍筋散이 필요하니 최대한 빨리 요수군으로 보내 달라고 해라. 그리고 요수군에 사람을 보내 데려올 수 있는 의원을 모두 불러 별원에서 기다리게 하고."

용비야는 내내 말이 없었다. 당리는 그를 흘끔흘끔 살폈지만 생각보다 평온한 표정인 것을 확인하자 여태 혼수상태인 고북월을 바라보며 속으로 한숨을 쉬었다. 어쩌다 일이 이렇게 공교롭게 되었을까?

지금까지는 아직 확실하지 않은 구석이 있었다면, 이제는 그도 용비야도 고북월이 바로 영족이고 그날 천불굴에서 초운예가 데려간 사람이라는 것을 완전히 확신했다.

고북월의 어깨와 다리에 생긴 상처가 증거였다!

그날 한운석은 만독지목을 찾느라 여념이 없어 알아차리지 못했지만, 그와 용비야는 그 수염쟁이가 어깨에 화살을 맞은 것을 보았다.

비록 지금껏 한운석이 서진 황족과 관련 있다고 의심해 왔던 당리지만, 지금은 차마 더 생각할 용기가 나지 않았다. 갱에서의 그날, 고북월은 정말 단지 독 짐승 때문에 그곳에 왔던 걸까? 약귀당에 들어온 것도 정말 다른 목적이 없었던 걸까?

당리는 이런저런 생각을 하며 자꾸만 용비야를 흘끔거렸고, 저도 모르게 벙어리 노파를 떠올렸다. 그날 용비야와 벙어리 노파는 밀실에서 대체 무슨 이야기를 했을까? 벙어리 노파는 왜 자결했을까? 대체 무슨 일이기에 사촌 아우인 자신마저 속이는 걸까?

용비야는 침묵을 지켰고 당리도 말이 없었다. 한운석은 그들의 이상한 태도를 알아차리지 못했다.

마차에 오르자 한운석은 갑자기 고칠소와 목령아를 떠올렸다. 목령아는 분명 약귀당에 있겠지만, 고칠소는 서경성에 간다고 해 놓고 여태 아무 소식이 없었고 연락이 될지 어떨지 알 수 없었다. 하지만 한운석은 어찌 됐든 시험이라도 해 볼 요량으로 즉시 사람을 보내 두 사람에게 연락을 취했다.

목령아는 천재 약제사고 고칠소는 약귀였다. 어쩌면 그들이 힘줄을 치료할 수 있는 명약을 알고 있어서 고북월의 다리를 지켜 낼 수 있을지도 몰랐다.

다행히 마차는 아주 넓어서 고북월을 똑바로 눕힐 수 있었다. 다만 고북월을 눕히자 앉을 자리가 둘밖에 남지 않아, 당리가 자진해서 마부 옆에 앉았다.

마차는 질풍처럼 남쪽으로 달렸다. 풍림군에서 요수군 별원까지는 빠르면 하루 거리였다. 전란이 일어난 곳에서 약이나 의원을 찾기가 쉽지 않고 한운석 역시 가는 동안 고북월의 상처에 손대지 않았다. 힘줄에 관해서는 전혀 모르기 때문에 함부로 건드릴 수가 없어서였다. 그를 눕혀 놓는 것밖에 할 수 있는 게 없었다.

고북월은 이런 지경에 처하고도 여전히 얼굴이 깨끗했다. 마치 잠이 든 것처럼 평소와 똑같이 온화하고 차분한 모습이었다. 꼬맹이가 조심조심 머리를 묻고 그의 상처 주변 핏자국을 핥았다. 녀석은 이따금 고개를 들고 공자를 쳐다보았고, 심지어 몇 번은 코 쪽으로 달려가 공자가 숨을 쉬고 있는지 확인하기도 했다.

공자가 갑자기 숨을 멈출까 봐, 그리고 영원히 일어나지 못할까 봐 너무너무 겁이 났다.

이 장면을 본 한운석은 사월 봄바람처럼 온화한 고북월의 웃음을 떠올렸고, 지난날 자신과 꼬맹이, 그리고 의관에 치료받으러 찾아온 사람들을 지극정성으로 대해 주던 그의 모습을 떠올렸다. 저도 모르게 눈이 따끔따끔해졌다.

이렇게 좋은 사람을 어떻게 불구로 만들 수 있지? 너무 잔인해.

그녀는 차갑게 말했다.

"용비야, 이 원한은 반드시 갚겠어요!"

"그럴 것이다."

용비야가 담담하게 대답했다. 초씨 집안이든 영승이든, 삼군 연합을 깨뜨린 일이든 초씨 집안이 영승을 선택한 일이든, 그 모든 빚을 함께 갚아 줄 생각이었다.

그의 계산이 틀리지 않았다면 열흘 후 초씨 집안과 영승은 큰 골칫거리를 맞닥뜨릴 것이다. 그는 출병해서 풍림군을 공격할 생각도 없고 천녕국 땅을 두고 영승과 다툴 생각도 없었다. 하지만 그것이 그자와의 싸움이 끝났다는 의미는 아니었다. 그는 서부 지역을 떠나지 않고 잠시 요수군에 머물렀다. 모든 것은 아직 끝나지 않았다.

가는 내내 두 사람은 각자의 생각에 빠져 아무 말이 없었다. 밖에 있던 당리는 한참 고민하다가 결국 입을 열고 물었다.

"형, 형수가 날린 침이 형을 죽이려는 게 아니란 걸 어떻게 알았어?"

차마 생각할 용기는 없지만 그래도 반드시 생각해야 했다. 용비야를 위해 반드시 진지하게 생각해야 했다.

한운석이 정말 서진 황족의 후예라면, 그녀는 곧 당문의 적이자 동진의 적이자 용비야의 적이었다.

지금 한운석은 무공을 전혀 모르지만 그녀가 용비야를 죽이려 한다면 언제든 그럴 수 있었다.

그러니 당리는 신중해지지 않을 수 없었다.

사실 용비야가 자신의 최대 약점인 등을 이 여자에게 내준 것은 한두 번이 아니었다. 이번이 아니더라도 정말 이 여자 손에 죽는다면 그는……, 받아들일 생각이었다!

용비야는 당리를 무시하며 대답하려 하지 않았다.

가리개 너머의 한운석은 당리가 눈썹을 잔뜩 찡그리고 있는 줄도 모른 채, 용비야 대신 대답했다.

"당신 형님이 날 믿기 때문이죠."

그녀는 팔각정에 들어서자마자 영승이 준비한 술에 칠호주조를 탄 것을 알았다. 칠호주조는 양조용 보조재이자 동시에 극독의 원료였다. 독주가 될지 아니면 독이 될지는 단순히 분량뿐만 아니라 다른 재료에 따라 달라졌다. 처음에는 그녀도 별생각 없이 영승이 주량이 세어 독주를 좋아하는 줄로만 생각했는데, 그가 용비야에게 술을 마시자고 청하자 꿍꿍이를 알아차렸다. 그녀에게 있어 칠호주조의 효과를 없애는 일쯤이야 해

약을 쓸 것도 없이 침 한 대면 충분했다.

침을 쓸 때도 용비야가 피할까 봐 걱정하지 않았다. 비록 그에게 침이 날아드는 것을 알아차리고 피할 능력이 있다 하더라도.

그는 그녀를 믿었다…….

"하하, 그럼 언젠가 형이 검을 겨눠도 형을 믿겠네?"

당리가 물었다.

그 말에 용비야가 즉시 시선을 들었다. 비록 가리개가 사이에 있었지만, 그 새까만 눈동자는 오싹해질 만큼 깊어서 눈빛이 가리개를 뚫고 똑바로 당리에게 꽂혔다!

한운석은 믿는지 아닌지 대답하지 않고 이렇게만 말했다.

"이 사람은 날 속이지 않아요."

지난번 약귀곡에서 천녕국 도성으로 돌아오는 길에 용비야도 같은 질문을 했다. 자신을 믿느냐고.

그녀는 믿는다고 했다. 하지만 그가 한 번이라도 속이면 백 번 속인 것으로 여기겠다고 했다. 백번을 속고도 계속 믿는 사람이 있을까? 당연히 없었다.

그러니까 한 번이라도 속이면 그녀는 영원히 믿지 않을 것이다!

용비야의 눈에 복잡한 빛이 어렸고 시선은 다시 고북월 쪽으로 향했다. 하지만 여전히 말은 없었다. 당리는 아직도 충분하지 않은지 다시 입을 열었다.

"형수, 그럼 만약……."

채 묻기도 전에 용비야가 차갑게 말을 잘랐다. 꽁꽁 얼어붙을 만큼 차가워서 한운석조차 오싹해지는 목소리였다.

"쓸데없는 말 마라!"

한운석은 이 인간이 이런 화제를 좋아하지 않는 것을 알고 있었다. 그녀와도 하기 싫어하는 말인데 하물며 당리는 말할 것도 없었다. 당리는 용비야의 목소리에서 경고를 읽었다.

그래서 재빨리 농담조로 말했다.

"형수, 형수가 형을 믿는지 아닌지는 모르지만, 형은 틀림없이 형수를 믿어. 그렇지 않으면 형수가 고북월 때문에 이렇게 안절부절못하는데 형이 불쾌해하지 않을 리 있어?"

불쾌해해?

고북월이 이 지경이 된 마당에 불쾌할 게 뭐야? 멀쩡하던 고북월이 붙잡혀 인질이 된 것도 다 우리 때문이잖아?

용비야가 이 일로 질투했다면 한운석은 분명 공연히 트집 잡는다고 한마디 했을 것이다.

용비야도 이번에는 정말 질투하지 않았다. 한운석의 출신 문제가 아니었다면 아마 그 어떤 것도 그의 질투를 막지 못했을 것이다.

그래서 당리의 이 농담은, 한운석이든 용비야든 둘 다 신경 쓰지 않고 못 들은 척했다. 밖에 있는 당리는 한참 기다렸지만 안에서는 아무 반응이 없었다. 그는 생각할수록 이상하게 느껴졌고 기다릴수록 마음이 불안해졌다. 너무 많이 물어서 용비야의 비위를 거스른 게 아닐까 걱정스러웠다.

사실 그동안 그는 일부러 피하지 않고 있는 곳을 드러냈다.

그 소식은 곧 당문에 들어갔을 것이고, 아버지와 여 이모가 찾아올 것이 분명했다. 그때가 되면 용비야의 보호가 필요했다.

안에서 반응이 없자 당리는 공연히 주절거리다가 실수할까 봐 별수 없이 입을 다물었다. 하지만 그래도 기회를 보고 용비야와 따로 잘 이야기 해 봐야겠다고 생각했다.

그는 용비야가 분명히 뭔가 알고 있으리라고 확신했다.

주위가 조용해지자 한운석은 가만히 용비야의 어깨에 기댔다. 가까이 가자 그제야 그의 몸에서 나는 술 냄새를 맡을 수 있었다. 침을 쓰긴 했지만, 그 침은 칠호주조를 제거해 줄 뿐 술을 모두 해장해 주는 것은 아니었다. 용비야는 술을 꽤 많이 마셨지만 정신은 무척 맑았고 술기운도 심하지 않았다.

늘 술 냄새를 싫어했던 한운석이지만 놀랍게도 그에게서 나는 술 냄새는 싫지 않았다. 숫제 일부러 더 맡기까지 했다.

“이제 보니 당신 주량이 대단하군요.”

차를 마시는 것은 혼자만의 습관이지만, 술을 마시는 것은 두 사람이 감정을 나누는 일이었다. 차를 마시면 마음이 차분해지지만, 술을 마시면 마음이 가는 대로 하게 되곤 했다. 용비야에게는 혼자 술을 홀짝이며 시름을 달랠 시간이 없었다.

가만히 헤아려 보면, 약성 왕공이나 천산의 사부하고만 통쾌하게 술을 마셔 본 적이 있었다. 지난번 고칠소와 마신 것은 아예 마셨다고 할 수도 없었다.

한운석의 말에 용비야는 한마디로 대답했다.

“본 왕이 없는 자리에서는 술에 손도 대지 마라!”

몇 년 전 장평공주가 주최한 매화연에서 한운석은 강제로 남자와 술내기를 했고, 하마터면 장평공주와 모용완여가 판 함정에 빠질 뻔했다.

당시 그는 그녀의 일거수일투족을 주시하고 있었지만 그녀를 마음에 두지 않았던 때라 냉정하게 지켜보기만 했다. 하지만 지금 생각해 보면 뒤늦게 두려움이 밀려왔다.

한운석은 별생각 없이 대답했다.

"걱정하지 말아요. 난 술에 별로 흥미 없어요."

마차는 계속 남쪽으로 향했고, 밤이 되자 한운석은 용비야의 품에서 잠들었다. 그제야 비로소 용비야가 고북월에게 손을 뻗었다.

이를 본 꼬맹이는 즉시 경계했다. 운석 엄마가 잠든 것을 보자 녀석은 즉시 용 아빠를 향해 송곳니를 드러내며 경고를 보냈다. 용 아빠가 공자를 좋아하지 않는 것은 녀석도 느끼고 있었다.

용비야는 꼬맹이를 거들떠보지도 않고 커다란 손을 계속 뻗었다. 다급해진 꼬맹이가 소리를 질러 운석 엄마를 깨우려는데, 뜻밖에도 용 아빠가 공자의 팔을 잡아 맥을 짚는 것이 보였다.

꼬맹이는 곧 어떻게 된 것인지 알고 가만히 공자 옆에 몸을 웅크렸다. 용 아빠는 무공을 익힌 사람이니 맥상을 보면 분명 공자의 무공이 완전히 사라졌고 단전에 어혈이 맺힌 것을 알아낼 것이다.

꼬맹이 생각대로였다. 용비야는 맥을 짚자마자 고북월의 무공이 완전히 사라진 것을 알았다. 그리고 그 맥상은 다시 한 번 고북월의 신분을 확인해 주었다.

그는 소리 없이 손을 거두었지만, 뜻밖에도 바로 그때 고북월이 스르르 눈을 떴다…….

그들, 말하지 않아도 아는

천천히 눈을 뜬 고북월은 조금 전까지 혼절했다가 깨어났다기보다는 혼절한 척하고 있었던 것 같았다. 눈동자가 무척 맑은 데다 눈빛도 무척 맑기 때문이었다.

용비야가 내려다보고 있는데도 그는 놀라지도 않았고 당황하지도 않았다. 마치 일부러 용비야를 보려고 눈을 뜬 사람 같았다.

용비야는 여전히 무표정했지만 차디찬 눈빛은 의미심장했다. 그는 그렇게 쳐다보기만 할 뿐 아무 말도 없었다.

도리어 옆에 있던 꼬맹이가 화들짝 놀랐다. 녀석도 그제야 공자가 혼절한 척했다는 것을 알았다. 좋아하는 사람 일이라 흥분했기 때문일까? 그걸 알아채지 못했다니.

그래도 꼬맹이는 이것저것 따지지 않았다. 공자가 깨어나기만 하면 충분했다! 녀석은 기뻐하며 운석 엄마를 깨우려 했지만, 공자가 쳐다보자 차마 함부로 굴 수 없었다. 공자와 오래 함께해서일 수도 있고 공자를 너무 좋아해서일 수도 있지만, 꼬맹이는 아주 정확하게 공자의 의사를 감지할 수 있었다. 설사 눈빛만이라 해도 마찬가지였다.

꼬맹이가 볼 때 이 세상에서 공자보다 더 운석 엄마에게 잘해 주는 사람은 없었다. 꼬맹이 자신조차 공자에 미치지 못했고, 옆에 있는 용 아빠는, 음……, 좀 더 지켜봐야 했다.

공자가 운석 엄마에게 숨기는 데는 분명히 그만한 이유가 있었다. 녀석은 공자를 믿었다.

꼬맹이는 조용히 공자 옆으로 돌아가 그의 따스한 손바닥에 머리를 묻었다. 기쁨을 표현하고 싶었는데 무엇 때문인지 몰라도 소리 없이 눈물이 흘러내려 공자의 손을 적셨다.

손바닥이 촉촉하고 따뜻해지는 것을 느낀 고북월은 안쓰럽게 웃으며 살며시 양손을 모아 꼬맹이를 감쌌다. 꼬맹이는 그 손에 기댄 채 만족해했다.

용비야는 그 장면을 보며 혐오스러운 표정을 지었다. 꼬맹이를 한 번 안아 주기로 한 것은 벌써 잊어버린 모양이었다.

그는 고북월이 혼절한 척하는 것을 진작 알고 있었는지, 아무것도 묻지 않았고 아무 감정도 드러내지 않았다. 그저 소리 없이 손을 치우고 시선을 돌렸을 뿐이었다.

고북월 역시 그 반응에 의아해하지 않고 다시 눈을 감았다.

한운석은 잠들어 있었고 두 남자는 아무 소리도 내지 않았지만, 말하지 않아도 알고 있었다.

한운석 앞에서는 꺼낼 수 없는 이야기가 있었다. 용비야는 그렇게 생각했고, 고북월인들 다르지 않았다.

두 사람의 마음이 통한 부분이자, 그들 사이의 유일한 묵계였다.

지난번 천불굴에서 용비야 일행은 복면을 했지만, 고북월은 그들이었다고 짐작했다. 용비야의 금빛 채찍은 그도 알고 있었다. 그때 용비야는 싸우느라 바빴지만 고북월을 전혀 보지 못한 것은 아니었다. 이제 그는 용비야 손에 떨어졌고 어깨와 다리의 상처까지 발각되었으니, 이번에는 무슨 수를 써도 숨길 수 없다는 것은 자명했다.

덜그럭거리는 바퀴 소리 속에 잠 못 이루는 하룻밤이 지나고, 이튿날 정오가 가까워질 때쯤이 되자 마침내 마차는 요수군에 있는 용비야의 별원에 도착했다. 명령을 받은 비밀 시위가 먼저 가서 준비한 덕분에 그때쯤 원락에는 의원들이 모여 있었다.

한운석은 곧 조를 짜서 대진하게 했는데, 고북월이 듣기에 몇몇 의원들의 의견은 우습고 미숙했다. 알다시피 그는 자신의 상태를 누구보다 잘 알았다. 그 자신조차 치료하지 못하는데 누가 할 수 있을까? 하지만 그는 의원들을 비웃지 않고 그저 속으로만 기막혀하며 평온하게 '혼절'한 채 마음대로 진맥하게 내버려 두었다. 환자가 흔히 그렇듯 버럭하는 일은 전혀 없었다.

격한 토론과 말다툼이 있었지만 결론은 나지 않았다. 의원 모두가 의견 일치를 본 것은 단 두 가지, 고북월의 다리는 기적이 일어나지 않는 한 치료할 수 없으니 더는 악화되지 않도록 최대한 손을 써 보는 것이 전부라는 것과 고북월의 기본 체질이 너무 약해 약성이 강한 약을 함부로 쓸 수 없으니 따뜻하고 부드러운 약으로 천천히 보양하는 수밖에 없다는 것이었다.

한운석의 눈에는 하등 쓸모도 없는 말이어서, 분노한 그녀는 홧김에 의원들을 모두 쫓아냈다. 이제는 약성의 용근산을 기다리는 수밖에 없었다. 용근산은 근골 치료에 좋은 약으로, 적어도 삼장로가 올 때까지 상처가 악화되는 것을 막아 줄 수는 있었다.

다행히 그날 오후 약성에서 용근산을 보내왔다. 장로회 소유로 외부에 판매하지 않는 약이어서 한운석과 용비야가 아니었다면 이렇게 빨리 얻지 못했을 것이다.

용근산은 서신을 전하는 매의 다리에 묶여 왔는데, 조그마한 보따리 하나밖에 안 되는 양이지만 고북월 혼자 충분히 쓸 수 있었다. 한운석은 용근산을 받자마자 직접 약을 만들러 갔다.

그녀가 나가자 차 탁자 앞에 앉아 차를 마시던 용비야가 몸을 일으켜 고북월에게 다가가더니, 침상 옆에 손을 짚으며 차갑게 말했다.

"이제 일어나도 된다."

고북월은 곧 눈을 떴다. 눈을 뜨고 빙그레 웃는 그에게는 경계도, 적의도, 놀람도 없었다. 무엇보다 당황함이 없었다.

그의 눈동자에 담긴 평온함은 영원토록 흔들리지 않았다. 오직 수호해야만 하는 여자를 대할 때, 그리고 자기 자신을 대할 때만 사랑과 미움, 분노, 미혹, 미련 같은 칠정육욕을 드러낼 뿐이었다.

따스하고 부드러운 미소를 본 꼬맹이는 그 미소에 푹 빠졌다.

용비야의 눈에도 감탄이 스쳤다. 이렇게 침착하고 도량이 큰 것을 보면 비록 몸은 약해도 확실히 대장부는 대장부였다.

그는 차갑게 말했다.

"네 다리가 못 쓰게 되었다는 것은 잘 알겠지."

"예."

고북월은 무척 차분하게 대답했다.

"영술도 못 쓰게 되었지요."

용비야가 묻기도 전에 그가 짤막하게 자신의 신분을 인정했다.

증거가 워낙 뚜렷한 일이라 용비야도 의아하게 여기지 않았다. 그가 다시 차갑게 물었다.

"갱에 왔던 자가 너였느냐? 군역사에게서 한운석을 구한 자도, 역시 너였느냐?"

용비야에게 필요한 건 확실한 대답 하나였지만, '예'라는 고북월의 대답에 결국 침착성을 잃고 말았다. 그는 차가운 목소리로 힐문했다.

"왜?"

왜 갱에서 한운석에게 접근해야 했으며, 왜 한운석을 보호해야 했을까? 갱의 밀실에 들어간 후 고북월은 분명히 사라졌는데, 군역사가 한운석을 납치한 것을 어떻게 알았을까? 왜 목숨 걸고 한운석을 구했을까?

영족의 백의 남자가 고북월이 아니었다면, 용비야는 그자가 단순히 독 짐승을 노리고 한운석에게 접근했다고 믿을 수도 있었다.

하지만 고북월과 영족 백의 남자가 동일인이라면, 고북월이 지금까지 한 모든 행동이 의심스러웠다. 갱에 가기 전부터 그가 한운석에게 접근한 데는 어떤 목적이 있었을 것이고, 더욱이 그 후 약귀당 상주 의원이 된 데도 다른 뜻이 있었을 것이다!

고북월은 무엇을 알고 있을까? 고북월은 무엇을 수호하고 있을까? 고북월과 유족, 적족은 어떻게 얽혀 있을까? 유족과 적족은 뭘 알고 있을까?

고북월은 대관절 뭘 하려는 걸까? 그는 한운석과 오랫동안 알고 지냈지만 특별히 뭔가 한 것 같지는 않았다.

용비야는 수없이 많은 질문을 떠올렸지만, 냉철하고 이성적인 성격 덕택에 공연히 경계를 살 말을 쉽게 입에 담지 않았다. 누가 뭐래도 이 세상에서 벙어리 노파 일을 아는 사람은 아무도 없었다. 고칠소조차 벙어리 노파가 용비야에게 무슨 이야기를 했는지 몰랐다.

용비야는 눈썹을 찡그리고 고북월의 대답을 기다렸다.

"그건……."

고북월은 대답하려고 했지만 갑자기 문이 벌컥 열리는 바람에 목까지 올라왔던 말을 다시 삼킬 수밖에 없었다.

당연하게도 들어온 사람은 한운석이었다. 용비야가 침상 옆에 서서 머뭇거리는 것을 보자 그녀는 곧 상황을 파악했다.

"고 의원이 깼어요?"

한운석이 쏜살같이 다가가 보니 정말 고북월이 눈을 뜨고 빙그레 웃고 있었다. 마치 한숨 자고 일어났을 뿐 아무 일도 겪지 않은 사람 같았다.

용비야와 확실히 이야기를 나눈 후에 깨어난 척할 생각이었는데, 이제는 이 여자를 먼저 마주할 수밖에 없게 되었다.

고북월은 비굴하지 않지만 겸손한 말투로 말했다.

"왕비마마, 일어나서 예를 올리지 못해 결례가 많습니다."

"무슨 말이에요?"

한운석은 초조한 마음에 어쩌다 납치당했는지 묻지도 못하고 다급히 말했다.

"다친 다리는 아직 희망이 있는 거죠? 필요한 약이 있으면 당장 사람을 보내 구해 올게요! 이건 용근산이에요. 내가 약을 만들어 왔는데 그냥 바르면 돼요, 아니면 특수 처리해야 해요? 온찜질해야 하나요? 아니면 침구술을 써요?"

"걱정해 주셔서 감사합니다, 왕비마마."

고북월은 이런 상황에서도 여전히 예의 발랐다.

"제가 직접 하면 됩니다."

한운석이 이렇게까지 예의 차리지 않아도 된다고 몇 번이나 말했고 그때마다 고북월도 고개를 끄덕이며 알겠다고 했지만, 다음에 만나면 여전히 공손하게 예의를 갖췄다.

이제는 한운석도 그 문제를 따지기 귀찮아 알아서 하라고 내버려 두었다.

"어깨도 다쳤던데 어떻게 약을 바르겠다는 거예요? 만에 하나 덧나기라도 하면 당신 체질에 며칠이나 지나야 아물지 누가 알아요?"

한운석은 눈을 찌푸리며 진지하게 되물었다.

그리고 고북월에게 반박할 기회도 주지 않고 침상 옆에 앉아

다짜고짜 명령했다.

"마음대로 움직이지 말아요!"

그녀는 조심스레 상처 치료를 시작했다. 그 어떤 일도 약을 바르는 것보다 급하지 않았다. 고북월은 어쩔 수 없는 표정을 지었으나 더는 거절하지 않았다.

비록 어깨에 관통상을 입었지만, 안쪽은 거의 아물었고 앞뒤 바깥쪽 상처 부위만 아직 낫지 않은 상태였다. 방금 다녀간 의원들이 손을 써 놓아서, 전에 발라 놓은 효과가 사라진 약 찌꺼기를 제거하고 새 약을 바르면 되기 때문에 일이 간단했다.

다리 쪽 상처에도 전에 발라 놓은 약 찌꺼기가 많이 남아 있었지만 닦아 내기가 쉽지 않았다. 상태가 위중하고 상처가 깊어서 자칫 잘못하면 통증을 유발할 수 있는데 보통 사람은 견디기 힘든 통증이었다.

고북월을 아끼고 좋아하는 한운석은 그가 아플까 봐 두려웠다.

의사였던 그녀는 상처를 치료할 때는 통증이 동반되기 마련이고, 설사 마취를 하더라도 마취가 풀리면 통증을 느끼게 된다는 것을 잘 알고 있었다. 친절한 의사가 아니었던 터라, 아프다며 비명을 질러 대며 치료를 무서워하는 환자들을 야단친 일도 많았다.

하지만 어떤 사람들 앞에서는 그 사람이 아파할까 봐 몹시 겁이 났다. 물론 통증을 유발하는 것은 큰일도 아니었다. 상처를 건드려 덧나게 하는 것이야말로 큰일이었다.

조용해진 방 안에서, 한운석은 진지하고, 전문적이고, 엄숙한 태도로 고북월의 상처에 시선을 집중했다. 고운 눈썹을 잔뜩 찌푸린 모습이 어찌나 엄숙한지 아무도 방해할 수 없었다.

고북월은 손을 뻗어 그녀의 눈썹을 부드럽게 풀어 주며 이렇게 말하고 싶은 생각이 간절했다.

"괜찮습니다. 다친들 어떻습니까. 목숨이 남아 있는 이상 여전히 당신을 보호할 수 있습니다."

그가 가장 좋아하는 것이 바로 그녀의 이런 진지한 모습이었다. 하지만 그녀가 이런 얼굴로 자신의 상처를 보는 것은 정말 싫었다.

그러나 아무리 싫고, 아무리 참을 수 없어도 참아야 했다.

그때 갑자기 커다란 손 하나가 불쑥 나타나 고북월의 생각을 끊어 냈다. 용비야였다.

그는 커다란 손으로 한운석의 찡그린 눈썹을 눌러 펴 주었는데, 전혀 부드럽지 않고 다소 불쾌한 감정이 실린 것 같았다.

"쉬어라. 내가 하마."

그가 차갑게 말했다.

질투 덩어리가 이제야 본색을 드러낸 것만 해도 꽤 발전한 셈이었다. 어쨌든 눈앞에서 한운석이 다른 남자에게 약을 발라 주는 것을, 그가 허락할 리 없었다. 하물며 그 남자는 고북월이었다.

한운석은 손을 움찔하더니 차분하게 말했다.

"상처가 아주 깊어요."

그 말은, 용비야가 치료할 수 없는 상처라는 뜻이었다. 그러나 용비야는 고집을 피웠다.

"이보다 더 깊은 상처도 치료한 적이 있다. 내가 한다."

그는 강압적으로 한운석이 들고 있던 약물을 빼앗았다. 한운석은 그를 너무 잘 아는 데다 지난번 고칠소 사건도 있어서, 물러서지 않으면 다투게 된다는 것을 알아차렸다.

평소 겸손한 고북월이라면 용비야가 이렇게 나올 때 알아서 중재하는 게 당연했지만, 뜻밖에도 이번에는 아무 말 없이 기다렸다.

한운석은 물러설까, 아닐까?

정말 치료해 본 적이 있었어

한운석은 물러설까, 아닐까?

용비야와 고북월 모두 한운석을 쳐다보았다. 한 사람은 묵묵히 말이 없고, 한 사람은 재촉하지 않고 기다렸다.

한운석은 두 눈을 내리떠 고북월의 상처에 시선을 던졌다. 치료할 때 그녀가 가장 싫어하는 것이 방해받는 것이었다.

그렇지만 용비야는 항상 예외였다.

그녀는 오래 망설이지 않았다. 이유가 무엇이든 고북월의 상처는 오래 끌어선 안 되었다.

그녀는 곧 용비야에게 대답했다.

"상처가 너무 깊어서 당신이 전에 본 것과는 달라요. 당신은 치료 못해요. 서동림에게 서둘러 의원을 불러오게 해서 맡기도록 할게요. 나도 요 며칠 피로가 쌓여 집중하지 못할 거예요."

고집 반 양보 반이었다.

고북월의 눈동자에 웃음기가 스쳤다. 한운석의 능력이면, 서동림이 의원을 불러오기 전에 상처를 다 치료할 수 있다는 것을 그도 알고 있었다. 사실상 그녀는 고집을 부리고 있었다. 이 여자는 늘 이렇게 영리했다.

과연 그녀는 그를 실망하게 하지 않았다. 독의라고 해도 의원이라면 가장 기본적인 원칙은 지켜야 했다. 그 어떤 이유에서든 환자의 상처를 미루지 않는 것이 그 원칙이었다. 처음부터 치료할 수 없다고 선언하지 않는 한.

고북월은 저도 모르게 한운석을 처음 만났을 때를 떠올렸다. 목 대장군부에서도 그녀는 이렇게 고집을 부렸고, 과감했고, 거리낌 없이 솔직했다.

치료할 것인지 아닌지, 치료한다면 어떻게 할 것인지 결정할 때, 그녀가 이유를 댄 적이 있었을까?

지금도 역시 그녀가 하고 싶은 대로 하면 되지, 누군가에게 설명할 필요는 없었다. 오로지 용비야 앞에서만 예외였다.

용비야는 그녀의 유일한 예외였다.

그 역시 늘 바라던 일 아니었던가? 운공대륙을 통틀어 이 여자를 안전하게 보호할 수 있는 사람은 오직 용비야뿐이었다. 언젠가 그녀의 신분을 숨기지 못하게 되었을 때, 야심만만한 일곱 귀족에 대항할 수 있는 사람도 오직 용비야뿐이었다.

그는 늘 이성적이었고, 감정에 휘둘린 적은 없었다. 그런데……, 그런데 용비야가 한운석의 찡그린 눈을 풀어 주는 것을 보자 뜻밖에도 마음이 불편했다. 어딘지 아쉬운 생각이 들었다.

몸이 너무 약해져서 마음도 따라 약해진 걸까.

별안간, 용비야가 두말없이 한운석을 잡아당기고 대신 그 자리를 차지했다. 한운석은 와락 눈을 찌푸렸다. 화가 난 게 분명했다!

고북월은 즉시 정신을 차렸다. 그 역시 놀라고 초조한 나머지 만류하려고 했지만 뜻밖에도 용비야는 깔끔한 솜씨로 상처를 약물로 씻어 냈다. 동작은 전혀 전문적이라고 할 수 없지만 속도는 한운석보다 훨씬 빨라서 금세 고북월의 상처에 남은 약 찌꺼기를 깨끗이 처치했다.

단, 대가는 있었다. 그 대가란 바로 통증이었다!

상처와 병의 통증을 수없이 겪은 고북월이지만, 그래도 고통을 견디다 못해 눈까지 감았다. 이마에 불끈불끈 솟은 힘줄로 보아 얼마나 아픈지 상상이 갔다.

하지만 한운석은 아무 말도 하지 않았고, 막지도 않은 채 한쪽에서 놀란 눈으로 지켜보았다. 용비야의 움직임이 간단하고 거칠지만 상처를 건드리지도 않고 급소에 피해를 주지도 않았기 때문이었다.

용비야가 거짓말을 한 건 아니었다. 그는 이보다 더 깊은 상처도, 이보다 더 심각한 상처도 치료한 적이 있었다. 이보다 더 아픈 상처도 스스로 치료해 본 그였고, 모두 참아 낸 그였다.

아파서 죽지만 않는다면 괜찮았다.

용비야는 상처를 깨끗이 닦아 낸 뒤 약을 바르기 시작했다. 역시 단순하고 거칠면서 빠른 동작이고, 역시 전문성은 없었지만 용근산이 상처 깊숙이 빨리 스며들게 해 주었다.

고북월은 아픈 나머지 두 주먹을 꽉 쥐었고 손등에도 온통 힘줄이 솟았다. 보다 못한 꼬맹이가 찍찍 울어 대자 용비야는 시끄러운지 홱 밀어 버렸고, 놀란 꼬맹이는 쪼르르 침상 밑에 숨었다.

어떻게 약을 바르는지 한운석이 제대로 보기도 전에 용비야는 상처를 싸매기 시작했고 금세 끝냈다. 보기 좋은 모양은 아니지만 튼튼해서 흔들릴 일도 없고 약가루가 새어 나오지도 않았다.

이 결과를 보고 한운석이 뭐라고 화낼 수 있을까?

그녀는 믿을 수 없는 듯이 물었다.

"용비야, 당신……, 누구 때문에 이런 걸 해 봤던 거예요?"

이 정도 솜씨라면 분명히 여러 번 싸매 보았을 것이다. 그의 곁에 있는 사람 중에 누가 이런 중상을 입었던 걸까? 얼마나 많이 다쳤던 걸까?

비밀 시위일 리는 없었다. 저 귀한 인간이 비밀 시위의 상처를 손수 치료해 줬을 리 만무했다. 그럼 당리? 초서풍?

"넌 모르는 사람이다."

용비야는 아무렇지 않게 대답하더니 곧 밖으로 나갔다.

한운석은 고북월이 통증만 느낄 뿐 큰 문제가 없는 것을 확인하자 허둥지둥 쫓아나갔으나, 밖에서 벌어지는 장면에 웃어야 할지 울어야 할지 알 수가 없었다.

용비야는 밖에서 손을 씻고 있었다. 그것도 아주 꼼꼼하고 진지하게. 고북월에게 약을 발라 줄 때도 저렇게까지 꼼꼼하지 않았다.

저……, 결벽증.

"내가 모르는 사람이라고요? 당문 사람이에요?"

한운석이 캐물었다. 용비야의 부하는 거의 알고 있지만 당문 쪽 사람들과는 만나 본 적이 없었다.

"아니다. 죽었다."

용비야는 차갑게 대답했다. 약간 짜증스러운 기색이었다.

"어쩌다 다쳤던 거예요?"

한운석은 그 일에 호기심을 느꼈다. 알다시피 저만큼 심한 상처를 입는 건 보통 일이 아니었다. 저 정도 중상을 입힐 수 있는 무기가 초씨 집안의 화살과 당문의 암기 말고 또 뭐가 있을까?

어쩌다 다쳤느냐고?

당연히 그 자신의 손에 다친 것이었다. 채찍을 익힐 당시 아직 익숙하지 않아 자기 몸에 상처를 입힌 적이 여러 번이었다. 그가 쓰는 긴 채찍의 위력은 초씨 집안의 화살이나 당문 암기 못지않았다.

한 번 또 한 번 채찍을 휘두를 때마다 다리에 걸리는 바람에 피부와 살이 찢어지고 터지는 일은 일상다반사였고 근골이 상한 적도 적지 않았다. 상처는 모두 그 자신이 치료했다. 모비는 그에게 약만 줬을 뿐 한 번도 상처를 치료해 준 적이 없었고 의원을 불러준 적은 더더욱 없었다.

다른 사람이 물었다면 대답하기 싫어서 못 들은 척하고 피해 버렸겠지만, 한운석의 물음 앞에서는 피할 수도 없었다. 이 여자는 끝까지 캐물을 사람이니까.

결국 그는 이렇게 대답했다.

"당리였다. 가서 물어보아라."

한운석은 고개를 갸웃했다. 이 인간, 방금은 내가 모르는 사람이라고 하지 않았어? 뭔가 복잡한 문제가 있는 걸까? 좋아,

다음에 당리에게 물어보지 뭐.

그때 당리는 부족했던 잠을 보충하고 있었는데, 어쩌면 악몽을 꿨을지도 모를 일이었다.

방으로 돌아오자 고북월은 이미 통증이 가셨는지 일어나 앉아 상처를 살피고 있었다. 그 역시 한운석과 마찬가지로 궁금하기 짝이 없었다.

그렇지만 그는 묻지 않았다. 물었다고 해도 용비야는 못 들은 척했을 것이다.

"진왕 전하께 감사드립니다."

고북월은 두 손을 모아 읍을 했다. 억지로 가장한 게 아니라 진심이 담긴 감사였다.

"음."

용비야는 당당하게 감사를 받아들였다.

용근산을 바르자 한운석도 훨씬 마음에 놓였다. 이제 삼장로의 방문과 고칠소, 목령아의 소식을 기다리면 되었다.

한운석이 앉아서 진지하게 물었다.

"고 의원, 다리의 상처는 대체……, 대체 치료할 수는 있는 거예요? 정상적으로 움직이는 데 문제가 있을까요?"

"저는……."

고북월은 말하려다 입을 다물었다. 한운석도 캐묻지 않았지만 부정적인 대답을 들을까 봐 마음이 조마조마했다.

한참 후 고북월이 무력하게 웃어 보였다.

"제 힘으로는 치료할 수 없습니다."

"그럼 다른 사람은요? 심 삼장로는 어때요? 그분이 오시는 중이에요."

한운석이 다급히 물었다.

"희망을 품어 보지요."

고북월이 담담하게 말했다. 사실 이 대답은 한운석에게 희망을 주기 위한 것에 불과했다.

그는 거짓말한 게 아니라 그저 다 말하지 않은 것뿐이었다. 그가 치료할 수 없다면 그 누구도 치료할 수 없었다. 의학원 원장이라 해도 마찬가지였다.

그러나 한운석은 그가 희망이 있다고 한 이상 반드시 나아질 거라고 생각했다. 설령 삼장로가 치료하지 못하더라도 의학원에는 그보다 더 뛰어난 의원들이 있었다. 고칠소와 목령아가 영약을 찾아내지 못하더라도 약왕이 있었다! 그녀가 약왕에게 도움을 청할 수도 있었다.

"심 삼장로께서는 이미 오시는 중이고, 아무리 늦어도 열흘 안에는 분명히 도착하실 거예요. 고칠소와 목령아도 당신을 치료할 약을 찾고 있어요. 필요한 약이 있으면 뭐든 말해요. 세상에 있기만 하면 반드시 찾아낼 테니까."

한운석이 진지하게 말했다.

고북월은 웃으며 고개를 끄덕였다.

"감사합니다, 왕비마마."

한운석은 그의 예의 바른 태도를 모른 척하고 또 물었다.

"어쩌다 초씨 집안에 붙잡혔어요? 대체 무슨 일이 있었기에 그들이 이렇게 지독하게 굴었죠?"

한운석이 이 말을 꺼내자 고북월은 이 맹한 여자가 천불굴의 일을 의심하지 않는다는 것을 알아차렸다. 그도 그럴 듯이, 그날 그녀는 오로지 천년 묵은 은행나무에만 집중하느라 그가 계속 보고 있었다는 사실조차 알아차리지 못했다.

그는, 뭐라고 대답해야 할까?

옆에 선 용비야도 눈을 내리뜨고 말없이 대답을 기다렸다.

고북월은 오래 고민하지 않고 담담하게 말했다.

"의성에 있는 오랜 벗을 만나러 가던 길이었는데 도중에 갑자기 기습을 당했습니다. 처음에는 노상강도인 줄 알고 은자를 내놓고 끝내려고 했지요. 그런데 뜻밖에 마차에서 내리기도 전에 그들이 화살을 쏘더군요. 그때는 혼절해서 무슨 일이 있었는지 모르겠지만 깨어나 보니 초씨 집안 사람이 보였고 제게 약재를 주더군요. 그리고 나중에 저를 영승에게 넘겼습니다."

그는 이렇게 말한 다음 물었다.

"대체 무슨 일입니까? 초씨 집안이 서주국을 배신했습니까? 영 대장군은 또 어떻게……."

용비야는 입꼬리를 올리며 냉소를 지었다. 고북월 저자는 겉보기에는 온화하고 남을 해치지 않을 사람 같지만 사실은 누구보다 꿍꿍이가 많았고, 아무렇게나 거짓말을 지어내도 무척 자연스러웠다. 반문하는 방법으로 한운석의 의심을 씻어 내다니, 놀라울 따름이었다.

한운석이 간결하게 상황을 이야기해 주자 고북월은 연신 탄식하더니 다시 물었다.

“알 수가 없군요. 초씨 집안이 직접 저와 초천은을 교환하면 될 것을, 어째서 저를 영승에게 넘겼을까요?”

그 점이라면 확실히 고북월은 이해가 가지 않았다. 영승을 따라간 날 그 부하에게 이끌려 감옥에 들어간 이후, 그는 인질 교환이 있었던 어제야 비로소 영승을 다시 볼 수 있었다.

한운석도 더 묻고 싶었는데 오히려 고북월이 질문을 던지다니 뜻밖이었다. 그녀는 담담하게 말했다.

“초운예가 당신을 영승에게 넘겼을 때는 초씨 집안과 영씨 집안이 아직 틀어지기 전이었을 거예요.”

이렇게 말한 그녀가 냉소를 지으며 말했다.

“초운예가 자신을 과신했던 거죠. 영승은 운공상인협회의 진짜 주인이고 진작 초씨 집안 군대를 집어삼킬 생각이었던 게 분명해요.”

한운석은 구태여 고북월에게 유족과 적족 이야기를 하지 않았다. 어쨌든 그는 일개 의원일 뿐이고 그렇게 많은 것까지 알 필요가 없었다. 그렇지만 한운석은 ‘운공상인협회’라는 단어가 고북월의 마음속에 커다란 파도를 일으킬 줄은 전혀 생각하지 못했다!

고북월도 지금껏 일곱 귀족의 행방을 수소문하고 그들의 동정을 살폈는데, 적족도 그중 하나였다. 당연히 운공상인협회도 의심했지만, 운공상인협회를 꾸려가는 이들의 성이 그를 다소 망설이게 했다. 더욱이 운공상인협회의 고위층은 아무래도 신비에 싸여 있어서 조사하기가 매우 어렵기에 계속 주시하는 수밖에 없었다.

"왕비마마, 운공상인협회는 구양씨 소유가 아닙니까?"

그가 물었다.

"구양이란 성은 간판에 불과했어요. 구양영락, 구양영정 모두 성은 영씨예요. 영승과 영락, 영안과 영정. 네 사람 이름을 합치면……."

고북월은 한운석의 말이 끝나기도 전에 알아들었다.

"승낙, 안정……."

그는 속으로 흠칫했다. 초운예, 이미 적족의 행방을 알고 있으면서 지금껏 나를 속였구나!

적족 영씨 집안은 이름을 숨긴 채 그처럼 어마어마한 재력과 병력을 모았다. 그들은 뭘 하려는 것일까?

〈천재소독비〉 13권에서 계속